不完美受害人

Imperfect Victim

高璇　任宝茹 —————— 著

天津出版传媒集团

天津人民出版社

果麦文化 出品

目　录

第一章

匿名报警

事发在午夜十二点至次日凌晨一点，但这晚，要从前半夜的两场酒宴讲起。

晚七点，商务宴请开始前，大成科技集团董事长成功挪出半小时，带高级助理赵寻直奔大牌店，指定一套套裙让她试穿。即使成功已经给赵寻买过足够应付场面的衣服鞋包，赵寻也明知道要陪同出席晚宴，但她还是穿了衬衫牛仔裤来。穿上成功亲自挑选的衣服，接受他的审视，这场面有过很多回，赵寻还是做不到坦然，还是和身上的大牌无法和谐相处，女店长心照不宣的微笑和亲自服务的殷勤一如既往地令她手足无措。

成功宴请的黄会长迟到了十五分钟，被引进宴会厅时，主陪位的成功起身恭迎。黄会长注意到主宾右手的三陪位置空着，那是大成副总裁李怡的专座。

"怡总人呢？"黄会长毫不掩饰没见到李怡的失落。

成功赶紧致歉："临来时出了点事儿，非要她亲自处理不可，让我跟您道声歉，完事儿立刻赶过来陪您，还说把大酒给她留着。"

黄会长这才把目光投向酒席上唯一的女性，成功为他介绍："我助理，赵寻。"黄会长主动伸手："小赵你好。"赵寻受宠若惊，弯腰捧住黄会长递过来的手。

黄会长落座主宾位，突然提出："怡总过会儿才能来，我这一边儿空落落的，要不……先让赵助理过来坐会儿？"成功抬手召唤，众目睽睽下，赵寻离开末座，在黄会长的微笑凝视下，局促落座李怡的专属位，酒席正式开宴。

这边局上资本大佬们的酒喝过了一轮，另一场酒宴的贵宾、大正律师事务所女律师林阙还没有到场。电动转盘上的冷盘和酒水空转了一小时，还无人触碰。这是一场庆祝完成资产并购的庆功宴，宾主双方分别是林阙律师团队与收购方龙总及其集团各部门总监，然而，林阙没来。

两小时前结束的签约仪式上，林阙还神采奕奕。龙总放下狠话：林阙不来，酒席不散，在座的各位今晚谁也别想走。他没有权力命令林阙出场，但有能力让场面尴尬，挟众人逼对方就范。林阙团队的高级律师康辉、初级律师何律、助理哲然，就成了这场鸿门宴的人质，在无声的干耗中，饥肠辘辘、如坐针毡地枯坐了一小时。

林阙不来，是因为她完全预判到今晚会发生什么。长达一年时间的调研、尽调、审计、谈判、签约，保证整个流程顺利推进的，除了职业素养和专业服务，林阙还超额付出了克制、忍耐、腹诽、内伤等情绪成本，及装聋作哑、不形于色、闪转迁回、虚与委蛇的社交技巧。委托业务圆满画上句号，超额工作系统便自动关机，不肯多运行一秒。林阙知道自我约束力行将瓦解，她缺席竭力避免的，不是对方的走板，而是自己的走火。

隔空暗战至晚上八点，林阙姗姗来迟，满桌人质如蒙特赦，举座欢呼"林律来了"。龙总敛起愠怒，亲自迎到门口："林律你可来了！康律说你病了，哪儿不舒服？下午签合同不还好好的吗？"

"我让他骗你的，哪儿都没有不舒服，就是不想被你灌大酒。"林阙不遮不掩，抓起陈年茅台，满上一盏，举杯声明，"今晚我就喝一杯，以示庆祝，有人劝酒，我起身就走。"说完一饮而尽，施施然落座主宾位。

赵寻既没有林律喝一口就封杯的胆量，也没有来者不拒的酒量，当黄会长特意把身子扭向她，今晚首次主动提酒邀请她碰一杯时，赵寻千分诚恳、万分恭敬地抗命："不好意思，我酒精过敏，只能抿一口，请您见谅，担待。"

成功在一旁温柔提示："黄会长主动跟你碰杯，怎么就抿一下？"

赵寻忙不迭起身，姿态被动变主动，弯腰鞠躬，放低杯口，轻碰黄会长手里的酒杯："抱歉会长，我敬您！"

黄会长凝视赵寻把酒杯举到嘴边，蜻蜓点水地湿了唇，手里酒杯落回桌面，几近滴酒未沾，宽宏大量地笑道："抿一口还叫敬酒？成董手下女将哪有不能喝的？不喝酒来饭局干吗呢？要不说还得是李怡，女中豪杰，敞亮。"他扭回身子，自此视这一侧为空气。

赵寻被晾在那里，一向是盛筵焦点的这个座位，成了一座孤岛。她知道自己搞砸了，这种场合，即使是最微不足道的末座，她也没有权力遵从自己的意志，所以自己砸的锅，必须自己补。

酒宴出现一个短暂静场，赵寻猛然起身，突兀地叫了一声"黄会长"，抄过一瓶茅台，颤颤巍巍注满酒杯，双手捧到被她得罪的贵宾面前："我不懂事儿，向您道歉！先干为敬！"

黄会长微微扭脸，身子将动未动，见赵寻杯干酒尽，愉快地笑了。再一次证明"改变不了世界，至少可以改变你自己"，突破自己的底线，就能发现自己的弹性。赵寻躲进卫生间，挨过最猛烈的天旋地转之后，腾云驾雾地走回桌边，又泼泼洒洒灌满酒杯，捧到黄会长面前："我再敬您一杯！"

李怡闪亮登场，顿时人声鼎沸，所有男士都起身簇拥到门口迎接。她透过人缝瞥见桌边只剩下一人呆坐，自己的座位被赵寻鸠占鹊巢。副陪赶紧识相地让出座位，李怡第一次坐在了离主宾较远的位置。

闭眼前，赵寻最后的记忆是对面李怡投来的冷眼，接着就断片儿了。赵寻当场"阵亡"，化解了反抗造成的尴尬，维护了领导权威，获得了赦免，被扶下酒桌。原主归位，李怡控场，高潮又起。

龙总把头凑近林阙："林律，借一步说话？"林阙起身离座，燃起了几分亢奋，荒腔走板虽迟必到，一年来迂回躲闪，今晚终于能拔刀相向。

进到私密隔间，龙总把林阙往沙发死角里让，但林阙立而不坐，一副随时可走、无意久谈的样子。

"有话您说。"

龙总尬笑，只好走回林阙面前。

"避开众人，就想单独再谢林律一次。你帮我扩大资产，我也帮你赚到了钱，大正这次挣了我五百万律师费，小林你也分了二三百万吧？就算对大律，这笔钱也不少吧？说句玩笑，这一年，我养了你。"龙总挪步，迈入暧昧距离。

"这玩笑一点儿也不好笑，你支付的是法律服务费，不是你养我。"

"我花钱，买的是你的法律服务，但重点在于——你！"龙总在用食指对准林阙领口不见外地戳下来前，突然从她的眼神里察觉到了危险，最后悬在距离林阙胸口几厘米的空气中，进退两难，"我还不想画句号，今晚不是告别，我想全权委托你代理我个人和企业的一切公私法务。你要是不想太累太辛苦，那就只做我一家好了，我包你年收入比现在多，我心甘情愿终生包养你。"他又跨近一步，尝试第二次攻势，"一会儿席散了，另外安排一处，就咱俩，单独聊聊？"

酒气喷到脸上，即将到达自己的承受极限，林阚子弹上膛，十八米大刀出鞘，箭在弦上，蓄势待发。突然门被撞开，康辉一路泼酒、长驱而入，走位精准地绕过林阚，推土机一样把龙总推倒在沙发上，"龙总，有酒冲我来！"林阚收刀拢箭，抽身离场，心里嗔怪康辉：要你多事儿？

好在龙总没有令林阚失望，回到酒桌后他憋了一晚上的气终于找到了地方发泄："今晚我没喝爽啊。林律你先是死活不肯来，让我们饿着肚子等了一小时，进门就下通牒说只喝一杯，请你继续合作，连个回音儿也不给……"

林阚笑了，求仁得仁。

"没喝爽是吧？这样，让你喝个痛快，也让我看看你的诚意，龙总你满饮三杯，好吗？"

龙总看出林阚今晚与以往不同，浑身棱角。

"你这是要反客为主呀？"

"多一口我都不喝，龙总你这三杯一杯不能少！"

"小林你反了，这酒桌上的规矩，只能是我命令，你服从……"

"凭什么呀？"

"你说凭什么？谁是金主，谁说了算。"

"这规矩，我不认。"

"林律成心不给我面子是吧？"

"整整一年，回回喝到不堪，龙总你要过面子吗？"

龙总拍案而起："我花钱买你的服务，就有想让你干什么你就得干什么的权力！我让你喝，你就必须得喝！"

"龙总你对自己的权威是不是有误解？以为自己是皇上？我有义务警醒你：你支付给所有人，包括在座你下属的钱，买的是他们的专业智慧，不是买他们为奴，更买不到他们的尊严和自由。我卖的，是法律服务，不是人，我没有义务对你唯命是从，更没有义务陪你喝酒。截至今天下午五点半，签完收购合约，本律的并购服务结束，从此与你个人和贵司都不再有丝毫瓜葛！"林阙说完通体舒爽，起身准备离席。

龙总气急败坏，已无风度可言："别忘了，我还没和你们律所结账呢！"

"既然说到这儿了……"林阙抽出一张律师服务费增值税发票，"啪"一巴掌拍到台面上，"让你会计明天给我所转账！三天内收不到律师费，等着收我的律师函！"

康辉不忘补刀，附赠最后一次免费咨询："专项法律服务合同规定：律师费逾期不付，每拖延一天，甲方须向乙方支付万分之五违约金。"说完追着林阙扬长而去。

这才是林律心目中的完美句号，你以为捏了我七寸？你捏的只是个寂寞。说出来旁人怕是不敢相信，林阙这种级别的大律，平生的夙愿竟然就是碰见今天这个场面！

晚十点，大成运营部的陈默手里捏着一份李怡急要的文件袋等在走廊上。透过开合的门，他窥见宴会厅里华服鬓影、觥筹交错，又见李怡手拎分酒器，单枪匹马，独战群雄，就是没看到自己心心念念的人。

一轮战罢，李怡才扭头看到门外的陈默，随即摆手招他入内。陈默走进宴会厅，看到了他要找的人。赵寻歪在沙发上，身上盖着成功的外套，已经不省人事，无论对酒桌上继续发生的事儿，还是陈默的来了又走，都浑然不知。

走出会所，陈默让接送他来的司机自行离开，巡视四周发现没有一个人注意后便闪身进了灌木深处。他在昏暗中站了足足一个半小时，一直等到盛筵散场。

半年前，硕士毕业的赵寻作为管培生被招进大成，头三个月轮岗运营部，和陈默短暂地共事过。陈默早几年入职，家境优渥，学历出色，业绩出众，做到了独当一面的业务经理。就在他百转千回鼓起勇气准备向赵寻表白时，她突然被升职，一步登天，蹿到了众人觊觎的董事长高级助理职位。两人的工作不再有交集，职务层级也陡然翻转，一份话到口边的爱恋，又缩回到一个人的单恋。

午夜十一点半，陈默见李怡女主人般和每个晃晃悠悠的大佬贴脸搂抱，搀扶着他们一个一个跌进后座，挥手送走一辆又一辆豪车。最后出来的是成功和赵寻，赵寻走路有点儿摇摇晃晃。陈默以为会有专车送赵寻回家，但他看见成功把她扶上了自己的车。李怡似乎和陈默一样意外，送走成功的车，她在原地站了很久。

晚上十一点五十五分，司机把车停在大成集团大厦大堂前，夜班保安班长杜卫东上前拉开车门，迎接董事长回来。成功迈出后座，回身去扶赵寻。迈出车门时，赵寻脚崴了一下，被一左一右架住，她推开两个男人的手，口齿清楚地声明："我没喝多，自己能走。"

一辆网约车尾随而至，陈默亲眼看着成功挽住赵寻的腰，一起走进大堂。

大成顶楼，整整一层都是董事长一个人的王国，在这里，成功拥有绝对的自由、绝对的安全和绝对的隐私。他打横抱起赵寻，走进豪华寓所，把她轻轻放到床上，拿起床头的遥控器，电动帘徐徐下降，遮盖了卧室里即将发生的一切。此时，刚好午夜十二点。

赵寻蜷缩在浴缸里，身上只裹了件浴袍，热水落到脚面，激起几个摆子，身体告诉她多么渴望浸入热水的包裹，十分钟后，隐痛就会被抚慰，痕迹也会被抹去。

按下把手，关闭水流。赵寻下意识在拖延，这是她二十五年人生里最长的一夜，此刻才凌晨一点四十分，这个夜长得看不到天亮，她还有时间做选择。

只是赵寻无法预知，此刻她的没有选择，最终成了她的选择。

静音的手机屏幕突然亮起。"你还好吗？"消息是陈默发来的。

赵寻没回复，她描述不了自己的状态，哪怕只需要简单定义"好"或者"不好"。

第二条随即而至，犀利如刀："我知道你现在和成董在一起……"

赵寻抓起手机询问："你怎么知道？"

"我就在楼下。"

赵寻起身，透过落地窗望向楼下。空寂无人的街道上，陈默的伞在路灯下成了反光板，在雨幕中幽幽发亮。伞挪动了一下，他或许正抬头仰望她伫立的窗口。

赵寻知道，陈默看不到自己的样子，但对这个房间里发生的事儿心知肚明。她无地自容，今晚无法不为人知，也不允许她独自默默纠结。

但这晚大成顶楼上的事儿，注定不是赵寻一个人的抉择。与此同时，110报警服务台311号接警员接到一个经过变声处理后无法识别性别的报警电话："大成集团董事长楼层，刚刚发生一起强奸案……"

陈默也做了一个决定，他在手机屏幕上按下三个数字：1、1、0，拇指悬在绿色拨打键上十几秒，才终于按下。

"您好，燕州 110 报警服务台，608 号接警员，请讲！"

刚要开口，陈默就看到了难以置信的一幕：一辆警车开道，后面跟着两辆普通牌照的车，三车疾驰而来，停在大成大堂前，从警车上下来两名警察，后车下来两女两男，六人会合进入大成大厦。此时 608 号接警员还在话筒那端追问："有什么可以帮你的？"陈默一言不发地挂断手机，看了一下时间，此刻是一点五十分。

"叮咚！"赵寻被深夜炸响的门铃吓到，悚然一惊。谁能突破多名保安的屏障，刷专属楼层卡闯上董事长楼层，入侵任何人都不敢打扰的私人领地？她爬出浴缸，扎紧浴袍腰带，走到门后，不敢开卫生间的门。她知道自己此刻无法见人。"叮咚！叮咚！"一声紧似一声，不依不饶。

成功猛然被惊醒，从来没有过这种情况，夜班保安人员固定，选拔严格，规章严明，眼瞎嘴严，看到什么都视而不见，知道什么都绝口不提。成功从家里别墅搬到大成顶楼，把这里打造成独立王国，没人敢不经过他的许可就贸然上顶楼。

"谁啊？"

"开门！"

成功跳下床，抓起浴袍披上，走向门厅，想看看哪个神经搭错的保安非要往他枪口上撞。

"抽什么疯？谁给你们的胆子今晚几次三番上来打扰我？不想干了！"

"我们是警察！"

成功恼怒的声音戛然而息，手停在门把上："谁？"

"警察！"

刚启动的大脑被国家机关深夜突袭的恐惧震到宕机。不能开门，不能敲开私人领域，他缩回门把上的手，按开可视对讲机。

"你们是哪儿的警察？怎么证明你们是警察？安全考虑，我不能开门。"

"我们是金融街派出所的，这是我们的证件。"

可视屏幕被塞满，身穿警服、配备八大件的两名治安巡逻警冲镜头亮出警察证，身后是两女两男四名便衣，保安杜卫东诚惶诚恐地缩在最后。

成功拉开一条门缝：“你们有什么事儿？”

"我们接到报警，说这里发生强奸案，请你协助警方调查。"

成功和卫生间里的赵寻同时如坠雾里，发生了什么？谁报的警？

房门大开，文礼分局刑侦支队负责金融街辖区的刑侦大队副队长、一级女警司晏明迈进卧室，审视这位名人大佬。他光脚站在地上，只穿了件浴袍，虽然难掩惊慌之色，但是依然不失礼仪，服从警方要求，开灯并出示身份证。

"请问你们接到什么报警？有没有搞错？"

"十五分钟前，110 接到电话报警，报警人提供了一个半小时前成功先生和一名女性下属进入这栋大厦的信息，举报这里发生强奸案。市局 110 指挥中心命令我们出警，确认报警是否属实，有无受害人。"

今晚在警队值班的晏明听到这起核爆级的报警，案情涉及强奸，嫌疑人名人的身份与匿名报警又令真实性存疑，不排除诬告陷害的可能。女警官到场，既能给女性受害人妥善保护，又能应对各种突发状况，保全当事人名誉，所以晏明亲自带队出警。

"成先生，这里是不是还有一位女士？"

这是成功的软肋，作为社会名流和已婚男士，婚内出轨的丑闻足以让他人设崩塌、名誉扫地！他脊背渗出一层白毛汗，混乱的大脑在海量信息的迷雾中抓到一缕头绪：他的一举一动被掌握，行为不轨授人以柄，有一只看不见的黑手正布下一场围猎，要置他于死地！

"这是彻头彻尾的栽赃陷害！你们应该调查那个报警人！我也要报警，我被人跟踪监视，还被以这么醍醐的罪名诬告！我的个人隐私他人无权干涉，我要打电话给我律师。"

"你的公民权利会得到尊重和保护，但现在必须履行公民义务，接受警方问询，配合调查。那位女士在哪儿？"

"我不知道。"

成功没撒谎，被惊醒时床上只有他一个人，不见赵寻的身影。

房间里别无他人，只有卫生间的门反锁，叫门无人应答，里面的人就是警察要找的"那位女士"。

警方正要强行破门，门开了，所有人都看到只穿一件浴袍的赵寻披头散发地出现在门口。

"叫什么名字。"

"赵寻。"

"身份证。"

"在包里。"

赵寻一指地面，她的包就扔在卫生间门外的地面上。

晏明心生疑惑：包为什么被扔在这儿？

"是你报警吗？"

"不是。"

"你被强奸了吗？"

赵寻回以沉默，没有肯定，也没有否认，她的犹疑被晏明敏锐捕捉到。

"你有没有受到伤害？"

赵寻始终沉默。

成功在一旁嚷嚷："赵寻你说话！赶紧澄清事实！不要怕！"

"请你安静，保持沉默！"晏明扭头训斥成功，深入追问赵寻，"请回答，有没有？"

晏明的音量越来越低，语气越来越轻柔，赵寻的犹疑也越来越清晰。晏明看着赵寻的情绪一寸寸崩塌，眼泪在眼眶积蓄，随时就要决堤，但她还是一言不发，现场诡异地静默，所有人都等着她的答案。

晏明用只能两人听见的声音换了一个问题："你希望我们带你离开这儿吗？愿意配合警方调查吗？"

赵寻抬头，晏明终于看清她的眼神和表情，以他人察觉不到的微弱幅度，赵寻轻轻点头。她们彼此心领神会。

晏明走回成功面前："成先生，现在对你依法传唤，请跟我们走一趟。"

"没搞清楚就传唤？我要求见律师，立刻，马上，就在这儿。"

"在第一次讯问结束或被采取强制措施后，你有权会见你的律师，但对于现在无正当理由不接受传唤的违法行为人，我们可以采取强制传唤。"

除了配合，成功别无他选。

凌晨两点二十分，又开来一辆警车，技术侦查人员手提相关设备下车，前来勘查现场、提取证物。接着两名男便衣带着成功走出大成，上车驶离。他们走后，晏明和小米两位女警察才一左一右护着头戴帽子、脸蒙口罩的赵寻迅速上车离去。

现场目睹成功和赵寻被警方带走的，除了陈默，还有一伙藏在暗处的媒体记者，大堂外发生的一切都被他们录下视频，连警方都没有察觉到记者在场。

没有人知道，在陈默和媒体之外，还有一个人也来过，目睹此事后便悄然离开。

晏明转头凝视并排坐在后座的赵寻，她全身缩进小米找来的一件宽大外套里，点过头后，就进入任人摆布的呆滞状态，不流露任何情绪。

"赵寻，赵寻。"

赵寻的反应慢好几拍，过了一会儿才听到晏明的呼唤。

"事发后你洗过澡吗？"

赵寻摇头否认，她以为还有一整个长夜，所以没做决定，没有清洗身体就成了她的最终决定。

"考虑到保护固定证据的必要性，我们先带你去医院体检，再回派出所做笔录，这个流程你认可接受吗？同意吗？"

赵寻点头许可，晏明命令小米先去刑鉴院。

凌晨两点半，林阙被手机震醒，屏幕在黑暗中亮得扎眼，来电显示是李怡。李怡的职务除了大成副总裁，还兼任集团首席公共事务官，主管媒体公关和人力资源。林阙是成功的代理律师，受成功委托，全权代理他的一切法律事务。不到十分钟，林阙换好职业套装，坐上李怡的车，开往金融街派出所。

"二十分钟前，我接到保安部的电话，说他涉嫌……"李怡极不情愿说出那两个不该和成功扯上丝毫瓜葛的字眼儿，"强奸，被刑侦支队带走了。"

"当场抓获？受害人在场吗？"

"在，一起被带走了。"

"谁？"

"他助理，赵寻。"

"谁报的警？赵寻？"

"不是她，现场保安说她当场否认报警，现在搞不清是谁报的警……"

"警方现场怎么处置？拘留还是传唤？"

"传唤。"

至少，警方没有在现场确认犯罪事实。

赶到金融街派出所时，派出所外面的街道还一片寂静，两人进了警务大厅，直奔接警台，林阙出示律师证和《授权委托书》，请求查询自己的委托人是否被传唤到此，值班警官只瞄了一眼她出示的名片，就知道她的委托人是谁了。

"他正在接受调查。"

"我想了解一下他涉及案件的相关情况。"

"目前情况还没有查清，暂时无可奉告。"

"他什么时候可以见律师？"

李怡急不可耐地插话，被值班警官面无表情地拒绝。

"现在不行。"

她们只能等。

快讯网首席执行官刘亮也被手机震醒，是新闻部总监肯特打来的，他瞄一眼时间，凌晨三点，事儿小不了。

"马克，一点四十五分我们接到一个匿名爆料电话，说大成成董涉嫌强奸被举报，我来不及汇报，直接派了摄影组赶到大成楼下，现场抢拍警方抓捕视频。"

"拍到了吗？"

"拍到了，被警察带上警车的全过程拍得清清楚楚，视频像素可以清晰辨认男当事人的脸。"

"现场还有别家媒体吗？"

"貌似只有我们，人员机位藏得很隐蔽，没人发现媒体记者在场。现在问题来了，上不上线？这个只能你定。一边是顶流独家，一边是合作伙伴，马克，我了解你的位置不好摆平，可这么个大爆点一旦被别人抢发，眼睁睁错过这波流量，新闻部不甘心……"

"别挂，让我想一分钟。"

肯特噤声，不打扰老大权衡决策，短短几秒，就听到了刘亮的决定。

"上线！我也不睡了，半小时赶过去。有两点要注意：一、视频全部用小号发，女当事人面部打码，用化名，不公开真实身份；二、对大成统一口径，我们对视频源一无所知。还有，我昨晚喝大之后吃安眠药睡了，手机关机，谁都联系不上。"

"明白，锅由小的背。"

来不及搞清是谁报警爆料，刘亮做出了选择，坐在床边晃了半分钟神，起身洗漱穿衣出门。他知道，服务器即将承受巨大的压力。

赵寻光脚站在医用白纸上，脱去内裤，赤身露体，无法自控地颤抖，挡在前胸的双臂是最后几寸遮挡。

"两手放下，我们为你检查身体外伤。"

放下双臂，赵寻闭上双眼，这样她就看不到自己蒙羞。但当冰冷的支撑器械进入时，自我麻痹再也抵御不住锐利的疼痛，赵寻发出一声撕心裂肺的哀号。

"停！"

第二章

不予立案

凌晨三点半，成功接受警方传唤。

"请你如实陈述今晚都发生了什么及全部过程。"

"饭局，回大成，上床，睡觉，你们来了。"

"严肃回答！"

"哪儿不严肃了？我和商圈的哥们儿从晚上八点喝到十一点多，十二点回到顶楼，然后就……和我助理发生关系，之后睡着了，直到半夜你们闯上来。"

"时间精确点，几点到几点酒宴？几点到几点返回集团大厦？几点到几点和你助理发生关系？"

"我又没掐点儿，你们去调查我司机保安，他们比我精确。"

"从进卧室开始，如实描述发生关系到结束的全部细节。"

"这……让我怎么说？无非就是……那点事儿嘛。进屋我把她抱上床，之后两人分别去洗澡，接着又上床……警官，您是让我讲小黄文吗？"

"你必须回答：事前事中，你有没有使用暴力？有没有强迫对方？她有没有表示拒绝和反抗的语言或行动？发生关系是否违背了她的意志？"

成功对这一质疑报以无限宽容的微笑："警官，你觉得我需要强迫谁吗？"

"你和受害人什么时候开始的性关系？"

"今晚。"

"之前有过类似行为吗？"

"没有。"

"她担任你高级助理多久了？"

"三个月前，我把她调到董事长办公室。"

"你们只是工作关系吗？"

"我不否认还是情人。"

"你追她？还是她追你？"

"我必须回答吗？"

"必须回答！因为你的答案将决定你和她的关系和今晚事件的定性。"

"算我主动好了。"

"升职成你助理，是不是因为你事先就看上了受害人？"

"我不否认。"

"她接受你的追求吗？"

"不接受她早拒绝我了，我何必浪费时间？我的时间非常宝贵。"

"追了三个月，时间不短，今晚才第一次？"

"小伙子，你谈恋爱不要循序渐进吗？"

"你不止一个情人吧？"

"和今晚有关吗？不关乎我和赵寻的定性吧？"

"你和其他女人的关系，当然关乎你和受害人的关系定性。"

"好……我不否认。"

"你平时都住在集团大厦顶层？"

"是，我工作和私生活没有边界，为了节约时间成本，我就把两者合一了。"

"你太太接受你像单身汉一样不回家，在外独居吗？"

"我和太太怎么相处也和事件定性有关？她常年人在国外带孩子，我在国内只能一人独居。"

"你是一人吗？你在国内的私生活，你太太在国外有所耳闻吧？她没意见？"

"我和太太互不隐瞒、互不干涉，我们对婚姻的形态和理念早已达成共识，相敬如宾。"

"在公众眼里，你们的婚姻像个童话。"

"难道现在不是了吗？你们问我半天了，我也有个问题问你们，是谁向警方举报的我强奸？"

"对报警人的身份信息，警方有保密义务。"

"他在现场吗？他亲眼看见了吗？他能拿出证据吗？如果他诬告陷害我，警方对他也有保密保护义务吗？"

"我们会核实他的身份和报警动机，一旦确认他捏造事实、虚假告发、败坏你个人名誉，公安机关一定会追究他的责任。"

"作为受害者，我对报警人的调查结果具有知情权。我怀疑，不，我百分之百肯定，报警绝对是幕后黑手在设计陷害我！"

"我们会调查清楚，请你看一下笔录，确认无误的话就在上面签字。"

"我能走了吗？"

"不能。根据《中华人民共和国刑事诉讼法》规定，公安机关有权传唤你二十四小时，我们安排房间让你休息，等待受害人的体检和笔录结果，再决定要不要继续问询和处置。"

听到二十四小时内都走不出派出所，成功的气定神闲一秒破功。

"弄清这么点事儿那么难吗？你们深更半夜来抓人，我尽公民义务跟你们来警察局，问什么说什么，还不够配合？我婚内出轨、道德失格，我认错，但这些不归警察管。一个明摆着的诬陷，你们准备扣我多长时间？在查清真相、还我清白前，一旦消息走漏，我个人名誉和企业商誉的经济损失可能数以亿计，这个损失谁来担？"

"你还没解除犯罪嫌疑呢！跟警方谈经济损失？你别出轨呀！"

没人敢这么劈头盖脸地训斥成功，进了审讯室，就没有了身份地位的护体。

凌晨四点半，李怡突然接到大成公关部总监的来电汇报，一条标题为"大成集团董事长成功深夜被警方带走，疑似涉嫌强奸"的视频登顶热搜，正在全网扩散……此刻公关部全员到岗，等待李怡的指令，启动危机公关。

最恐惧的事态走向还是来了，谁深更半夜到现场偷录视频？匿名报警后，爆料曝光也接踵而至，事态越来越失控、越来越可怕……策动媒体曝光的幕后势力和报警人有没有关联？无暇调查这些，当务之急是要马上删除视频，阻止全网扩散！

李怡亲自拨通刘亮手机，听到的是"您拨打的电话已关机"。公关部紧急联系快讯商务、市场、广告各部门，对方统一口径说搞不清视频源，互相推诿拖延。李怡不信刘亮酒醉关机的说辞，知道对方关了手机正在窃喜，等着天亮以后收割更猛烈的流量核爆，气得直骂。

"他们绝对是故意的！快讯对上传视频不屏蔽不拦截，还推波助澜。一年上亿的广告投放，养兵千日，想不到关键时刻，养出来的是条蛇！"

林阚走出警务大厅，一眼看到派出所外全然不是两小时前的冷清，媒体记者的数量之多让她悚然一惊，全网炸裂从这里的人头攒动上就可见一斑。

　　车拐进金融街，赵寻倚靠在犄角里似睡非睡，全身缩进宽大外套，心力交瘁。小米一声惊呼："派出所外面全是媒体！"马路两侧停着一辆接一辆带网站标志的采访车，铁闸外簇拥了一群记者，乌压压一片。

　　小米说出了晏明心里的疑问："媒体怎么得到的消息？"

　　晏明果断下令："不减速不停车，直接开进院！"一扭头，见赵寻醒了，脸上写满惊恐，她也看到了前方蜂拥的媒体。

　　派出所开启铁闸，记者们见一辆车由远驶近，几名记者先发制人，手举摄影器材冲向来车，更多记者不甘人后，发足追赶。

　　赵寻望见人群扑向自己，冲刺在前的记者来到眼前，一窗之隔，高举镜头对准她。车内突然亮如白昼，赵寻的脸在闪光灯频闪下一片惨白。赵寻如惊弓之鸟，双手抱头猫进座椅靠背后。晏明脱下外套，盖住蜷缩一团的赵寻，伸手遮挡镜头。小米脚踩油门，冲进派出所院里。人群、镜头、喧嚣、混乱被阻挡在铁闸外，晏明感到怀里的赵寻抖成筛糠。

　　林阚见晏明率先下车后回身扶下赵寻，她惊恐、苍白、脆弱。这是林阚第一次见赵寻，无须确认便知道这个女孩就是今晚的暴风眼。

　　晏明吩咐小米送赵寻先去她办公室休息，再去食堂打份热早餐给她，一扭脸，见林阚律师走来。

　　"你好晏队。"

　　"师姐你怎么在这儿？"

"我是成功的代理律师，这案子你主办？"

"对，昨晚我值班，接到这个任务。我听说成董是师姐客户，民商全权委托，怎么刑诉也归你管？"

"对，他的法律事务全权委托我代理。警方什么时候能做出处置？我什么时候可以见他？"

"问询没有结束，案情还不清晰，有结果会通知你。"

昔日燕大法学院的师姐妹，在这起突发事件里巧遇，成了潜在对立方。

六点，天亮，笔录开始，赵寻接受晏明问询。

"你什么时候入职大成？"

"半年前。"

"硕士研究生一毕业，就拿到大成管培生的签约，可谓是就业最优选，一开始轮岗到运营部，短短三个月，突然升职到董事长办公室担任高级助理，你感觉意外吗？"

赵寻点头承认。

"发生什么突然被升职？"

"一次公司活动后，人事通知我调职。"

"那次活动有什么特别的？发生了什么？"

"那次活动……成董出席。"

"那是你第一次见到大老板？"

"是。"

"你觉得这是正常升职吗？"

赵寻摇头。

"光速升职背后的原因，你知道吗？"

赵寻沉默不语。

"你知道是嫌疑人亲口下令调你到他身边的吗？"

"后来……才知道。"

"怎么知道的？"

"他自己说的。"

"他为什么亲口告诉你？"

"想让我感激他。"

"一当上助理，他就开始追求你吗？"

赵寻点头承认。

"你接受他的追求了吗？"

赵寻抬眼望向晏明，欲言又止，似乎不知如何作答。

"你和他是情人关系吗？"

"不是，不是。"赵寻本能摇头，连连否认。

"你是说，他追求你，但你并没有接受他？"

赵寻不答。

"他私下对你，或者公开对外，怎么说你俩的关系？恋爱？情人？"

"他……有很多情人。"赵寻答非所问。

"她们都接受这种关系吗？明知道他是有妇之夫，也清楚自己不是唯一。"

"没有女人……能拒绝他吧。"

"你呢？"

赵寻又沉默了。

"聊聊昨晚吧，商务宴结束你和他一起返回大成，那是几点？"

"我不清楚……"

"你怎么会不清楚！"

"我……什么都不记得。"

晏明立刻警觉，启动追问。

"什么都不记得？你喝醉了？什么时候没有意识的？"

"酒宴上，第二圈儿还没喝完，我就断片儿了。"

"谁灌你酒？嫌疑人？"

"桌上所有人。"

"那是几点？"

"我不清楚，可能……九点多？"

"对于宴会是怎么结束的，你和成功又是怎么回到大成进入他卧室的，你一概没有意识？"

"我不知道，不记得。"

晏明飞速瞄一眼笔录，确认小米记录下这个关键细节。

"你醒来是什么时候？人在哪儿？这个问题至关重要。"

晏明等了片刻，赵寻才艰难开口。

"我醒来……在床上。"

"谁床上？"

"他。"

"当时他在做什么？"

"他……把我衣服脱了。"

第一个证据浮现：受害人在全程无意识、无法反抗的身体状况下，被嫌疑人胁迫到案发现场实施强奸。

晏明穷追不舍："然后呢？"

赵寻陷入长时间的沉默，迟迟不回答。

"赵寻，概括一下你之前的陈述：你被他带回私人住所，弄到床上，脱去衣裤，整个过程你深度酒醉、失去意识、行为无法自主，你是被强迫的吗？”

"不！不是！"

酒醉不醒却否认被胁迫，赵寻自相矛盾的陈述又让晏明迷惑了。

"向你解释一下，强奸罪的构成要件，是采取暴力、胁迫和其他手段，违背妇女意志，强行发生性关系。其中'其他手段'包括利用女性醉酒、缺乏自主意识的情况下发生关系，使女性不知反抗、不能反抗、不敢反抗，即为强奸。"

"不！不！他没有强奸我……"

"那你是自愿？"

赵寻视线游离，低头躲避两名女警官的凝视，尽管她极力控制自己，但全身开始肉眼可见地颤抖，嘴唇、手、身体，抖个不停。

眼见赵寻情绪突变，晏明放柔语气：“是不是因为你和他的上下级关系，你有什么担忧顾虑？你是不是怕什么？”

"我没有……没有……"嘴上说着，赵寻的眼泪却奔涌而出，簌簌掉落。

"赵寻，你可以无条件信任我，在这里，可以说实话。"

赵寻濒临崩溃边缘，连声音都在抖，请求晏明。

"能不能……暂停一下，让我静五分钟？"

停止问询，晏明带小米离开，留给赵寻一个无人压迫的空间，让她平复情绪。十分钟后，她们返回问询室，赵寻泪迹全无，恢复平静，此前的失控被她修复得不留痕迹。

"可以重新开始了吗？请你明确回答：是否自愿和嫌疑人发生性关系？是？还是不是？"

"是！"

赵寻明确表示肯定，一改先前的吞吞吐吐、欲言又止。晏明不动声色，小米憋不住，惊诧溢于言表。

"嫌疑人有没有对你实施强奸？"

"没有。"

小米甚至忘了记录，晏明凝视赵寻，她像变了一个人，有别于之前随时可能折断的脆弱，显出前所未有的果决，突然有了几分强悍。

"你确定不对嫌疑人提出刑事指控？"

"我不指控。"

问询只能结束了。

小米脱口而出："你是不是因为他是老板就不敢告呀？你畏畏缩缩的怕什么？如果被人欺负侮辱都不敢找法律撑腰，那就没人替你撑腰了！"

赵寻直愣愣望着小米，对方的刺激没有令她情绪波动，她像一堵针扎不进、水泼不进的墙。晏明问出最后一个问题："从事发到警察到场，你是否联系、委托过第三方替你打110报警？"

"没有。"

"暂时问到这儿，你在这里休息。"

晏明起身离开，赵寻突然反问她："警官，我能问一下是谁报的警吗？"

"我不能回答你。"

笔录一结束，晏明就接到通知立刻赶到刑警大队队长延强的办公室，直属上级领导、文礼区分局刑侦支队一把手王队一大早专程从分局赶来听取汇报，可见成功一案社会影响之大。

听完汇报，王队还没张嘴，延强抢先表态：当事人否认强奸、不指控，就没有受害人，立不了案，应该放人。

赵寻在现场的含泪点头、接受体检被二次伤害的应激反应、接受笔录瞬间崩溃的前后反差，都让晏明充满疑惑。她想利用公安机关有权传唤二十四小时的法律规定，力争深入调查。

"根据出警情况和现场提取证物及赵寻接受体检、笔录时的情绪状态，尤其是她对返回大成到发生性关系全程是否清醒描述不清，我认为她心理活动复杂，不排除隐瞒事实的可能，真实心理值得深究。另外，我们对大成安保中心拿到的大厦监控录像尚未分析，两位当事人的陈述没有得到视频印证，无法验证真伪。还有，成功质疑报警动机，要求我们调查报警人身份，他认定有幕后势力诬告陷害他。"

王队问道："报警人身份确定没有？"

"还没有，根据媒体和我们同时赶到现场，偷拍视频传到网上的反应速度来看，报警人在报警的同时，也向媒体爆了料。"

"所以成功认定有幕后黑手在搞他，并非被害妄想。"

"对，这些都需要时间调查清楚。"

王队问晏明："你意思是？"

"先不放人，至少到二十四小时传唤期满，给我十八个小时。"

延强反对："当事人否认强奸！我们手上一点儿证据都没有，没有理由不放人。"

"我只需要能把现有证物梳理一遍的时间，也得等司法鉴定报告出来。"

"晏明，不要因为你是女性，遇到这种案子就先预设立场，感性大于理性。就说昨晚，你有必要亲自出现场吗？"

王队喝止两人："扯远了！晏明，当事人不指控，刑事案件就没有受害人，确实无法立案，我的意见也是放人。名人涉案，还是狗血大瓜，一早网上全炸了。没出家门，上面电话就打到我手机上，亲自指示：果断处置，不要拖泥带水，证据不充分，不要被舆情绑架、道德定罪。咱们压力很大，这就是我一大早专程赶过来的原因。处理社会热点案件，掌握两个要点：一是高效侦查、迅速结论；二是警方不要太有存在感，容易引火上身。"

"可受害人的复杂态度，还有报警人可能的背后指使……"

晏明还想争辩，被王队抬手制止。

"你可以继续查，但人，马上放了！"

就在李怡忙于施压快讯全网删视频、查找视频源时，林阑接到晏明的通知前往其办公室，对成功有处置结果了。

成功被带进晏明办公室，一眼看见林阑，她的出现令他惊讶，更令他心安。即使有更糟的情况出现，有林阑在场，他心里也有底了。

晏明对成功和林阑宣布："传唤结束，谢谢成先生配合公安机关调查，现在你可以走了。"

成功喜出望外，没有比这个更惊喜、更满意的结果了。

"你们有结论了吗？作为莫须有的嫌疑人和被诬告的受害人，我对警方的调查结果有知情权。"

"初步调查结果没有证据证明你涉嫌强奸，公安机关不予立案。但是，不立案不意味着侦查结束，一旦出现新证人新证据，公安机关随时会重启刑事侦查。"

听到晏明这句话，林阑心里一激灵。

成功反问："新证人新证据？连所谓的'受害人'都亲口否认了，难道我还洗不净强奸的脏水？"但他仍不失风度，主动伸手与晏明握手，"无论如何，辛苦四位警官通宵调查，还我清白。感谢！还有个请求，正好我律师也在场，鉴于我身份特殊，个人名誉关乎上市集团商誉，也关乎千万股民的股票价值，所以我请求警方对外界严格保密，保护我的个人隐私，杜绝一切信息流传到社会上。"

林阚不得不告诉成功他最担忧的局面已经发生。

"昨晚半夜三四点，你被警方带走的视频就被传到网上，全网扩散，现在分局外面有不少媒体守着。"

成功大惊失色，顿时不再淡定："什么！全网传播？谁拍的视频？谁传到网上的？"

"还不清楚。"

"这还不足以说明有幕后黑手在企图设计陷害、污名化我、毁掉我个人声誉、抹黑我企业信誉吗？我请求警方立刻展开侦查，查明报警人的身份动机，追查他昨晚和什么人联系过，银行账户有没有不明进账，顺藤摸瓜，我笃定能查到背后指使他陷害我的势力，我要告他们！林律，我有权利指控被人诬告陷害吧？"

晏明说明："成先生，你有权通过报警流程向警方报警，警方受理后，一旦查明报警人捏造事实对你诬告，司法机关一定会追究他的责任。如果证明他没有捏造，公安机关就有义务保护他的身份信息，维护举报人的人身安全。"

八点半，从深夜守候到清晨的媒体见闸门再次开启，一辆奔驰迈巴赫开出派出所，记者们无惧危险，将保姆车团团包围，你推我搡，所有的镜头都对准车窗。迈巴赫在人群的簇拥下一米一米地往前蹭，没有停车趋势，车窗也没有落下一寸，镜头拍下的，都是两侧车窗人头攒动的倒影。

没有警情通报，也没有当事人声明，成功乘坐私家车离开派出所的消息再次登顶热搜，为通宵霸屏的丑闻事件画上一个暂时的句号。

晏明返回问询室，推门见赵寻蜷缩在三张并排的椅子上睡着了，身上盖着外套。像是有第六感一样，赵寻猛然惊醒，扑棱一下坐起来。

"不好意思，我睡着了。"

"我来是通知你，你可以走了。"

"调查完了？"

"完了。"

"他呢？"

"他也可以走了。"

赵寻呆愣片刻，晏明分辨不出她的反应是意外还是安心。

"能不能……让我多待一会儿？等他先走。"

晏明明白赵寻不想和成功照面，告诉她："他已经走了。"

"外面还有那么多媒体吗？"

"没了，都被他带走了，我派车送你回去。"

"谢谢警官，能不能……不坐警车？"

赵寻生于普通家庭，父母赵民、李平在园林局绿化队干了一辈子，退休后在花卉市场摆个摊位，卖花草鱼虫。赵家住在一个老旧小区，一家三口挤在八十多平方米的两居室里。赵寻被调到董事长办公室的同时，也得到了一套公司提供的高级公寓，和市场部女同事一人一间卧室，共享客厅厨卫，生活设施齐备，免费拎包入住，人生第一次住进了自己的梦中情房。

像往常一样，赵民、李平一早下楼买完蔬菜、早点回家，一路和街坊四邻打着招呼，却感觉这个早上和平时有点儿不一样，邻居左一堆、右一拢，比平时扎堆儿，却对他俩躲躲闪闪。等夫妻二人走过去，大家伙儿的眼神又像拴了根线一样一直系在他俩身上。

李平跟丈夫嘀咕："你觉不觉得大伙儿一直在看咱俩？"

"咱俩咋了？没咋的呀。"

回到自家楼下，扎堆儿的邻居们还似笑非笑地远远站着，用古怪的眼神看他俩。李平忍不住问方奶奶，方奶奶跟赵家是对门邻居，关系最近。

"方奶奶，跟您打听打听，今儿有什么热闹事儿吗？不会跟我家有关系吧？"

方奶奶走到夫妻俩面前，小声问道："你俩没看见寻寻老板昨晚的大新闻？"

"寻寻老板？什么大新闻？"

"强奸！"

李平被吓一跳："什么！"

赵民也惊得加入媳妇和方奶奶的八卦："谁强奸谁？"

"就是寻寻那个姓成的大老板，强奸谁不知道，脸上打了马赛克，早上人又被公安局放了，说不是强奸，炸了庙了！"

"这……跟我家赵寻没关系，她就是一普通员工。"

赵民拉着一脸蒙的李平进了楼门，躲避身后一片抻脖探究的脑袋。一进家门，李平直奔座机，抓起听筒就拨打女儿手机，听到赵寻手机关机，再往她公寓打，也无人接听。联系不上女儿的情况极少发生，赵民发了几条语音问赵寻在哪儿，依然杳无音讯。

夫妻俩赶紧打开手机新闻应用软件，一眼看到头条新闻"成功深夜被警方带走，疑似涉嫌强奸"的最新消息：深夜两点半被文礼警方传唤带走的大成科技董事长成功，今早八点半自行乘车离开公安局，对于涉嫌强奸被警方调查一事，未做出任何官方说明。据悉，成功被举报涉嫌强奸，警方经过一夜调查，未发现证据，不予立案……点开视频，被两名女警带上车的年轻女性马赛克遮脸，夫妻俩只能通过没被遮挡的衣裤努力辨别是不是他们的女儿。

晏明把车停在赵寻家楼下，打开副驾驶手套箱，掏出名片递给赵寻。

"上面有我手机号，二十四小时开机，如果你想反映什么新情况或者补充什么事实，随时可以打我手机。"

赵寻接过名片，才知道女警官叫晏明。

"晏警官，谢谢您，一夜都在照顾我。"

"应该的，要我送你上楼吗？"

"不用。"

晏明不坚持，她明白赵寻不希望警察出现在父母面前的心理。赵寻拉开车门，跳下车，低垂头，不抬眼，快步走，一气呵成，走完车门到楼门的几十米距离，一头钻进楼门。晏明环顾四周，注意到四面八方聚焦自己的目光，猛然醒悟赵寻一路逃窜逃的是什么，她返回的这个地方，并非避风港。

赵寻可以逃避邻居的窥视，却逃不过父母的探究。

"寻寻，你去哪儿了？我和你爸一早上都联系不上你……"

"你怎么回事儿？怎么一大早回家？不要上班？"

"我想洗个澡睡会儿。"赵寻闷头往自己卧室走，被父亲拦住，连环逼问，躲无可躲。

"不节不假的为什么不上班？不是出什么事儿了吧？"

"你老板的事儿，是不是和你有关？"

"那个视频里的……不会是你吧？"

赵寻闭口不答，几乎就是默认，父母心惊肉跳整整一早上的揣测得到了证实。满城风雨的丑闻女主角，就是他们的女儿。这个再普通不过的家庭，承受不了引以为傲的女儿以如此轰动咂舌的方式被街知巷闻，赵民急怒攻心，抬手一记耳光抽在女儿脸上。

如凛冬最后一片残叶，赵寻轻飘坠地。

第三章

委托调查

迈巴赫保姆车摆脱记者重重尾追时，成功隐蔽在反光玻璃镜后面思索如何应对窗外的媒体。警方不予立案最大程度消解了报警诬告的危害性，最糟的一环反而是媒体曝光造成的巨大社会影响。从派出所出来的那一刻开始，成功就在谋划着如何降低婚内出轨的负面影响及挽回自己的公众形象。一回顶楼，他就下令召集当天下午的紧急会议，要求集团董事和高管出席，议题就是他给大家一个交代。接下来，他要与林阙闭门深谈，除了李怡，其他人都不能在场。

"林阙，除了你，我谁也不信任！这件事请你一定帮我！追查报警人的身份和动机，彻查他的社会关系，半年来联系过什么人，银行往来账号，揪出幕后黑手，看看谁想在名誉上置我于死地！财力物力无限支持。李怡，你现在的主要工作就是配合林阙，给她人手和资源支持，她不方便、干不了的事儿，你去搞定。"

触及个人隐私，成功只信林阙。双方牢不可破的委托关系基于八年前林阙帮大成顺利上市，因此获得成功、辛路夫妇赏识，法律委托外也建立了私人友谊。成功所有的法律事务，上市、并购、谈判、合约、经济纠纷诉讼等集团商事，个人婚姻财产状况，公的私的都交给林阙代理，成功是林阙和大正律所的最大客户。就连很"渣"的私生活，他对她也不加掩饰，两人关系独特，超越男女。林阙是为数不多让成功在智商上仰视的女性，他一向自恋，但林阙让他感觉她在自己之上。

林阚的主业是投资并购，主做非诉，但她业务没有短板，同样擅长刑事代理。接受这桩委托前，她必须要掌握昨晚发生过的所有事情，至少是"法律事实"。

"我们有必要谈谈昨晚的事儿，每个细节，我要你对我绝对诚实。"

"我保证。"

"从宴会结束说起吧，是你要求赵寻跟你回大成？还是她主动跟你回来的？"

"她九点多就喝挂了，一直睡在酒宴上，散席我才叫醒她。"

林阚对赵寻醉酒一无所知，这是极为重要的点，如果赵寻整晚处于酒醉不醒的状态，一直持续到性关系发生后，事件性质将发生颠覆性的改变！

"她醉到什么程度？还有没有意识？能不能正常行走？"

"我一叫她就醒了，能走，我俩一起离开会所的。"

李怡佐证了成功的说法，昨晚十一点半，她在会所外一个一个送走赴宴来宾，最后出来的是成功和赵寻，当时赵寻行走自如，并没有意识不清，顶多是有点喝大了。李怡想另外安排车辆送赵寻，但被成功拒绝，而后目送两人一起离开。李怡预见到了即将发生的风流韵事，但她没有预见到有人报警，也绝不会认为那是强奸。

林阚继续问成功："为什么你没有送她回家，反而回了大成？"

成功有些尴尬地说："因为在车上有了点儿变化……"

什么变化导致成功决定带赵寻一起返回顶楼呢？是他的身体和内心。在那半小时车程里，就在后车座上，成功情不自禁地吻了赵寻，从她的头发、脸颊，摸到双腿、上身，赵寻没有回应，也没有挣扎。

"所以我改了路线，带她一起回顶楼。"

"赵寻对此什么反应？反对还是接受？"

"她没反对。"

"从返回大成到发生关系，你确定赵寻一直清醒？"

"清醒！"

"这是你的主观感觉，还是客观事实？"

"一个人醉到什么程度，我难道看不出来？"

大成公共区域都被监控覆盖，没有死角，从杜卫东接两人下车到进入大堂送进电梯，再到穿过顶楼长走廊走到卧室门外，一路上都有监控，求证赵寻是否行走自如轻而易举。进入私人空间以后的事儿，就只有成功和赵寻两个人的陈述了，没有第三人旁证。成功说赵寻一进卧室就仰在床上小睡了一会儿，等他接了个电话还冲了个澡之后才叫醒她。

"我有义务强调一点：与醉酒意识不清、丧失行为能力的女性发生关系，符合'以暴力、胁迫或者其他手段'的强奸定罪。这点非常重要！"

"我是乘人之危、霸王硬上弓的人渣吗？接下来她就醒了……"成功承认赵寻是被他亲醒的，醒来后她让他去洗澡，他表示洗过了，她说她也要洗，跳下床去了卫生间。"自己走进卫生间洗了十几分钟澡，这点能证明她清醒吧？"

"接下来，她洗完澡走出卫生间后呢？"

"水到渠成。"

"自始至终，她没用语言或者行动表示过拒绝？"

"当然没有！"

"你没有使用过暴力吧？"

"我犯得着来硬的？任何女人，只要她说个'不'字，我立刻停下。

我对所有女人都很温柔，因为我尊重她们。"

林阚问出她在凌晨赶赴派出所时就产生的一个疑问："为什么赵寻在现场既没有对警察确认强奸，也没有否认强奸？"

成功惊诧，林阚不在现场，他也来不及对她俩讲述警方到场后的细节，林阚何以准确断定赵寻的态度？如同她在现场亲历一般。

"你怎么知道！"

"从警方现场处置反推。"

"没错，警察问她的时候，她什么也没说，可能就因为她态度模棱两可，警方才决定传唤我。"

"你认为赵寻当时为什么一言不发？"

"被吓蒙了吧，毕竟少不更事。"

"至于蒙到连'不是强奸'几个字都说不出来吗？不就是不愿意当众承认自己和有妇之夫通奸吗？"确认因为赵寻没有当场否认强奸才导致成功被警方带走，随即被媒体曝光最终酿成丑闻之后，李怡把一腔怒火倾泻到赵寻头上，"她个人的道德污点和你的社会名誉、集团利益比起来，孰轻孰重？本来当场承认就能避免警方传唤和丑闻曝光，她就为保全自己那点儿小面子、小私心，搞到人尽皆知。你体谅她，她有维护过你吗？"

"已经发生了，我不会苛责她。"成功的关注点始终在于如何找出报警人，以及应对幕后黑手的阴谋，但他感觉林阚的焦点却在赵寻。

"林阚，你的关注点怎么一直是赵寻？把她撇一边，她不是重点，重点是调查幕后黑手！"

"两者不对立，谁是重点不急于现在定论。但是唯一能左右刑事定罪的，是赵寻的说法，她是否指控强奸，将直接决定事件走向。"

"你认为警方还有可能继续追究我的刑事责任？"

"不予立案不代表案件终结,你注意到晏明警官最后那句话了吗?"

"新证人、新证据?"

"这件事,有两个可能的变量,一是赵寻的说法,二是匿名报警人一旦出现以及'他'会怎么说。一旦他们提供直接或间接证据指控强奸,就会导致事态突变,警方重启刑侦。"

"赵寻不是对警察坚决否认了吗?她怎么会指控我强奸?这种可能性为零。"

"我有义务提醒你,这种可能性并非不存在!"

"绝不存在!无须担忧!"

成功断然否决赵寻会引发变量,但无法阻止林阙的直觉。赵寻面对警方现场询问的模棱两可,反映出她心理叵测,行为难以预判,充满不确定性。只要存在赵寻指控成功强奸的可能性,就不能断言事件画上句号。幕后黑手操纵舆论讨伐成功,令他形象受损、商誉减值,但不足以构成致命伤害。赵寻是否提出刑事指控才是主导事态、决定结果的唯一因素。即便不排除赵寻被黑手唆使,做了对方诱饵的可能性,对成功的终极杀招,依然要通过刑事指控来完成。事件的核心焦点是什么?就是赵寻对于昨晚的说法。林阙和成功此刻看似微小的认知差异,将导致两人日后选择上的南辕北辙。

李怡插嘴:"我和林律都是女人,女人的保票,你最好不要打。"

成功瞟她一眼,避其锋芒,把讨论扳回自己的轨道上来。

"对报警人的身份,林阙,你有什么思路?"

"报警使用的电话号码只有警方掌握,我们不可能得知。但打给媒体的爆料电话,大概率也是他打的,我要拿到这个号码。"

成功吩咐李怡立即联系媒体,搞到爆料者的电话号码。林阙提出查看整栋大厦的监控录像,约谈每一位夜班保安,成功也让李怡安排落实。

如何向社会公众交代，也是眼下的当务之急。成功吩咐李怡替他拟一份声明，向公众道歉，自己理亏处该认错认错，对搞污名阴谋者该棒喝棒喝……正说着，手机响了，成功瞄一眼来电显示，是他太太、大成集团副董事长辛路打来的。辛路的声音听不出波澜，通知成功：她现在在回燕州的高速路上，晚上到家。

"你要回来？"

"不该吗？你弄出这么大的新闻，热搜高居不下，我不得赶回来吃个新鲜大瓜？"

辛路的语调里透着几分揶揄，成功有心理准备，她说什么他都只能受着。

"你回来，儿子呢？"

"难不成我带他回燕州看你的热闹？姥姥姥爷照顾他。"

"他……还有他们……都知道了吗？"

"怎么可能不知道？"

成功愧对妻儿，疫情期间辛路带着儿子轩轩千辛万苦、费尽周折从英国回国，隔离半个月才到家，待了一周又去南方跟娘家二老团聚，母子俩刚走几天，他就闹出丑闻……辛路没多说，只说"晚上见面聊"，就挂了电话。

成功让李怡也替辛路拟个声明，两份声明通过全媒体一起公布。李怡问辛路的声明要写什么内容，成功说当然是"原谅宽容、婚姻稳固、情比金坚"诸如此类的话。但是对于辛路纵跨上千公里当天赶回燕州的目的，李怡有着和成功不一样的直觉。

"你确定这次辛路会站在你这边配合危机公关？"

"她会！不冲我，也会冲集团声誉、企业利益，这家公司也是她的，关键时刻，辛路从来都是一个识大体、顾大局的女人。"

"你认为她赶回来就为救火？"

"当然不光为这个，我也得对她有个交代。我的事情，我来搞定。"

林阚离开后，成功走进卧室，床上被褥凌乱，两件匆匆换下的浴袍扔在床边，还是凌晨两点他被带去派出所时的样子，警察勘查现场提取完证物后这里就没人进来过。让李怡面对自己和赵寻睡过的床榻让成功很尴尬，需要交代的商业伙伴不止一方，需要交代的女人也不止辛路一个。

"谢谢你为我揪心奔波一通宵，你可以骂我了，打我也不还手。"

"我有打骂你的资格吗？辛路还没动手呢，就算排队打你她也得是头一个，人家是正宫。"

"我向你道歉，于公于私，我给你添堵了。"

"何出此言？于公，我是集团副总裁，拿着高薪和股份，危机公关是分内职责；于私，馋你的女人数不胜数，小三这顶帽子太抢手，未必轮得到我戴，堵心份额我能幸运地摊上一份吗？"

"除了辛路，我只跟你一个人道歉。"

"我和识大体顾大局的区别，就是她需要道歉，甚至跨越大半个中国赶回来兴师问罪，而我不用。"

"你的好，一是无论怎样永远都维护我，二是从来都知道分寸。"

"我任劳任怨、不辨是非呗。"

成功伸手去拉李怡，被她甩掉，随即反扑，把她箍进怀里。李怡挣扎一下便放弃，被他双臂环抱，二人耳鬓厮磨。

"红颜很多，但你是我知己。"

"知己就是看你劈腿不能掀桌还帮你擦屁股的女人？"

成功处处桃花、四处留情，李怡是最特别的一个，她对他的重要和他对她的依赖，仅次于辛路。李怡的特别之处在于无求，甘于不伦关系中拿不上台面的身份，恪守地下情人的规则尺度，从不逾矩，也不露觊觎上位之意。成功在所有的情感关系里浅尝辄止，因为惧怕对方欲壑难填。他不吝赠予钱财物质，对每一位爱上的女性都报以真挚，但百分之百的忠诚，他对谁都欠奉，包括妻子辛路。拥有财富、权势、地位的成功男性似乎同时拥有风流的特权，道德双标横行无阻，男性集体尊崇，很多"李怡"也如此认同。一方面从不奢求占有，一方面却百分之二百专情投入，单向输出、毫无约束，哪个男人会拒绝这样的两性关系？因此李怡成了成功最长线的情人。老情人的愠怒，成功当然要耗费心力给予抚慰，接下来的公关大战，她是冲在最前线护卫自己的战士。李怡也适可而止、见好就收。对她而言，丑闻曝光未必全是坏事，否中有泰。

　　"林阚一直在强调赵寻，不排除她会改变说法，这点启发了我。有句话，可能只有我说合适，人家林阚未必会直说。赵寻也许不像你想得那么单纯。"

　　"你给我说说她能有多复杂？多居心叵测？"

　　"除了有黑手，也不能排除另一种可能：报警的是赵寻，她设计了这一幕。"

　　"她举报自己和有妇之夫通奸，深更半夜招警察上门盘查，还被带到医院和派出所做体检和笔录，她图什么？"

　　"图让全世界知道！假报警、真曝光，对外公开她和你的情人关系，倒逼你离婚。即使达不到上位的终极目的，至少也能得到经济或其他方面的补偿。"

　　"报警电话都不是她打的。"

"找个人掐好时间替她报警，难吗？"

"警察上门时她躲在卫生间不敢出来，比我还惊慌失措，她也是受害者！"

"谁做戏不做全套？否则怎么让你对她深信不疑？如果这个局是她设计的'仙人跳'，警察、报警人就是被她用完就扔的棋子，你才是这出戏的重点。"

"理论上，存在你说的这种可能。但事实上，绝非如此！"

"咱们拭目以待，看看真相是什么。"

危机公关按部就班地展开。下午一点，大成全体董事、集团高管应召与会，成功对众人鞠躬，为个人丑闻造成负面舆情、触发股价下跌、给集团和股民利益造成实际损害道歉，承诺之后约束自己，杜绝品行瑕疵，如有再犯，引咎辞职！同时保证危机公关会全面见效，股价会稳步回涨，回到事发前的位置。他有这个把握：一是基于公安机关不予立案，洗脱了他的刑事责任，还他清白；二是通过调查报警人身份，他坚信很快就会掌握证据，证明这是一起专门针对他的污名阴谋！找出幕后黑手付诸刑诉之日，就是他洗脱污名之时。今日股价怎么跌下去，日后便怎么涨回来！

刘亮也在中午"迟迟醒来"，心急火燎赶来见李怡，负荆请罪，作揖磕头，说他昨晚醉得不省人事，还破天荒把俩手机关了，手下没敢打扰，一睁眼就见网上已经乱成一锅粥，臭骂自己醉酒误事，恳求成董和怡总大人大量，给他机会亡羊补牢，有什么需要他做的就尽管吩咐，他一定肝脑涂地，在所不辞。

李怡心里咬牙切齿，嘴上只能得理饶人，透露这次是黑手在搞成功，网络必是对方利用的阵地，请刘总坚定站队。趁对方主动要求补救，李怡拜托刘亮帮忙全网删除视频，控制引导舆论，弱化负面舆情，追踪网络黑手身份，还要追查是谁给媒体通风报信，提供爆料者的身份信息和联系电话。刘亮一口答应，流量收割完毕，就可以为友谊效忠了。

认为不立案并不意味着就此画上句号的人，除了林阙，还有晏明。警方做出不予立案的处置后，她还在研究两份报告。

现场勘查报告显示：从事发现场垃圾桶内找到一只安全套，套内留存精液；卧室床单、垃圾桶内被丢弃的纸巾上，均提取到精斑和体液；现场没有发现搏斗痕迹，女当事人的胸罩、衬衫、牛仔裤上均无暴力撕扯破解开线的痕迹，说明在衣裤脱除过程中没有遭遇暴力；女当事人的包被扔在卫生间门口的大理石地面上，包及包内物品没有损坏。

赵寻的体检报告显示：事后她没有洗澡，没有发现体表外伤和阴道撕裂伤，指甲未提取到成功基因型，酒精检测结果每百毫升血液的酒精浓度为五十六毫克，属于醉酒状态。因为阴拭子检测和DNA比对结果要等几天才能出来，即便赵寻体内验出成功的DNA，体检结果也只是证明两人发生过性关系，没有证据显示赵寻受过暴力强迫。也就是说，赵寻的身体没有留下任何被伤害的痕迹。

发生关系时，赵寻是醉着还是醒着？是否处于行为无法自主、丧失反抗能力的状态？这成了此案中除了双方当事人陈述之外定性事件的唯一参照。

林阙坐在大成集团安保监控中心注视电视屏幕墙时，晏明也在刑警队会议室观看同一段监控录像。

大成集团大厦的监控录像验证了成功的说法，多个探头记录下前晚十一点五十六分到十二点，成功和赵寻下车进入大堂，出电梯后经过董事长楼层走廊行进到卧室门外的全程影像。在四分钟时长的视频中，除了下车时赵寻脚下趔趄，推开成功和保安杜卫东的搀扶，自行走进大堂，随后的时间里，她始终步态正常，和成功身体倚靠。赵寻的状态，无法和"重度醉酒""行为无法自主"建立联系。

直到他们走到卧室门外，林阙和晏明都注意到了两人驻足十几秒的一个细节。

在卧室门前，赵寻突然停步，左臂撑住门框，身体明显向后，同时脑袋转动，巡视四周，似乎在辨别环境。在她以手撑住门框、止步卧室门外不进的十几秒里，两人有对话交流。接下来，成功用指纹解锁打开房门，猛然俯身横抱起赵寻，抱着她走进卧室，一脚端上房门。

这个场景存在两种截然相反的合理解释：一是赵寻发现这是成功的卧室，不肯入内，成功强行抱她进入卧室；二是赵寻突然站立不稳，不胜酒力，成功抱起她进入卧室。如果事实符合第一种解释，那么成功便涉嫌"以胁迫手段"与"丧失行为能力的女性强行发生性关系"。因此，两人在这十几秒里的对话，就成为判断赵寻是否被胁迫的唯一参照。

接下来，十二点二十九分的一段视频，同样引起了林阙和晏明的注意。

一位年轻的夜班保安拉一辆平板车走出电梯，踏上董事长楼层，平板车上放着两只木箱，保安走到成功卧室门外，几次举手按门铃，毕恭毕敬地等候，最后拉上平板车调头离开，返回电梯，下楼。

在成功和赵寻进入卧室半小时后，这名保安为何拉两只木箱出现在顶楼？又为何被拒之门外？保安按响门铃时，室内的成功和赵寻处于何种状态？是否正在发生性关系？

林阚和晏明产生了同样的疑问。因为没有立案，公安机关没有调查权限，晏明的疑问只能止步于此；但林阚的调查才刚刚揭开帷幕，也正因为这样，对于事件真相的探索，林阚走到了晏明和警方之前。

"这名保安叫什么？"

"江小宁。"保安部经理告诉林阚。

林阚记住了"江小宁"这个名字。李怡下令：大成全体员工，包括每一位夜班保安都有义务全力配合林律调查。十分钟后，江小宁就坐到林阚对面，面对她的摄像镜头，回答昨晚十二点二十九分为何上楼。

"我上楼是因为接到电话，命令我把红酒送到成董卧室。"

"谁的电话？"

"赵助理。"

林阚一惊："她打的？她在电话里说了什么？电话是谁接的？"

"我接的，赵助理让把寄存在大堂的两箱红酒送到董事长楼层，说是马上、立刻，催得很急。"

"她口齿清楚吗？你觉得她像喝醉的样子吗？"

"清楚！没醉！她绝对没醉！"

"怎么会有红酒寄存在大堂？"

"平时给董事长买的、送的东西，很多由大堂保安接收，然后跟成董的私人保镖尹声交接……"

"尹声？是那个总跟着成董的高大帅气的男孩儿？"

"对，成董贴身的有两人，一个他，一个司机。但那天白天，尹声突然离职，我们一时不知道找谁接收这两箱酒……"

"他离职了？就在当天？"

"对，中午走的。"

"他为什么突然离职？"

"谁也不知道，就很突然。我们只好联系赵助理，当时她赶着跟成董出门赴宴，就临时交代让明天上班再把酒搬上楼，所以这两箱酒当晚就放在值班岗。"

"你记得她打电话是几点？"

"十二点二十左右？我记不清了，您可以查一下值班岗电话，都有录音，那晚除了赵助理，没有其他电话。"

"你送酒上楼的时候有没有见到赵助理？"

"没见到，我被骂得狗血淋头，根本没进门。"

江小宁清楚记得昨晚自己挨的骂，他按了几次门铃后，门里传来成功不耐烦的嚷嚷。

"谁呀！"

"大堂保安，给成董送红酒。"

"这会儿送？脑子进水了吧！滚蛋！"

江小宁一脸蒙，无比委屈，不知道跟谁对质说理，小脖子一缩便逃之夭夭。

"你确认真实无误？"

"我确认。"

十二点二十九分，赵寻神志清醒地打电话叫大堂保安上楼。这是一个无比清晰的坐标事实，一旦赵寻指控强奸，林阒几乎可以预见这个细节在刑侦进程和证据链上举足轻重的证明力。

成功委托的调查，其本人也在调查范围内，林阒想要知道他和赵寻在卧室门外到底说了什么。

"走到卧室门前，赵寻突然站在门外不走，手撑住门框，和你说了几句话，接着你把她抱进门，这段你记得吗？"

"抱进门我记得。"

"她对你说了什么？"

"她说……"成功想了片刻才想起来，"'我站不住了。'所以我把她抱进门。"

如此说法，符合第二种解释，就是不涉嫌"胁迫"。

林阒注视着成功，他的眼神不由自主地游离到别处。

"你确定她说的是这句话？"

成功把视线移回林阒脸上："为什么你对赵寻比找黑手的兴趣更大？"

"我要掌握全貌，发现一切可能对你不利的因素，它们可能在事件里，而不在事件外。"

"赵寻绝不会对我不利。"

"你能百分之百肯定地说发生关系时她是清醒的？"

"就算她在酒席上喝大了，回来的路上还晕晕乎乎，下车后她也完全清醒了！"

"你能肯定她对警察也这样说？"

"她……"成功语塞，"你心里，也没有排除我的强奸嫌疑。"

"定罪不凭主观直觉，而是凭证据，如果刑事认定赵寻昨晚处于醉酒状态，你就会被定性为强奸。所以我认为，赵寻比陷害你的黑手更有可能伤害你！"

林阒一而再、再而三地提醒成功，避免赵寻成为被他忽略的盲区，然而这无法动摇成功的自信。他对赵寻手拿把攥。不只赵寻，他认为所有女人都在他的掌控之内，没有一个女人会拒绝他，他也无须"强迫"任何女人。

昏睡一整天，赵寻在夜幕降临时醒来，痛感消退，知觉苏醒。打开手机，她在无数个未读消息和未接来电中，点开自己和陈默的对话。昨晚两人通完最后一条消息，从凌晨到入夜，一整天，他都在不停追问。

2：25　我看见你被警察带走了。

3：00　你现在人在哪儿？还好吗？

3：10　能不能回我一条消息，告诉我发生了什么事？

3：30　天！网上全是你和他的视频！

3：31　他强奸你！怎么回事？回答我！回答我！

8：50　不予立案？解除强奸嫌疑？

10：00　看新闻他离开公安局了，你怎么样？

　　　　你还在公安局吗？现在能回复我吗？

　　　　这一夜到底发生了什么？

15：30　从昨晚到现在，我一分钟没合过眼，担心你……

18：00　等你愿意时，回我一个电话，求你了！

油煎火烹的二十四小时里，陈默和她一样在炼狱中煎熬。猜疑、焦灼、愤怒、担忧、不解，他像困兽一样围绕旋涡中心游走，心急如焚又无能为力。

家里一片死寂，格外凄厉的门铃声吓了夫妻俩一跳，谁也不出声儿应门，门铃持续刺破室内的寂静。

赵民没好气地说："谁呀？"

门外一个年轻男声反问："请问赵寻在家吗？"声音斯文，透着礼貌。

"不在。"

"抱歉打扰了，我知道她在家，能不能开门让我进屋说几句话？我叫陈默，在大成运营部工作，和赵寻在一个部门做过同事……"

房门洞开，陈默吓了一跳，赵民对他声色俱厉。

"你想干吗？"

"我想……看看她。"

"她这会儿不方便，你改天联系她吧。"

赵民试图一把关上家门，被陈默伸手顶住。

"叔叔，我是她朋友，求你问问她能不能让我看一眼？就一眼，看看她我就走！"

赵民听见女儿的声音从身后响起："让他进来。"

两人在房间单独相对时，赵寻主动问出警察上门后一直在她心里萦绕的疑问。

"昨晚是不是你报的警？"

"你认为是我？"

"一点四十二，通过发消息，你确认我和他在一起。一点五十五，警察上门。不是你是谁？"

"为什么你认为是我报的警？"

"昨晚你为什么在公司楼下？"

"我跟着你和他从会所一路跟到公司。"

"你跟踪我？为什么跟踪我？"

"因为你醉得不省人事。昨晚谢总让我去会所给李总送文件，进去我就看见你盖着他的衣服睡在沙发上。离开宴会厅我没走，等到酒宴散场才看见你们出来。"

"然后你就一路跟回公司？你要干吗？"

"我担心你！"

"只是担心吗？"她的眼神咄咄逼人，"还有嫉妒恨吧？"

陈默在她的逼视下无处遁形，是，他担心，也嫉妒恨。

"所以你报了警。"

"我承认你跟他上楼后，每分每秒我都有报警的冲动……"

"为什么那么晚才报？为什么不早一点报警？"赵寻眼泛泪光，"早一个半小时，你就是救我，不是害我了。"

各种信息在陈默的脑子里对撞，赵寻这句既像问他又像自语的话，让他的判断突然混乱。

"我没报警，不是我！收到你消息，一点五十，我打了110，警察正问我要不要报警的时候我就看见来了三辆警车，下来了六个警察。我一句话没说，挂了电话。为什么说早一个半小时就能救你？难道……你真的被他强奸了？"

"嘭"一声门被撞开，赵民闯进卧室，手指陈默质问赵寻："他说的是真的？说话！"赵寻被父亲的这声咆哮震得一个激灵，"你被强奸了？是还是不是？"

赵民、陈默，还有门外的李平都看到——赵寻点了点头。

第四章

亲口否认

成功离开顶楼的"家",回到他和妻子儿子的"家",等候长途奔波一天的成太回来兴师问罪。辛路进门一如常态,除了一开口全无迂回的犀利。

"这个家,就像咱俩的婚姻一样,华丽的摆设。"

"轩轩怎么样?"

"看不出来。网上全是你的新闻,我相信他看到了。吃早饭时他什么也没说,我也不好提,就告诉我要赶回燕州。"

"他说什么?"

"'收到!'"

"收到?"成功知道儿子的淡定就像是辛路事发后的静水深流,"处理完眼前事儿,我尽快抽出时间和他好好谈谈。"

"你们父子俩甚至不知道怎么和对方交流,你和他的距离,恐怕不是谈个一两次就能拉近的。"

成功无言以对,面对妻儿,自知理亏。

"现在你我要好好谈谈了。"

他知道她回来就为这个。成功极尽诚恳:"对不起,辛路,我出轨了,向你和儿子认错、道歉。"

辛路微微一笑:"你出轨稀奇吗?只不过这次搞到人尽皆知而已。"

"第三方报警,向媒体爆料,有人在搞我,我怀疑他们企图制造

'黑天鹅事件'，阻挠我们子公司分拆上市，最大可能就是商业竞争。"

"不予立案，刑事免责，但婚内出轨可是实锤。就算有人诬告陷害，你也给人家递了子弹。"

"私德有亏，我不为自己辩护。下午我召开了董事高管的紧急会议，向他们也向你认错道歉，承诺绝不再犯。再有任何私德瑕疵，我引咎辞职！明天我会发表致歉声明，请求社会公众原谅、监督，同时……请你也发表一个公开声明，帮我消除负面影响。"

"你让我声明什么？说咱俩不离不弃、共渡难关？"

成功臊眉耷眼：「是这个意思。你不必出面，但必须以你的名义发表。这个声明对稳定股价至关重要，你一发声就云开雾散，'吃瓜群众'就解散回家了。"

"如果我不配合你发声明呢？"

"你不会！你我利益攸关，你视集团和我、和这个家一样重要。"

"利益攸关？"辛路又一笑，不知道是笑成功还是自己，"好，我会发。"

成功真心感激妻子大度，张开双臂环抱住她："谢谢你辛路，咱俩遇到的所有困难挫折，包括我愧对你的时候，你也永远选择包容我。"

辛路叹口气："总有够了的时候。"她离开丈夫环抱，"有个交换条件，答应我，我就配合你这次危机公关。"

"什么条件？"成功有种不好的预感。

"离婚。"辛路施施然道出这两个字，说得像"吃饭睡觉"一样稀松平常。

成功像听到了外星语言："我们怎么可能离婚？"

"我们为什么不能离婚？"

"不离婚难道不是咱俩的共识？"

"是你死活不肯你我名下的股份被我分走一半，让你丧失第一大股东实际控制人的地位，而我只是对此充分理解所以没有坚持离婚而已。如果你称这点为'共识'的话。"

"我不否认捍卫公司最大话语权是不离婚的原因，但不是唯一。还因为儿子。更何况你我一直相安无事，相敬如宾，我们的婚姻没有大问题啊……"

"你把这十年称为'相安无事''相敬如宾'？结婚第三年第一次发现你出轨到现在，我数不清你出过多少次轨，你自己也数不清吧？你上过轨吗？直到今天你把婚内出轨闹到人尽皆知、股价暴跌，你还认为'我们的婚姻没问题'？"

成功坦白："我承认我不是个好丈夫，也不是个好爸爸，也许我……不适合婚姻。"

"那你凭什么让我困在这种婚姻里呢？我既没有一个好丈夫，也给不了儿子一个好父亲。"

"咱俩的婚姻不仅是一个家庭的拆分离合，更是一个上市公司控制权的重大变更。你我不仅是夫妻，还是一致行动人，是集团董事长和副董事长！尤其在子公司分拆上市的关键节点，公司控制权不能发生任何变动，这时候怎么可能离婚呢？"

"准备上市的节点，不能离；刚上市的节点，也不能离；要分拆上市，更不能离！因为婚姻和股市牢牢捆绑在一起，我就永远失去了离婚自由？把我们捆在一起、不可拆分的，早就不是夫妻感情了，而是商业利益。"

"这点不也是我们达成的共识？"

"但今早你出轨的新闻铺天盖地，我突然觉得够了。坚不可摧的婚姻，你背后恬淡如菊的女人，朋友员工眼里的'忍者神龟'，我演够了，你让我演不下去了。"

"可是为什么一方面公开声明不离不弃，一方面又提出离婚？你这不是自相矛盾吗？"

"不矛盾呀。公开声明是明修栈道，稳定股价、保证分拆上市顺利推进；离婚是暗度陈仓，谈判协议、财产分割至少走个一年半载。等我们对外宣布离婚的时候，早已时过境迁，'吃瓜群众'不过说一句'又不相信爱情了'而已，损不到公司和你的实际利益。"

成功脊背发凉："我以为你回来是帮我危机公关的……"

辛路微笑："我是呀。"

"你回来的路上就想好用配合危机公关作为离婚的交换条件是吧？你的离婚条件是什么？肯定也想好了。"

辛路气定神闲地说："平分夫妻名下公司股份。按照夫妻共同财产的分割原则，你名下百分之二十八和我名下百分之十二，总计百分之四十的公司股份，我依法应该分得并持有百分之二十，你须向我转让名下百分之八的股份。"

成功倒吸一口冷气："辛路，我怎么感觉你是趁火打劫、雪上加霜呢？"

"我是！作为一起创业打拼将公司运作上市的联合创始人，功成身退后甘居幕后回家相夫教子的全职太太，忍受丈夫屡次出轨的受害者，一桩社交婚姻的妻子，七年两千五百多天的忍气吞声，你认为我没有权利主张你名下百分之八的股份？"

成功哑口无言，无法否认辛路有这个权利："如果我坚决不肯离呢？"

辛路再露微笑："那我的声明就不是不离不弃了。我可能对外宣布解除你我一致行动人协议，恢复对我名下百分之十二股份的支配权。接着，我也可能在港股抛售股份。谁知道呢？一旦我紧随丈夫的丑闻曝光抛售股票，即使你拖着不离，舆论和股市也认定你我的婚姻形同分裂，你最害怕的公司控制权将会发生动荡，到时候股价狂跌，股票爆仓，到手的分拆上市搞不好也鸡飞蛋打。如果真有幕后黑手，看到这个局面，简直不要太开心……最后，就算我拿不到我的百分之二十，你也未必能保住自己的第一大股东和实际控制人……"

成功再吸一口冷气："你威胁我！"

"没错！你计划明天就以我的名义发声明？好，在那个时间节点前是否接受离婚条件，给我答复。"

"这是你的最终决定？"

"最终决定，没有转圜余地。"

"辛路，你是不是恨我？"

"早就不了。"

"恨过？"

"没有爱，哪来的恨？你我之间只剩生意，这是七年来我跟你学会的。"

辛路对丈夫展颜一笑。现在的李怡、成功的诸多情人，还有诸多的年轻女孩，都梦想做十年前的辛路。只有辛路不肯做过去的自己，于是变成了现在的辛路。所以，只有辛路拿得起，放得下。当然，前提是清楚放下什么，再拿起什么。她已经胸有成竹。

午夜一点半，成功按响林阆公寓的门铃。事件造成的全面失控逐一扳回正轨，没想到固若金汤的婚姻猛然脱轨。只有不到二十四小时来挽回，林阆是寥寥可数能帮成功挽救婚姻的人。

"如果辛路解除一致行动人协议，我确实阻止不了？"

林阒点头肯定："由于你的过错责任，辛路有权随时解除与你的一致行动人协议，无须赔偿你任何损失。"

"一旦损失掉她那百分之十二股份的表决权，就算我的百分之二十八依然占股最高，但只要辛路在港股抛售一点儿股票，就等于公开宣告婚姻破裂，大成控制权动荡，股价必定暴跌甚至爆仓。这时候，万一有大笔资金趁低进场吃进大量大成股票，再万一，和大股东内外串通、里应外合，对董事长职位发起挑战，我的最大话语权就会受到威胁。辛路心知肚明，她此刻提出离婚，就是趁我病、要我命！我死活想不明白，她为什么非挑这个节骨眼儿离婚？"

"一个人要离婚，当然是因为她想离。"

"她离婚想要什么？钱吗？"

"她要钱有错吗？"

"要钱我给她呀。何况她随意支配的资金用之不尽，为什么非要平分股份，分走我的百分之八呢？"

"那你把她的表决权牢牢攥在手里，又为什么呢？"

"我要的不是钱，钱于我只是一个数字。我保持最大占股，攥住的，不是股票等价的财富，而是它代表的权力。"

"也许辛路要的和你一样，也不仅是钱。"

"她还想要什么？"

"比如……自我，快乐。"

"她没有自我？她不快乐？"成功失笑，像听到两个笑话。

"你认为在这种婚姻里，有你这种丈夫，一个妻子理所当然该快乐，是吗？"

成功听出她的弦外之音："我和辛路确实不是世俗意义上的幸福

夫妻，但丝毫不妨碍这段婚姻的优质。我满意我的婚姻，我找不到比辛路更好的伴侣了，也不相信有比现在更好的婚姻形式。辛路知道我没法儿对任何一个人、一段关系保持忠诚，传统婚姻于我是束缚，是牢笼，她想捆住、绑住我的结果，只能是我逃之夭夭。所以我们达成共识，给婚姻开一扇小门，不强求彼此从一而终，也不霸占对方百分之百的时间、空间。我和辛路的婚姻实现了人道，包容一切复杂、多元的人性。辛路给我自由，我也给她，我们在不冒犯彼此尊严、利益的规则下都有权享受新的情感慰藉……"

"充分享受自由的，只有你一个人。"

"那是因为女人比男人更容易从一而终，生理差异决定的，不是我玩儿双标，只许自己放火，不许她点灯。"

"在你的定义里，辛路是世界上最幸福的女人，有钱，不操心赚钱，丈夫、儿子、家庭十全十美，还不受婚姻形式的束缚，享受情感自由。"

"我认为她很幸福，我也一样，我想不出这么完美的婚姻有什么理由离婚？"

林阒不反驳，也不掩饰她的不以为然，讥笑就明晃晃挂在她脸上。

"帮我想个法儿，不离婚、不分股份、保住我继续行使辛路的表决权。"

"我想不出。"

"那么请你出马，劝她不要离婚。"

"我做不到。"

"还有你做不到的？事实上只有你能做到！你一手把大成做上市，我认识你多久，辛路就认识你多久，我和她共同欣赏且信任的人寥寥可数。以朋友的立场劝她别离，你的话她一定会听。"

"我不会劝辛路放弃离婚。对你俩的婚姻，我就一个态度，与你的希望相悖——我支持辛路马上离！我亮明立场：不为你代理离婚，不会劝辛路放弃分割你名下的股份，不帮你保住夫妻共有股份的表决权，我置身事外，你找其他律师吧，愿意为你代理离婚的律师多的是。"

成功被林阚几连拒的直白震惊了："你从来不认同我的私生活吧？林阚，咱俩认识八年了，我对你毫无保留，但从来没问过你怎么看我。你眼里，我是不是就是个道德败坏的渣男？"

"评价你是不是渣男不在我的工作范畴内，除非要考量你的私德行为是否触犯了法律。"

"今晚我不是委托人，你也不是律师，咱俩是朋友，是哥们儿，告诉我，你怎么看我？"

成功诚恳相问，林阚就回以坦荡。

"论社会属性，你无可挑剔。商业头脑、领袖格局、才华智慧、性格情趣。别飘，但是来了，作为丈夫和父亲，除了会赚钱，你一无是处……这么说吧，你在外面有多成功，在家里就有多糟糕。"

成功感到难堪："我承认我现在不是好丈夫、好爸爸，但以后我会为了他们做个好丈夫、好爸爸。"

"多久以后？七老八十只能回家被人伺候的时候？等你有心，可惜没力了。你想做好丈夫、好父亲时，已经错过了他们需要的时机。"

"一个男人不可能同时赢得社会和家庭两种属性的成功，两者构成反比：有这样，就没有那样；一样越强，另一样就越弱。而且更多的男人这两样儿都没有。"

"成功是推卸家庭责任最名正言顺的挡箭牌，外面名利双收一项拿了高分，就有权在家门门零分甚至负分，男人都认为这是理所当然，是吗？老天开眼，辛路不想忍了。如果我是她，几年前就跟你离了，带轩轩开始新生活。"

成功欲辩无力，林阙让他不得不正视两性和婚姻关系中的自己远不如呈现给世人的那一面光彩：自私、纵欲、逃避责任，作为丈夫，作为父亲，他真的很垃圾，成功承认这一点。

辛路关上门，但成功怎么会缺女人为他开门呢？李怡打开门，他长驱直入，深夜三点异常登门，她知道一定又出了异常状况。

"没出事儿，你放心。今晚我和辛路谈过了。"

"识大体、顾大局，她一定原谅你了。"

"她提出离婚，还要平分股份，收回她的表决权。"

李怡完全意外："她竟然要离婚！我以为……她一辈子都不会跟你离。"

成功苦笑自嘲："我也这样以为。"

"你怎么说？"问出这句话，李怡竟然因为等待他的答案紧张到屏息。

成功悠悠问出一个问题："李怡，我是个很烂的人吗？"

"当然不是。"

"别哄我。"

"不做你老婆、不当你儿子，还有……不是你老情人的话。"

成功忽生歉疚，不仅对眼前的李怡，还有她提到的辛路、轩轩。

"辛路如果改嫁，哪怕是个没本事的平庸男人，会不会比跟我过得幸福？"

"会。"

成功沉吟片刻，呼出一口气："要不……就离了吧。"

李怡大脑停机："你会答应割肉给她股份吗？你占股比例被严重削弱，此消彼长，辛路在公司的话语权大增，动了你的话语权，这不是犯你大忌吗？"

"我不信辛路会抢我权，她要公司话语权早就要了，现在要啥有啥，她要权干吗呢？更何况，连她我也要防吗？"

李怡走到吧台边，取下两只红酒杯，拽过酒瓶，注入杯底，不可望而不可及的离婚突然而至，她对着空气举杯，悄无声息地庆祝。

林阚接到成功的消息："明天上午十点，大成，商讨离婚协议和股权分配方案。感谢今晚你对我说实话。"

事发第二天，约好的成功和林阚准时相遇，一起步入大堂，突然一个物件呼啸而来！成功余光瞥见，拽过林阚逃离物件的飞行轨迹。"咣当"一声落地，是只钢化保温杯。随即一个中年男性面目狰狞地冲向他们，高声怒骂："打死你个臭流氓！"冲到近前两三米远，被赶来驰援保护老板的保安一拥而上，按倒在地，男人的脸被按在大理石地上摩擦，嘴里还谩骂不休："人渣！畜生！"

成功走近问他："你谁呀？"

"我是赵寻她爸！你个强奸犯！"

"强奸犯"三个字当众喷到脸上，成功反应呆滞，既有对赵民骂出如此刺激字眼儿的震惊，也有不知所措的蒙。保安班长挡在老板身前气急败坏地吼着："满口喷粪，寻衅滋事！打110，让警察收拾他！"

成功一声令下："不许报警！扶他起来。赵先生是吧？你不来，我也要去拜会你。上楼心平气和好好谈谈吧，我保证你安全。这位是大正律所的林阚律师，她在场，你无须担忧人身安全和法律问题，请吧。"

赵民被几名保安限制，身不由己，半被迫半自愿地迈进上行顶楼的电梯。抵达董事长楼层，得到通报的李怡在会客厅外相迎，给林阙一个眼神，暗示监控正常，所有区域的监控探头都能正常拍摄。

　　成功让所有人离开，只剩下他和林阙、李怡面对赵民，他开门见山地问："为什么骂我'强奸犯'？"

　　赵民愤愤还击："冤枉你了？"

　　"你的依据是什么？警方结论？新闻报道？还是只是道听途说？警方洗脱了我的犯罪嫌疑，你还在大庭广众下诽谤我强奸，知道影响有多恶劣吗？你还是赵寻父亲！我可以告你侮辱诽谤！"

　　赵民没料到自己从兴师问罪的被害者变成了被告："你告我？我还没告你呢！"

　　"就算告我，也不是你，是赵寻。赵寻没告我，你凭什么一口咬定我强奸？"

　　"你说我凭什么？就凭我女儿那样说！"赵民言之凿凿。

　　"她说我强奸？"成功被暴击，难以置信，"赵寻不可能那么说！"

　　"被强奸多光彩？我抢过来扣在女儿头上，上你这儿来索赔、换取好处吗？"

　　任何情形下，成功都不信赵寻说他强奸。换言之，他不信任何女人会说他强奸。"强奸"这俩脏字儿不存在于他的人生和对女人无往不利的罗曼史里，反过来说他被强奸还差不多，他自己和世人都有如此共识。

　　"我不信赵寻说我强奸她，除非我亲耳听见她亲口说！我问你，赵寻在公安局否认强奸，警方根据她的证言不予立案，为什么几小时后，她回家面对父母，就改口说是强奸了？她当着警察面说一套，当着你们面说另一套，为什么会这样？你觉得她对警察、对你们，哪种说法是真的？请你把她在什么情绪下，是怎么说出我强奸她的复述一遍，她原话是什么？"

在成功强大逻辑的反诘下，赵民一下子心虚了。赵寻的原话？

"请你确保真实，不要意气用事、信口开河。因为事关我的名誉和赵寻的诚信，两位女士在场作证，你要对自己说的每句话负责，否则我保留追究你和赵寻法律责任的权利。"

赵民心里清楚，女儿嘴里没有说出过一个确认"强奸"的字眼。

成功一语道破赵民的缄默："你们一直在逼她吧？其实她没有明确说什么。"

李怡附和："挨不过去就捡了一个最有利于自己的说法，或者干脆顺着别人的猜疑，你们说什么，她就应什么。"

"不！我问她是不是强奸，她点头了！明确点了头！"

"除了点头，她还说什么了？"

赵民不能承认，除了点头，女儿什么都没说。

成功心下笃定了："我知道了，她只是点头，什么也没说！"

"因为你们有权有势，我女儿到公安局都不敢说她被欺负了，我知道她心里委屈张不开嘴，点头就是承认，就是她说不出口的真话！"

"你这么坚信不疑，带她去公安局报案呀，让法律为你们主持正义！但是提前声明，一旦警方维持不予立案的结论，我们立刻起诉你们！"

成功摆手劝阻李怡不要这么咄咄逼人，换上一种出人意料的诚恳："我相信你来这里，不是为了揍我一顿泄愤，你想要什么？希望达到什么目的？"

"我要为我女儿讨说法！"

李怡夹枪带棒："你要哪种'说法'？经济赔偿？还是其他东西？"

赵民被李怡激怒："她以为我是来敲诈勒索的吗？我只要说法！你和我女儿是什么关系？前天晚上你对她做了什么？"

"赵先生，我给你说法，并向你保证：我的话百分之百真实。我喜欢赵寻，主动追求她，她没有拒绝我，我确信她也喜欢我，我们的关系就是恋人。当然，我对她的感情有违道德，错在我，不在赵寻。身为有妇之夫婚内出轨，我向你和赵寻母亲道歉。明天我会公开声明，接受社会公众的指责，也承担一切后果，该道歉道歉，该认错认错。前晚她跟我回到这儿，有人匿名报警，诬告我强奸，意图在个人名誉和企业商誉上给我致命一击。警方介入后的事儿，你通过新闻都了解了。刑事解除嫌疑，不代表负面影响已经消除。对外，我会不遗余力地查出幕后黑手，将他绳之以法，让他们为诬陷我付出代价；对内，我要重新理顺个人生活。这就是我的说法，任何时候，对任何人，我都是这个说法。"

成功的坦荡和磊落像是针在皮球上戳个小洞，将对方的满腔愤怒一点点撒掉。赵民无力反驳，他心里也默认那个被广泛认同的社会共识：成功这种男人，女人趋之若鹜，何须强迫别人？

"赵寻和我都是受害者，我先保证两点：第一，动用一切手段保护赵寻的隐私，把对她、对你们的伤害降到最低；第二，安排好她的工作生活，波及她和你们家的负面影响，我来消除，该我负的责任，我负责到底！我说到做到，也会以合约的方式落实到纸面上，林律作证，这些是我对赵寻、对你的承诺。有什么要求尽管提，我全力满足。我想让你知道一件事：保护赵寻是我的责任。"

"你在收买我？"

"何谈收买？你可以视为一种补偿。赵先生，你有三种处理方式：第一，你可以接受我的诚意；第二，你可以断然拒绝，禁止我和你女儿继续来往，我尊重你的要求，保证不再联系赵寻；第三，如果赵寻亲口确认我伤害了她，我绝不阻拦她去报警，将我绳之以法。如果最后法律判定我有罪，我认罪服法。"

坦白、反省、诚意一一展现，反驳、安抚、补救面面俱到，赵民对成功彻底失去招架之力。

"不知能否打消你的疑虑，回到妥善解决这件事的起点上来？"

"我要回去……再和我女儿谈谈。"

"不急于表态。考虑多久，是否接受，由赵寻和你们决定。接下来，我更急需和赵寻当面谈谈，立刻、马上！"

赵民出言反对："我不让你见她！这时候谁知道你会不会仗势胁迫，软硬兼施，逼她忍气吞声、不得不接受你的安排？"

"我见赵寻全程对你敞开，请你亲眼看看她对我怎么说、我有没有胁迫她，你也希望见到她的真实状态、了解事情的真相吧？但我有个请求，让我和她单独见。如果赵先生你在场，见到的恐怕不会是真实的赵寻……"

"成董，借一步说话。"李怡猛然起身，一进隔壁就一脸怒气质问成功，"为什么非要见赵寻？几乎酿成'黑天鹅事件'，你和她还会有什么瓜葛？以你的谨慎理智，还用我提醒这人必须消失吗？屁股我们替你擦，任何时候都无须你出面！"

"我要亲口问问，她有没有说我强迫她。"

"她说了又怎样？不就是个为了虚荣、洗白自己、全然不顾把脏水泼给你的谎言吗？求证了又有什么意义？你就是在意赵寻怎么说你，怎么看你！"

"没错，我在意！"成功走回会客厅，不容反对，"赵先生，我立刻安排和赵寻见面。"

这是赵寻无论如何都忽略不了的一个来电。她不动，不接，任对方挂断电话。消息随即而至，一条四秒的语音。赵寻手指悬空很久，按下，他的声音不容置疑："接我电话。"防御瞬间崩溃，来电再次响起，她被魔住一样，接通手机。

"是我。"

"你还好吗？"

"我要立刻见你。知道你不愿意见人，放心，不让你接触任何人。二十分钟后，司机到你家楼下接你。"

赵寻一句话说不出来，无力拒绝。

前往见面地点的路上，成功请教林阗有什么注意事项，林阗嘱咐他和李怡：现在起，和赵寻及她父母的所有交流，见面、电话、文字、语音、合同协议、电子邮件……全部录音录像、备份保存。最后问道："你要当面问她说没说过你强奸她吗？"

"这是我见她的目的。"

"无论她回答'是'或'不是'，她亲口对你说的答案会成为证据，未来某一天，可能会帮到你。言多必失，能短则短，保护好你自己。"

赵寻跟随司机穿过一条隐秘悠长的通道，弯弯绕绕，不见一人，仿佛走到世界尽头。来到一扇门前，敲完门，司机像黄花鱼一样"嗖"一下溜走。门开了，赵寻不看成功，也许盯着地面，也许望着空气，捕捉不到她的视线焦点，单薄、憔悴、茫然。他拉她进来，一手掩门。

"急着见你，因为两件迫不及待的事儿，一件迫不及待要问清楚，一件迫不及待要解决。你爸一早来公司了……"

赵寻一惊："他去找你干吗？"

"他来打我，没打成，保安拦着，我请他上楼，他说来为你讨说法。"

赵寻提前预知了成功迫不及待要问她的问题。

"为什么他问是不是强奸时你点头承认？为什么你对父母说我强奸你？"

赵寻急切否认："我没有！"

"没说吗？哪怕说了又否认都没有吗？"

"没有！我没对任何人说过这话！对警察、对我爸妈，都没说过！"

"认真回答我，你有没有认为我在哪个时候伤害过你、强迫过你？"

赵寻没有立即否认，她的眼神从和成功的对视中游离。他双手捧住她的脸，迫使她仰头正视他，呼吸相闻。

"我有强迫你吗？"

"没有……"

"那你为什么点头？为什么让他们误会？你知道给我添了多少麻烦吗？"

赵寻被控制住，无法动弹："突然间，我被光溜溜推到大庭广众之下，所有人都问我，所有人都逼我，我不知道怎么回答他们，也不知道怎么面对我爸妈……"由于急切，这段话她说得颠三倒四、语无伦次。

成功的不快烟消云散，再也说不出一句责难的话，把赵寻拽进怀里："别说了，不问了，我懂，你承受的压力太大……都怪我，你被我无辜连累，我第一时间要应对处理的事情数不胜数，没能及时保护你，让你一个人面对太多。"

赵寻被他箍在怀里，不言不语不挣扎，如同静止。

"好了，现在起，一切听我安排，连你父母我都会安排妥当，不让你们受任何影响。回去向你父母解释清楚，他们一时难以面对太正常不过了，没关系，时间是最好的解决办法。"他抚摸她的头发，温存叹息，"也就三十几个小时，感觉像过了一个世纪。赵寻，我受的压力更大，还会……离婚。"

赵寻置若罔闻，灵魂离窍。离开成功，坐在送她回家的后车座上，她猛然从麻痹中苏醒，突然泪流满面。

第五章
善后协议

即便信息对等，同一个事物在不同人眼里也有不同的样子，"真相"这东西，因为人的认知差异，可能天差地别。

听到赵寻亲口否认强奸，成功更坚信她不会指控自己，"女人的包票"他能打，敌人就是幕后黑手。李怡却更相信自己的直觉，她认为是赵寻设计了一出"仙人跳"，把"强奸"当成敲山震虎的砝码，需要就敲一下，假报警真曝光，对外公开地下私情，进可上位，退可索赔，进退双赢。

而林阒无法下定论，是"霸道总裁爱上我"的小情人，以身交换利益的心机女，还是职场性侵的受害者？几个赵寻南辕北辙，哪一个是真相？林阒既不否定成功的"真相"，也不否定李怡的"真相"，更不排除第三种可能。

至于赵民，他亲耳听到赵寻的否认，再也没有了"为女儿讨个说法"的愤怒和底气，谈判进入了成功的控场时间。

"你都看到了？回去别怪她，出了这么大事儿，连我都蒙，别说她了。无论她做出什么莫名其妙的举动，说出什么匪夷所思的话，我都能包容。年轻女孩缺乏社会经验和心理承受力，一盆脏水泼下来，脸皮又没有我这么厚，下意识把责任推到我身上，想洗白自己，多理解，少苛责……接下来谈谈怎么善后解决，赵先生有兴趣听吗？"

赵民不置可否，但他的姿态在听，在等。

"争执道不道德、错多错少没有意义，重要的是解决，把对所有人的伤害降到最低。咱们双方都是受害者，个人损失我最大，你我一体，幕后黑手才是我们要一致对外的敌人。所以赵先生，赵寻和你们，绝对不可以再说、再做任何于我不利的话和事儿，这是我对你们唯一的要求。丑话说在前面，无论公开还是私下，再有任何侮辱我的言行，我一定诉诸法律，追究你们的法律责任！"

敬酒前先上罚酒，这是成功的谈话策略。

"我是这么安排的：赵寻先暂停工作，我让人事给她办带薪假，等我处理完公司的混乱，她再回来上班。我建议这段时间你们不要待在国内，我派人送你们一家三口去国外，生活、住宿、交通，所有费用都包在我身上。你们远离舆论，等风平浪静，等大家忘了这事儿。在国外生活一段时间，如果不想回来，想定居国外，我找机构给你们办长期居留。林律会把我说的这些拟成协议，作为书面承诺，请你们签字，赵先生意下如何？"

赵民还能说什么？成功的善后安置没法更周到了，更让人动心的是可以逃离这里的风刀霜剑，对赵家而言，这是眼下最急需也是最好的逃避方式。

"我……回去和她们商量一下。"

"等你们答复。接下来，我本人不便出面，全权委托林阙律师代表我和你们接洽。尽快决定，李总好安排你们的出国机票和行程，我也怕留在国内的时间越长，对赵寻的影响越不好。"

赵民离开后，成功转动着移动硬盘，脱轨的"后院"渐渐重回掌控，手里有了赵寻亲口否认的视频，他更加高枕无忧。

林阙突然问他："你之前那个保镖怎么离职了？还在事发那天？"

"啊？"成功猝不及防，没防备林阙突然问到尹声，"他呀……

家里出了点事儿，辞了。对了，李怡你赶紧让人事再给我找一个来，你和保安部尽快面试。"他转去敦促李怡，丝滑地躲开了林阚的探究。

女儿和自己年纪相仿的成年男性肌肤相亲，监控画面在赵民眼前挥之不去，一道无形的壁将赵民困在其中，与车水马龙、熙熙攘攘隔绝成两个世界，突然一个车头伴着尖利刹车声把他撞翻在地。

李平拉开家门，狼狈不堪的丈夫脸上挂彩，胳膊上的伤痕板结，衣裤上血迹泥垢混合："怎么了你？！摔了还是碰了？要不要紧？伤到骨头没有？我陪你去医院……"

"不用！有没有事儿我自己知道。"赵民对李平喋喋不休的追问置之不理，进门见女儿一脸担忧，直愣愣问她，"你今天出门了？知道我去哪儿、干什么了？都不问问我情况吗？"

李平如坠雾里，搞不清父女俩一整天的行踪，也听不懂两人的对话："你干什么寻寻怎么会知道？"

赵民不搭理妻子，像解释，更像谴责，继续对女儿说："你什么都不肯说，问也问不出来，我不去找他还能找谁？"

赵寻开口问父亲："他怎么对你说的？"

"怎么对你说的，就怎么对我说的。"

"你知道他对我说了什么？"

"也知道你对他说了什么。"

李平还一头雾水："谁对谁说了什么？你俩打的都是啥哑谜？"

"你跟我说句实话，他到底有没有欺负你？是还是不是？跟我和你妈交个底，这么难吗？"

面对父亲的逼问，赵寻只能闭口缄默，赵民对她和成功的密会完全知情，她不可能仅隔一两个小时就给他一个截然相反的答案。

赵民精疲力尽，一声叹息，放女儿、也放自己一马："不逼你了，累了，洗洗睡吧。"

一家三口在各自屋里夜不能寐，赵民突然对李平讲起白天的事。

"那人，对我很客气……"

"那你的伤？"

"跟人没关系，我想打他，他也没计较。"

李平躺不住，扑棱起身："你脑袋一热就去了，不问清楚，也不和我们商量，万一有个三长两短，他是个大人物……"

"他和我谈了……说……他俩是恋爱。"

"他不是有老婆吗？"

"除了对咱们，寻寻对他、对警察，都说不是强奸。"

"他还说啥了？"

"说他负责。"

"咋负责？"

"先送咱家出国住一段时间。"

"咋出国？出去咋生存？"

"他安排，房子、车、生活，他出钱。"

"那……得花多少钱啊……"

"还说等事儿过去，再让寻寻回去上班。不想回来，他给办国外定居。"

"他想那么远……这不就是……包养吗？"李平望向丈夫，"你看他像不像坏人？"

这个问题，赵民没法回答。

接到陈默的消息，赵寻意识到什么，下床走到窗前，果然，他又在楼下。十分钟后，她头罩帽兜，两手缩进袖口，整个人藏进一件宽大卫衣里，和他并排坐在小区阴暗角落的长椅上。

陈默听说了赵寻父亲袭击成董的八卦，公司上下已经传遍。

"成董没找你爸麻烦？冲突纠纷怎么解决的？"

赵寻讲不出自己这一天不被外人所知的经历，只能沉默。

"你想好怎么办了吗？不打算去报警？"

"我……说不清。"

"说不清什么？"

赵寻不语，什么都说不清。

"说不清，就让警察去查清呀。"

"查？他们让你一遍一遍回忆，每个细节、每个动作，让你描述那些说不出口的……甚至还让你……"

女性面对这种境遇的感受，男性无法共情，陈默的鼓励置身事外、遥远空洞。

"不这样怎么查清？你想证明清白，就要拿出勇气面对这一切。"

赵寻失去了寻求理解的欲望："我不想再提，更不想别人知道我是被打码的那张脸，我用自己的方式消化它……"

"这种事怎么消化？你的方式是什么？一言不发、忍气吞声？过去两天、四十八个小时了，你爸还知道去找他算账，你什么都不打算做吗？如果不是别人报警被动曝光，你会主动报警吗？如果他继续强迫你，怎么办？"始终得不到赵寻回应，陈默恍然大悟，"我明白了，你不第一时间否认，他不可能不予立案，前天晚上在公安局，只有一种可能，就是你对警察说不是强奸！"

陈默没猜错，一连串的窒息追问后，他触到她最虚弱的软肋。

"别人替你报案出头，你都坐在警察面前了，为什么还不说出真相！你怕他？怕到连被侵犯都不敢说出来吗？多么呼风唤雨的大人物，犯法了警察就会收拾他！法律就会处罚他！你怕他什么？"

赵寻被迫面对自己的内心：我害怕吗？我怕什么？晏明也问过她这个问题。两天来，她设想过一万种可能性，如果她做了这样的选择……如果她做了那样的选择……每一种选择引发的处境，都比什么都不做的眼下更艰难。接受成功的"妥善安置"，反而容易得多，承受的压力要小得多。

"我就想一个人待着，没人一遍遍问我，没人要求我一遍遍回忆那晚……"

"我明白了，你的方式就是当它没发生过，像你之前所有的纠结都无声无息地埋起来，像你刚才说的，'消化'掉，像你从来没有纠结过一样。我也明白了你爸和他的纠纷是怎么解决的了，他开出一大堆安抚条件来摆平，条件诱惑到拒绝不了吧？你打算接受吗？是不是跟这三个月一样，无论如何你都说不出一个'不'字？于是他把你的沉默理解成你情我愿，于是你就成了大家公认的他的情人？这算什么？赔偿还是包养？你的伤害可以用钱、用房、用车抹平？然后他继续伤害、花钱抹平，直到你心甘情愿？如果你能接受，我怀疑你是不是我认识的你，怀疑你前天晚上被强迫是真是假，怀疑这三个月你是不是惺惺作态，甚至怀疑你对我说过的每一句，到底是真话还是伪装！你是被他权势倾轧、职场性骚扰的受害人？还是攀高枝装无辜的'又当又立'？"

她抬手抽了他一记耳光，打和被打的，都被这个耳光震撼了。

"你被侮辱了？还是被说中恼羞成怒了？我多希望是前一种。"

事发第三天，大成集团新闻发言人李怡代表成功向媒体宣读《向社会公众致歉书》时，成功走进家门，这是要求他答复是否接受离婚条件的时间节点。

"我答应离婚，接受你平分夫妻名下股份的离婚条件。"

"哦？"辛路不掩饰诧异，她没想到他应得这么干脆利落。

"你没听错，我答应转让我名下百分之七点八的股份给你，我持股比例为百分之二十点二，你百分之十九点八，我比你多零点四个百分点，依然是第一股东。我想你能理解这零点四个百分点的用意，不会跟我计较。下面是我的条件，修改一致行动人协议，你名下股份依旧由我行使表决权，另外增加一项乙方解除一致行动人的必要条件：只有在甲方被追究刑事责任的前提下，乙方才有权解除一致行动人、收回百分之十九点八的股票支配权。"

"给我解除和你一致行动加个限制帽？"

"是这个意思，我肯割肉分你一半股票，你也不能随心所欲，说不跟我一致就不一致了。"

"好，我同意。"

"还有个请求，签完股权转让协议，能否先暂缓办理后续流程？我怕一旦做了股权变更，外界立刻察觉咱俩婚变，对化解眼前危机百害无利，所以至少现在先不走股权转让流程。未来找个合适时机，或许是宣布离婚的时候，一起发布股权转让公告，把对股价的震荡降到最低。别担心会有变数，君子一言驷马难追，我现在答应你，股权即刻转到你名下。"

"谢谢你肯割这么大一块儿肉离婚。"

"一半股份是你应得的。有句话一直想说，现在该说了，谢谢你让我一直行使你的表决权，最懂我要什么的，始终是你。"

"怎么一夜间就想通了？"

"你知道我要的从来不是股票等值的价钱，而是它等额的权力，除此以外，我有什么不能给你？"

辛路内心生出一种久违的情绪，她不让自己陷入悄然弥漫的惆怅："让林阙拟好股权转让协议给我签字。"

"新的一致行动人协议是不是也让林阙拟好一起签了？"

"既然延缓股权变更，何必急于签新的一致行动人协议？还是等到完成转让流程、百分之七点八股权到我名下之后再签。"

"那就这么办，让你律师对接林阙吧。"

"不用，让林阙直接找我。下面就要我配合你演一出不离不弃了吧？"

紧随成功的致歉声明，辛路也在实名微博上发布声明："人生最好的三个词：久别重逢、失而复得、虚惊一场，却没有：和好如初。只因和好容易，如初太难，选择原谅，且行且珍惜。"

"吃瓜"热情和道德审判一起退潮，刘亮的配合不遗余力，丑闻视频被全网删除，难觅踪迹，各路水军上网控评带节奏，引导公众一片"知错就改善莫大焉"之声，热搜被"成功致歉""辛路原谅成功"替换登顶，危机公关看见成效。

结束公司股权和财产分割的离婚谈判，甚至没聊到儿子的抚养权归属，成功起身离开。辛路望着他走出家门的背影，抬手擦掉悄然滑落的泪，利落地抹去一种不属于自己的情绪，拿起手机，拨通一个号码，对方是大成集团董事会五大董事之一："何董，是我。昨天回来的，想跟您见个面，我希望就咱俩……我来安排地方，晚上见。"

李怡走出顶楼电梯，就听到查克·贝里的 *You Never Can Tell*，成功一手夹雪茄，一手捏香槟，束身长裤和修身衬衫勾勒出他修长紧实的身材，陶然自得地跳着扭扭舞，举止轻浮，但形态倜傥，画面实在好看，成功扭身看到李怡，就拉她一起共舞。

"股票回涨，不值得庆祝一下吗？"

"你还割了一大块儿肉离婚呢。"

"本来就该是辛路的。"

"分给辛路一半，她占股只比你少零点四，虽然加了保护罩，但权重和你平起平坐。万一……她要的不是离婚补偿，而是公司权力呢？"

"没有你说的万一，我对自己的老婆还没有把握？辛路对权力一点儿兴趣也没有。如果有，七年前就不会隐退回家带孩子。"

"恭喜复单，你还会再结吗？"

"你是以红颜还是知己的身份在问？我还有运气碰到辛路这样的女人吗？"成功狡邪一笑，半露半隐地把"你愿意步辛路后尘，接受这样的婚姻和这样的我吗？"的问题反弹回李怡。

李怡也把"难道我不是一直那样吗？"的腹语化作一抹苦笑："无论如何，你都不会改变自己是吗？"

成功停下舞步，踱到落地窗前，俯瞰脚下被他征服的城市，发出纯真的困惑："为什么一定要结婚？为什么每个女人都心甘情愿钻进婚姻的笼子？"

"你说这话，当我是红颜，还是知己？"

成功扭回脸，冲李怡玩世不恭地一笑。

林阚应召来到成家别墅，辛路询问她以最短时间拟好股权转让协议并让成功签字估计要几天，时间要求如此紧迫，林阚不露惊诧，答复两三天，又问一致行动人协议的修改更新是不是也做出来一起签。辛路说那个不急，她答应成功延缓股权变更，宣布离婚时再公告股权转让，所以……

"这件事只有我们仨知道，在向社会公布前。"林阚心领神会。

"林阚，你知道我要干什么，是吗？"辛路不禁莞尔。

"职业立场要求我在客户之间保持中立，对客户的选择不予置评，对掌握的信息严守秘密。"

"可我听到你心里的声音在说：'辛路，干得好！'"

"我可什么都没说。"

她俩心照不宣，林阚正襟危坐下，是冰雪聪明和不言自明。她们认识八年了，一个从创业者变为上市集团副董事长，一个从初级律师长成大律、一级合伙人，两人都从英姿勃发变得不形于色。辛路通过离婚拿回一半股权，与成功持股相同，她在预防什么、布局什么，林阚心知肚明。照理作为丈夫，成功理应比心里有数的林阚和心有预感的李怡更能看清妻子的谋篇，然而他得出了相反的结论。

遵照前一天成功的亲口承诺，林阚受全权委托，落实善后协议。迈进赵家狭窄的两室一厅。她拿出四份文件，一份留在自己面前，两份递给赵民和李平，最后一份拿在手上，问道："赵寻呢？"进门后，赵寻始终没露面，紧闭的卧室门里这时才传来她的回应："我能听见。"

林阚开始讲解协议："甲方为成功先生，乙方为赵寻女士、赵民先生、李平女士三人。甲方承诺：保护乙方个人隐私和生活秩序，消除因甲方造成的对乙方的负面影响，安排乙方工作生活，包括但不限于经济补偿，甲方履约时限由乙方规定。第一阶段安排如下：甲方向乙方提供泰国清迈一栋独立别墅，四卧五卫三车库，房屋使用面积 326 平方米，土地使用面积 714 平方米，带前后花园、游泳池，配备华裔保姆一名、司机一名。"

夫妻俩翻到别墅外景和房间内景的图片，被远超见识的豪宅震慑，再翻到身穿制服的保姆和司机的简历及英文体检报告，四眼一抹黑，除了照片，啥也看不懂。

"关于出国行程，一旦你们确认启程日期，甲方立刻安排三位的商务舱机票，航司、航班乙方可以选择指定。抵达清迈当日，甲方派人协助乙方以赵寻的户名开设银行账户，承诺该账户于每月一日收到五千美元定期入账，作为乙方日常生活开支。还有什么要求你们尽管提出来，可以补充进去。如果没有异议，成功先生希望三位尽快在协议上签字。"

李平望向丈夫，赵民吞吞吐吐表示要再商量商量，言外之意，不会立刻答复，更不会马上签字。林阚合上协议收进包里，最后提出："我能和赵寻聊几句吗？"

赵民说了实话："她……这两天一直把自己关在屋里，要是肯开门，你请便。"

林阚轻叩房门，门里赵寻回应："今天没法儿答复你，也不会签字。"正准备离开，一声门响，赵寻拉开门，林阚回身走进她逼仄的房间。

"我到顶楼第一天就听过你的传奇，说你年纪轻轻就完成大成的上市并购，成董把公司和个人的所有法律事务全权委托给你。我能问你今年多大吗？"

"三十五。"

"比我大十岁，你哪儿毕业的？"

"燕大法学院。"

"毕业多久了？"

"十年。"

"一毕业就进了大正这种名律所？你得多优秀啊，就是传说中的精英女性、职场楷模吧。能问你一年挣多少钱吗？如果涉及个人隐私，当我没问好了。"

"不算隐私，每个层级的律师收入都有固定标准。"

"你这种顶级的呢？"

"过百万吧。"

"哇。事业独立、财务自由，每个女人都想成为你吧？成为你是不是就无敌了？走到你这个人生阶段，还有什么顾忌吗？也没有烦恼了吧？"

林阚淡笑："怎么可能没有？"

赵寻脸色陡然寒冰："像这种屈尊给客户擦屁股的脏活儿，很难为你吧？"

林阚不动声色："不算难为，都是律师的工作。"

"不难为吗？替一个道德败坏、生活糜烂的渣男，给他的小三儿，还不止一个，收拾男女这点烂事儿，不脏吗？挣这种'有奶便是娘'的钱，是因为这活儿给得更多吗？"

林阚处变不惊，静静看着赵寻咄咄逼人，对自己发动人身攻击。

"在你眼里，我不过是个磨刀霍霍、狮子大开口的'拜金女''绿茶婊'吧？你的工作，就是像现在这样不动声色冷眼旁观，看我什么时候被豪宅豪车、现金转账收服，欢天喜地地签字画押吧？一边在心里评判我是目光短浅还是欲壑难填，一边居高临下地嘲笑我、鄙视我，你是这样吧？你这么职业、有气质、有风度地坐在这儿，谈论你的工作，你知道你谈的是什么吗？是我的生活，我的尊严！你知道那晚对我意味着什么吗？把他的协议拿走，我一个字都不想看！"赵寻一把拉开房门，用动作驱逐林阚出境。

林阚坐进驾驶室，没发动汽车，思索几分钟前无疾而终的对话。赵寻的自闭疏离都在预案中，但她突然剑拔弩张，则完全出乎意料。

在一场重点是讨价还价的谈判中，赵寻关注的，不是成功开出的经济条件，竟然是林阚怎么看她。赵寻劈头盖脸的人身攻击，林阚不以为意，因为她能准确辨别出来：赵寻攻击的不是她，恰恰是被别人定义为"心机女"的自己，从赵寻一反常态的瞬间爆发里，林阚看到的是她对那样一个自己的极度愤怒和排斥。

林阚离开不到十分钟，晏明又敲开赵寻的家门。面对晏明，赵寻一反对林阚的凌厉逼人，恢复了在派出所笔录时的自闭瑟缩。晏明来的目的，是给赵寻看一段监控视频，让她辨认视频里的人是否认识。"他"是位男性，深夜走出一个电话亭，头戴棒球帽，脸戴口罩，整张脸被遮住，无从识别面貌，这是警方锁定的报警电话亭和匿名报警人的监控录像。

"我认不出这个人是谁。是他报的警？"

"目前无法掌握报警人动机，断定不了他是否对你有善意或者对成功有恶意，所以警方对他依然有保护的职责。"

"这事儿……你还在调查？"

"成功也报了警，坚持被诬告陷害，我们要查清真相，给他一个交代。如果有证据证明报警人捏造事实、虚假告发，他会被追究法律责任。"

"我也想知道他是谁，为什么报警。"

"还有个问题想问你。事发当晚在现场，我第一次问你是不是被强奸时，你为什么没有立刻否认，而是体检完到派出所做笔录才予以否认澄清？为什么不当场说清楚呢？如果你当场否认，就没有后面去体检、去派出所和被媒体曝光一系列的事儿了。"

如晏明所料，这个问题抛出后，赵寻依然避而不答："对不起，给你们添麻烦了。"

"我不怕麻烦，我怕一旦真有受害人，没能给她安全感、信任感，没能帮到她。过去两天了，你感觉好点了吗？还要警方做什么吗？"

"不要。"

走出赵寻家，晏明与林阖不期而遇。

"这么巧？"

"不巧，看见你来，我就没走。"

"你也来找赵寻？"

"替我委托人善后，毕竟这件事对女孩儿影响不好，他想给她一点儿补偿。DNA 比对结果和赵寻的鉴定报告出来了吧？鉴定结果能否告知我委托人？毕竟这是他的权利。"

就在前一天，司法鉴定报告出来了，提取的体液和精液 DNA 比对结果确实来自成功，但这也只能证明两人确实发生过性关系而已。

"没有证据显示存在暴力胁迫，不予立案的结论不变。"

林阖不意外，这是一个理所当然的结果。

"你去赵寻家，是让她辨认报警人身份吧？"

晏明一惊："你怎么知道？她告诉你的？"

"我蒙的，看来蒙对了。我委托人也有权了解报警人的相关信息和他的作案动机。"

"你们有权知情，但要在警方掌握证据、确认报警人构成主观恶意、涉嫌诬告陷害后，关于报警人，目前不能向你透露任何信息。"

"你对我委托人保密报警人信息，这我理解，但为什么却不对赵寻保密？作为共同受害人，他和她为何会被区别对待？"

"如果是被诬告陷害，她和他同为受害人不假。但如果有另外一种可能，不存在诬告陷害，那么报警人的动机很大可能就是为了保护赵寻，在这种可能性里，赵寻和成功当然要区别对待。也因为不排除这种可能，你我依然是潜在对立方。"

"有个问题一直想问你。"

"如果我能回答。"

"从你接警到现场处置，到几小时后警方不立案，以你观察，是什么原因导致赵寻到派出所接受笔录才否认强奸？为什么她没有在现场第一时间就否认这一点？因为她没有当场否认，才有了后面一系列事件的发酵，而这一切本可以在第一时间就澄清避免。我想你一定有和我一样的疑问，你问过赵寻吗？她怎么回答？"

晏明内心惊诧于林阕发出了和自己一样的疑问，她没有回答，只说了一句："我也想知道为什么。"

第六章

私人保镖

刘亮不负所托，给了李怡事发当晚爆料人打给媒体的电话号码和完整通话，三十秒音频中，一个经过变声处理、不辨男女的声音开门见山："送你们一个超级大瓜，就在大成大厦，那里刚发生一起强奸案，董事长强奸女下属，有人向警察报警了，不想错过这个大爆点，你们动作就快点儿。"媒体接线人员还在证实："是大成董事长成功？你消息属实吗？"对方已经挂断了电话。通话时间为凌晨一点四十五分。

刘亮说他费了牛劲儿才从一个公众号手里花钱买到了爆料号码和录音，李怡冷笑：鬼才信他，什么公众号？接到爆料的八成就是快讯，电话录音就在他们手里，压了两天才拿出来，演得跟真事儿似的，赚了顶级流量还想落人情，"当完婊子再立牌坊"。成功不以为意，刘亮那么一说，咱就这么一听，都是场面人儿，日后还过事儿，心里明白就好，面儿上还要过得去。

李怡递给林阗一张二维地图，上面用箭头标注出一个公用电话亭，大成技术部门确定了爆料电话的位置，那是金融街附近的一个公用电话亭，距离大成大厦一两公里，所在街道东西朝向，街面不宽，对向双车道，电话亭在路南，前后一百米以内没有岔路口。

林阗从爆料人通话内容、打给媒体的爆料时间及警方接警到达现场的时间三点综合，做出判断：爆料和报警的大概率是同一人，报完警随即爆料，甚至使用的公用电话也是同一部。电话亭周边肯定有多个市政或交通探头，如果报警和爆料用的是同一部电话，警方应该调取过所有监控录像了。

成功问林阒："我报案了，警方查到报警人信息，不该告诉我们吗？"

"确定报警人是否恶意诬告陷害你以前，警方不会向我们透露他任何信息。"

林阒开始寻找爆料人线索时，晏明对报警人身份的追查却遇到了瓶颈。

刑警队调取了报警电话亭方圆两三公里内所有市政探头的监控录像，发现匿名报警人凌晨一点四十六分走出电话亭，向东步行一分钟后，就从监控探头里消失了，甚至截不出一幅能够人脸识别出报警人相貌特征的图像。晏明分析"他"具有反侦查能力，对街道和监控探头的位置非常熟悉，对如何躲避监控极富经验，选择这个电话亭报警，并非盲目随机，是事先踩好的点儿，打完报警电话后，"他"能迅速找到监控覆盖不到的区域，就此失踪。报警人在有意隐藏真实身份！把"他"放进警方影像识别系统，系统对"他"毫无反应，意味着"他"在警方档案记录里没有留下过任何犯罪记录。

报警和爆料不是心血来潮，"他"也不是等闲之辈，"他"是谁？"他"的背后还有谁？

林阒站在爆料电话亭前，它很普通，如李怡所述，打完电话离开这里，不是向东就是向西，只有两个方向可行。抬头仰望，轻而易举就能发现三四个市政监控探头，电话亭无法逃脱监控覆盖，爆料人一定知道自己一举一动都会被拍下，也有把握即使被警方捕捉到踪迹，也无从查出"他"是谁。

康辉气喘吁吁一路小跑回林阚面前报告："方圆五百米内有七座公用电话亭，我挨个打了一遍，全是摆设，用不了。用公用电话匿名报警和爆料这事儿还挺费劲，那家伙肯定来踩过点儿，知道就这一部好使，有备而来。"

"有备而来也有来路，离开也有去路。我向东，你向西，分头找。"

"找什么？"

"沿路商铺、门脸儿房，除了市政监控外的所有私家探头，距离最近的岔路也要拐进去找。"

"懂。"

两人背向而行，行至第一个岔路口，林阚停下脚步，这是个胡同口，胡同狭长，仅容一车通行，胡同口到公用电话亭的距离目测一百多米。一路走进胡同深处，一个市政探头也看不到，换言之，整条胡同处于警方盲区。一辆汽车迎面而来，胡同几乎被车填满，逼得林阚不得不退上一处台阶避让。车过后，台阶上的朱漆院门引起了她的注意，这扇门上安装了可视对讲机，门旁边有个监控探头，一人高，正对胡同，显然出于户主的安全防盗需求，这正是林阚要找的目标探头。

为躲避监控，有备而来的爆料人打完电话，向东行进一百米，离开遍布市政探头的街道，进入监控盲区，走出警方视线。这条胡同是一条理想路线，但"他"忽略了这个私家探头，只要探头一直正常开启……

半小时后，林阚和康辉就手握移动硬盘，里面是四合院业主提供的事发当晚自家探头的监控录像，两人还拿到了业主出具的授权。回到车里，把硬盘连上笔记本电脑，直接把时间轴拉到事发当晚一点半，红外夜视监控的胡同里空无一人。到一点四十五分，仍然不见一人，画面如同静止。一点四十八分，一个人影忽然入画，快速掠过出画。

"停，就是这儿！倒回去。"

康辉拉回进度条，身影倒回入画，定格，这是一个年轻男性的右脸，身材高大，一身黑衣，身背双肩包，头戴棒球帽，脸罩黑色口罩。画面放大到右脸特写，模糊可见帽檐口罩之间露出的右眼。

林阒凝神端详男子侧影，努力捕捉飘忽的感觉，怕稍纵即逝。

康辉看出端倪："你认识他？"

"他经过院门是一点四十八分五十秒，打完爆料电话后三分钟。以正常步速，从公用电话亭走到朱漆大门外，三分钟够了。"

两人重回电话亭前，触发手机计时，并肩向东而行，拐进胡同走到朱漆大门前停步，按停计时，用时三分二十秒，时间完全吻合。

成功突然接到林阒电话约自己单独见面，他有些狐疑，临睡前这个点儿见面意味着事情非同小可。林阒坐下不绕弯子，拿出手机播放了一段视频，黑衣男子从探头前一闪而过，成功把手机屏幕举到眼前，反复观看。

"你觉得这人眼熟吗？"林阒目不转睛，观察他的表情变化。

"你觉得他像谁？"成功不动声色，看不出任何情绪。

"他……不像你刚离职的保镖尹声吗？"

成功面露诧异，丝毫没有同感："你觉得他像尹声？"

"视频中这人虽然戴着帽子口罩，脸被遮住，但他露出的右眼、面部轮廓、身高身形、走路姿态，我觉得很像尹声。听说事发当天他刚离职，你的私人保镖，当晚出现在报警、爆料的电话亭附近，你不会觉得这是巧合吧？"

成功再次辨认，再次否认："我觉得不是他，个头儿轮廓有点相似而已，我比你熟悉尹声，我没看出哪一点儿像他。你这视频打哪儿来的？"

"我在爆料电话亭附近发现了一个私家监控探头，跟那家住户协商签下协议，也花了一点钱，他允许我把事发当晚的监控录像拷贝走。然后我们在这段录像中发现了这个人，通过分析模拟爆料人离开现场的路径实地实测步速，基本可以断定他就是爆料人，大概率也是报警人。"

"我想听听你怎么模拟的，认定他是报警和爆料人的依据是什么？"

"这个人经过监控探头是午夜一点四十八分，给媒体打完爆料电话三分钟。这个探头在打完爆料电话、离开现场、躲避监控、进入盲区的最快、最佳路线上。从公用电话亭走到这个探头区域，正常步速正好三分钟，时间吻合。"

"所以你觉得掌握了报警和爆料人的撤离路线和时间，打完电话，他刚好走到这个探头前被拍下？但如果——视频中这个人并不是从电话亭走过来的呢？"

这种可能性当然不能排除。

"他可能来自四面八方，下夜班打这路过，嗨到半夜回家，邻居串门儿……总之，任何人都可能在这个时间点经过这里，恰巧和你模拟的离开电话亭的时间、路线吻合而已，但他们都不是报警和爆料人。只要存在其他可能，不是唯一、排他的证据，你就不能断定是他报警和爆料的。"

"你说得对，只凭这一两秒钟的视频，我只能推测，不能定论。但是我们拿到的私家监控录像里，一点到两点的一小时里，仅仅有三个人经过这个探头，另外两人时间不对，被排除了。"

"可能是，也可能不是，总之确定不了视频上这人一定是报警和爆料的人。就算是，他也不是尹声。是尹声的话我一眼就能认出来。"

"尹声跟你有一年了吧？"

"有。"

"事发当天他刚好离职，怎么这么巧？"

"碰巧而已，他刚离职我就出事儿了，身边没人贴身保护，很不安全。尹声要在，赵寻她爸的保温杯怎么可能飞到我头上。"

"你对这个保镖很满意吧？他走你怎么没留？"

"他家里有事儿非走不可，我怎么留？"

"有什么事儿说了吗？"

"没说。"

"突然离职，家里出了什么事儿居然都不跟你交代一声？"

"也许不方便说。"

林阙捕捉到成功眼神的瞬间闪躲，穷追不舍："那你也没关心一下？问他要不要帮忙，日后还回不回来上班？"

"他不说，我不好问。他张嘴，我一定帮忙。虽然我对他很满意，但也没到不可替代的程度，人事和保安部在替我物色新的私人保镖了，很快就能到岗。"

"你从来没怀疑过，也不担心尹声和幕后黑手有什么联系？"

"他？不会。"

"为什么不会？"

"他人品我有数。"

"人品靠得住吗？"

"这样，林阙，小心起见，我让李怡去查尹声，查他最近几个月联系过什么人，有没有什么异常。不光本人，连他家属，我也让李怡查一下。这个你不用管了，你专注赵寻，搞定协议，尽快送她走。"

成功以进为退，阻挡了林阒对尹声的深究，结束了会面。他的断然否认，甚至不对报警和爆料人如果是尹声，事件会是何种性质展开讨论，让林阒产生狐疑，直觉告诉她：成功对她有所隐瞒。

离开顶楼，林阒习惯性看了一下时间，晚十点二十二分。

事发第四天。

没人能阻止林阒的调查，即使是成功本人。保安江小宁再次被林律约见，这次交谈重点不是事发当晚，而是保镖尹声和他事发当天的离职。江小宁没有亲眼见到尹声的离职场面，那天他上夜班，白天休息，听到白班保安讲中午声哥从顶楼下来，什么也没拿就走了，当时保安们都觉得奇怪，因为平时声哥和成董寸步不离，除非成董晚上休息不要人在身边，他才会下班。那天中午成董人还在楼上，声哥独自离开大成，晚上大家才知道他走人了，走得急，私人物品都来不及拿走。保安部孙经理还交代过，让人把尹声没带走的东西拾掇一包，回头通知他来取走。问到离职原因，江小宁说谁也不知道，问也问不出来，知道原因的人好像也不愿意让大家提，讳莫如深。

"谁会知道他离职的原因？"林阒一把揪住线头。

"孙经理多少知道点儿……"

"孙经理为什么会知道？"

"声哥是保镖，身份、地位、收入都高，我们跟人家没法比，除了工作平时也说不上话。但孙经理不一样，他俩关系好，好到……经理每月好像还帮声哥给什么人转账，所以我猜他多少知道一点儿声哥为啥离职。"

"孙经理每月还帮尹声转账？"

江小宁非常肯定这点，能过钱的交情绝非一般，不可能对尹声离职一无所知，何况还是保安部经理，林阒锁定了下一个调查对象。

保安部孙经理可不是对林律知无不言、言无不尽的小保安，听到谈话重点是尹声，林阒就明确感受到他的闪烁其词和遮遮掩掩，他嘴里的尹声，像是部门主管对优秀员工的工作总结，毫无信息量。

"谈尹声好像让你很为难？"

"其实我和他只是工作接触多一些，私交没那么好，对他不是很了解。"

林阒知道他在撒谎，单刀直入："成董告诉我，他离职是因为家里有事儿？"

"对对，就是家里有事儿。"

"具体有什么事儿你知道吗？"

"不知道，他没告诉我。"

还是打不透的墙，林阒换了个问法："他家在什么地方？员工入职都有登记，你不可能不知道。"

"他家在宁夏一个县城，不富裕，所以他高中毕业赶上征兵就参军了，退伍以后才当了私人保镖。"

"给我他老家地址。"

孙经理面露难色，林律这要求要了他的命，不能拒绝，更不能服从。

"您……是要自己去找他吗？他家远着呢，去了也不一定能找着。"

"我派人去，你给我地址就好，哦，他东西也可以给我，我让人给他捎去。"

孙经理被逼进死角："林律，他家地址我不是很、很清楚……"

"他没回家，离职也不是因为家里有事儿。"孙经理沉默不答，林阙已经知道了答案，"其实你知道尹声离职的前因后果，但被交代过不能对外透露，即便是对我，对吧？"

孙经理如释重负、感激涕零，他的任务是绝口不谈尹声、不透露他的任何信息，可不包括谁给他布置任务："林律您是明白人，就别为难我了，这事儿是成董亲自叫我上楼当面交代过的，昨晚又专门打电话叮嘱过，您懂。"

"昨晚？他几点打给你的？"

"应该是……十点半左右。"

林阙心念一动，她清楚记得昨晚和成功见过面后在下行电梯里记下的时间点，十点二十二分。在她刚刚离开几分钟后，成功就叫来孙经理当面下令，禁止他向任何人透露尹声的离职原因，包括对林阙。

"明白你的难处，我不问尹声离职原因了。"

"谢谢您体谅我。"

"他离职后你和他有联系吧？去哪儿了？有没有新工作？住在什么地方？这些与成董无关，你可以告诉我。"

保安部经理想着尹声离职以后的去向和离职原因没有什么关联，就说了。

"他离开当天就去了饿团，因为大成给他的待遇很好，食宿全包，离职后一下子连住处都没了，他必须找个能解决住宿的工作，刚好问到饿团一个配送站点，他们有外卖员一起合租的骑手宿舍，所以他下午就上班，晚上就搬过去了。"

"饿团哪个配送站？"

"林隐路。"

林阒心里的下一个调查对象，当然就是尹声本人了。

　　孙经理手机响了，一接通，林阒就听到话筒里的紧急报告："孙经理，运营部打起来了，有个叫陈默的运营经理把同事打伤了，说是因为成董的赵助理，办公场地也被破坏了，运营部员工拉不开，让保安部马上派人上楼制止。"

　　"因为成董的赵助理"这个信息引起了林阒注意，她和孙经理一起赶到运营部楼层。战斗发生在茶水间，刚进入休息区，先看到几名女员工围住后脑被砸伤、西服上鲜血淋漓、席地而坐的男员工，手绢、消毒湿巾齐上阵，手忙脚乱地处理他血流不止的伤口，男员工在咆哮："报警！必须报警！"茶水间一片狼藉，满地碎瓷，血迹斑斑，桌椅翻倒，绿植一头歪。运营部老大立足前沿，手指前方正在斥责："陈默，你先把椅子放下！"

　　中心战场呈现在林阒眼前，双方正在对峙，两名保安手持防暴钢叉，瞄准陈默跃跃欲叉，陈默手抢椅子，与伺机进犯的防暴叉格挡，正杀红了眼，浑然不觉脸上、手上划出的血道儿，保安二对一居然不占优势，一时奈何不得。

　　赵寻突然接到运营部女同事来电，急切的呼喊伴随混乱嘈杂的吵嚷和刺耳的碎裂声从手机听筒里传来："赵寻，运营部房顶快被掀了，陈默为你跟同事打起来了，曹宇后脑勺被他砸破，伤得不轻，大家上去劝架，他疯了，谁拦打谁，茶水间被他砸得一片狼藉，保安上来都拿他没辙，这会儿还僵持着呢……估计只有你说话管用，你能劝他冷静冷静吗？"

　　听到运营部老大高喊："陈默，赵寻电话！"陈默果然被按下定格键，两把防暴叉一起跟随他定格，战场像凝固的画面。他缓缓垂下椅子，放下手中武器，一挪步，防暴叉就以他为中心移动。陈默走到运营部老大面前，一手拎椅，一手接过手机，全面失去进攻防御能力。

"你为什么打架？"

"他们背后说你。"

赵寻想象得到同事在背后用什么样的语言形容自己："不能当没听见吗？"

"像你一样把脑袋往沙里一埋装鸵鸟吗？"

"不值得你这样儿！"

"连你都觉得不值得吗？那我还像个傻子一样在坚持什么？你认他们说的那个是你吗？我不认……就像螳臂当车……我最后悔的一件事就是那晚没有在你走出会所的时候冲上去，不管不顾，把你带走！"

赵寻的眼泪掉下来，因为羞愧，因为内疚，陈默正在为她的名誉、她的清白孤军奋战，她却把门一关，缩在斗室里足不出户，假装什么事也没有发生，假装长舌非议都听不见。

保安突然发起进攻，防暴叉精准叉中不设防的陈默，拎椅子的手臂无法抬起，他被两股强力一路推着，直到后背抵住玻璃墙，整个人被叉在落地窗上动弹不得，像一具被钉住的人体标本。听见听筒里赵寻的呼喊："陈默你怎么了？没事儿吧？"他的眼泪不争气地涌出来。

"我坚持不下去了……如果你认自己就是他们说的那样儿，告诉我，我不坚持了……"

听到卧室门响，接着是一串咚咚作响的脚步，在厨房里忙活的李平拉开门，只听见家门"咚"一声关闭，她返身走进女儿卧室，门大敞四开，不见赵寻。

赵寻任由自己奔跑，冲出家门，冲向空载出租车，冲下车门，冲进大成大厦。所有员工斜目而视，这是成功丑闻事发后，赵寻首度亮相在公司同事面前，还以如此戏剧性的吸睛方式。众目睽睽汇成一股巨大的阻力，令赵寻脚下迟疑、畏惧不前，但无论如何要去为她而战的陈默身边、和他站在一起这件事又推动她无惧众目、拔腿向前。到了运营部楼层，一出电梯，赵寻就和两名民警押解的陈默迎面而遇，他们看见彼此，停步凝视。赵寻上前请求民警："他打架不是为自己，能不能轻点儿处罚？"

"治安处罚依据是他干了啥、有哪些违法行为，不看他为谁。"

"我能为他作证吗？"

"你是谁呀？"

运营部老大跟民警解释："矛盾纠纷就因她而起。"

"我可以证明他平时人品很好，对谁都非常有礼貌，从来不惹事儿，更不会挑衅别人……"

民警打断赵寻："你刚才在场吗？了解斗殴过程吗？不在场、不了解你作什么证啊？走了！"

错肩的一刻，鼻青脸肿的陈默居然还对她笑了一下："没事儿。"

陈默被警察带走，曾经任职的部门，偌大的一层办公区，没有一个人上来和赵寻说话，她和他一起成了"全民公敌"。

李怡带助理急匆匆走出电梯，她刚得知运营部因为赵寻而集体群殴闹到报警，来不及阻止，警察已经上门带走了寻衅滋事的陈默。李怡声色俱厉，责问众人是谁报警，还嫌事儿闹得不够大、不够难看是吧。严厉禁止员工对外透露今天的斗殴事件，不得添油加醋上网发帖，一旦发现有人爆料，立即开除！她的一声："都回去工作！"

员工立刻作鸟兽散。

李怡这才走到赵寻面前："不是让你暂时不要来公司吗？你这出演给谁看？他和你什么关系？"赵寻拒绝回答所有问题，"那么想刷存在感？为你打架你就要跑来亮个相？还嫌自己不够高调？安生点儿吧！我们保护你，你自己却顶着枪林弹雨上，别给我们找麻烦了，赶紧离开公司！玛丽给她安排车。""我自己走。"不等玛丽应声，赵寻迈进电梯，离开现场。

林阙保持一种仿佛不在场的姿态，静静旁观了这场惊心动魄的意外，她心里，真相的轮廓，又清晰了一些……李怡好奇她为什么也在场，林阙简单扼要回了句："碰巧。"

赵寻走在街上，一辆车从身后驶来，减速滑行到她身边，赵寻扭头一看，林阙降下车窗对她说："上车，我送你一段。"赵寻想了想，拉开车门，坐进副驾。

"回家？"

"您可以送我去个地方吗？"

"去哪儿？"

"您知道陈默会被带到哪个公安局吗？"

"金融街派出所。"

"我就去那儿。"

第七章

停车！掉头！

晏明穿过喧嚣的警务大厅，一眼看到正在接警台前与值班警察交涉的林阙，更出乎她意料的是，林阙身后还站着赵寻。晏明走过去问她俩为什么会在这儿，林阙替沉默的赵寻说：她们在等大成运营部员工斗殴案件的治安处罚结果。

晏明把目光投向赵寻："和她有什么关系？"

林阙说："因她而起，受害人报完警被送去医院，行为人被带到这儿来了，运营部总经理作为证人也来了。"

晏明问赵寻："他们谁和你有关？"

赵寻不知如何回答，林阙又替她答道："行为人，叫陈默。"

晏明说她去问一下，让两人找个没人的地儿等一下，转身正要离开，赵寻突然为陈默求情："他从来不挑事儿，什么都不争，人品很好，这次也不是为自己，能不能……轻点处罚？"

晏明推门走进一间审讯室，违法行为人被锁在审讯椅里正接受讯问，她走到他面前，年轻男子面目清秀、一身书卷气，和他身处的位置十分违和。晏明问他："你叫什么？""陈默。"她走回审讯桌，拉过椅子，坐下旁听，示意审问继续进行。陈默对动手袭击同事、破坏办公场地的行为供认不讳，也承认打人的理由就是因为同事在背后议论、用龌龊下流的言语攻击、侮辱赵寻。被问到和赵寻是什么关系时，陈默回答说："同事。"尽管自述同事关系令陈默不计后果的出头更师出无名，他和赵寻的关系也更显暧昧不清，但丝毫不妨碍案情已然清晰、责罚已经明了。

成功听李怡汇报完员工斗殴的前因后果，赵寻跑来公司还冲到现场这一点令他耿耿于怀，"她居然不管不顾地跑来了！"

李怡火上浇油："确实不管不顾，影响恶劣。"

"他俩什么关系？好过吗？"

"我查了，陈默喜欢赵寻，运营部很多人都知道，赵寻对他……不清楚，我也问不出来，只能你亲自问赵寻了。"

"她从来没跟我说过她有男朋友。"

"她告诉你有男朋友，相当于当面拒绝你。她怎么可能拒绝你？但不说不意味没有。今天这两人这通混作，一个为了她与全世界为敌，一个不顾一切跑来就要和他站在一起，现在公司上下无人不知，都在八卦他俩的关系。"

"这男孩入职多久了？什么职位？"

"三年，运营经理，业绩出色，本来计划今明两年给他升职。"

"让人事把他简历送上来。"

"难道不直接开除吗？"集团董事长越级调看一个普通业务经理的履历，这个行为不知所谓，让李怡非常诧异。

"就因为他喜欢赵寻？我对一个员工杀鸡用牛刀，公司上下不会说我小题大做、公报私仇吗？"

李怡突然醒悟：成功想要了解陈默，仅仅因为想探索这个男孩和赵寻的关系，与权衡公司如何惩罚陈默毫无干系。这更令她匪夷所思，毫不掩饰对成功的讥讽："开除当然是因为他攻击同事、扰乱办公秩序、毁坏公物！咱们讨论的，难道不是如何处罚违纪员工？怎么变成职场三角恋、霸道总裁对员工的绞杀了？成董，您现在就是传说中的恋爱脑吧？你不会真以为这是谈恋爱？真把这男孩儿当情敌了吧？"

成功为了掩饰尴尬，露出不值一哂的轻蔑："我会把他放在眼里？哪个女人身边的男人我放在眼里过？"

"但如果被你放在眼里的女人把他放在眼里，那就不一样了。"

"除了年轻，他有什么？"

"有个年轻美好的肉体就够了呀，男人们不都深以为然吗？年轻是最值钱的等价物，年轻能换来多少东西，这一点你最清楚。"

成功被赤裸裸地冒犯嘲笑，愠怒不发，抓起手机拨通一个号码。李怡立刻猜到他打给谁。

"你给赵寻打电话？"成功置之不理，等待对方接起。

手机响了，赵寻看一眼来电显示，没有接。并排而坐的林阒瞥见她屏幕上的名字：成董。听着手机响了很久，直到赵寻按下静音键。随后成功又连续重拨，她都果断按断，始终拒接他的来电。赵寻手机不再提示来电后，林阒的手机响了，果然是成功打来的。

"林阒，我找不到赵寻，打电话她不接，你立刻打给她，问她在哪儿？"

"她和我在一起。"

赵寻惊诧地意识到林阒接的是成功的电话，话题是她。

"你和她在一块儿？在哪儿？"

"金融街派出所。"

"你们在金融街派出所干什么？"

"等陈默的处罚结果。"

成功一言不发挂断了电话，林阒扭头，正好和赵寻目光相遇，她的眼神里充满戒备。

"他说什么？"

"没说什么。"

"没让你把电话给我？"

"没有。"

"你是替他来监视我的吧？"

"我没这义务，你不希望我在，我可以走。"林阚起身就走，身后传来赵寻怯生生的挽留。

"请你留一下……我头一次经历这种情况，不知道怎么帮他……"

林阚坐回赵寻身边，预测这起治安案件的大概率结果，让她有个心理准备。

"除非公司和被打方接受公安机关调解，双方达成和解，不追究他责任、不要求赔偿，否则……"这个结论让赵寻难以承受，不为她挺身而出，与众为敌的话，陈默一直会是那个家境优越、高学历、教养好、业务出众、与人为善、招公司很多女生喜欢的阳光男生……

赵寻的情绪林阚看得很清楚，问道："你对他很内疚？"

赵寻没头没尾说了一句："连自己都放弃为自己辩护了，还是有个人，不顾一切地维护你……"

林阚听懂了："为什么连自己都放弃辩护？他拼命维护的东西不值得吗？"

这句话是探究，于赵寻，却不啻叩问：你的真相、你的清白、你的名誉，你为它们做了什么？

民警结束对陈默的审讯，开出《治安管理处罚决定书》，指示他在上面签名，告知会把行政处罚结果通知公司及父母，履行完拘留手续和告知义务，最后打开审讯椅桌板锁，命令陈默去拘留所。一个大好青年的履历中，从此有了一个抹不去的污点。

晏明起身走近陈默说："赵寻在外面，你有话转告给她吗？"陈默一愣，没料到半路进门、沉默旁听的女警官会突然提起赵寻，更没想到赵寻也来了派出所。晏明见他情绪瞬间波动，极力克制，摇摇头，跟随两名民警走出审讯室，前往拘留所。

晏明回到大厅，把处罚结果告诉林阒和赵寻：依照《治安管理处罚法》第四十三条，因殴打他人和故意伤害他人身体，陈默被处以五日治安拘留，罚款五百元。结果已是既成事实，无法更改，赵寻也没有留在派出所的必要了。

林阒手机又响了，还是成功来电，他的口气不容置疑："你们还在派出所？马上带赵寻出来，街对面停车场，我在车里。"赵寻也听到了他的指令。成功动作如此迅猛，亲自赶到派出所，他来干什么？

赵寻跟着林阒走出金融街派出所，走向停在那里的奔驰迈巴赫，越到车前，赵寻的脚步越踟蹰。车门滑开，成功端坐在皮质座椅里，不怒自威。赵寻期期艾艾，止步不前，走向成功的一小段路，被她走出了人生最难挨一刻般的沉重。

若非亲眼所见，林阒难以相信赵寻身上竟然共存着如此极致的两面性，一面是面对成功时的畏缩，一面是攻击自己时的乖戾，判若两人。

封闭车厢，后视镜里，赵寻每个细微的表情动作尽收林阒眼底，面对成功躲无可躲，她的身体姿态，甚至是每个毛孔都在紧缩，整个人恨不得缩成一个分子。

"他是你男朋友？"

"不是！"

"是也没关系，你这样的女孩子，从小到大一路'君子好逑'理所当然，谈恋爱，有男朋友没问题，但不要骗我。"

"真不是。"

"你知道他喜欢你吧？因为他喜欢你，一听他为了维护你和人打架闹到报警，你特别感动，才不计后果地冲到公司，是这样吧？他被警察带走让你觉得内疚，一路跟到派出所，想为他说几句好话减轻处罚，对吧？"

赵寻点头承认。

"我能理解，你所有的行为逻辑我都能理解。但以你的情商和智商，想不到这种时候不计后果地往公司一跑，我在几万员工茶余饭后，就被你俩小屁孩儿搞成一出狗血剧，成了仗势欺人、棒打鸳鸯、抢员工女朋友的恶霸，做之前想不到这些？我一个集团老总的威望，和你那点小感动、小内疚，哪个轻？哪个重？"

成功语气不重，但分量重，他的愠而不发和他的柔情外露一样，形成碾压，将赵寻的知觉、意识、思想统统压扁，让她的反应、语言、动作齐齐变形，赵寻自觉犯了大错，把一切都归咎于自己。

"我错了，对不起！"

"出事后我第一时间见你，为你安排一切，不让你来公司，就为保护你，避免你被舆论口舌伤害。结果你为他冒冒失失跑来，让全公司看到，又追到派出所，是想给外人嘴里的狗血大瓜加点猛料实锤吗？你给我找了多少麻烦……"成功一声叹息，貌似于心不忍，宽容结束了对赵寻的问责，"不用担心，我向你保证，他不会因为打架斗殴被公司开除，不会下岗失业，不会被公司规章纪律处罚，顶多走个形式警告一下。拘留我没办法，我让运营部老总向警方表态不追责了，但被打员工人家不干，他只能在里面待几天了，出来继续上班，这样处理，你心里好受点吗？"恩威并重，收放自如。

陈默不会因为拘留被开除，还能保住这份工作和公司职位，这无异于恩典。她对成功感激涕零，对陈默的负疚也稍感安慰。

成功进入下个议题："昨天为什么没在协议上签字？"

赵寻躲避他的咄咄逼视，逃避这个回答不了的问题。

成功变换身体姿态，凑近赵寻，语气温柔："是我哪儿不够周到，还是你父母有什么想法不方便说出来？还是你？想要什么直说，没有我做不到的。真没有？"

赵寻摇头，泪珠簌簌晃落。她的哭泣，在成功的理解中，就是一个动情的女孩处理不了爱情和道德的平衡，在地下情曝光后承受不了外部舆论压力的失序无措，此刻更需要他承担掌控一切，要他保护她的身心，安排她的人生。

"那就听我安排，不要拖了，马上出国。我让李怡给你们安排私人飞机，明天下午就走。多待一天就多生是非，不要再给我添麻烦了！留在国内，你要承受多少压力？你父母要承受多少压力？舆论就是漩涡，一旦离开中心，马上就风平浪静了。"

成功连迟疑的空间都没有给赵寻，指令更是不由分说，无法拒绝。最后他把她揽进怀里，轻柔摩挲，像哄一个孩子。

"我知道出事儿后你过得很艰难，原谅我抽不出更多时间陪你，明天也不能去机场送你们，林阚代劳吧。到国外换个环境，开心一点儿，有人替我照顾你，这边一抽身，我马上飞过去看你，好吗？"

林阚不动声色，像她在事发后每个场合中的姿态一样，沉默旁观全程。她仿佛不在场，眼睛却没有遗漏任何一个细节，任何人的任何一句话、一个表情、一个反应，大脑也没有一刻停止运行。四天里，林阚清楚看到赵寻和成功之间竖着一道看不见的壁，这道壁，在赵寻沉默不语时、闪烁其词时、畏首畏尾时就会浮现，成功对它毫无察觉，视而不见。过去三个月，林阙不曾见过成功对赵寻的追求，但她甚至也能看到一百天的情形几乎和这四天一样，两人朝夕相处、呼吸相闻，甚至发展到肌肤相亲，成功都不曾看见、不曾感知他和赵寻之间的那道壁。

送赵寻回家的路上，她比平时更沉默、更异常。车载电话响起，林阙把李怡的电话公放出来，赵寻听得清清楚楚。

"民航空管局批准了明天的飞行计划，起飞时间确定了，明天下午四点。去机场的人和车也安排好了，两点半先去接你，再去接赵寻，我这边一切就绪，剩下的林律你受累。"林阙瞥一眼赵寻，她没有表情，汽车继续在两人的沉默中行进。

车到赵寻家楼下，林阙打破沉默："明天下午两点五十我来接你们，那个协议……"赵寻一言不发开门下车，"哐"一声甩上车门，头也不回。

林阙生出一个预感：一切安排就绪的明天，充满不确定性。

林阙熄火下车，走向饿团林隐路配送站，她没有见到尹声，接待她的是站长。站长介绍尹声这小伙儿刚来四天，第一天下午来了就上岗，兢兢业业、吃苦耐劳，特别有脑子，熟悉路网路况，规划路线科学，配送时间短、效率高，一点儿不像没干过的新手。但是万万没想到第四天就出了状况，昨晚尹声突然失联了，今天一早也从骑手系统里消失了。午餐时间平台爆单，外卖员每人三四十单都在路上疯跑，连站长都差点接单上路，可尹声死活不见踪影，甩单甩不到，运营打电话找他，手机关机，问同宿舍室友，室友说他昨晚就没回骑手宿舍睡觉，一直到现在，无影无踪。

昨晚就没回宿舍？林阙想起昨晚见过成功后的十点二十二分和保安部孙经理接到成功电话的十点半，与尹声同一时间段的失踪是否存在因果联系？林阙向站长要了骑手宿舍的地址，来到尹声离开大成这四天的住处。常规的上下铺，简单被褥，还有一些年轻男性的私人物品，最值钱的就是枕边的一个平板电脑。室友说尹声的东西都在，一样没走，肯定不是想好不干走的，可能是临时遇到了什么急事，人还会回来。林阙把平板电脑放回枕边，给室友一张自己的名片，上面有她的手机号，叮嘱尹声一旦回来，立刻通知她。

有必要和成功再聊一次尹声了，林阙落座第一句话就问："你对尹声干了什么？"

"尹声怎么了？林阙你什么意思？"

"他从昨晚就失踪了。"林阙目不转睛，不放过成功的每个细微表情。

"你怎么知道？你去找他了？找他干什么？"

"我不信你昨晚说的，我觉得你对我隐瞒了什么。"

"我说报警人不是他，你不信？自己去找他求证？然后发现他失踪了？"

"而且刚好就在我离开你这儿以后。"

"你认为报警人就是尹声，而我当场否认，是因为他掌握了我不可告人的秘密，我怕被你、更怕被警方知道，所以就在昨晚你查出他报警诬告我以后，我让他连夜失踪了。"

"有这个可能。"

成功莞尔一笑："你想多了。"

林阙不苟言笑："我有义务提醒一下，如果非法限制他人自由，可能会涉嫌非法拘禁。如果阻止他人作证或教唆他人作伪证，可能会涉嫌妨碍作证。"

气氛陡然冰冻，四目直视，谁的目光都没有退却。

"我从来不花时间解释，因为我不善于解释。记得你接受我的法律委托前我向你保证过什么吗？绝不让你违反法律和做有悖你职业道德底线的事儿，也绝不损害你的职业地位、名誉声望和个人利益，这个承诺永远有效。"

林阚不信、也不退让："你该保证的，难道不是你和尹声失踪绝对无关吗？"

"好，我向你保证，我对尹声什么都没做过，他和这件事毫无关系！你信吗？还要我保证什么？"

林阚正色重申："作为代理律师，我要你对我百分之百诚实坦白。我坚持一切维护你利益的做法，都是通过法律途径，都在法律许可范围内。法律不允许的违法途径，即使有利于你，我也有权拒绝。"

"好，'一切以法律为准绳'，聘个好律师，我就必须做个好人。"成功语气戏谑，试图活跃气氛，但是遇到一道壁，林阚对他始终保持怀疑，气氛依然僵硬。

"林阚，放下尹声，现在讨论他没有任何意义！当务之急，就是明天送赵寻全家出国，我觉得她越来越不对劲儿，虽然我安排什么她都接受，但好像罩了个壳儿，看不透、摸不着她在想什么，留在国内，我怕她越来越难掌控。拜托你明天先把她送走，这样我才能踏实一点儿……"

原来成功并非无知无觉，他也察觉到了赵寻表面服从下的叵测不定。结束第二次关于尹声的谈话，林阚依然不相信成功对自己百分之百坦诚，她没有得到尹声是否就是报警和爆料人的印证，对于他报警、爆料的心理成因的探究，更是到成功这里就受阻不前。林阚走出大成大厦，驻足面对夜色。

明天会发生什么？

事发第五天。

林阚一迈上李怡安排送机的中巴，就发现连司机带保镖送机人员多达五人，送个机何须这种阵势？到了赵寻家小区，四名保镖都要下车，林阚问："你们都要跟我上去？"保镖组长说："当然！"他们要拿行李。最终两名留下，两名跟林阚上楼。

赵民打开家门，就被林阚身后两名彪形大汉震惊，招呼都忘了打。两只托运箱放在门厅地上，林阚吩咐保镖先拿行李下楼，把车开到小区门外的路边等着。保镖问不用他们在楼下等？林阚说"不用"，态度不容置疑，保镖只能听命，一人拿走一只行李箱下楼。林阚带上门，从包里拿出两份善后协议放在餐桌上，问："赵寻呢？"

"她……还在房间里。"

林阚瞥一眼赵寻卧室，房门紧闭。

"如果没有异议，需要三位登机前在协议上签字。"她把两份协议翻到最后签字页，掏出一支笔，放到协议上，闪退一旁。赵民、李平对视一眼，妻子在等丈夫决定。赵民走到餐桌前，拿起笔，俯身在两份协议上签名，回身把笔递给妻子。李平也上前，在丈夫名字下面签上自己的名字。只差赵寻一个签名，协议就签订生效。赵民扭向卧室呼唤："赵寻！"

门开了，赵寻穿戴整齐走出卧室，随身背着双肩包。赵民一指桌上的协议，提示女儿："签名儿。"赵寻却对协议视而不见，说了句"走吧"，就径直出门。林阚收起只有赵民和李平却没有赵寻签名的不完整协议，跟随下楼。

中巴行驶在机场高速上，车内出奇安静，没有一个人说话。"燕州机场公务机航站楼"的指示牌从车窗外划过，保镖组长拨通手机，全车人都听到他打给湾流机组的电话："五分钟到，半小时后准备起飞。"

林阙没有看，仅凭直觉就捕捉到赵寻的波动，她的波动不形于色，在可见时空里她像一尊凝固的雕像，而另一个平行时空里的她，正在撕扯、挣扎、抉择，只有林阙能感知到静水下的急流汹涌、惊涛拍岸。拖延不签的协议、开往机场时一路上的安静，林阙一直在等待自己的预感落地，等待赵寻游离的灵魂从顺从的身体里破茧而出，她提前预知到她即将做出惊人之举，静待她怦然炸裂。

"停车！"赵寻声音不大但底气决绝，"停车！！！"

全车都听到这两声叫嚷，除了司机，所有人齐刷刷望向赵寻，每张脸上都写满惊诧，保镖组长立刻起身安抚。

"赵助您落了什么东西？"

"没有，停车！"

"高速路，没法儿停。"

"靠边儿停，临时停车带！"

"赵助你要干什么？"

"我要回家！"

此话一出，除了林阙，全车人无不目瞪口呆。没人下令司机停车调头，也没回应赵寻，中巴在诡异的寂静中继续向航站楼狂奔。赵寻解开安全带突然起身，大声疾呼："我不走了，我要回家！前面靠边儿停！掉头！"保镖组长猛然拦腰横抱住赵寻，一个抱摔，把她摔回座椅。赵寻被扶手撞到，疼得一声尖叫。赵民想对女儿施以援手，刚要站起，另一个保镖已经先行起身，双手抓住赵民肩膀，泰山压顶，强行把他按回座位，任凭赵民大呼小叫："我女儿要回去，我们跟她一起回去！"

"不可能！我们接到的命令就一个：送你们上飞机。别在车里闹，大家都不安全！"

一家三口各被一名保镖制服，形成胁迫之势，中巴继续驶向航站楼。

赵寻眼里的微光一点一点暗淡熄灭下去。三个月来，她在一条幽暗的隧道里独行，看不到尽头，也看不到光亮。她喊出"停车"的一瞬，一道光在隧道里乍现，她向光奔跑……此刻，却再度没入幽暗。

一个笃定的声音于黑暗中响起："奔机场第二高速，回城！"

赵寻寻找声音来源，是林阙！车内二次"地震"，全车人面面相觑，保镖组长不敢违抗林律，起身凑近，毕恭毕敬问道："林律，您什么意思？"

"送他们回家。"

"飞机马上要飞了，我们回去没法交代……"

"我来交代！"

"林律见谅，我们必须执行命令。"

"我提醒你们四个人，你们的行为已经触犯法律。回去后我亲自向成董解释发生了什么，一切责任我来承担，与你们无关。如果一意孤行坚持现在的做法，我会向公安机关提供相关证据，除非……你们有本事让我闭嘴！"

车内鸦雀无声，只能听见车轮的胎噪。保镖组长做了个手势，司机立刻打轮右转，错过通往"燕州机场公务机航站楼"的分岔路口，冲上回城的"机场南线高速"，开往赵寻要求的方向。车内恢复安静，刚才惊心动魄的一幕似乎没有发生过。

林阒和赵寻同时长出一口气，她们感觉到彼此的呼吸渐渐平稳，赵民也紧紧握住妻子的手。

阳光穿透车窗玻璃，赵寻又看到了光，光芒向她飞驰而来，越来越亮，突然豁然开朗，她冲出了那条黑暗幽长的隧道。

林阒凝视对面的成功，从未见过如此阴郁的他，如疾风骤雨前的乌云压境。

"我坚持一切合法手段——"

"你一点错儿都没有！"

成功拦腰斩断林阒的话，她清清楚楚看到他引而不发的震怒以及这句话的口是心非。

"我安排到每个细节，让她享受到一辈子都企及不了的奢侈舒适，不服从？她想干什么？她跟你说了吗？"

"没有，我就把她送回了家。"

"接下来她要干什么？"

李怡插嘴说道："林阒一早就提醒过你，赵寻存在变数，不排除她对外改变说辞、威胁伤害你的可能。今天拒绝你，可能是以退为进，想进一步勒索，谋求更多利益。现在你还认为这种可能性不存在吗？"

"林阒，你认为赵寻会是那样吗？"

"也许。"

"怎么可能！她为什么？她凭什么？"

成功抓起手机，呼叫"赵寻"，对方迅速接起，只"喂"了一声，他立刻察觉到她与以往不同，赵寻的语调从未如此果决，以至于成功以为自己打错了，又看了一眼屏幕，确认没拨错："赵寻？"

"我是。"

"你什么情况？给我个解释。"

"我想清楚了，不想出国。"赵寻没有一丝犹豫，的确和以往面对成功的她判若两人。

"不出国也行，你想去国内什么地方，想干什么，我来安排——"

"我不想接受你的安排，任何安排！"丝毫不暧昧，丝毫不畏缩。

"赵寻，你是想要其他东西？不方便直说？不好意思伸手朝我要？是更多钱，还是更高的职位？"

"我都不要。"

言简意赅的陌生，猛然间的成熟利落，成功顿悟赵寻突变的原因，胸有成竹地认为自己意识到了她的终极目的。

"你不会……想要我离婚娶你吧？"

成功听见话筒里传来她压抑的轻笑，这让他恼羞成怒。

"你在笑吗？这句话很好笑吗？"

"我什么都不要。"

"我不明白你什么意思——"

"我也花了好久才明白自己。"

"你到底想干什么！想要什么，跟我说清楚！"

"我还不清楚自己要干什么，只是刚刚弄明白我不想要什么。别再给我打电话发消息了，从现在起，我不接你任何电话。"

成功从未经历过被人挂断电话，这个人还是赵寻。

"她竟然，挂我电话……"

成功对林阆和李怡自我解嘲地一笑，随手把手机扔进沙发，走到落地窗前，俯瞰被他征服的城市。白色的雾霭在摩天高楼间流动，钢筋森林的轮廓渐渐模糊。他凝神聚焦，努力想看清某一处，却怎么也看不清，更不知道自己想看清什么。脚下的景物不是日复一日吗？怎么突然想不起雾霭笼罩下的都是什么？一种失控感攥住成功，这感觉让他如此陌生，令他极度不适。

第八章

报警指控

重新坐回林阒面前时，爆炸的情绪已被成功平复。坦承预判失误、事态失控，是他成为成功人士的必备素质之一。无论处境多么糟糕，自身犯了多大的错，不甩锅他人，不怨天尤人，第一时间直面现实、直面自己，为改善修正争取更多时间和最大空间。

"我完全不理解赵寻为什么突然变成这个态度，也预判不了接下来会发生什么……感觉极差！我需要你们的建议，告诉我你们的判断。"

林阒斟酌谨言，李怡则强势输出。

"我一开始的直觉就是这样，现在更加坚定！丑闻曝光正中赵寻下怀，地下情公开让她一下有了身份加持，加上你周到细心、无微不至的安排，连带把她爹妈一起包养，就让她产生一种幻觉，认为自己一步登天，被送出国仅仅是后宫雪藏，跟她的幻想差距太大。她的终极目的就是要上位，和你结婚。咱们不是在找'黑手'吗？我认为'黑手'没准儿就是她！做个'仙人跳'的局，连报警人都是她找来的，假报警真曝光，把你和她的事儿抖落得人尽皆知，坐实地位，还扮成舆论受害者，让你对她怜香惜玉。接下来，进可上位入主正宫，退可索取天价赔偿，进退双赢，一切都是设计，一切尽在她掌握。"

"林阒，你的判断是？"

"我认为，另一种可能性更大。"

"哪种？"

"报警指控你。"

"指控我什么？"

"强奸。"

"她为什么？她凭什么！"

"五天前赵寻没有当场否认强奸，不但配合警方接受体检，还到派出所做笔录时，我就倾向于这个判断。"

成功的每个毛孔都在迷惑："她怎么会把我和她之间……说成强奸？这是赤裸裸的撒谎！诬告！"

李怡也质疑林阚的判断。

"她报警指控图什么？能图到什么？比起上位结婚或者获得巨额赔偿，一旦成功被刑事诉讼，她要为这桩官司搭上一两年，付出名誉受损的代价，承受身心折磨、精神摧残，最后还未必能胜诉。就算赢了，得到的那点民事赔偿比起私了的钱九牛一毛。报警最不划算。哪种算计对自己最有利，赵寻可一点儿不傻。"

"一旦她决定报警指控，不是图谋，也不是算计，她什么也不图。"

"那她脑袋被门挤了？"

成功直勾勾盯住林阚："为什么？为什么一开始你就认定她会告我强奸？"

"也许因为……你和她眼中的事实不一样。"

"对一件事看法差异再大，也不可能我看到的是白，就被她说成黑，除非故意指鹿为马。"

"你看到的白，在她眼里，可能是黑。"

"为什么？"

"因为你和她不一样。"

"哪儿不一样？"

林阙没有回答成功和赵寻的差异是什么，这个话题戛然而止。她输出任何观点均止于帮委托人厘清法律事实，即使她看到和成功眼里完全不同的"另一个赵寻"，即使与法律事实迥异的"另一种真相"越来越清晰，它们也只存在于林阙的内心。

李怡建议道："你现在按兵不动，等她狮子大开口，野心勃勃的女孩儿沉不住气的。"

成功叮嘱："林阙，靠你了，咱们三个只有你还能取得她的信任，帮我盯住她！有任何风吹草动，第一时间报告我。"

林阙刚按了一下门铃，赵寻家的门就开了，见是她，李平满心的期待落空，赵民出现在妻子身后，同样的表情变化让林阙猜到赵寻不在家。李平说吃完晚饭，他俩在厨房拾掇，出来一看赵寻不见了，估计是趁父母错眼不见的空当溜出门的，他们不放心，赶紧打女儿手机，赵寻说自己出去透透气，不用担心，结果之后就一直没回家。赵民下楼把周围几条街都找过一遍了也没找着，隔十几二十分钟就给她打电话、发消息，但是赵寻不接也不回，急死他们了。

林阙问："她手机关机了吗？"

"没关，能拨通，就是不接，谁打都不接。"

林阙拨通赵寻的手机，短暂呼叫后，对方状态变成接通。

"赵寻。"

"林律。"

赵寻语调平静，听到女儿的声音，夫妻俩这才松了口气。

"电话、消息都不回，你父母担心死了。"

"我想安静安静，你在我家？"

"刚到。"

"有事儿？"

"想和你谈谈……"

"你愿意来找我吗？"

"好。"

"别告诉我爸妈我在哪儿，让他们别担心，我晚点回去，我把定位发给你。"

林阆踩着嶙峋的礁石，深一脚浅一脚，向临海那块巨石上的小小背影走去，对岸城市霓虹闪烁、灯火阑珊，一海之隔的这边却隐没在黑暗之中，赵寻听见林阆的脚步由远及近。

"这五天，就连睡觉，脑子里都有无数杂音在说话，一坐到这儿，突然什么声儿都没有了。"

林阆在赵寻身边坐下。

"今天你为什么帮我？"

"我帮的是他。确保当事双方在法律框架内，以法律允许的方式协商，阻止胁迫他人、限制人身自由的违法行为，是律师的职责。"

林阆故意说得职业刻板，避免赵寻把白天她在中巴上的援手理解为个人立场的倾斜，也用法言法语掩盖她个人情绪的外露。

"不用再协商了。"

赵寻只说了半句。林阆知道，即使还没做出最终选择，但她已经坚定了说"不"的决心。

"我要是像你一样强大，就不会这么懦弱了。"

"谁也不是天生强大。"

"你懦弱过吗？像我现在这样。"

林阚没有回答，目光长久地投向遥远的所在，像是没听见，或者遗忘了赵寻的问题。

"在成为现在的你以前，你有没有遇到过能掌控你命运的人，给你机遇、对你好，却用你……接受不了的方式？"

一个声音在耳边响起："林阚，你什么都别想，一切听我安排，我为你铺好路，一条抵达法学生终点的金光大道，你只要抓住我的手，按我指的方向往前走就行了。我的肩膀给你当台阶，扛着你，送你去任何你想去的地方。"这个声音从林阚的人生中绝迹了十年之久，记忆反扑得如此凶猛，令她猝不及防。

"你是不是……也遇到过？"赵寻看出林阚丝丝缕缕的情绪波动，追问道。林阚继续沉默，赵寻继续追问："你遇到时是怎么做的？那时候你也会不知所措、左摇右摆，连个'不'都说不出口吗？你不可能像我一样唯唯诺诺，谁也不会像我这么懦弱……"

林阚收回视线，风轻云淡地说："不，我也一样。"

"你怎么会和我一样？"

"为什么不会？一样会怕。"

"你怕什么？"

"怕很多。怕失去眼前，怕失去将来，怕错过机会就再也没有了……更怕说了'我不要'，就看见狰狞的嘴脸，被轻而易举地毁掉。"

林阚说的，正是赵寻心里的"怕"，她含泪微笑，得到了一个温暖的安慰。

"原来你也怕过，也一样怕。"

"不够强大时，谁都怕。"

"那现在，你终于不怕了吧？"

"现在不怕，治不好当年的怕。对自己伤害最深的，是你永远记得你怕过。如果有可能,我最希望回到十年前,对唯唯诺诺的自己说:'别怕。'对他说:'不!'"

赵寻也把视线移去遥远的所在,虽然拼命克制,但眼泪却如同开闸泄洪。开往机场的中巴上,林阕的援手如光芒乍现,引领她冲出幽暗的隧道。现在,林阕的话又开启一盏灯,照亮赵寻的内心,让她看清了自己。

赵寻风卷残云,将面前的食物扫荡一空,抹嘴擦手,心满意足。

"充电完毕,可以续航二十四小时了。"

"我送你回去。"

"不用了,林律,我就在这儿和你告别了,谢谢请我吃这么多东西。"

"你怎么回去?我答应你父母送你回家。"

"我……要晚点才能回去。"

"你决定了?"

"你知道我要去做什么?"

"我委托人还不知道你做了什么决定,他一直寻求途径了解你的诉求,承担起他该承担的责任,我有义务替他争取最后的和解机会,希望在你最终决定前再和他沟通一次,了解彼此的想法。"

"他想什么我很清楚。"

"但他不了解你。"

"因为之前我都不清楚自己在想什么。现在想清楚了,没有沟通的意义了。"

林阕点头表示理解,放弃最后的争取。

"林律,你后悔今天帮我吗?"

"不。如果你想告诉所有人真相,法律是最好的途径。不过,我要事先提醒你两点:第一,作为律师,并不是谁的律师,我想让你知道，这条路非常艰难，最后的结果未必如你所愿；第二，作为对方代理律师，也即将成为他的辩护律师，我现在就可以预言你的指控前景不太乐观，就现有证据来说，你赢面不大，我不是在恐吓你。"

"我明白你意思，也知道你说得对，但我只想说出真相，发出声音，我纠结了很长时间……它们在这里憋了太久。至于最后输赢，我没想那么远，也不是那么在意。"

"但一旦对簿公堂，结果不是输就是赢，所有人眼里也只看得见输与赢，恐怕到最后，你会被压力压得忘了'发声'的初衷，甚至连你坚持的'真相'都会模糊……"

"你想阻止我吗？"

林阚缓缓摇头："我恰恰要告诉你，你寄希望于法律，但它未必能给你一个你期望的答案。即使法律最终证明不了你心里的真相，也不要怀疑，更不要后悔此刻你站出来、说出来的选择。"

"我不知道自己十年后有没有你这么强大，但我不想那时候遗憾没有时间机器带我回到现在、对他说'不'。所以，我要去做一件不让十年后的自己后悔的事儿了。"

开往金融街派出所的路上，她们没有再交流。

林阚回到十二年前那间卧室，午间的小憩，紧闭的门把手突然转动。

赵寻回到五天前，飘忽的脚步，虚焦的顶楼，来到成董卧房门前。

在走向未来的节点上，她们一起回望过去那个时刻，看着自己从彼时走到此刻的来路。

赵寻拨通那个记在心里的手机号码："晏队，我是赵寻，正往金融街派出所去的路上，我要报警……我确定，一会儿见。"

林阚把车停在金融街派出所外，赵寻没有立即下车，她知道她们在这二十四小时里建立的"奇异"关系将在自己走进派出所大门的一刻结束，此后她和她将无可避免地陷入"对立"，她对此刻竟然恋恋不舍。

"做这个决定，不容易吧？"

林阒从未有过如此柔软的语气，赵寻刚坚硬起来的心又软了一下，差点泪崩，她试图说出自己的感受，因为再也不会有这样的机会。

"林律，明明你是他的律师，却让我觉得安全；明明你维护的是他，可也保护了我；我知道过了今晚，你就是对立方，但此刻给我力量的人还是你，你让我……看到一束光。"

"要不了多久，我就会是你最憎恨的人。"

她们同时看到晏明走出警务大厅，四顾寻找。晏明也一眼看到林阒的车，随即看到车里的两个人，她对林阒和赵寻一起出现在这里既诧异又疑惑。

"我去了。"

"好运。"

"再见林律。"

赵寻开门下车，一端是林阒，另一端是晏明，她从林阒走向晏明。短短十几米却好像有咫尺之遥，走了五天、一百二十个小时，终于走到晏明面前。

"晏队，我来报警。"

"林阒知道你来干什么？"

"她知道。"

"我带你进去。"

林阒目送晏明引领赵寻走进派出所，一脚油门冲上街道。车速很快，午夜街道的灯火在车窗边飞速划过，她拨通成功手机。

"林阙？这么晚有事儿？"

"你在吗？我十分钟到！"

"什么事儿这么急？"

"大事儿！"

"我在，等你。"

林阙一阵风般刮过大堂，成功和李怡一起在等她，三人碰面，三张脸一样凝重，林阙开门见山。

"大概率，二十四小时内，警方会上门对你采取强制措施！"

"你怎么知道？"

"赵寻报警了。"

"什么时候？"

"十五分钟以前。"

"怎么可能！"

成功和李怡大惊失色，面面相觑，无法置信，他这辈子没受过如此惊吓。

"消息准确吗？你怎么知道赵寻去报警？"

"我送她去的。"

成功瞠目结舌，李怡一腔怒火倾泻到林阙头上。

"你送她去的派出所？林阙你什么情况？知道她要报警还送她去派出所？你没有试图阻止她吗？"

"报警是赵寻的权利，我不能阻止她行使权利。"

"你当然能！而且应该千方百计！律师不是'拿人钱财、与人消灾'的吗？"

"李怡我告诉你，律师什么能做什么不能做，有条底线不可逾越。

我无权左右赵寻的决定，更无权干涉她的行动！"

"那你至少可以在她报警前拖延时间，通知我们，让我们来左右！你是谁的律师？我们花了大价钱，难不成给赵寻聘了个律师？我懂了，你坐视不管，甚至乐见其成，这样就可以多挣一笔巨额律师费了。"

李怡的话对林阙无异于侮辱，她极力控制情绪，不卑不亢。

"律师的职责，是在法律允许的范围内争取委托人利益最大化。但如果违背法律规定、不择手段，就严重违背了我的职业道德和执业纪律。不满意我的工作，委托人有权解聘我。我理解有的委托人就想找能帮助他达到目的的律师，也确实找得到不在乎原则底线的讼棍……"

"没错，我们要的就是讼棍！"

"我不是！"

林阙转身就走，身后传来成功的低吼："林阙站住！"他从最初的惊慌失措中镇定下来，"我知道自己要什么，坐下聊，我时间不多。"

晏明下令立刻请示支队，因为辩护律师对受害人报警已经知情，特事特办，申请出入境边控，防止嫌疑人逃跑，笔录证据随后补充，交代完毕带着小米推门走进问询室，赵寻坐在里面。

"想好了？"

"想好了。"

"过去五天、一百二十个小时才报警指控，为什么要花这么长时间？"

"因为……我怕。"

"怕什么？"

赵寻说出林阙的"怕"："怕失去眼前，怕失去将来，怕错过机会就再也没有了……更怕说了'我不要'，就看见狰狞的嘴脸，被轻而易举地毁掉。"

"现在不怕了？"

"一直怕下去，接受他的安排、被他包养，我就成了别人眼里的'赵寻'，真相就不存在了，只剩下他嘴里的'事实'。陈默的坚持，就会被我的忍气吞声抹杀。就连帮助我的人，我也会辜负。"

"一旦选择开始，你会面临预料不到的困境，承受无法想象的非议和压力，做好准备了吗？你决定开始吗？"

赵寻点头，目光坚定。

晏明知道对面这个女孩走了多么漫长的一条心路，才从深夜缩在浴缸里无声哭泣一步一步走到此刻勇敢说出自己的遭遇。

"我知道报警对你来说是多么艰难的决定，也知道坐在这儿一遍一遍回忆被伤害的经历是怎样一种折磨……无论发生什么，我陪你走到底。咱们开始吧。"

一股前所未有的勇气，从一百二十小时漫长的羞辱、崩溃、茫然、无助、矛盾、纠结中冲出，支撑赵寻冲破懦弱的寰臼，说出自己的真相。

"我指控：我老板、大成集团董事长成功强奸了我。"

"我想知道一旦被抓，会发生什么？"

"我们分析一下警方手里有什么，你手里有什么。警方目前掌握赵寻的证词、你的供述、现场勘查、赵寻体检和DNA比对三份司法鉴定报告，报告结果警方已经知道，但是一直没有改变不立案的结果，据此推断：这三份报告都提供不了强奸证据，只能证明你们发生过性关系。警方只能寄希望于赵寻的证人证言提供新证据，还要与你的供述交叉印证，排除她撒谎和做伪证的可能性，才能形成指控强奸的强力证据。"

"你的意思是，警方还没有告我强奸的铁证？"

"对，'你是'的铁证还不够，他们必须继续寻找。再来看看我们手里有多少'你不是'的证据。"

成功听到林阔的语气，心下一松。

"你为我码好了底牌，五天来，你一直在为这一刻做准备吧？"

林阔点头予以肯定。

"告诉我，咱们有哪些底牌？"

成功连在沙发上的坐姿也松弛下来，全神贯注听完林阔罗列的反证证据，他的身心彻底放松。

"谢谢你林阔，我竟然浑然不觉你为我做了这么多。"

"这是我的职责。"

"你的核心观点是赵寻的出尔反尔和自相矛盾，这就是她的软肋。"

"我们针对她的软肋反复举证，她对警方说了多少'是'，我们就拿出多少'不是'，有的'不是'甚至是她自己亲口说的。双方在这点上拉锯扯锯、较量博弈，最终看哪方压倒对方。如果'是'占上风，强奸罪名成立，赵寻赢；反之，如果'不是'压倒'是'，你就赢了。"

"我会被关多久？"

"七天。"

"就七天？"

林阔答得果断又笃定，成功和李怡都以为自己听错了，羁押时间如此之短令他们难以置信。

"没错，就是七天。《中华人民共和国刑事诉讼法》规定：公安机关在嫌疑人被拘留后三天内，经检察院审查批准，可延长拘留一到四天。所以七天，要么报捕，要么放人。以我掌握的证据预测，第七天你会被释放。"

这结果比成功自己预想得好太多，让他喜出望外。

"你肯定？"

"除非……出现重大变数。如果公安机关掌握了新证据，向检察院申请逮捕。检察院七天内决定是否批捕，一个月内决定是否提起公诉。法院两个月内受理、庭审、宣判。"

"什么是'重大变数'？"

"'变数'就是突然出现颠覆现有证据、有利于赵寻的新证人、新证据。"

"比如？"

"报警人身份被查明，警方找到他。虽然他提供现场目击证明的可能性微乎其微，但他的证词可能会帮到赵寻。"

"报警人被找到应该对我有利啊，能证明他是诬告陷害我。"

"赵寻指控强奸，报警人就不是捏造事实，也不涉嫌诬告陷害。"林阙抬手看表，单刀直入，"时间不多了，我不想绕弯子。我知道你对我撒谎，私家视频发现的报警人就是你的保镖尹声，你不但对我隐瞒事发当天他的离职原因，还禁止和尹声关系不错的保安经理谈论此事。我给你视频那晚，你除了打电话叮嘱保安经理保密，一定还做了什么，导致尹声当晚失踪。直觉告诉我：尹声就是报警人，他的离职和失踪跟赵寻密切相关。报警人是我唯一的盲区，通盘预判里有个难以估量却可能扭转走向颠覆结果的变量，就是尹声。他匿名报警及爆料的动机是什么，和你有什么私人恩怨，掌握你多少隐私，对你和赵寻的关系了解多少，这些都被你刻意隐瞒。警方不难找到他，尹声会不会像枚定时炸弹，爆炸后会产生多大的破坏力，我无法预测。你把命运交给我，首先要对我坦白，到这时候了，请对我说实话。"

成功暗自心惊，对林阆的敏锐洞察五体投地。他的时间和自由都所剩无几，孤独坠落深渊的七天，林阆是唯一的一条救命绳，他必须对她坦诚。

"林阆，我承认对你撒过谎。你太敏锐，通过私家监控录像锁定尹声，没错儿，他就是报警、爆料人。你拿来录像时，我一眼认出他，立刻排除了幕后黑手是商业竞争的可能性，同时也确定尹声报警、爆料是源于被我开除后泄私愤和恶意报复。我为什么开掉他？原因很简单——我发现他不切实际地暗恋赵寻，从过去有眼色、知分寸，变得对我充满敌意、恶意，时时刻刻窥视我、嫉妒我，让我感觉不安全，所以开了他。他心怀不满想报复，白天走后当晚就报了警。这就是尹声诬告陷害我的动机，选择匿名、躲避追查，甚至是玩儿失踪，就是怕我追究他的法律责任。而我没有报警指控他诬告陷害，是因为他知道我太多事儿，这些事儿无关法律，但涉及我的隐私，甚至商业机密，我想保护自己，仅此而已。你要我说实话，这就是实话。"

"如果你还对我撒谎，我立刻终止你我之间的法律委托，拒绝为你辩护。"

"林阆，我对你百分之百坦诚了，别担忧尹声说出任何对我不利的话。警方找到他，无论他说什么，都改变不了你前置调查的结论，更改变不了你对整件事的预判和未来公安机关的刑事认定，因为尹声当晚不在现场，他没有任何证明力。这一点，你比我更清楚、更有把握。放心。"

结束整整三个小时的陈述，小米把厚厚一摞刑事报案笔录放到赵寻面前，让她在第一页被询问人处签字。放下笔，如同走完万里长征，赵寻精疲力尽。

晏明下令立即向支队提交《呈请拘留报告》，请分局签发《刑事拘留决定书》，一刻也别耽误！

最后一件事，林阚拿出一份文件，推到成功面前。

"考虑到你进去后签署文件不方便，所以最好是现在你在协议上签字。"成功拿起一看，是《公司股权转让协议（对内转让）》，这是依照他和辛路的离婚谈判条件拟好的股权转让文件，只要签上名字、按上手印，他名下一部分股份就归属于辛路，夫妻俩就将持股相当。谈好的协议自然没有不签的道理，但这份文件出现在这个微妙的节点上，还是让成功百感交集。

辛路被乍响的座机惊醒。"是我。"成功的语调再平稳，也抚不平深夜来电的惊悚，五天来辛路一直无法打消的预感被应验。

"抱歉，不得不在这时候打给你，别慌，听我说，都安排好了……"

"出什么事儿了？"

"警方很快会来大成抓我，消息恐怕捂不住。"

"因为什么？"

"赵寻告我强奸。一旦公开，必定触发'黑天鹅事件'，集团股价跳水，请你做好心理准备；法律事务全权委托林阚，一切都听她的；危机公关李怡主导，按部就班来；集团运营就按公司章程，副董事长代理首席执行官，大成就交给你了。我知道你隐退回家七年，懒得操心公司事务，但非常时期，我只信你一个！"

听筒里，辛路一言不发，安静得异乎寻常。

"最重要的嘱托，是关于董事会！每位董事都有提案弹劾、罢免我的权利，集团内外一定有人伺机而动、抢班夺权，董事会由你掌控，我才放心，你是防波堤，务必确保我不因为涉刑被剥夺董事长一职！"

辛路始终一言不发。

"我刚在股权转让协议上签好字，明天林阙会交给你，协议规定了股权正式变更的时间由你决定，我完成了对你的承诺。"

辛路轻声回应一句："谢谢。"

"轩轩……能不能请你替我……算了，还是我自己向他解释吧。"提到儿子，成功显然没有安排其他事务的从容有序，"辛路，对不起，相信我的清白，我没有强奸！林阙胜券在握，我也有足够的把握在里面不会待太久，短则七天，你在外面坚持住。你知道我最在意什么，帮我守好，回来见。"

案发第六天。

凌晨，文礼分局签发对嫌疑人成功的《刑事拘留决定书》，二十分钟后，晏明率领小米和其他警员抵达大成集团，刑警们刚走进电梯，大堂保安就打电话向顶楼汇报。放下听筒，成功对林阙和李怡通报："他们来了。"他起身整装，为迎接此刻，特意沐浴更衣，西服革履，像是去赴一场盛典。

成功突然又想起最后一个问题，转头问林阙："昨天你说我和赵寻不一样，能告诉我哪儿不一样吗？"

"你和她地位不平等、关系不对等。"

"我和所有女人关系都不对等。"

"你掌握权力，即使不用，也能对人产生影响。我不信你不清楚这一点。"这句话，如刀，锐利入骨，林阙第一次语带机锋。

"你意思是说，把黑说成白的人，是我？"

"无关黑白，权力不平等，不可能有一样的认知。"

"那你呢？你心里的'真相'是什么？你认为我是不是强奸？"

"我无法判定'客观事实'是什么，作为律师，我只认定证据呈现的'法律事实'。"

"我怕的是，就算最后'法律事实'判决我无罪，也洗脱不了人们认定的'客观事实'，把我塑造成强奸犯，这个结果看来无法避免。"成功自嘲苦笑，"我一个体面人儿，居然摊上这么不体面的事儿。我妈从小教育我：可以穷，不可以不体面。她一辈子不卑不亢，我三十岁，不但给了她钱，还给了她体面。现在，为了她和我的体面，战斗吧。"

晏明率领警员走上顶楼，成功迎面而立，迎接他们到来，林阐和李怡分立两侧。晏明走到成功面前，对他宣布："我们是文礼区分局刑侦支队警员，因涉嫌强奸罪，依法将你刑事拘留，请你配合我们工作。"成功毫不抗拒，十分配合，他在《刑事拘留决定书》上签名、按手印时，晏明与林阐视线相遇，自这一刻起，她和她成为对立方。

距离上班时间还早，大成地库空旷无人，所幸成功被警方带走的场面没有外人旁观，只有林阐和李怡一直陪他迈上警车，谁也没注意到不远处车位上的一辆公务车里坐着辛路，警车开走后，停车场内只剩下三个女人。

除去所有衣物，赤身裸体，抱头蹲起，穿上文礼区看守所马甲，接受犯罪嫌疑人司法登记拍照，在两名管教民警押送下，穿过一道一道铁门，进入看守所过渡监区，自由被关在成功身后。

第九章

谎言伪证

上市集团创始人这种名人大佬被抓的事情不可能瞒天过海，得到消息的媒体立即向警方求证，燕州市公安局文礼区分局随即发布警情通报："二〇二〇年七月三十日清晨六点，上市集团董事长成某于七月二十五日涉嫌强奸罪，被文礼警方依法刑事拘留，目前案件正在侦办中。"该通报坐实了成功被抓的传言，再次引发社会关注和网络热议，也印证了五天前因警方不予立案迅速平息的出轨丑闻不止于道德危机，还升级到了刑事犯罪的层面。

和"吃瓜群众"一样，耸动的新闻也被手机推送到赵民、李平夫妇眼前。昨天半夜女儿匆忙打来电话，语焉不详，说人在公安局，让他们不要担心……夫妇俩翻来覆去，一夜没合眼，此刻才终于明白女儿离家整晚做出了怎样一个举动，也亲眼见到女儿这个行动惊起了怎样的社会波澜，猛然意识到这五天来她经受着远超二十五岁的心智所能承受的压力……整整一早上，他们都陷在深深的自责和对女儿的愧疚中。尤其是赵民，出事后他把丢人这事儿看得比赵寻受伤害更重，在乎外人眼光甚至超过了对女儿的在意，这让他痛心疾首。

晏明护送赵寻回家时，笨嘴拙舌、无力表达各种复杂情绪的父母只能用一个紧紧的拥抱迎接女儿。赵寻眼眶一热，五天前，同样是清晨，也是在家门口，等她进门的，是父亲的一记耳光。

成功被警方带走的一刻，归隐家庭七年的全职太太便重新入主大成。按照集团章程，辛路代理集团首席执行官，接替董事长职责，主持集团运营事务，复原回"辛董"。辛董一上任亟须应对的，是港股开盘一路暴跌的股价。仅仅两三个小时，"大成科技"单股股价就从开盘每股贰佰贰拾贰港元迅疾跌破贰佰元水位线并继续下探。

公司上下内外交困，顶楼董事长办公室手忙脚乱地适应成董变辛董的转换，辛路却出人意料、有条不紊，一边关注股市 K 线图的变化，一边下令秘书在下午一点召集集团高管务必出席的紧急会议、交代董事会秘书召集明天上午五位董事一个也不能少的集团董事会，在股权转让协议"受让方"处签上名字，摁下手印，还不忘叮嘱林阙：在这个节骨眼儿上，绝对要对外封锁消息。一旦成功转让股权给自己的消息走漏，会加剧股市震荡、引起股民恐慌，无疑是雪上加霜。辛路情绪稳定得让众人觉得不可思议，唯有林阙毫不诧异，她知道五天来辛路和自己一样，一直在为此刻做准备。

截至午间收盘，大成股价跌至一百柒拾柒港元，跌幅超过百分之二十，市值蒸发五分之一。更可怕的是，谁也不知道是否还有更糟的局面发生，谁也无法预测大成股价何时止跌、跌到何种境地，大成集团陷入创立十二年以来的至暗时刻。

刑侦第一天（即案发第六天），被刑事拘留几小时后，成功作为犯罪嫌疑人，第一次接受晏明警官和小米警官的审讯。

"晚八点，我带助理赵寻抵达宴会现场。九点多，赵寻醉酒头晕，我安排她在宴会厅沙发上休息，她一直睡到十一点半散场。十二点，赵寻跟我返回大成，一进卧室，她先在床上小睡了片刻……"

"片刻是多久？"

"十几分钟？我打了个电话，具体通话时间，手机里有记录。打完电话，我上床，把她亲醒了，她说要去洗澡，自己走进卫生间洗漱，等她出了卫生间，我们就发生了亲密关系。"

"几点开始？"

"十二点半。"

"多长时间？"

"半小时左右。"

"整个过程中，赵寻是否用语言或者动作表达过拒绝、反抗？"

"丝毫没有！一个'不'字、一个轻微的推搡都没有！"

"结束后呢？"

"我睡了。"

"她呢？

"不知道。直到被门铃惊醒，你们出现，我才发现她不在床上。"

"你确认受害人是在什么时候意识清醒的？"

"我确认！回大成的路上，在我车上她就醒了。"

"那时候你就认为她醒了？依据是什么？"

"她的身体反应啊。"

"从下车到进入卧室，你感觉她还处于醉酒状态吗？"

"没有，下车她自己走得好好的，不用人扶，保安都看见了。"

"性行为开始前及过程中，你认为她意识模糊、四肢无力、无法反抗吗？"

"不可能！她没有暗示同意和接受的话，我绝不会强迫一个喝醉的女孩！"

八小时前接受笔录时，赵寻提供如下证词：

"晚九点半左右，我在酒席上喝断片儿了，不知道之后怎么离开会所，怎么回到大成进入他卧室的，那几个小时我不知道发生过什么。"

"丝毫不记得？完全没有意识？也没有感觉？"

"恍惚记得几个片段，像眼前的画面一晃而过，但不清晰也不连贯，想不起来了，没有完整记忆。"

"你彻底清醒是什么时候？醒来正在发生什么？"

"醒来……他在我身上……"

"那是几点？"

"不知道。"

"你对此有什么反应？说了什么，做了什么？"

"没有……"

"醒来察觉到发生了这么震惊的事儿，为什么你既没有说，也没有做什么？"

"因为……他很快结束了。"

"之后呢？"

"等他睡着，我下床走进卫生间，带了手机进去，才知道是半夜一点半。"

"根据你的陈述：事发当晚九点半至次日凌晨一点，你酒醉失去意识、行为无法自主，在强奸结束前才清醒过来，你确认吗？"

"我确认。"

本案证人陈默接受问询时，承认案发当晚他一直在大成楼下，并在一点四十二分给赵寻发消息。

"案发当晚你为什么会在大成楼下？"

"我跟着成董、赵寻的车从会所一路返回大成。"

"为什么你从午夜十二点一直守在那里？还在一点四十二分给赵寻发消息？"

"我关心她，也担忧她……发消息是想试探她在楼上的情况……"

"你猜到楼上发生什么了吗？"

"猜到一些……"

"你认为发生这种事儿赵寻会是什么反应？愿意还是被迫？"

"我不知道，所以想知道。"

"是你报的警吗？"

"不是我。"

受害人与嫌疑人的说法大相径庭，双方差异集中于性关系发生时受害人是否清醒这一焦点。警队认为：两人当中必有一方说谎。按女方说法，具备了"用酒灌醉使被害人处于不知反抗状态"的犯罪要件，强奸证据确凿；按男方说法，女方不但清醒，还全程配合无反抗，强奸是否成立要画一个大大的问号。根据警方掌握的现有视频证据，成功和赵寻一起返回大成、下车、上楼、进入卧室的五分钟里，两人身体姿态亲密，赵寻行走自如，并无明显醉态。当然，重度醉酒不排除行走自如、对答如流的正常形态，甚至断片儿后行为有板有眼，和正常人无异的情况也很常见。因此，五分钟监控视频印证不了任何一方说法，不能成为判断受害人意识是否清醒的证据。进入私密空间至性关系结束的一个半小时里，除了双方各执一词，目前也缺乏能够证明任何一方的力证。

晏明刚要扩大侦查对象范围、试图寻找旁证来验明双方真伪，这时林阆按照她的计划，正从大正律所出发前往刑警大队。出发前，康辉习惯性最后盘点一下提交警方的证据材料：一只移动硬盘、一个文件袋。他打开文件袋，发现证据只有几页，仅仅是他所知辩方证据的一小部分，诧异问道："就这几样？不一次性提交？其他那些呢？"

林阆轻描淡写地说："稍后，分批提交。"

"你在预判警方的侦查逻辑，决定点射，而不是扫射。你要把每颗子弹都打在对方七寸上，是这个节奏吧？"

林阆但笑不语，不置可否。

"刑侦第一天下午一点整，你笃定的眼神和睥睨的气场映照出你对提交这组证据的时机拿捏精准到毫厘，但是为什么第一批提交这个，而不是那些？"

"'瞎猫碰死耗子'，看运气。"

两人到达金融街派出所，申请面见案件承办警官，林阆和康辉、晏明、小米，以法律意义上的对立双方，正式坐到一起。林阆表明来意，接受成功先生的委托，依法向公安机关提交证人证据及律师辩护意见。晏明接收移动硬盘和文件袋、出具收据，履行完交接手续后林阆告辞离开。

晏明凝视薄薄的文件袋和小小的硬盘，对它们充满好奇，难以想象里面装着什么样的证据。林阆出类拔萃的在校成绩和一枝独秀的行业成就，都在法学院和司法界的传说中，晏明急于亲眼所见、亲身领略。她拆封文件袋，抽出几页纸，刚翻两页就勃然色变。送走辩护律师，小米返回会议室，一进门就见晏明脸色前所未有的凝重："怎么了晏队？"晏明一言不发，把证据页递给她，小米一目十行，凝重像"病毒"一样迅速传染到她脸上。

"要给延队看吗？"

"当然要！"

辩护律师林阃提交的第一批证人证据，包括文件、视频及律师辩护意见，如巨石入水激起千层浪，在刑警队内部炸裂。

辩方提交的第一组证据，是对事发当晚嫌疑人和受害人十一点五十五分返回大成大厦，进入卧室五分钟监控视频的补充证据。大成夜班保安杜卫东提供证人证词：那晚，他迎接成董和赵助理下车，护送两人进入电梯，亲耳听到下车时赵寻说："我没喝多，自己能走。"亲眼见到赵寻行走自如，无须搀扶。

辩方提交的第二组证据，才是颠覆受害人指控证据的铁证！大成夜班保安江小宁提供证人证词，称事发当晚十二点二十分，他接到受害人从董事长卧室打来的电话，赵助理让保安将当天寄存在大堂的两箱红酒送上顶楼。于是他按照赵寻的指示，用平板车拉载着红酒迅速到达顶楼，按响成董卧室的门铃。林阃律师还附带提交了当晚大堂保安岗的电话录音，证实江小宁证人证词均属真实，电话录音内容如下：

赵寻："日班保安有没有跟你们交接过成董的两箱红酒？"

江小宁："有，原封不动，就在这儿呢。"

赵寻："请立刻送上来，现在！马上！"

江小宁："赵助稍等，我马上给您送上楼，几分钟。"

赵寻："尽快！"

听到通话录音中赵寻口齿如此清晰，延强震惊不已。

"上楼后，赵寻还给大堂保安打过电话？"

顶楼监控录像也印证了当晚十二点二十九分保安江小宁拉着两

只木箱按响卧室门铃，但蹊跷的是，嫌疑人没有开门接收红酒，江小宁随后掉头，原路返回大堂。

通过再次提审，警方解开了成功没有开卧室门，让送酒上楼的江小宁吃了闭门羹的疑团。经过警方提醒，成功才恍然忆起这个细节，斥责保安送酒不挑时候，没眼力见儿！否认是他召唤保安上楼，还回忆起他把脑子进水的保安骂走后，赵寻正巧洗完澡走出卫生间，还穿回了衬衫牛仔裤，他把这解读为年轻女孩的羞涩，不禁莞尔，更觉趣味……就在骂走保安后，十二点半，卧室里两人开始发生性关系。

从事发当晚，到警方提审，经过六天，成功始终对赵寻打过电话命令保安上楼送红酒这件事毫不知情。警方分析：这个电话，肯定不是赵寻当着成功的面，而是悄悄打出的，按照事发当晚多方陈述大致理出的时间线推理，电话是赵寻在卫生间洗澡期间打给大堂保安的。那她为什么会在洗澡时想起打电话给保安，让他送酒上楼呢？

保安江小宁上楼又下楼的这段监控视频，警方之前也注意到过，只是因为五天前赵寻没有指控，警方不予立案，因此没有对涉事保安跟进调查，没有及时掌握赵寻给保安岗打过电话这个至关重要的细节，五天的时间差，导致警方的刑侦调查落在辩护律师的前置调查之后，被林阚抢先拿到性关系发生前受害人神志清醒的铁证，一手逆转了控辩双方的主被动形势。

辩方证据陈列完毕，刑警队会议室里一片死寂。

延强彻底理解晏明始终面色凝重、一言不发的原因了。

"这个林律，把警方下一步要做的事儿都做了，她走在了我们前面。更被动的是，这些证据太要命了，足够证明受害人称她酒醉失去意识、行为无法自主、一直到结束才清醒的说法……是撒谎！问题是,林律怎么会未卜先知赵寻向警方提供了她酒醉不醒的证词呢?"他一边百思不解,一边摇头赞叹,想说几句安慰晏明的话,"被害人虚假陈述,导致证据链突然断裂……我理解你心情……这不赖你。"

晏明不想听一句片汤儿话,她必须面对受害人提供伪证的被动事实。赵寻撒谎导致刑侦走进死胡同,顷刻间无路可走。

赵寻接到晏明电话,按照她的要求来到刑警队时,完全不知道自己的谎言已经被林阙揭穿,一进门就撞上晏明铁青着脸。感受到窒息的负压,晏明一丝迂回也没有。

"你为什么撒谎!"

"我……撒什么谎?"

"你根本不是全程失去意识、行为无法自主!事实上,性关系发生前你已经醒了,为什么对警方虚假陈述?"

晏明见赵寻脸色突变,面如白纸,这一骤变不但印证了她撒谎是故意为之,也检验了林阙的"点射"如何精准地打在控方七寸上。

"你不否认也不辩解吗?监控视频显示十二点回到大成时你行走自如,并无异样;十二点十分,你自行进入卫生间洗浴;十二点二十分,你口齿清晰地给大堂保安打电话,让他们送红酒上楼。在卫生间洗澡还不忘白天工作中的一个细节,这是重度醉酒、神志不清、毫无反抗能力的状态吗?"

赵寻无言以对,无地自容。

"为什么骗我?你报警指控强奸是为什么?能给我一个合理解释吗?"

"对不起……"

赵寻连声音都在颤抖,这声道歉无异于承认撒谎,令晏明羞愤交加，斥责如寒风扫叶，刀刀见血。

"你知道自己前后矛盾、出尔反尔的危害性吗？你的陈述背离事实，戏弄公安机关，破坏诉讼秩序，浪费司法资源，妨碍司法公正！危害最大的，是伪证可能导致犯罪嫌疑人蒙受不白之冤，法律正义被践踏，公序良俗被亵渎！如果你撒谎现在没有被人揭穿，随着诉讼程序推进，假证造成的恶果会越来越严重！只在侦查阶段作伪，最坏的结果就是公安机关错误立案。一旦检察院提起公诉，虚假陈述将导致对嫌疑人的无罪判决和国家赔偿，殃及国家，也殃及自己，你会被追究刑事责任，受到刑事处罚！"晏明从激愤的沸点降到失望的冰点，那是一种信任被辜负、善意被玩弄的幻灭感，"你还有什么话要说？"

赵寻只能用自我麻痹抵挡排山倒海的谴责。坠入深渊又被人丢弃，她恨不得立刻从晏明眼前消失。

作为几公里外刑警队战场上的不在场胜利者，林阙一击致命，首战告捷。正要离开办公室，燕大法学院同门师兄方平打来电话。走进停车场，远远望见师兄靠在车边等待自己的姿态，林阙就知道他的突然出现绝非偶然。

"师兄，不打招呼直接来律所，又不上楼，有什么事儿吗？"

"师妹……我刚从医院来。"

"谁进医院了？"

"吴老。"

林阙的脸色秒变寒冰，方平对她的反应毫不意外。

"你知道他几个月前查出胰腺癌的事儿吗？"

林阙不回答，不说知道，也不说不知道。这反应也在方平的意料之中，他兀自说下去。

"这几个月一直在做化疗，今天中午突然晕厥，送到医院抢救，下午就下病危通知书了，傍晚才把人从死亡线上拽回来，确诊肝转移，到晚期了。"

"跟我有什么关系？"

"我来是因为他一醒过来，当着师母面儿，做了件特别让我意外的事儿……他让我，正式委托我来找你，替他传个话……让你去看看他。他说，再晚，怕见不着你了。"方平吞吞吐吐，好不容易才艰难讲完。

"我不去。"消化掉各种复杂难言的情绪，林阚才把声音修饰得无波无痕。

"我知道，但我必须把话带到。你能理解，我不该敷衍一个……快不行的人。"方平试图缓和气氛，拉回师兄妹之间的日常氛围，"要不咱俩去哪儿坐会儿？"

"我想一个人待着。"

"那改天，我走了。"

避之不及十年之久都无法彻底清除痕迹的人，不由分说、强行返场回到林阚的生活，还是以病入膏肓的濒死状态。

看守所里的第一夜，监室射灯高悬房顶，二十四小时亮如白昼，呼噜声此起彼伏，有如雷鸣、有如风号，构成交响，一秒不停，让人发疯。大通铺和墙壁间仅一米宽的狭长过道里，两个值班的狱友面向而行，错肩，背向走到过道尽头，转身，再面向而行、再错肩、走到两头，机器人一样循环往复。

成功躺在紧挨厕所蹲坑的通铺尽头，盖着半新不旧的被子，无论如何都睡不着。头顶每隔几秒都有人影掠过，耳边是塑料拖鞋底和水泥地面的摩擦声，步点万年不变。他拉高被头，以被蒙脸，遮挡直射的灯光，却闻到一股冲鼻的异味儿，被子散发的不可描述的味道令他作呕，噪声的分贝令他发疯，两害相权取其轻，他决定忍受异味。

值班狱友一把扯开脸上的被头，对成功劈头盖脸一顿训斥：监规规定睡觉不许蒙脑袋，两手必须放在被子外面，采取"遗体告别式"。成功扭头一瞥，通铺上一溜狱友的睡姿都是"遗体告别式"，于是被迫执行，仰面挺尸。

成功突然忍无可忍，掀被坐起，不由分说地起身下板。两个值班的狱友被他突然坐起惊着了，一起停步望向他。

"撒尿要喊'报告下板'，这也是监规！"

"我不撒尿。"

"你要干吗？"

"咱俩换换，我替你值班行吗？"

狱友面对成功的奇葩请求凌乱了几秒，另一个狱友想凑上来，被他一胳膊肘顶出老远。

"干部看到监控会批评我……"

"我就说自愿换的。"

"那这锅我也甩不掉，你得用其他形式补偿我，五十，明天写张欠条给我。"

"行，我不赖账。"

"我信你，这么大一名人呢。"

狱友高高兴兴甩掉拖鞋，上板钻进被窝。通铺上，一个躺着的狱友支起上身，招手叫成功凑近："你亏了，他这班儿还有十分钟就完了。我下个班，你换不换？三十。"

成功点头成交，以八十成本价换来两个代班，在十米过道里不停来回折返，每次错肩时，一起值班的狱友都扔下一句话，帮助他提升监室生活经验值：

"你知道新人福利：进来头三天不用值班吗？"

"找人替班要给人八块。"

"你这么大老板，咋把挣钱的事儿整成花钱了呢？"

林阚说七天，当时成功窃喜不已，但是进来后的这一天一夜，他已经度日如年，看守所里的一天不是一天，是世上一年。

成家也亮如白昼，大成各部门高管，包括李怡，一个不少、众星捧月地围绕着辛路，危机公关从清晨持续入夜，又从深夜持续到黎明，成效甚微，形势继续恶化：截至收盘，大成科技单日跌幅达百分之二十四，市值蒸发一百九十二亿；信托公司连环催命，要求追加保证金；银行威胁抽贷，扬言缩减大成一半贷款额；集团账面上的几千万勉力维持运营，根本拿不出钱给机构补仓。六天前成功曝出丑闻，引发第一波股价大跌，信托公司就发过通知要求追加保证金，幸亏事件迅速平息，股价止跌。但今天这个跌法儿，信托公司急了，强令至少追加一亿。财务总监撂下狠话："杀了我也没有。"董事会秘书确认：明早董事会五名董事全部出席。明天一开张，辛路会首先面临董事会的问责：有何措施能让大成股价止跌？运营如何稳定？

家庭主妇出山，面临的是丈夫以一己之力搞砸的烂摊子，四面楚歌，十面埋伏。

赵寻站在礁石上，羞耻、悔恨、自责、惧怕，还有难以名状的委屈……就像确信自己是被侵害而不是谈恋爱一样，她同样确信在成功床上醒来，发生关系前就已经清醒是自己的"软肋"，她对晏明充满内疚，但自己也说不清为什么，撒谎竟然出于对晏警官的感激，甚至还有几分讨好……种种情绪混乱交织、来回撕扯，是不是向前几步就可以隐没于波涛之下？就可以摆脱羞愧的追杀？赵寻迈步站到礁石边缘，翻卷、撞击、破碎的浪花瞬间湿了她的双脚。

赵民和李平正沿街骑行，大声疾呼女儿的名字，赵寻离家出门去派出所后就杳无音信，连手机都打不通，他们只能一条街一条街地找。李平最先看到海边岩石上的小小身影，深更半夜，四下无人，孤身立于水边的身影绝不会被忽略，何况是心急如焚寻找女儿的父母。赵民顺着妻子指的方向仔细辨别，还不能确认就是赵寻时，夫妇俩已经丢下单车冲她狂奔而去。

这一夜，每个人都在"渡劫"。

第十章

自我审判

刑侦第二天，王队一早又从分局下到刑警队，这是他第二次亲自过问成功涉嫌强奸案。

"晏明，现在什么情况，说说吧。"

"基本确定被害人对关键情节提供不实证词。"

"全部不实，还是部分不实？"

"需要进一步笔录确定。"

"被害人自己承认虚假陈述吗？"

"承认。"

"下一步你打算怎么办？"

晏明沉默，对此她也没有想好。

"考虑过撤案没有？"

"刑侦刚开始，调查局限于嫌疑人和被害人双方，调查对象还没有扩大范围，案情细节也没有深究推敲、反复质询……"

"那你的意思是？"

"至少对被害人再做一次笔录，获取真实陈述，针对她的新证词进行评估，再决定是终止侦查、撤案处置，还是继续推进刑侦。"

"她在这么关键的情节上撒谎，作为被害人已经失信，你还相信她？你认为还有再做一次笔录的必要？明儿，别纠结面子不面子，被害人虚假报案、陈述，导致我们错误立案，甚至抓错人！快速查清、及时纠错，舆论不会苛责我们。反而明知被害人证人证词不坚实、有瑕疵污点，还推进侦查，执法机关的公信力会被严重质疑。"

前行受阻，上有压力，停止侦查是最容易的决定，但是晏明仍然举棋不定。

上午九点，大成科技集团召开董事会，除了董事长成功，副董事长辛路和五名董事全部出席。对于此次董事会议题，昨晚每位董事都收到了会议召集人辛路的邮件，每个人都心知肚明，辛路无须铺垫，开宗明义。

"根据公司章程，成功董事长不能履行董事长职务时，由我作为副董事长履职。从昨天起我全面接管了公司运营事务，一天的时间交接完工作，理顺了业务。目前集团生产运营没有受到风波影响，没有出现混乱局面。

"但是，我们面临的最大困难，不只是眼下油煎火烤、千夫所指的这几天，不仅是因负面效应暴跌的股价和缩水的市值，而是在更长远的未来，领导人名誉破产，集团声誉受损。企业最怕什么？是让银行、机构和股民失去信心，资本离场，资金链断裂，生产运营无以为继。今天没问题，不意味着以后没问题。今天资金链没断，不代表之后也不会断。这就是'黑天鹅事件'的可怕之处，以为咬牙迈过这道坎儿就太平了，但是过了以后，企业依旧轰然坍塌于平地。

"企业领导人大权独揽，是冠冕，也是紧箍咒，权力不是让你为所欲为，而是让你谨言慎行，不欲凡人之欲，不乐常人之乐。企业领导人不该因为权力在握、卸除常人的枷锁，反而因此失去常人的自由，权力的本质，是责任使命，不是自由放纵。但是每个深谙此道的人，都在真正获得权力后忘乎所以。

"企业领导人的'关键人效应'，春风得意时是光环，至暗时刻时是脓瘤。面对刑事调查和舆论关切，直面、切割、修正，远比迂回、逃避、装死，更能保护大成和我们的利益。"

昨晚收到的，是人人认同却谁也不忍张嘴的提案，在商言商，谁不知道这时候该做什么。顾忌人情，更不想做落井下石的恶人，该做的不好做而已……"切割"这个词一经丑闻当事人妻子之口提出，董事们便卸下了最后一点心理包袱。

"当断则断，该切就切！接下来，请各位董事就我昨晚发给大家的提案进行表决。"

辛路斩钉截铁的开场白后，董事会秘书宣布："关于免去成功董事长职务、重新选举辛路为董事长的表决事项，投赞成票的，请举手。"最终董事会以投票六人、缺席一人、六票赞成、零票反对的表决结果通过了《更换集团董事长议案》，选举辛路担任集团董事长。至暗时刻，大成"城头变幻大王旗"。

成功的顶楼现在属于辛路。董事会开完，证券部总监和财务总监最先得到新任董事长亲口通知，要求立即对外公告董事会决议，安抚市场情绪。同时向港交所申请临时停牌，力争获批停牌几天。此时大成股价已经跌掉百分之三十，证券部总监精神一振，说这两个举措对股价止跌绝对利好，尤其是临时停牌如果能获批，大成就能缓口气。但是由于股价跌到警戒线，机构要求追加保证金的邮件和电话一波接一波地不歇气儿，就差来人堵办公室了，刚刚机构又下了最后通牒，再不追加保证金，明天大成就会收到强制卖出通知书。当时质押的时候，整个大盘处于高位，现在市场低迷，一旦被强平，首当其冲的就是员工持股计划……财务总监说她更急，合作时间最长、关系最好的银行，直接通知她给大成的贷款缩减一半，不容商量，集团如果不能明确表态，一堆银行就会跟着抽贷、断贷，公司的资金链就危险了……

辛路拿起手机拨通了一个电话："安妮，昨晚我要求紧急调用的五千万准备好了吗？我让大成财务总监给你发公司账号，辛苦你立刻安排转账。"挂断电话，她让财务总监跟自己的财务秘书安妮对接，把公司账号发给安妮，"一天时间，我只能调集这么多个人资金，先追加五千万保证金给信托公司，后续我亲自和机构沟通，需要补多少我想办法陆续追加，一分不会少给他们。"

"辛董您动用的是个人资金？"

"救急，不分公司和个人，员工利益一定要保下来！"

两位总监身上的千钧重负瞬间解压。"我立刻主动找去！"证券部总监摆脱了被机构围追堵截的悲惨境地，变被动为主动。"辛董，我先替公司持股员工谢谢您。"财务总监走到门口还是难抑激动，回头说了一句："辛路，你还是咱们一起创业时的你。"

李怡被叫到顶楼从辛路手上接过董事会决议时，对成功被罢免还一无所知，辛路吩咐她立刻把《大成科技集团第 131 次董事会关于更换集团董事长的决议公告》发送全体员工。翻开公告，只瞄了一眼，李怡便无法掩饰她的震惊："更换董事长？这是刚做出的决议？"

"对，全票通过，不是代理，是更换。去执行吧。"

辛路的姿态不容争辩，李怡只能管理表情，避免情绪外露，去执行她的指令。

林阚接过董事会决议时，完全能预判到成功拿到它那一刻的反应。

"林律，你什么时候能见他？"

"昨天提审问过了，今天申请律师会见，应该就能见到。"

"见他的时候，把这个交给他。"

"他……很难接受吧。"

"接受不了，也得接受。"

辛路轻叹一声，只在这一秒能够瞥见成功被拘给她造成的情绪冲击，但转瞬即逝，一天一夜，殚精竭虑，只是扛住了第一波惊涛骇浪，更大的风浪还在后面。

林阒离开顶楼时，在电梯口被李怡轻声叫住。

"林律，你见到他了吗？"

"今天能见。"

"她让你把更换董事长的决议给他？"

"是。"

"能不能……先别给他？他在那儿够煎熬了……还要让他知道众叛亲离，雪上加霜。"

林阒完全能够理解李怡的心情："我……酌情。"

"谢谢。"

"有话托我转告他吗？"

满腹情绪涌到嘴边又咽了回去，林阒走后，李怡掉头回到董事长办公桌前。听到高跟鞋敲击地面的声音，辛路抬头，见李怡走向自己。两个关系奇特的女人一坐一立，面面相对。

"没有人反对，我也没资格反对，但我要不反对，就没有人替他鸣不平了。"

"你想怎么样？"辛路对李怡发出不平之鸣毫不意外。

"我想什么有用吗？"

"李怡，你的理智怎么认为？在这个时候，他该不该被罢免？我有没有能力接手？我接手是不是最好的选择？"

"我当然有理智，但对他……从来没理智过呀。"李怡苦笑自嘲，

"在这个时候，他身边所有人都那么理智，对他……是不是很残忍？"

"你真的很爱他……像很多年前的我。"辛路依旧平和友善，她对李怡早已跳脱出情敌之间的怨怼，就像一个女人望着另一个女人走在自己走过的路上，拼命拾捡自己丢下的东西，"我们之前协议好离婚，他应该告诉你了，过个一年半载他就自由了，我想……这是你的殷殷期盼。"

伶牙俐齿、长袖善舞的李怡竟然不知道怎么接辛路这句话。

"只是以后他没那么多事儿了，也没有了实权，你可以得到更多的他，甚至比我更多。而我，只要大成。"

一位气质不凡、衣着优雅的女性出现在大正律所，前台秘书起身迎接，问预约了哪位律师，她说没约，要见林阒律师，不等通报便径直进了律所。林阒放下前台秘书打来的电话，对不速之客的身份充满疑惑。办公室的门只响了一下就被推开了，看到长驱直入的来客，林阒条件反射地起身，却一句寒暄都说不出口。

对方等不到林阒招呼，只好主动开口："不该叫声师母吗？"

"您好。"

"师母叫不出口吗？"

林阒沉默。是的，面对这位女性，说出每个字都异常艰难。她就是法律界大牛、燕大法学院博导、林阒硕士研究生导师吴铭仁的太太。

"通知一下外面，不要进来打扰我们谈话。"

林阒交代外面的人不要进来打扰，放下电话，保持基本礼仪，招呼吴师母："您请坐。"

吴师母回身落锁后，走到林阒面前，两位十年不曾有过任何联系的女性，单独相对于一间斗室。

"猜到我会来吗？"

"没有。"

"但方平一定在我来之前就已经来过了，替老吴传了话。幸亏他先来了，免得我再描述一遍那么难堪的场面……人一醒，竟然毫不避讳，当着我面儿，说了那些话。"

一天前医院ICU病房里长年绝口不提的历史疮疤被突然揭开的尴尬弥漫到了此刻的律所办公间，林阒没有表情，像个毫无情绪的木头人。

"您找我做什么？"

"别见他，给他保住最后的体面。"

"您放心，我保证。"

"还有一个……一旦他走了，你也别来。"

"我保证。"

林阒应得干脆，保全了对方居高临下把请求说成指令的骄傲姿态。这个反应有些出乎吴师母的预料，敌意有所消退，她和眼前这个有过深刻羁绊的年轻女性从未深入交流过，也许因为让她们产生羁绊的男性即将离世，此刻她突然有了交流的欲望。

"林阒，我和你其实都不算认识，你硕士后两年我回国，到你毕业，拢共也没见过几面。十二年前，你还在读研一，我在国外听到风言风语，结束陪读回国，女儿也支持我回来，她说我再不回来这个家怕是要散了……回国后很快恢复平静，从老吴身上感觉不到任何异样，你疏远得也不像是他学生。那时候，我不知道你是一个什么样儿的女孩儿……直到毕业你拒绝读博，我非常意外你的选择，甚至老吴痛心疾首时，我还在一边幸灾乐祸……十年来，你和他切断联系，杳无音讯。当然，不可能真没有音讯，同在一个行业的金字塔尖儿，你的一举一动，他不可能不知道……这十年，我倒对你生出几分欣赏，小小年纪不自轻自贱的女孩，我没见过几个……"

林阒木无反应，这让吴师母淡淡失落，明明意在拉拢走近，对方却铁板一块，只得话锋一转，夸回自家男人。

"当然，像老吴这样爱惜自己名节、视家庭重于个人私欲的男人，也找不出第二个了。我不在国内，短暂空窗，他偶尔精神出次轨，却能发乎情，止乎礼，我能理解，也能原谅。"吴师母突然发问，"你恨过他吗？"

"您指……哪方面？"

"没有和你在一起？"

"从来没有。"

"没恨过他吗？喜欢你、对你好、不惜屈尊为你做那么多，但是不能给你一个承诺。"

林阒努力控制自己不冷笑，还是被吴师母看到她若隐若现、不甚明确的讥笑之意。

"那你……爱过他吗？"

林阒迟疑三秒，仅仅三秒。

"从来没有。"

吴师母的面部表情暴露了她从惊诧意外到困惑不解，再到恍然醒悟转而生怒的心理轨迹，她猛然看到十二三年前的另一种真相，在那种真相里，丈夫的猥琐不堪、自作多情，远比世俗成见和他自以为是的风流旖旎，更令她无法承受，让她羞愤成怒。因此，她比她丈夫更拒绝承认另一种真相。

"你撇得够干净呀！那我太好奇你是怎么做到糖衣吃下、炮弹打回的？吴铭仁也不是个柏拉图圣人，怎么会让你踩够了肩膀还片叶不沾身？就算十年前你硕士毕业拂了他的深情厚谊拒绝读博，然而当年你进大正，现在人模狗样坐在这儿，还不是拜老吴打电话给任正，逼他收你所赐？为什么十年前你不向他说明你从来没有喜欢过他？为什么你让他相信一个误会，至今坚信你俩虽然老死不相往来然而两心早已相许？你让一个谎言保持十三年，让他误会到现在，还要误会到死，不就是怕他收回给你的提携和机遇吗？不就是怕没有他一路抬举你走不到今天的位置吗？享受了十三年红利，现在翅膀硬了，不用违心逢迎有权势的老男人，就拗起独立女性的'白莲花'人设了？"

林阙被精准戳中。人人都有软肋，她的软肋就是十年前进入梦寐以求的著名律所的方式。喉咙被一把扼住，为自己辩护的字眼儿一个也吐不出来。

"以前我不讨厌你，现在起，你让我恶心。你比自轻自贱、贪慕虚荣、不劳而获的女孩儿还有心机，更下作！"

丢下最后一句恶毒的侮辱，吴师母开门走出办公室。林阙被封印在椅子上，挣扎着想奋起反击，却一动也不能动。

林阙站在"燕州大学"的匾额下，望着进进出出的燕大骄子，她说不清自己为何来到这里。整整十年，她没有踏足过燕园，久违的母校，它如此之近，又如此之远。

"林阙！"听见一个男声呼唤她的名字，林阙转头望去，被她刻意遗忘了十三年的往事扑面而来。

二〇〇七年盛夏，二十二岁的硕士新生林阙到燕大法学院报到的第一天，就得到导师亲自迎接的待遇。那一年，吴铭仁刚"知天命"，气质儒雅、风度翩翩。仰望着高不可攀的他，林阚年轻的脸上和内心都洋溢着透明的欢乐和纯真的崇拜，羞涩笨拙地对他表达自己的感恩。

"从接到录取通知书，就一直想找个机会，不好意思对您说……"

"你想对我说什么？"

"感谢您给我学习的机会，实现了我的一个人生梦想。"

"你的梦想仅仅是当我学生？不，你的未来理应得到更多。"吴铭仁宠溺的笑容毫不轻浮张狂，他凝视林阚时，让她感觉他全神贯注于她一人，罔顾了周遭一切，"就算你没考到这么高分，你父母也不是我老同学，我还是会要你。"他高直挺拔的身材突然趋近，精准拿捏到一个两人可闻的距离和音量，笑道，"怎么能错过你这么美好的女孩子呢？未来三年都被你点亮了。"

他的话为什么让人惊慌失措？随即，林阚又为自己的惊慌失措羞愧难当，仿佛吴教授的大方被她的鬼祟曲解亵渎了。清透的天、灿烂的光、燕大的美、吴铭仁的偏爱，就从这一刻变了颜色，从开学第一天一直到硕士毕业，林阚度过了人生中最艰难沉重的三年。

因为父母与吴铭仁大学同学的情谊，林阚考取吴铭仁的研究生必不可少带有人情色彩，入学后自然而然得到吴教授的特殊照顾，顺理成章地经常进出他家。那几年，吴师母陪女儿赴美留学，两百多平方米的豪宅只有吴铭仁一人独居，他毫不掩饰希望林阚给空荡荡的房子和他单身汉的生活增添人气和活力的想法，还特意让出女儿的卧室给林阚，让她累了困了时小睡片刻。

每去一趟吴教授家，林阚就需经过一番纠结，她用各种理由游说自己克服本能的排斥，这次去给他送论文，下次去帮他查资料，再下次去上课⋯⋯每次走出他家门，都如释重负暗自庆幸什么也没有发生，批评自己紧张过度、神经过敏，然后再为下一次做心理建设。林阚努力合理化出入吴教授家的频繁，努力用世俗的目光看待她和吴铭仁的关系：美好的师生师徒、亲密的世伯世侄。偶尔几句话、一个动作、一次触碰又让她如芒在背，如坐针毡，但也因为他迅速恢复正常，异样感渐渐烟消云散。

就这样过完了研一，师生关系岁月静好，除了林阚心里那些悄然惊起、偷偷反复，又暗自湮灭的纠结。

时间到了二〇〇八年盛夏的一天，林阚像惯常一样在吴教授女儿卧室小憩，那天，她没有反锁房门。最早邀请林阚在女儿卧室休息时，吴铭仁特意叮嘱她想锁门就锁门，他的"君子坦荡荡"反倒显得林阚偷偷锁门的动作"小人长戚戚"。久而久之，反锁门成了一种习惯，吴铭仁也从未在林阚休息时来打扰她。有一天，林阚上锁时手停了下来，一直风平浪静的安全感让她对这个惯常动作突生内疚，锁门就像她在时刻防范⋯⋯于是林阚不再锁门。

那天，房门被撞开，吴铭仁几步冲到床前。林阚惊坐而起，下意识用毛巾被挡住胸口。他一脸喜色，兴奋溢于言表，还不忘安抚她的惊慌："不好意思吓着你了，好消息，刚接到电话，你上学期那篇论文，我找了《法律研究》的杨主编，同意给你发表了，这可是你们这一级的头一份！"

林阚跳下床，努力驱赶刚受到的惊吓和不适，冲吴教授鞠了个躬："真的吗？太好了！谢谢您！"抬起头时，她看到他的眼神发生了变化。

吴铭仁的手突然伸到林阚眼前，轻抚她的脸颊，像摩挲一件心爱的瓷器。这是一个再也没有其他解释的动作，他前所未有地肌肤相亲，林阚全身僵立，不知所措。

"林阚，你知道我忍了多久吗？"他的手从她脸上轻轻滑落，到肩，到臂，把她圈进怀抱，轻抚头发、后背，像是自己和自己打架打累了，带着对另一个自己缴械投降的无奈，道出他在这一年里的纠结，"我知道不该喜欢你……但我做不到……"

林阚只有一个念头：逃！只有离开，才能让可怕的场景戛然而止，才能甩脱说不清道不明的肮脏感。但她不敢发力，不敢推搡，不敢出口一个明确无误的"不"字，她在他怀抱中，以最小幅度、最轻的力量，糅合出一个语焉不详的巧劲儿，身体向下一沉，丝滑地溜出禁锢她的双臂，来不及穿鞋，光脚冲出卧室，跑出他家。

再也不能若无其事，再也无法继续面对吴教授，想不好硕士怎么读下去，想不好如何向父母解释这件事，林阚就敲开了法学院党委书记办公室的门。

"他什么时候开始对你这样的呀？那你为什么现在才来求助？"

"导师招呼学生到家里上课倒也正常普遍，但你既然感觉和他单独相处不舒服，为什么还不避嫌，还去他家呀？"

"师生孤男寡女同处一室，怎么还能在他家踏实休息呢？你心真够大的。"

"既然一直锁着门，为什么他还能在你睡觉时进来呢？"

"他每次说出格的话、做出格的事儿，你对他表示过你不愿意没有？"

女书记的每个问题都问得林阚哑口无言，她鼓起勇气讲出难以启齿的遭遇，却发现自己坐在被审判席上，面对咄咄拷问，理屈词穷的人竟然是自己。

"你对同学朋友说起过这件事吗？告诉过你父母吗？"

"父母"两个字，让林阚的情绪决堤，瞬间破防。

"不哭不哭，不告诉父母是对的。你说他们和吴教授是大学同学，是他们亲手把女儿交到他手上，一旦你父母知道了这件事，可以想见他们会多么内疚自责。你也不想让这件事成为父母的心理负担，不想让他们觉得一辈子亏欠女儿吧？"

字字戳心，林阒失声痛哭，被这样的说辞说服。父母不是救她出深渊的人，只会跟她一起沉入深渊，因为亲手把女儿送到施害者手上的负疚感将如影随形，令他们终生无法摆脱。林阒做出决定：永远！永远！不让父母知道这件事。

"我也不是在责怪你，你年轻，不知道怎么保护自己。但是我很欣慰也很感谢你选择信任我，并且在第一时间来找我。就你目前的遭遇来看，我还无法定义这件事的性质，不能确定你遭遇了校园性侵害。毕竟你没有在他每次更进一步时断然拒绝，没有拒绝去他家，也没有拒绝在他女儿卧室休息。况且，他也没有把你怎么样……"

没有怎么样。是的，林阒不能否认这一点，在性侵等级里，"没怎么样"属于最最轻微的一级，约等于"没有侵害"。林阒甚至本能地谴责自己的反应会不会过于夸张，她被伤害的感受与被伤害的烈度是不是不够匹配。

"我不能辜负你对我的信任，你看这样好吗？为了保护百年学府的声誉，也为了保住吴教授的名望，当然，更为了保护你一个年轻女孩子的名声，对任何人不要提及此事！听我说下去，我不是让你息事宁人、忍气吞声，你只要保持沉默，正常上课，当一切没有发生过，剩下的工作我来做。我亲自去找他，当然是私下，当面敲打、警告他，约束他的行为，保证以后不再骚扰你！我觉得这比你要求更换硕士导师，甚至休学更隐蔽、更不具破坏性，对你更好。我用人格和党委书记的职责向你保证：让你顺利完成硕士学业，不会受到任何影响和伤害！我不会告诉他你找过我，但他要是敢打击报复你，给你穿小鞋，或者，继续对你有非分之举，立刻来找我，我为你伸张正义！这样处理你满意吗？这是对所有人的保护，对你，对他，对法学院，对燕大，甚至对法学界。沉默并非忍让，嚷嚷出来未必能保全自己。"

还有比这个更兼顾各方、保全所有人体面、地位、工作和生活的处理方式吗？但是施害者的是或非无须再讨论了吗？就连受害人自身的过错也被轻轻放下。林阒不知道女书记提出的解决方案好还是不好，但摆脱骚扰、继续学业、父母毫不知情这几项无疑都是眼下的最优选，至少，不会比她站出来指控，让吴铭仁身败名裂，让父母悔恨终生的选择更加惨烈。

时隔十二年，重返燕园，三十五岁的林阒回望二十三岁的自己，她不忍心苛责她，只想张开双臂，抱抱那个从那时走到现在的女孩。

下午，林阒出现在刑警队，询问公安机关对成功的处置。

"嫌疑人被刑拘三十四小时，距离七十二小时拘留期满还有三十八小时，公安机关决定怎么处置了吗？会不会延长他的拘留期限？"

晏明答复她："还没决定。"

"嫌疑人符合不致发生社会危险性的条件，我代表他申请取保候审。"

晏明果断否决："还不行。"

"为什么不行？"

"案情不清晰，证据没固定。"

"我提交确凿证据证明被害人提供不实证词，案情还不够清晰吗？"

"不够。"晏明突然反问林阙，"此前你和受害人聊过案情经过吗？"

"一句没聊过。"

"你提交证据的时机恰到好处，早在立案前，比所有人更早，你就断定她虚假陈述，凭的是什么？"

"推测。"

"你怎么能推测到她撒谎？你知道的事情好像比警方多，也比我多，你能告诉我赵寻为什么撒谎吗？"

"她照实说，未必能立案，嫌疑人未必会被刑拘，她想让指控证据更有力。"

"你认为她为什么报警？想从嫌疑人那里得到什么？"

"事发后，成功对无辜连累赵寻心怀内疚，提出过优厚条件和善后安排，被她拒绝了。如果她对他有经济企图，此前在我的工作范畴内就能达成和解，解决掉这个问题，不会等到报警。报警，除了真相，她什么也得不到。"

"要真相为什么还撒谎？不矛盾吗？"

"她还是没有面对百分之百真实自己的勇气。那晚有一部分，她自己也面对不了、解释不了。"

尚未厘清林阙的话为何令自己为之一振前，晏明已经被触动了，林阙起身离座："明天我还会再来，询问是否延长拘留。"

"她还是没有面对百分之百真实自己的勇气。那晚有一部分，她自己也面对不了、解释不了。"这句话在晏明的脑海里挥之不去。

离开刑警队，林阙直接去了看守所，申请律师会见果然得到批准。即将见到成功前，她得知他刚在监室与人发生斗殴，起因是监室的牢头让成功给他洗内裤，口口声声叫成功"强奸犯"，成功当众把内裤扔回牢头面前，又一次被叫"强奸犯"时，锦衣玉食、弱不禁风的他向人见人怕的牢头发起了以卵击石的攻击。

被带进会见室时，成功脸上明晃晃挂着新伤，第一眼看到林阙，他竟然热泪盈眶，仅仅两日，他在看守所里感觉过了半生。

"别问，一点儿也不好，没有一个晚上能睡着，从来不知道一天有这么长。证据提交了吗？"

"交了一部分，还有一部分没交。"

"你来把握时机节奏，明天我能出去吗？"

"刚去刑警队问过，问不出延不延。"

"这两天外面情况怎么样？我都不敢问你，更不敢想……关在里面的唯一好处就是两耳不闻窗外事儿，啥也不知道，省了分分钟油煎火烤。"

"公司运营还好，局面被辛路稳住了，但股价跳水狂跌，机构催缴保证金，否则强行平仓。"

成功听得揪心："真到那个地步，首先损失的就是员工持股部分。你告诉辛路，实在不行，先动用我的个人账户救急，一定要保住员工利益。我的错我来担，不能让他们背锅。"

"辛路已经那么做了，今天上午她从个人账户拿出五千万给信托公司，一下稳住了机构和公司的人心，确保员工利益不受损。"

"她用了自己的私房钱？五千万？"

成功努力克制翻涌而起的情绪，"是我老婆！有你们，我没什么不放心的。还有别的事儿要告诉我吗？一会儿回号，我就要去蹲禁闭了，单间儿。"

要不要让他在度日如年的煎熬中获悉董事长被罢免的噩耗令他雪上加霜？林阙犹豫再三，最后也没有将已经移交内提的董事会决议递给成功。

成功被戴上手铐脚镣，继续关二十四小时禁闭，与世隔绝，但至少那里不再有人叫他"强奸犯"。

入夜，刚驶出派出所大门，晏明就看到了赵寻，她在背阴处低头徘徊，失魂落魄。赵寻下定决心，走出阴影，抬头与晏明不期而遇。晏明不苟言笑，让本来就张惶不安的赵寻更加语无伦次。

"你在这儿干什么？"

"我要向你道歉，自首。"

"坦白告诉我，你撒了多少谎？哪些关键情节撒了谎？"

"就是酒醒的时间点，其他没有。"

"我要实话，你什么时候彻底清醒的？"

"进卫生间洗澡前。"

"发生关系时全程你都醒着？"

"是。"

"撒谎是因为你没有激烈地反抗拒绝他？"

"是。"

"所以你认为自己的指控证据不够有力？"

"是，对不起！我不想辜负你对我的帮助，我想对得起你的努力。"

"你没对不起我，你对不起的人是自己！我帮你，不是为你预设了某个'事实'，是想帮你讲出内心的真相。你报警指控，不为满足别人，是为自己发声，哪怕那些话、那个声音不符合别人的希望！"

"我的行为损害了您在警队的威信，触犯了法律，我作了伪证，心甘情愿接受一切惩罚，请您抓我！"

赵寻举起双手，束手就擒。晏明转身就走，大步流星，头也不回。赵寻不知道自己是被赦免还是被放逐了，"噔噔噔"，远去的脚步又折返，晏明回到她面前。

"为什么十二点二十分给大堂保安打电话让他们送酒上楼？"

"有人来，我就能趁机离开，那是我最后的机会。"

晏明鼻子一酸，心里却一亮，山穷水尽的刑侦出现了柳暗花明的一道光。

"你并不是一点反抗都没有。"

"我有。"

"你想过办法、做过努力。"

"是。"

"事发当时、过后，此刻、未来，任何时候你都坚持主张自己被侵犯，指控他强奸是吗？"

"是！"

赵寻使劲点头，点掉一串眼泪，无比坚定。

"明天重新开始，说出每个细节，我要求绝对真实，不管你说的能否成为有力证据，哪怕发生过的事情对你不利，没关系，勇敢面对自己，你就是一个不完美的受害者！"

"可以吗？能再给我一次机会吗？"

"明早八点，刑警队见。"

"晏队，谢谢你。"

赵寻难以置信，感觉自己死而复生。

这晚离开律所时，林阙突然鼓起勇气，向她的师父、大正律所创始人任正，问出了一个长久以来都不敢问出口的问题："师父，十年前我进大正，你要我是因为我这人，还是因为吴教授的要求？"

"问这个干吗？多少年前的事儿了。"

"我一直想知道。"

"听真话？当然是他要求我！他命令我录用你，不容反抗，不许拒绝。"

"一点儿不是因为我的才华？"

"当然不是。当时比你简历漂亮的人多的是，哈佛、斯坦福、哥伦比亚法学院的博士，哪个不比你强？如果不是吴老强迫我的话，我凭什么要你？"

任正的答案让林阙无比沮丧。这一天、这一夜，七年苦读、十年奋斗，被不正当入行的污点一笔勾销，抹杀得干干净净。

辛路深夜才离开顶楼，一个人走进下行电梯，两天的危机公关和救火抢险让她精疲力尽，只有在完成一天必须处理的所有事后，她才允许自己丢盔卸甲。电梯下行一半，一个"菜鸟"女员工踏进电梯，一头撞上辛路，女员工进退两难，门合上，把她和位高权重的女老板关进了同一部电梯。辛路直起腰，打起精神，给她一个微笑。这个微笑激发出女员工的勇气，主动开口，声音因激动而发颤："我想谢谢您！您拿自己的钱给员工持股计划补仓，我就不用破产了，我妈的退休金也保住了……"电梯到达一层大堂，女员工跑出电梯，又转回身，冲辛路鞠个了躬，"您保住了一只'社畜'对未来的信心，晚安！"

下到停车场，迈入车厢，偎进后座，刚才的小插曲，抚慰了辛路一天的透支。

第十一章
致命杀招

刑侦第三天一早，赵寻来到刑警队，晏明已经做好准备在等她，重新进行被害人笔录。这一次，赵寻决定面对真实的自己，不管真相是否对自己有利，不管指控前景如何。

"我承认：第一次接受笔录时，在何时清醒的时间点上，我向公安机关撒了谎，提供了虚假证词，妨碍了司法公正。"

晏明对她说："那就用真实陈述来纠错吧。"

"返回大成进入嫌疑人卧室前，我恢复了一点模糊的意识，清醒过来是在卧室床上。"

"是被嫌疑人亲醒的吗？"

"是，我一下彻底醒来，发现外套被脱掉、衬衫被解开，他的手伸进我的短裙。"

"当时你的想法是什么？"

"立刻离开！"

"你对他表达你的想法了吗？"

"没有。"

"为什么没有？"

"我不想当面拒绝他。"

"为什么不当面拒绝？"

"因为……我不能。"

"你想离开，又无法当面拒绝，那你做了什么？"

"我三次想办法试图离开，最后一次，几乎成了。"

当晚，赵寻创造了三次自救机会：第一次，是在午夜十二点返回大成时，走到成功卧室门前，她认出这不是自己公寓的门，就用手臂撑住门框，以此为阻，不想进入房间，赵寻记得自己当时对成功说的话是："这不是我家，我要回自己家。"随即就被他抱进门。

对于该细节，成功坚称赵寻当时在卧室门外停下脚步说的是："我腿软，站不住，你抱我。"他因此抱她进门。

如果赵寻证词为实，成功在门外的行为已经构成"违反妇女意志"的"胁迫"，将极大有利于强奸指控。但是现场没有第三人在场，监控探头也没有录下两人的对话，虽然双方必有一方说谎，但任何一方都无法证实自己的说法，也无法证伪对方的说法，卧室门外的对话成为死无对证的细节。

赵寻第二次自救，是进入卧室、在成功床上睡了大约十几分钟后，她被他的亲吻惊醒，这一次是从神志不清中彻底清醒。对于身在成功床上，还被脱去外衣，赵寻既震惊又恐惧，大脑一片混乱，还没定下神想清楚怎么办以前，她本能就说出："你……去洗澡吧。"

成功对此供认不讳，说赵寻记得一点没错，他打完电话，上床亲醒她，她一张嘴，就让他去洗澡。

一男一女共处一室，女性对男性说："你去洗澡。"这样一句话包含的意思，世俗意义上如何解释？双方各自如何理解？

成功反问晏明："晏警官，你要是男人你怎么理解？一个女孩子，躺在男人床上，让他去洗澡，不是许可对方下一步的暗示吗？除了这个意思，还有别的解释吗？如果有，请不吝赐教。"成功如此理解没有错，相信绝大多数男性和至少一半的女性都会如此认为。

这句话背后隐藏的本意,是赵寻想利用成功进卫生间洗澡的空当创造逃跑机会,不声不响地离开房间。但成功对她的逃脱企图毫无察觉,当他笑着说"我洗过了"时,她就知道,第二次自救失败了。

晏明问赵寻:"你当时是否意识到自己这句话还起了反作用,被对方理解成另外一种意思,认为这是你的暗示默许?"

赵寻承认这一点:"所以我必须立刻离开他、离开那张床,争取一个自己独处的时间和空间,再想别的办法。"在成功表示洗过澡后,赵寻对他说:"我也要洗。"立刻下床,奔向卫生间,还特意把包一起带进卫生间,因为包里有她的手机,还有酒宴前换下来的衬衫牛仔裤。进入卫生间后,赵寻打开淋浴花洒,弄湿头发,让花洒的水一直开着,假装在洗澡,她一边脱掉短裙,换上衬衫牛仔裤,一边迅速思考离开顶楼的办法。突然她看到墙上的座机,想到了外援……赵寻拿起电话,拨通大堂夜班保安的分机号码,于是有了她和江小宁的通话。

"我是赵助理,日班保安有没有跟你们交接过成董的两箱红酒?"

"有,原封不动,就在这儿呢。"

"请立刻送上来,现在!马上!"

"赵助稍等,我马上给您送上楼,几分钟。"

"尽快!"

挂断电话,赵寻刚为外援奏效松了一口气,立刻又为保安即将到场、成败在此一举紧张到窒息。她湿着头发,怀抱着包,一手紧握门把手,箭在弦上,只等门铃一响,在成功应声开门的一刻,不由分说地冲出去。

"叮咚!叮咚!"赵寻按下门把手,几乎就要拉开卫生间的门了,她听到成功和江小宁的对话:

"谁呀？"

"大堂保安，给成董送红酒。"

"这会儿送什么酒？你脑子进水了吧！"

现实和预想的差距太大，赵寻来不及随机应变，想开门冲出卫生间，就听到成功冲门外骂道："滚蛋！"这句"滚蛋"掐灭了赵寻的希望，向外冲刺的脚步随即止住。成功站在她和卧室房门之间的通道上，堵住她最后的逃脱机会。见赵寻穿回衬衫牛仔裤走出卫生间，成功依然不疑有他，还觉得有趣，调侃她说："洗完怎么还把衣服穿上了？"他抽出她怀里的包扔到地上，拦腰把她抱起，走去床边。赵寻知道：躲了三个月，这次躲不过去了。

"你三次试图离开现场，但是都没有成功，最后不得不留下。"

"是。"

"之后你还做过离开现场的努力吗？"

"没有，我没有机会了。"

"性关系发生过程中，你有没有说过什么话或者做过什么动作表示拒绝和反抗？"

成功的答案是："她没有。"

赵寻的答案也是："我没有。"

嫌疑人和受害人的说法一致。

"你的态度是配合还是抵触？"

成功的回答是："她配合。"

赵寻的回答是："我忍受。"

"直到发生关系前的最后一刻，你还在努力自救，制造机会逃离现场，那为什么当性侵发生后，你反而放弃挣扎呢？"

"因为我……阻止不了，就想尽快结束。"

"他对你的动作和言语粗暴吗？"

"没有。"

"还挺温柔？"

"是……"

"所以你没有强烈地感觉到被伤害？"

"是……"

"你的态度有没有因此而改变？从不愿意变成愿意？从排斥转为接纳？"

"没有！从头到尾我都很清楚我不愿意！"

"内心再不情愿，你还是没有在这半小时里以任何方式表示过拒绝和反抗，你怕他吗？"

"我怕的……不是他。"

"那你怕什么？"

"我怕……撕破脸。"

"为什么撕破脸是比身体受侵害更糟糕的选项？"

"被侵害……是逼自己后退一步。"

"那撕破脸呢？"

"是绝路。"

赵寻修正谎言、完成二次笔录后，双方供述基本固定，刑警队针对现有证据开了一次案情论证会，副队晏明和队长延强虽然意见相左，但也都有理有据。

晏明亮明观点："我认为被害人三次自救行为，能够作为犯罪嫌疑人强奸定罪的构成要件。"

延强不否认赵寻自救的逻辑自洽，但也主张成功的行为具备合理性："被害人能自圆其说，尤其是第三次的自救有保安江小宁的证人证词可以支撑印证；但是嫌疑人也能自圆其说，被害人三次试图离开现场，嫌疑人没有察觉到她的心理活动，丝毫没收到女方发出不愿意的讯号。尤其是第二次，女方说'你去洗澡'，就这一句话，说和听的两方就能得出南辕北辙的两种真相，女方的逃脱企图被男方'合理读解'成默许暗示，站在男人的立场上说一句，嫌疑人的理解，更符合男性思维和世俗逻辑。第三次，女方想利用第三方创造开门机会，但男方骂走冒失的保安后，完全没有意识到保安是女方叫上楼来搅局的。试想一下：长达半个小时的拖延时间，企图离开现场的各种自救，如果转化成清楚明了的一句'我要回家！'会发生什么？要么嫌疑人谦谦君子，放她回家；要么现在证据确凿，胁迫强奸无疑。本案中，暴力胁迫、身体伤害一概没有，嫌疑人始终否认强奸、自辩无罪，有其合理性，我们不能否认。无论是之前三次自救，还是过程中零拒绝、零反抗，被害人一次都没有对侵害说'不'，没有给嫌疑人违背女性意愿的行为当头棒喝，最后导致一方认为强奸，另一方还认为是正常恋爱的偏差恶果。所以我认为嫌疑人没有明知违背被害人意愿还要强迫与其发生性行为，不具有犯罪的主观故意，最多算是一起……两性误解造成的悲剧，所以造成误解的责任，也不该由嫌疑人一方承担。"

晏明认可本案双方因为性别差异造成了认知误读和行为偏差，也认可嫌疑人不具备主观犯罪故意，但是这些因素并不能削弱被害人被强迫、被伤害的案件性质。

"被害人三次自救，都不是对嫌疑人直抒胸臆，而是曲笔、借力、弯弯绕绕达到逃之夭夭的目的。她千方百计地避免正面冲突，回避面对面拒绝嫌疑人，哪怕逃脱之后一样会激怒对方，造成相同的恶果，她也极力避免当面对他说出那个'不'字。

"我要问的问题是：权力不平等的关系中，弱势方为什么总是无法对强者说'不'？强对弱的性侵中，被害人的反抗是不是强奸定罪的构成要件？

"嫌疑人与被害人，总裁和助理，高位对低位，豪华写字楼里的私人卧室、封闭空间，符合'强势一方利用教养、从属、职权，以及孤立无援的环境条件进行挟制，迫使弱势一方被迫屈从、不敢抗拒'的强奸定罪。

"权力关系发生作用时，处于弱势的女性，忌惮的不仅是对方的身体力量，还有整个社会对她的名誉和贞操都极其严苛的道德审查，以及强者手中掌握的能够操纵她的一切——职场升迁、人际关系、恋爱婚姻——的权力。被害人无法拒绝反抗，不是被有形的力量束缚，而是被困于无形却无处不在的权力。这种情况下发生的性侵，即使是温柔的，也是强奸！

"被权力压迫和PUA（精神控制），因为不对等的地位进而进行胁迫的性侵，在司法实践中不易被认定，它有别于暴力强奸案的黑白分明。但我们的法律所保护的，不仅是以命相搏、宁死不从的女性，也有胆怯懦弱、忍受侮辱的女性。时代在进步，是否违背女性意志，不再以'是否有肢体动作的反抗'为要件，所以不能再以古人要求烈妇烈女那样来要求当代女性，刑法理论也没有将'受害人的反抗'视为'违背受害人意志'的构成要件。所以本案的被害人即使在性行为中缺乏反抗证据，但是三次自救未遂也足以力证她不是出于自愿，我坚持认为强奸定罪成立。"

听完晏明的论述，延强只说了一句："那就继续推进侦查。"

林阕抬手看表，下午一点整康辉准时敲门而入，确认了封好的文件袋和硬盘，把它们装进办公包："到点儿发射第二枚核弹了。"

半小时后，她们又和晏明、小米相对而坐，成功被拘三天，两位律师每天到刑警队上班，办案警官和辩护律师的对线场面也天天发生。

"还有十五个小时就三天拘留期满，公安机关有决定了吗？是否决定延长拘留期限？"

"马上就会有决定，并且会在第一时间通知嫌疑人。"

"那一定就是延长了，请问延长几天？"

"依法处置。"

林阚扭头望一眼康辉，康辉拿出密封的文件袋和硬盘放到桌上，同两天前第一次提交证据时一模一样，仿佛场景重现。

"我们也依法第二次提交证人证据及律师辩护意见。希望公安机关尽快做出回复，毕竟距离拘留期满只剩下……"林阚抬手看表，敦促之意非常明显，"十四小时五十九分。"

晏明拆开文件袋，抽出文件翻阅浏览。康辉睁大眼睛，等着看大雷炸裂后晏明的脸色……然而什么都没有，晏明沉静如水，放下文件，拿起硬盘，问道："这是文件中提到的事发后被害人对嫌疑人亲口否认强奸的视频？"

"是。"

"不愧是学姐，出手就是大杀招。"

女警官的微笑让康辉疑惑，她现在不该是阵脚大乱，自觉满盘皆输吗？晏明"稳坐钓鱼台"让他大为诧异，林阚也和晏明一样不动声色。

"我代表嫌疑人请求警方：在刑拘期满三日所剩不多的时间里，认真研判现有证据，快速厘清事实，果断公正处置，保障嫌疑人权利，避免不必要，甚至是滥用司法的延长羁押。"

"这是我们的职责，请回去等待警方决定。"

晏明收起文件和硬盘，起身送人，面色沉静。

离开刑警队，康辉一路嘀咕："什么情况？她居然坐得那么稳当？奇人啊！"而林阒已经猜到晏明为什么看了一击致命的证据还能安之若素，但是她猜不出警方下一步是否还会坚持延长成功的刑拘期限，明早的结果叵测。

会议室内烟雾缭绕，那是延强看完第二批证据后喷出的，正副队长一坐一站，晏明不动如山，延强满地游走，林阒提交的第二批证据应该触发的效果，全都在延队的反应中得到体现。

"赵寻已经不是单纯的撒谎撂屁了，这是人品人性问题！要不就是精神分裂！晏明，在这两件证据面前，我无论如何都不可能再站到被害人那一方了，我认为应该立即终止侦查、撤案放人！你的意见呢？"

"我不这么认为。"

"你能理解她先是在现场默认强奸，做了体检后又在第一次笔录时说不是，事发三十六小时后亲口对嫌疑人否认，言之凿凿地保证自己没有被强奸，过了五天后又跑到公安局报警指控，还撒谎因为喝醉酒自己全程不省人事，结果最后被辩护律师拆穿？你能理解她变色龙一样反反复复、出尔反尔？"

晏明缓缓吐出两个字："我能。"

如果时间倒回到十几个小时前，看到林阒提交的这段视频，晏明的反应也会和延强一样，对赵寻自相矛盾的言行感到匪夷所思，加上之前她撒谎提供伪证的前科，晏明几乎可以当机立断，做出立即终止侦查的决定。但是昨晚赵寻来到派出所忏悔后，晏明对她又有了更深刻的了解和更柔软的体恤，决定面对真实自己的赵寻不是今早才出现在刑警队，而在昨晚就对晏明袒露了全部。

昨晚，晏明把赵寻送回家，叮嘱完重做笔录的时间后，赵寻没有下车："还有两件事，我必须告诉您……林律不会放过任何一个细节，她一定会举证这些，用我的亲口否认推翻我的指控。"

晏明心里一凛："你对谁亲口否认？"

"对他。"

晏明心里又一凛："什么时候？"

"事发第二天。我知道自己做了一件特别特别糟糕的事儿，但我要面对百分之百真实的自己，向您坦承一切……"

晏明的心往下坠，最糟糕的事情莫过于此，她回忆起林阙的话："她还是没有面对百分之百真实自己的勇气。"林阙就像是另一个赵寻，即便作为对立方的辩护律师，但是同为女性，林阙依然能穿越层层迷雾，提前看到赵寻都看不清的自己。

"事发时，我不知道是谁报警，也不知道他报警的目的。我被带去医院，又被带去派出所，回家还挨了我爸一耳光，从小到大，他没打过我几回。整整一天一夜，我感觉自己被扒光，被赤身露体地推到众人面前……脑袋是蒙的，什么都想不清楚。第二天，他不由分说地派人来接我，到了一个只有我和他两个人的地方，他说我爸当众打了他，但他不打算追究我爸的责任。"

"他问你有没有在派出所指控过他强奸？有没有这样告诉过你爸？"

"是，我不承认……不敢承认……当时，我确实没有那样说过。"

"你这么回答，他就放心了？"

"他很温柔，大包大揽、周到细心地安排一切，送我出国躲避舆论，还带上我爸妈，什么都不用自己处理。我当时觉得，那样儿挺好的，终于能去一个谁也找不到我，再也没人逼问我的地方了……"

"所以你接受了？"

"像被下蛊了一样，我一点反抗能力都没有。"赵寻虚脱一样，"我解释不了那个时刻下那样的一个我，但我……就是那样。我不能怨我爸妈在协议上签字，因为我模棱两可的态度，因为我始终没有告诉他们发生了什么事，所以他们一直在猜，一直搞不清真相……我用了五天，才知道自己不想要什么。第五天，他派人送我们一家去机场，但我没在协议上签字，半路上我要求掉头。如果没有林律，现在的我恐怕是人在国外，被他锁在孤岛上，孤立无援。于是回家的当晚我就向您报了警。"

就因为赵寻这段话，让晏明此刻面对延强的质问，有了一个坚定无疑的答案。

"你能理解她变色龙一样反反复复、出尔反尔？"

"我能！"

"她可是事后，事后！对嫌疑人亲口否认！亲口！接下来她父母也跟着欣然接受，在善后协议上签了字，等于全家接受了嫌疑人的包养，这是受害家庭该有的反应吗？如果没有第三方报警导致两人婚外情暴露，赵寻还会指控成功强奸吗？她是不敢反抗拒绝，还是压根儿就没想过反抗拒绝？成功的权力地位到底是逼她屈从的黑手，还是吸引她的诱饵？她报警是为自己发声、讲出真相，还是人格崩塌、颜面尽失后的嫁祸于人？"

延强从根本上否定了赵寻的品行，这是晏明能预料到的，她对此毫不意外。

"林律两批证据，还有她那个教科书一样无懈可击、让人哑口无言的辩护律师意见书，把我们手上这点儿本来就不坚实的指控证据杀得片甲不留！强行推进刑侦，还要将证据提交检察院，这不就是把警察的脸送上门，让人家检察院可劲儿抽吗！明儿，提醒你啊，不要性别决定立场！"

昨晚，赵寻最后说道："报警时，我不敢设想诉讼这条路能走到头儿；撒谎被林律揭穿时，我以为自己连上路的机会都没有了；今晚对您讲出这些，路又短了一半……但是，能走多远，我就想走多远。"

祖露完内心所有的秘密，赵寻一身轻松，无比释然，无畏任何结果。

这时她听到晏明缓缓吐出三个字："我陪你。"

蹲满二十四小时禁闭，成功被放回监室，经过号长面前时他直勾勾地盯住对方，毫不躲闪，最后硬生生逼退了号长的眼神。监室内的氛围发生了微妙的变化，大部分狱友都与成功保持距离。放风时，对成功一直友善的狱友撵上他的脚步。

"你进来三天了，今天至关重要，等着吧，晚上管教会叫你出去签延长。"

"签什么延长？"

"延长拘留期限啊。"

"延长多久？"

"小案延四天，大案直接延三十，期满向检察院报捕，检察院七天批准逮不逮捕，七天内批捕科肯定来人提审你一次。所以，小案七加七，十四天，大案三十加七，三十七天，要么逮捕、要么放人。"狱友乙整个一个"大明白"，"你这妥妥的是大案，等到第三十七天的晚上，公安就会来找你签逮捕。"

狱友的振振有词和林阚的预言相差十万八千里，成功无所适从，三天来艰难维持情绪稳定的底气一下被抽空，突然心烦意乱。

"你说我会直接延长到三十七天？凭什么？证据不足呢？"

"那更要三十七天满打满算了。公安机关要在这段时间里继续搜集证据，万一再经历两退三延、三延两退，不断延长、退检，一晃，一年过去了，总有一天，你会拿到法院通知的。"

"我有好律师！"成功本就强撑的心态已经彻底崩了，现在林阑是他唯一的救命稻草。

"嗐，律师没球用！就是你和外面的一个传声筒。不信？你看今晚管教来不来叫你签延长，是不是顶格三十天。我要是说对了，你输我一百，这算祸不单行；我如果说错了，我就给你一百，这叫福来双至，怎么样，赌不赌？我劝你做好长期抗战准备，把这儿当家住，等你摆正了心态，就发现这儿其实也还行……"

看守所第三夜成了悬在头顶上随时会落下的刀，成功夜不成寐，狱友"顶格延长三十天"的谶言就像一道紧箍咒，让他油煎火烤，如坐针毡，殷殷期盼，又战战兢兢……

外面突然叮当作响，成功被惊动，按下被头，望向门口。监室铁门被打开，管教、巡控两名民警一前一后走到成功铺位前，低声下令："11220，起来！"成功一个鲤鱼打挺，起身肃立在通铺上，两手笔直下垂："报告下板。"管教从兜里抖落出一副手铐，成功迈下通铺，趿上拖鞋，递上双手，戴上手铐，经过狱友面前时，他瞥见对方露出了"你看是不是让我说着了"的眼神。走出监室的成功就像一条脱水濒死的鱼，只剩一张嘴在一开一合地倒气。

走进办公室，成功被带到身穿警服的小米警官面前，小米举起公文朗读："嫌疑人，现在宣读对你的《延长拘留期限通知书》：因涉嫌强奸罪，根据《中华人民共和国刑事诉讼法》第九十一条之规定，决定延长对犯罪嫌疑人成功（性别男、年龄四十，于二〇二〇年七月三十日被执行刑事拘留）的拘留期限，时间从二〇二〇年八月二日至二〇二〇年八月六日。燕州市公安局文礼区分局签发。"

　　只延四天！林阙的能力是毋庸置疑的！成功压抑住欢呼雀跃的心情，气度回到身上，彬彬有礼地向小米致谢："感谢，辛苦警官。"回到监室时经过不错眼珠地盯着他的狱友们，成功迈上通铺，连"报告上板"都懒得说，就钻进被窝，两手平放在被子外面，以标准的"遗体告别式"合眼入眠。狱友凑近耳边轻声安慰："都是顶格三十天，大家都一样，没啥。"刚说完，就听到他安然入睡的鼾声。

第十二章

追踪尹声

刑侦第四天，接到警方通知的林阙敲开刑警队队长办公室的门，晏明示意她坐，问道："接到延长四天的通知了？"

林阙对此质疑，声音平和但态势逼人："警方延长拘留的理由是什么？"

晏明也心平气和地答复："案情还没有查清。"

"是没有掌握犯罪证据吧，证据不足，就不该延长拘留！我拿出被害人事发第二天亲口对嫌疑人否认强奸的证据，一下子让她的说法自相矛盾，你们延长四天就够找到新证据吗？"

"林律，针对你的质疑我阐述两点：第一，被害人对警方的确有过虚假陈述，她也已经道歉反省，并修正了证词；从事发到她报警的一百二十个小时里，她也的确有过说法态度上的反复。如果你认定她符合司法定义上的'部分反悔'，那也发生在她报警前；报警后，她对嫌疑人的指控坚定不移，没有动摇过。更重要的是，作为委托人和经办人，你最清楚即使在报警的前几天，面对嫌疑人变相施压，被害人也用行动予以回绝，直到走到报警反抗这一步。你我都是女性，权力不对等的强奸案中女性受害人会遭遇多么大的外部和心理重压，我们不难感同身受，更不难理解她在告与不告之间的摇摆不定。你最早介入事件，早于警方掌握了案情关键点，比我更早洞察受害人的心理轨迹，甚至于你能亲自送她来报警。那么抛开职业理性，你心里对事件性质怎么认定？对赵寻如何定义？我不指望你能回答，你也不可能回答。但是你真的理解不了赵寻面对成功PUA式逼问的违心否认吗？你认为在权势压力下一个年轻女性深思熟虑的指控和一次言不由衷的屈从，哪一个更接近她内心的真相？"

林阙面无表情，连坐姿都没有变一下，丝毫看不出晏明的反诘在她内心激起了怎样的波澜。晏明继续说下去：

"一次亲口否认能否成为反证去推翻受害人自己的指控，我们要时间来验证。时间，就是我要说的第二点。刑侦前三天，警方取证局限于嫌疑人、受害人两方。强奸案常常只有当事双方的说辞，缺乏直接证据和现场物证，因此，第三方现场目击和关系密切者的旁证，都是判断两人关系性质及是否出于自愿的依据。接下来的四天，我们要扩大问询对象的范围，多方取证。另一方面，掌握本案关键信息的关键证人依然缺位、关键证据依然缺失，我们要找到他。"

晏明嘴里的"关键证人"指的是谁，林阙心知肚明，尹声——那是本案中她唯一的盲区。

"我讲的延长拘留期限的这些理由，不知道林律是否接受？"

林阙转而主张另一项犯罪嫌疑人的合法权利："鉴于嫌疑人供词已经固定，我再次代表他申请取保候审，提出保证人，交纳保证金，保证随传随到。"

晏明答复她："提交书面申请，三天内，公安机关给予答复。"

离开刑警队，林阙再次前往看守所申请会见，和两天前第一次律师会见时的泪眼汪汪不同，成功被锁进审讯椅、摘除手铐时，喜悦之情溢于言表。

"昨晚睡到半夜，他们叫我起来签《延长拘留期限通知》，号里都铁定我一竿子延长三十天，结果……你赢了！证据都交了？效果如何？"

"我推测，因为我们的证据动摇了警方现有证据的坚实性，导致强力、直接证据缺失，所以晏明要利用延长拘留的四天，扩大调查对象范围，在你身边工作的公司员工，还有与赵寻关系密切的朋友同事，都会被警方问询。"

"这些人有一个在事发现场，有一个是目击证人吗？所见所闻都是捕风捉影罢了，警察问他们有什么用？"

"晏明的重点，还是要找到掌握关键信息的关键证人。"

"谁？"

"我认为她指的是匿名报警人。"

"他……也不在现场，没有目击，全凭臆想诬告，掌握了什么关键信息？算哪门子的关键证人？就是找到天边，警察也找不到强力的直接证据能指控我，因为我根本就没有强奸！"

"我刚向警方提出变更强制措施，替你申请取保候审。"

"能成吗？几天有答复？"

"三天。"

"就是说，到六日，就算你预测的七天达不到目的，我也能被取保候审放出去？"成功燃起了更大的希望。

"走一步看一步。"

"在这里的每一天都度日如年……我熬不起，晚一天洗脱罪名，大成就凶险一分。公司的情况怎么样？"

"情况比头两天好多了，辛路三天动用了上亿的个人资金给信托公司，机构踏实了，人心也稳了，集团各部门业务几乎没受影响，都在按部就班地运营。"

"谢谢老天。"成功长舒一口气，大成是他的根基，董事长是他的命，根基尚稳，命脉还在。

"你该谢辛路，她第二天就申请了临时停牌，港交所昨天批准大成临时停牌四天，及时止跌。"

"停牌四天？"成功又惊喜又意外，"干得漂亮！"

"这四天，对大成股价不亚于救命。"

"不过，向港交所申请临时停牌的理由是什么？"

林阖拿出上次律师会见时没有交给他的文件，穿过铁栅栏递了进去。

成功接过一看，《大成科技集团第 131 次董事会关于更换集团董事长的决议公告》，勃然色变，一目十行地浏览，脸上的欣喜早就一扫而光。"更换董事长？怎么是更换不是代理？把我罢免了所以才会顺利获批停牌。不可能啊，我委托辛路代理我，是代理不是代替！她为什么这么做？难道是董事会逼她？"迅速翻看投票结果，发现竟然六票赞成，零票反对，全然不符合他认为的几名董事联合逼宫辛路的揣测，"全票通过！集体背叛我，落井下石！这帮人想趁火打劫，罢免我的第一话语权和实际控制人！辛路看不透他们的狼子野心吗？怎么会里应外合地配合他们把我罢免？她一人接管，双拳敌得过四下黑手、十面埋伏？我进来的那晚，千叮咛万嘱咐让她多撑几天，守住我的董事长职位，她！她！"一个念头突然浮现出来，他抬头凝视林阖，问道，"这是辛路让你带给我的？"

林阖点头。

"她什么意思？她对当董事长什么态度？"

"危急时刻，她一切以集团利益为重。发生'黑天鹅事件'，第一时间更换董事长，无论是应对股票止跌，还是平息舆论，都是及时止损的利好，不失为危机公关的最佳选择，我想你也认同这一点。"

"所以我就被免了？成弃子了？利益捆绑在一起的亲人、商业伙伴、手下员工，居然没有一个人反对……"成功把脸转向别处，眼泪奔涌出来，不是因为感动，而是因为愤怒，"我终于明白了，出事儿当天，她开一天长途赶回燕州，一进门就提出离婚，要分一半股权，利用我的愧疚，紧锣密鼓地五天办好股权转让，然后在我被抓前拿到相同股权，这些都是事先设计好的。她要股权，是为回归董事会、掌握话语权做铺垫；董事会决议没人逼她，是她因势利导唆使别人；拿出上亿私房钱，避免员工持股受损，也不是扶大厦于将倾，是收买人心；告诉她我要被抓时她那么淡定，嘱咐她保住我的董事长时她一言不发，我也想明白是为什么了。我的劫数，就是她的机会。抢我班、夺我权的人，原来是我老婆。"

林阙忍不住说句公道话："辛路不能做得更好了，保住你们的共同利益，就是保住你，在她心里，救火比夺权重要。"

"林阙，尽你所能，让我早点儿出去！四天内，让我出去，我不会亏待你，定会加倍重谢。只有清白着出去，我才能宣布这次的董事会决议无效！"

成功垂头丧气、腿如注铅地被带回监室，与来时的步履轻松判若两人。穿过通往内监的铁门，在听见铁门合拢的撞响时，他猛然掉头，以百米冲刺的速度冲回外监区！管教转身就追，门旁的两名警卫见成功坦克一样冲来，慌忙上锁，准备拦截。铁闸将锁未锁之际，成功杀到，攥住栅栏，拼尽全力地拉拽铁门，两名警卫和追到的管教一起扑上来，四具躯体纠缠成一坨，成功被拖离铁闸，又一拖三地奋力挣扎回来，铁门在开开合合的两股角力间眈当落锁。成功被顶在栅栏上，成了铁闸和警察之间的肉垫，绝望至极地号叫："放我出去！我没犯罪！"然后一头撞向栅栏，以肉击铁，头破血流。监区警报大作，一场困兽斗以自残告终。

延长刑事拘留的四天要分秒必争，调查范围更大，取证难度更高，通过不涉案的外围人员寻找指控证据，无异于大海捞针。晏明展开大面积问询调查，约谈各类对象，范围涵盖成功的商业伙伴、司机秘书、大成各级员工、赵寻的同事室友，试图通过每双眼睛、每一个视角，构建还原成功和赵寻最接近真实的关系。虽然这些不是直接证据，但也是判定性关系发生究竟是双方自愿，还是违背女方意愿的参考坐标。

"在你们眼中，成功和女性的关系是什么样子？"

商业伙伴说："我很羡慕成功和辛路的婚姻，商业利益捆绑在一起，生活中谁也不干涉谁，都是已婚男人，别人出轨只能偷鸡摸狗，就他不遮不掩、大大方方，实名羡慕啊。辛路的气度，不是一般女性能有的。"

"他有多少个情人？"

商业伙伴说："分常驻和过路，算上后者的话那可数不过来。大成几个位高权重的女高管，都是他的人，那个企业向心力、员工忠诚度，啧啧！老成这人，渣归渣，归根结底是因为女人们前赴后继地往上扑，都想雨露均沾从他身上拿点儿好处。这个社会，不也默许成功男人多吃多占，有风流的特权嘛。"

司机说："当瞎子、哑巴是我的工作职责，拉过谁、见过啥，一个字也不能对别人说，不然对不起人家给咱开的这份钱。当然，配合警方调查也是咱的公民义务。"

"你经常拉成功和各路女士吧？就像事发当晚的那种情况。"

司机说："太多了，早就记不清谁是谁了，有认识的，也有不认识的，都挺漂亮，也都挺放得开，呵呵……"

"工作中，你记得成功强迫过哪些女性吗？"

司机的头摇得像拨浪鼓："那些女的怎么可能不愿意？就老板这种有权有势、有貌有条儿的，还用强奸？好多时候，我觉得那些女的如狼似虎，老板反倒是被她们非礼了。"

夜班保安杜卫东说："成董爱住公司，顶楼就是他家，夜班保安比白班审核更严，最关键的一条就是嘴严。最近几个月成董忙着分拆上市，个人生活上很自律，没有以前贪玩儿了。赵助理入职后，晚上加夜班一般都是她留下来陪成董，下班很晚，有时候到半夜。"

"赵寻经常很晚离开公司，都是因为工作加班吗？"

杜卫东说："顶楼的事儿，咱上哪儿知道去，也不该我们多嘴不是？"

"事发前，被害人在集团大厦留过宿吗？"

杜卫东说："没有，出事儿那晚，是赵助理第一次在顶楼上过夜。"

"怎么看待赵寻的升职？"

大成人事说："她在应届生里学历和成绩都非常出色，应聘面试，以管培生入职，三个月后被调到董事长办，升任高级助理，都是我一手经办的。"

"这种升迁正常吗？"

人事说："当然不正常。薪酬待遇一跳五级，三个月走完别人至少五年的路。反正是董事长直接要人，我们照办就是，谁还不明白是咋回事儿？"

"管培生和董事长高级助理在薪酬待遇上有多大差距？"

大成财务经理说："光是月薪和年终奖，就翻了不止一倍，还有那些肉眼不可见的，就更不好说数儿了。高级助理能实报实销。有一回赵寻拿来张发票，财务存疑，成董一个电话打过来，让我们给她开一张上限五十万的黑卡，每月她刷多少，都是公司还贷，无须财务笔笔对账核实。至于说每月这五十万，有多少是帮成董支付交际应酬，有多少是花在她自己身上的，反正老板不计较，我们计较个什么劲儿呀？"

"赵寻担任高级助理的职责是什么？"

女秘书笑着说："她承担什么职责呀？谁都知道她是例外，董事长办公室人手一摊，数她最闲，你也不敢使唤她呀。成董在，眼前就不要别人，成董外出应酬，也只带她。人家是露脸的'小姐'，我们是闷头干活儿的'丫鬟'。"

"赵寻刚进公司时是什么样儿？"

运营部女员工说："和我们一样，看不出差别。文静，不张扬，招人喜欢，属于闷骚撩人的类型。"

"到顶楼后，你们感觉她待人接物有什么变化？"

运营部女员工说："凡人不理，一步登天，每天云端对话，人家没精力和我们凡人闲扯。"

"在你们眼里，成功和赵寻是什么关系？"

司机说："老板对这个小助理像是动真格的，就是情人呗。"

女秘书说："还用明说吗？新进宫的'嬛嬛'。"

杜卫东说："进进出出从不背人，不是好上了是啥？"

商业伙伴说："走哪儿带哪儿，商圈儿都知道这是老成的新欢。小姑娘确实招人喜欢，一点儿城府没有，纯啊，好摆弄。"

"对于成功的追求，赵寻接受吗？"

司机说："一点儿没看出她不接受的样子。"

女秘书说："成董有个本事，永远含情脉脉深情款款，喜欢你一天，也让你感觉这一天他的眼里只有你。赵寻要是不接受，可以报警告他职场性骚扰啊，没人拦她。蔫声不语，不就是接受了嘛。"

商业伙伴说："老成就是老成，豁豁亮亮没羞没臊，你要是不接受，他真没那精力白搭工夫。"

"怎么看待赵寻指控成功强奸？"

商业伙伴说："要钱吧？想不通的事儿，从经济的角度看，一秒想通。"

司机说："不知道老板哪儿没让她舒坦，年纪轻轻不懂规矩，不如年纪大的女的知分寸。毁了老板名声，她能得着好？"

女秘书说："不懂她图啥，曝光出名？媒体报道都给她马赛克了，看她以后蹦不蹦吧。蹦就是为了博眼球，这么想当'网红'，名儿倒是有了，但是不光彩啊，还有哪个男生要她？不过男人要不要也无所谓，流量就是一切。"

这些听得小米拿脑门撞桌面："还问吗？越问越不利啊。"

众多证人证言朝着不利于赵寻的方向倾斜，员工同事描绘出的，是一个虚荣拜金、不劳而获、坐享一步登天的赵寻。

真相是什么？即使看到的是同一个物体、同一件事，每个人也会因为各自的立场、观察角度、主观认知的不同，看到不一样的真相。真相有时无限接近统一的社会认知，有时是被漠视否定的孤独存在，但是，数量再多的主观认定，甚至是压倒性的世俗成见，也无法等同于客观存在。

大成保安部的孙经理又一次被林律约见，心态已经和第一次谈话时有了很大的不同。此刻的林律是成董的救星，大成的希望，孙经理内心不再设防。这次的话题还是围绕尹声，在分两次向警方提交全部证据后，林阚决定清除这一盲区。

"孙经理，约你来还是想打听点尹声的私事儿，放松，跟成董无关。"

"林律您哪儿的话，公司有辛董顶着，成董现在全靠您搭救，我不是防您，是因为成董特别交代过，我不敢冒失多嘴。"

"我听说你每个月还帮尹声给什么人转账？"

"您问这事儿呀？有！那是他前女友，俩人青梅竹马，不知道啥原因分手了，女的跟别人结了婚，可能过得不太好，尹声每个月一拿到钱，就让我帮他往那女孩银行账户上转四千，两年没断过。"

"为什么让你帮他转？他自己不能转？"

"他跟我说的原因，是怕女孩家里人知道尹声给她钱，肯定是俩人暗地里还有事儿，怕人顺着钱找他麻烦呗。"

经过调查，林阚得知大成人力部给成董保镖的月薪标准是税后八千元，尹声居然每月拿出一半给前女友，两年加起来也有小十万了。

"既然都分手了，人家也结了婚，为什么还每个月给她转钱？"

"情种呗。尹声没跟我细讲，所以我也不是很清楚。他按月给我钱，我就负责转，反正也不给我添多大麻烦，不多问。"

"你能把女孩的银行账户名、开户行和账号给我吗？"

"没问题，只要您不追着问成董不让说的事儿，我啥都能告诉您。"

林阚拿到尹声前女友的银行账号和账户信息，女孩叫米芒，开户行为中国工商银行山东望海县支行。山东望海，是米芒的现住地。

康辉也从尹声以前服役的部队得到信息，补充印证了他和米芒的前史。两人是同乡，青梅竹马，尹声入伍参军到燕州服役，米芒就跟着他从宁夏老家出来到燕州打工。战友们都见过这个女孩，说人特别漂亮，尹声对她忠贞不贰。两年前，尹声向部队请假去了一趟山东，回来死活不告诉战友他去山东干什么，就说和米芒分手了，谁也问不出原因。没多久，他迅速办了提前退伍手续，离开部队。

战友们都说可惜，留在部队的话，尹声本应有大好的前途，即便后来幸运地给成功做了私人保镖，不少赚钱，但也没听说尹声再谈过恋爱。

可巧康辉政法学院的同班同学朱磊就在临海市公安局工作，望海是临海下面的所属县，朱磊通过望海县的关系，很快就打听出来尹声两年前去望海，返回部队就提前退伍的前因后果。

"尹声到山东，一下火车就揍了米芒的现任丈夫，一个叫包力的建筑包工头，是望海本地人。"

"揍米芒现老公？是因为她劈腿移情包力吗？"

"不是，是因为包力把米芒——强！奸！了！"

"强奸？"

"朱磊从望海县一个警察嘴里套出了点儿内情，包力被打后，报警告尹声故意伤害，尹声就被望海县公安局拘留了，那位当年参与处理过这起纠纷，亲耳听到尹声供认他打包力是因为女朋友被对方强暴了。"

"所以，尹声向部队请假，杀到望海县，为的是替米芒出头。"

"但是！只关了两天，尹声就被放出来了，县局也撤案了。"

"现役军人在地方违法犯罪，法律规定由当地公安机关移交给部队保卫部门侦查。从尹声返回部队的结果来看，望海县局显然没有向部队移交这起故意伤害案，否则尹声肯定面临军事法庭的审判和处罚。为什么望海县局不联系部队，最后还撤了案呢？"

"望海警察不说，朱磊也套不出来，不知道这三方背后是咋勾兑的，反正包力不告，县局撤案，尹声被放了。更神奇的还在后面——一个月后，米芒嫁给包力，不到一年，就生下第一个女儿。"

"她不只生了一个？"

"四个月前又生了第二个，都是女儿，生完一个紧接着怀第二个，前后脚赶的，成生产机器了。"

米芒被包力强奸——尹声殴打包力——包力告尹声故意伤害——包力撤案不告——尹声被释放——回部队退伍——米芒与包力结婚生女，林阒脑海里串起了整个事件的逻辑线索，康辉见她随手在白纸上画拉了两个字。

"我知道你写的啥。"

"你说我写的是啥？"

"康辉棒棒！"

"你给我滚！"

当天下午，林阒和康辉就驱车开上燕州到临海的高速公路，尹声失踪，米芒就是找到他的突破口。

李怡作为调查对象，也接受了警方询问，她在大成位高权重，掌握更多信息，同时也是案发当晚前半程的现场亲历者，她的证人证言具有高于其他调查对象的证明效力。

"我先讲一下案发前酒局上的情况吧，赵寻什么时候醉的，什么时候醒的，我在现场，都是亲眼所见。那晚我后半场才去，到的时候不到九点，虽然我没有见证前半场，但是听说成董带着一群老爷们儿故意灌小姑娘酒，就为了带回家睡人家，纯属污蔑！下作！成董从七点半入席就一直发消息催我，让我赶紧过去救场，说席上就一个女士，所有男士都冲赵寻去了，他不便替她拦酒，不体面。赵寻没量，又不敢拒酒，毕竟是商务局，老板的场面在那儿，三两下就挂了。我一到，成董就悄悄跟我咬耳朵，说：'你可算来了，再晚我也护不住赵寻了。'当晚我和成董之间发的消息可以全部提供给警方作为证据。以我对成董的了解，设局围猎女人这么下流猥琐的事儿，他不屑做，更没有必要做。"

李怡拿出一个文件夹，显然是有备而来。晏明接过来一看，文件封面上打着《大成科技集团董事长高级助理赵寻个人财务支出清单》的字样，翻开内页，一行一行密密麻麻的奢侈品牌、物品名称、类别、价格，翻到下一页，依然如此。

"个人财务支出，指的是？"

"这份清单是公司给赵寻个人花的钱，集团财务全部承担，不是给她张黑卡、方便她外出帮成董应酬支付的钱。这是我让财务部和董事长办公室汇总统计的，难免有遗漏。这些东西都是赵寻入职高级助理三个月以来，因职务需要配备给她的东西，涵盖服装鞋帽、电子产品、首饰、家居几大类，一水儿的奢侈品牌，共计三十六件，总价八十八万，数还挺吉利。"

"一个高级助理，待遇有这么好？"小米瞠目结舌。

"当然不合规，成董特批，里面也有他的个人馈赠，他懒得把账分那么清，就扔给财务一块儿打包走账。"

"受害人都收了？"

"没见她退还，晏警官，你可以问问她这些东西她是怎么处置的。"

李怡之后，赵寻室友也接受了警方的问询。她与赵寻同龄，一副职业干练的精英范儿，晏明自然问到李怡清单上的大牌奢侈品。

"那些东西我都见过，赵寻收礼物的节奏像我收快递，区别是她收大牌，我收杂牌，哈哈哈哈。"

"这些东西她平时用吗？"

"没怎么见她穿过戴过。"

"收了为什么不穿不戴不用呢？"

"她没说，我也没问过。"

"同住一室，你对她的了解比其他同事多一些吧？"

"并没有。我们都是早出晚归的打工人，我九点打卡迟到一分钟都扣钱，早上她可以比我起晚点，因为她和大老板时间同步，但是晚上她比我回得更晚，经常是我回家做完方案睡下了她还没有回来。"

"你们怎么成为室友的？"

"我是公司奖励的宿舍，因为我绩效连续三年第一，达到员工激励标准。"说到公司免费提供高级公寓的原因，赵寻室友的自豪溢于言表。

"那赵寻是因为什么得到公司的免费公寓的？"

"反正和我不一样，也许……就是因为大家说的那样儿。"

"同居三个月，你对她印象如何？"

"就像我们因为不同原因住进一套公寓，不耽误相安无事。她没有公司上下传得那样轻浮嘚瑟，相反，从住进来，她就像背着特别沉的东西，每天都有点郁郁寡欢。"

"她对你倾诉过心事吗？讲讲她的开心或者痛苦？"

"从不。你越觉得她不对劲儿，她越是把自己锁起来，用罩子把自己罩住。有时候我会想，她那种生活，也很辛苦吧……"

康辉赶到临海，先去市局接上康辉政法学院的同窗朱磊，三人会合，直奔望海。路上朱磊交给林阒一份米芒和包力两口子的个人信息和家庭住址，米芒的身份信息页上有张头像照，照片上，是张干净清丽的脸。

他们把车停在望海县公安局街对面，朱磊联系了对他透露内幕信息的县局刑警老许，请他出来碰个面儿。过了很久，一个身穿便服、窝窝囊囊的中年男人才走出公安局，穿过马路，向他们走来。

朱磊下车迎接，向老许介绍坐在车里的林阒和康辉："这二位是燕州来的林律和康律，这位就是我跟你们说过的老许，两位律师想打听一点尹声的事儿，咱们上车聊吧。"

老许像脚下长了钉子，不动窝儿，期期艾艾："那个那个，其实我知道得不多，提供不了啥可靠信息。"

朱磊一听不对味儿赶紧说："就咱俩电话里聊的那些，林律想确认一下。"

老许一脸讪笑："我那是顺嘴胡诌，别当真。抱歉啊林律，帮不上忙，以后有用得着的地方，肝脑涂地。局里还开着会呢，我得赶紧回去，回见回见。"说完忙不迭地告辞，脚下抹油，穿街回县局去了。

"放我鸽子！"朱磊判断，"老许绝对是因为露了不该露的信息，后悔了，怕摊上事儿。"

康辉纳闷："一个县城刑警，地方上说大不大，说小可也不小，谁会找他事儿呢？"

林阒凭直觉推断："我觉得他说漏嘴的就是包力强奸米芒。"

朱磊赞同林阒："我也觉得是这个。林律，你们打算怎么办？"

林阒当机立断："我们先不走，在望海县住一晚，你吃完就回临海，不用陪我们。"

三人随便找家馆子吃了顿饭，饭后送朱磊上了一辆出租车，林阒和康辉开到县城条件最好的寰亚酒店，正要迈步走进酒店大堂时林阒突然停下脚步，视线定格在街对面。一个年轻男子正从街对面的小巷里走出来，他眼罩墨镜，头顶渔夫帽，肩背双肩包。林阒把包扔给康辉，不等他张嘴问怎么回事儿，拔腿冲向街对面，年轻男子转身就跑，冲进他刚走出来的那条小巷。

林阙在弯弯绕绕的县城小巷里追赶，追到一堵墙前，无路可走，只能站住。年轻男子逃之夭夭，应该是轻松翻过了挡在林阙面前的这道墙。

康辉随后追到，大呼小叫："我的妈呀！跑死我了！你够虎的，二话不说拔腿就追，万一追的是个变态杀人狂呢？"他走近林阙，压低声音问道，"你看见的人，是不是尹声？"

林阙喘着粗气，点了下头。

第十三章

关于米芒

到望海第一天就邂逅尹声，说明他从燕州失踪后就来了望海，也印证了以米芒作为突破口捕捉尹声踪迹的思路是正确的。但是经过这次的不期而遇，尹声大概率会立刻离开望海再次失踪。

林阙和康辉沿着小巷走回寰亚酒店，经过一间民宿门前时林阙止步观瞧，康辉也随之停步。小巷内只此一家酒店民宿，林阙发现尹声时，他正从巷子里走到街边。尹声在望海的落脚处，一定就是这间民宿。

两人迈入民宿，出示律师证，向老板娘自我介绍，表明他们是燕州大正律所的律师，来这里找一个名叫尹声、年龄约莫二十六岁的年轻男子。老板娘一听这名字，斩钉截铁地摇头否认。林阙拿出尹声照片，老板娘一看说这人住这儿，但是不叫尹声，他是六天前快天亮时来的，在这儿住满一周了。

林阙心下了然，尹声投宿用的是假身份证，从燕州到望海也没有实名购买高铁票或机票，估计是一路搭乘跑长途货运的汽车，恐怕连手机号都换上了用别人身份证买的新号，避免了一切可能会留下身份信息、暴露个人行踪的交通食宿方式，才得以躲避燕州警方的寻找，在望海神不知鬼不觉地藏到现在。

治安拘留五日期满，陈默被释放，穿着五天前打架斗殴的脏衣裤，走出文礼区治安拘留所。父母没有来接他，可以想见五天前他们接到《治安拘留处罚通知书》时该有多么难以置信，对从小品学兼优、现在职业体面、未来前途无量的儿子又是多么失望。

从来没有觉得五天时间这么长，陈默竟然不能适应面前的车水马龙，一时间不知道该何去何从。一个把自己遮得严严实实的女孩来到眼前，是赵寻，两人仅仅五天没见，却恍如隔世。

挑了间生意冷清、无人光临的茶餐厅，赵寻望着陈默狼吞虎咽，吞掉一个巨无霸汉堡，牛饮下一罐可口可乐，又拿起第二个汉堡。

"我报警了。"

"我知道。"

"你怎么知道？"

"晏警官提审……不是，调查问询过我一回。"

"她问你什么？"

"就问那晚的事，还要再问一次，了解之前三个月的情况。"

"谢谢你替我作证。"

"我证明不了什么……还顺利吗？"

"……不太顺利。"

"为什么不太顺利？"

"我的证据……不是那么有力。"

"不是那么有力？那结果会怎么样？"

"不知道。"

"不管怎么样，你挺身而出大声抗争了，不能让道貌岸然的衣冠禽兽为所欲为，你让他付出身败名裂的代价了，这就是胜利。"

赵寻笑了一下，笑容干涩短促，这个笑使她看上去并不坚定，反而很脆弱。

"明天你回大成上班吗？"

"怎么可能回去？我被治安拘留，违反了《公司规章纪律》和《劳动合同》，他们怎么可能不开除我？"

"他答应过我不处罚你，不影响你工作。"

陈默的目光瞬间如刀："他还答应过这事儿呢？什么时候答应你的？"

"你刚出事儿的时候。"

"他也进去了，本来就是哄你，现在更不作数了。"

"还能申请劳动仲裁！"

"仲什么裁呀？我自己动手挑事儿。"

"对不起，都怪我。"

"又不是你让我打架的……我多没出息，还要挣他钱？"

陈默这话说的是自己，赵寻听来却很刺耳，只好结束关于工作的对话。

"接下来你要回哪儿？不回你父母家吗？"

"你刚才见着他们了吗？我以为再怎么着他们也会来。我父母都是超级自律的荣誉控，一辈子待在名牌大学，象牙塔尖儿上，从小到大对我的要求就极其严格，我也没让他们失望过。"

陈默扭脸望向窗外，这让赵寻极度自责。

"我能陪你回家吗？"

她的提议让他惊讶，转脸望向她。

"为什么？你去我家干吗？"

"我想亲口替你解释打架原因，向你爸妈道歉，请他们原谅你。"

陈默没有拒绝赵寻的提议。他愿意陪她反抗，陪她说"不"，愿意为她与全公司为敌，也很高兴她愿意陪自己踏进难回的家门，面对父母的苛责。陈默家住高端公寓，走出电梯后陈默的脚步迟疑，到家门口时人已经磨蹭到赵寻身后。没想到赵寻利落上前，按响门铃，陈默下意识又退缩几步，对门后的暴风骤雨心怀畏惧。家门开了，迎出来的是陈默父亲。

"叔叔您好，我是陈默的同事。"

"陈默同事？他……"

陈默的父亲看到赵寻身后几米远、缩手缩脚、垂头丧气的儿子。陈默的妈妈走到丈夫身后，正纳闷他怎么和一个年轻姑娘门里门外站着不说话，接着就看到了门外的儿子。高知范儿的夫妻俩都脸挂寒霜，不苟言笑，瞬间冷场。

"我冒昧上门，打扰叔叔阿姨了，能让我们进去说话吗？"

陈默的父亲一言不发，与妻子一起走回屋里，默许他们进门。在赵寻目光的鼓励下，陈默挪动脚步，被她一把拽进家门。陈默父母落座沙发，不看他俩，一副"你们有话就说"的姿态。陈默的嘴仿佛被焊死，一句话说不出来，打破僵局的任务落到了赵寻身上。

"叔叔阿姨，我叫赵寻，你们不理解我为什么会跟陈默一起出现在这儿，但是我必须来，我要向你们道歉！"赵寻冲陈默父母深鞠一躬，第一次向陌生人暴露被媒体隐藏的身份，于她，也需要巨大的勇气，"我是五天前报警指控大成董事长成功强奸的女员工，现在关于这件事的报道铺天盖地，你们想必也已经了解，而我就是这件事的当事人。"

陈默父母立刻变了脸色，虽然儿子任职公司的老板被刑事拘留造成的震撼仅次于儿子被治安拘留，但当事人突然站到眼前，让两件事貌似产生了关联，这完全超出了他们的想象。

陈默妈妈性急问道："那件事和陈默有什么关系？"

"有，他打架、被拘留，不是为自己，是为我打抱不平。"

这句话的效果立竿见影，陈默父母的脸色开始解冻。

"出了这事儿以后，我在公司的处境……"赵寻不愿过多渲染自己的艰难，"陈默是唯一从头到尾了解内情的人，也是唯一肯听我说话、不轻易评判我的同事。这件事第一次被别人报警曝光后，我因为软弱和怯懦，没有想好怎么办，他也是第一个坚信我是被强迫的、唯一鼓励我报警指控，甚至对我的懦弱愤怒的人。就在我决定报警的前一天，他在茶歇时听到同事们背后议论我，就动了手。他一个人对抗所有人，让我没法像鸵鸟一样，把脑袋往沙子里一埋，继续沉默，甚至妥协。所以，请你们原谅他的一时冲动，所有的错，都是因为我的懦弱。"

赵寻甚至没有意识到说完这番话，她的眼泪已经溢出眼眶。

陈默的父亲把头转向儿子："是这样吗？"见儿子点头肯定，"去洗手，过来坐。"说罢起身走向餐厅，气氛一下柔和起来，陈默妈妈跟随丈夫起身，用眼神催促儿子赶紧行动。

赵寻觉得自己这时应该离开了，识趣告辞："叔叔阿姨，该说的我都说完了，不打扰你们，再见。"起身就要往外走，却被陈默妈妈叫住："不不不，你也别走，一起过来坐。"她惊诧回头，看到陈默妈妈的微笑。

陈默带赵寻去卫生间洗手，给她递上毛巾，突然说了句"谢谢你"。两人走进餐厅，桌上已经摆好酒菜，三副碗筷杯子，陈默妈妈转身又从橱柜里拿出一副。陈默顷刻破防，那是不可能在几分钟就变出来的一桌家宴。父亲拍拍邻座，示意儿子入席，屁股一挨到餐椅，陈默就土崩瓦解、泪流满面，父亲拍拍他的肩，这是父子俩久别后的第一个亲昵动作，更让陈默哭出了声。妈妈也走过来，俯身搂住儿子,轻捋他的头发。赵寻望着陈默在父母面前释放委屈,倍感安慰。

父亲开口表态:"架不是不能打,要看为什么打,你这架打得对!我们保证不怪你。"

只见刚平复下来的陈默嘴一咧,又要哭。

妈妈嘲笑儿子:"你差不多得了,不怕人家赵寻笑话你。"

赵寻赶紧摇头表示自己不介意,这样的家庭氛围也温暖到了她。陈默妈妈拉她入席,让赵寻挨着自己坐下。

陈默的父亲转向赵寻说道:"赵寻,你是叫赵寻吧?叔叔也对你说句话。你要知道,你反抗的,不仅是别人伤害你的身体,更是一种强权。面对那么有权有势的人,不仅身心霸凌,还有收买利诱,你敢对他说'不'。对很多人来说,包括我自己,抗争霸凌易,拒绝利诱难。如果你选择沉默,别人没资格批评你软弱。但你站出来发声,对强权说'不',是莫大的勇敢!勇气!我第一个向你表示敬佩。"

"你这么年轻,就经历了这么多……阿姨心疼你,来,让阿姨抱抱。"陈默母亲对赵寻张开双臂。

赵寻突然置身于温暖的怀抱,被善意包围,眼泪根本控制不住。在此之前,除了面对晏明、林阙才能感觉到自己被理解外,她无时无刻不被质疑、不被污名,从未有人以这个高度的认知给予她鼓励和赞美,对于以何种心情、何种姿态面对这份赞美和敬意,她更是一无所知。

陈默父亲为四只杯子斟上酒:"接下来,咱们就好好吃顿饭!先干一杯。"

陈默妈妈撺掇丈夫:"你说两句。"

"还说?说不少了,那就再说两句,欢迎陈默回家!你这也不好叫壮士荣归吧?"

"不敢不敢，谢爸妈收容前科失业青年，我连工作都丢了……"

"流水不腐，户枢不蠹。不怕的，儿子！"

"我对赵寻说两句，看新闻报道，媒体对你的身份信息进行了隐藏保护，但我和你叔叔都特别揪心，也特别钦佩那个女孩，没想到你现在就坐在我们面前。阿姨想告诉你：你不是一个人，说出来，你就不孤独了，因为有很多女孩儿和你经历相同，能与你感同身受，你替犹豫不决的她们做了想做、该做的事儿。能想象到这些天你都经历了什么，但是无论多大的风雨，你都可以来这儿，这扇门能让你避会儿风、躲会儿雨。"

除了含泪点头，赵寻什么话都讲不出。陈默父母的善良包容和鼓励接纳尽显这个知识分子家庭的涵养，在陈家，赵寻感受到一种无条件的被尊重、被心疼、被抚慰，意外收获了一份家庭的温暖，与自己家那个封闭空间压抑沉闷的负压形成了鲜明对比，陈家的言笑晏晏、暖意融融，令赵寻内心生出一种近乎卑微的感激涕零。

回家的路上，赵寻降下车窗，夜风拂面，陶然微醺。多久没有这样平常却欣然快乐的夜晚了。这些天，她甚至怀疑自己还会不会再有这样的日子。陈默把车停在楼下，赵寻没有下车，说道："替我谢谢你爸妈，他们可能想象不到那些话对我有什么意义，也谢谢你。"陈默搭在方向盘上的手伸过来，握住她的手，她被他握着，两人就这样安静地坐在车里。

陈默到家后发现父母坐在客厅的沙发上等他，显然还有话说。

"今天各种出乎意料，想不到你还成了天天热搜的新闻当事人。这姑娘，确实值得敬佩。"

"默默，妈想问你，你和赵寻是什么关系？你俩在恋爱吗？"

"没有，她刚入职是在运营部，我们是……同事。"

"光是同事你不会这样，你喜欢她是吗？"

妈妈主导情感问题的追问，陈默不说话，默认自己的感情。

"她喜欢你吗？"

"不知道。"

"你们没有确定恋人关系？"

陈默摇头否认。事实上，他对赵寻的态度人尽皆知，但他俩从来都不是情侣，即便他们今晚刚刚牵过手。

妈妈难以察觉地舒口气："这就是爸妈想跟你说的，这姑娘有多勇敢、多令人敬佩，也就多值得同情，最好就是道义上无条件支持，但是不要再继续发展情感。"

"为什么？"

父亲反问儿子："这很难理解吗？目前案情还在侦破中，媒体遵守新闻原则也好，服从警方要求也好，对她的身份信息还是保护态度。等过段时间宣判以后，万一有无良媒体把她的身份泄露，再有那些爱在网络上散播小道消息的八卦好事者把那些事儿抖搂出去……"

"那她也是受害者！"

"受害者不假，但是强奸受害者……名声不好啊。"

"你妈的担忧很简单，我们陈家这种家世阶层，儿媳妇是个大家闺秀总要有的。这姑娘的人品毋庸置疑，但是这个标签会一直跟着她，你要娶她进门，咱陈家媳妇就要一辈子被人指指点点……我也有这个担忧。"

"我和你爸的话你先掂量掂量，去洗澡吧，洗完好好睡一觉，这些天也没睡过好觉吧？"

陈默站在花洒下，热水淋在身上，他第一次认真思考：强奸受害者与其他受害者有什么不一样？是否有着不一样的名节？

　　看似巧遇、并非偶然地邂逅过后，林阒断定尹声会当即离开望海，但她还是没有改变自己的计划，决定留在望海过夜。

　　米芒和尹声可能是一体两面，找到她的价值不亚于尹声。林阒有一种直觉，成功对赵寻、包力对米芒，关键词"强奸"，让风马牛不相及的两起案件在尹声的心理层面建立了某种关联性。一旦她找到这种关联性，就捕捉到了尹声的行为逻辑和报警动机。

　　把米芒的现住址输入终点栏，林阒独自开车上路，前往那个叫大汐村的临海村落。她还没有想好要如何介绍自己才不会引起米芒的警惕戒备，甚至可能还需要用某种手段和话术取得米芒的信任，才能通过她了解尹声，因此她没有叫上康辉，决定一个人前往，以女性对女性的方式交流。

　　驶进大汐村，前方出现一条岔路，仅一车道宽，却是柏油路面，导航显示这是通往包力家的路。林阒驶进岔路，越走越黑，仅靠一盏车灯照明。开了一段，一栋建筑突然矗立眼前，那是建在半山坡上的一所宅院，巍峨独立，包家是一座离群索居的临海豪宅，导航报告：前方到达目的地。

　　岔路边停着一辆宝马，林阒把车停在宝马后面，拿起副驾上的双肩包开门下车。举目四望，只见一条石板路蜿蜒而上，通往坡上宅院，周围没有其他建筑，令人陡生畏惧。

　　距离半坡上的宅院还有二三十米，林阒就听见男人的咆哮和女人的哭泣声。异响让她悚然一惊，立马加快脚步走向宅门。两种声音越来越清晰，还有像是棍棒击打肉体的独特闷响："砰、砰、砰。"每一下击打都伴随一声女人压抑的呻吟。

走到宅门前，门里突然传来狗吠，林阒被吓得止步。狗吠一声接一声，与此同时，男声、女声、殴打声都消失了，只有狗在狂吠，还有稀里哗啦的铁链撞击声。林阒汗毛倒竖，头皮炸裂，就在她小心翼翼抬脚踏上台阶的一瞬，狗吠被制止，还能听见它"呼噜呼噜"的低吼和扭动挣扎的铁链撞击声。一门之隔，门里是不可预测的危险，却令林阒突然迸发出一股力量，抬手捶门叫道："家里有人吗？"门内无人应答，林阒摘下双肩包，拉开拉链，手伸进包里摸出里面的东西，"请问米芒在家吗？"

"谁呀？"门后突然有个男声回应。

"我找米芒！她在家吗？"

"不在。"

"你是他先生包力吗？请开门，我有事找米芒。"

听到开锁声，林阒严阵以待，手里的防狼喷雾随时准备喷射。门刚打开一条缝，一阵风扑面而来，一只狼狗头窜出门缝，面目狰狞，龇牙咧嘴！林阒下意识后退闪避，狗头被一股强力拽了回去，接着一张酒色涨红的脸出现在门缝之间，眼神令人生畏，酒气直冲林阒。

"你谁呀？"

"我是燕州来的律师林阒……"

"米芒不在，去别人家扯闲篇儿了，你改天再来吧。"

包力不由分说，"哐当"一声关上门。林阒迈下台阶，一边倾听门里的动静，一边思考怎么办。突然，她立足之地豁然大亮如白昼，抬头一看，是装在院墙上、电线杆上的几盏射灯一起被打开，把宅门外照得通明瓦亮。林阒这才发现，除了照明灯，宅门上方、院墙各个把角儿、电线杆上，还安装了多个监控探头，每个镜头都对向自己，如偷窥的眼睛，将她置于一览无余的监视之下。

一户海岛农家，高墙深院，处处探头，如同一座堡垒。

林阙一凛，寒意从四面八方袭来。突然，包家宅门被撞开，一个女人的身影飞奔出门！即使对方披头散发、脸带淤青，林阙还是一眼认出冲出门的女子就是米芒，也一秒确定她就是门里家暴的受害者。

米芒冲下台阶，朝林阙飞奔而来。林阙当机立断，就在米芒冲到她面前时，一把攥住她的手腕说："跟我走！"两人手拉手，顺着石板台阶，向坡下飞奔。一个下乡暗访的女律师，一个逃避家暴的农村媳妇，两位素不相识的女性，没有任何交流，几秒钟建立同盟，携手冲上岔路。

林阙把米芒推进副座，开门坐进驾驶座，一脚油门踩到底，火速驶离包家。满脸淤青的米芒紧盯后窗，转过头，这才长出一口气。林阙边开车，边找出湿巾递给米芒。米芒道了声谢，抽出湿巾擦着脸上的血污。她抬头观察着林阙，眼神里还是有几分戒备。

"请问您是谁？为什么来找我？"

"我叫林阙，燕州大正律所的律师。"

"是尹声让您来找我的吗？"

"我认识尹声。"林阙这个说法倒是不算撒谎。

米芒鼻子一酸，声音哽咽道："他真的请到律师了！"

米芒把自己当成尹声请来的律师，而尹声为米芒请律师要做什么呢？既然米芒把取得自己信任的桥梁搭到了林阙脚下，她决定顺水推舟。

"他人还在县城吗？"

"今天刚走，没来得及联系你。"林阙把她的推断当成结论说给米芒，并且对此有百分之百的把握。

"他来了六天，我们一直没见上面，所以他请您来找我？"

"这趟来之前我没想着一定能见到你，想先看看情况，结果刚才走到门外就听见里面的动静了。"

米芒泪眼模糊："您真的肯帮我离婚吗？"

"你想离婚吗？"

林阆瞥见后视镜里米芒坚定地点了一下头。就这样，她被顺理成章地误会成尹声请来帮米芒离婚的律师。

康辉站在寰亚酒店大堂外翘首以盼，林阆的车刚停稳，他就上前打开驾驶室的车门，趁着扶林阆下车的档口小声问道："怎么直接把人接来了？"林阆用眼神制止他继续往下说，打开副驾车门，扶下米芒。康辉先见一双泥污的赤脚迈出车门，接着一个披头散发、鼻青眼肿的女人撞进视线，康辉直接呆愣在原地。

三脚架上架着两部手机，康辉逐一调试屏幕角度，把镜头对准米芒。她刚洗过澡，换上一身林阆的干净衣服，泥污被洗掉后脸上身上的伤痕淤青更加惊悚，衬得她苍白脆弱，观者心碎。

林阆在米芒对面坐下："可以开始吗？"

米芒点头。

"我在门外替你们守着，放心，绝对安全。"康辉按下两部手机的视频录像键，轻手轻脚地退出房间，关好房门。房间里只剩下林阆、米芒两位女性相对而坐，开始取证。

"你知道这次尹声来望海县干什么吗？"

"不知道，五天前，他突然出现在村里……"

米芒记得那天是七月二十八日，她和几个同龄的媳妇一起去村里的超市，就在走进超市前，她瞥见远处站着一个熟悉的身影，那人的装束和村民如此迥异，以至于一眼就能识别出他是外来的。见米芒望过来，他摘下墨镜，露出眼睛。她心跳停了一拍，真的是尹声。但她不能在众目睽睽下过去和他打招呼，就装作若无其事，进超市买完东西后和媳妇们在街口分手，独自拐进窄巷。尹声不远不近，一路尾随她。转过一道墙角，米芒差点和一个人撞个满怀，看清对方是谁后，她脸色骤变，声音充满畏惧："妈……"婆婆直勾勾盯住米芒身后："你张张罗罗这是去哪儿啊？"米芒的心脏狂跳，转身望去，身后什么人也没有。和尹声心照不宣的默契被半路杀出的婆婆斩断，不知道是不是包力娘看到尹声后回来对儿子说了什么，当天晚上，包力就从临海市里的工地赶回来，一脚踹开夫妻俩的卧室门，坦克一样碾压过来，照着米芒的脸左右开弓……此后四天，包力不出家门，不回工地，就在家死盯着米芒，不许她出房间半步，逼她承认自己和尹声还有联系，不承认就接着打。

"婚后两年，你和尹声一直有联系吗？"

"本来没有，就在一年多以前，老大出生没多久，我又怀上老二的时候他来过一次望海。"

"你们旧情复燃了？"

米芒摇头否认。

"没有吗？"

"我心里……一直爱着他。"

"那你对包力呢？"

米芒还是摇头否认。

"从来没有爱过他？那你为什么要离开尹声嫁给包力？"

面对林阚的尖锐问题，米芒无言以对。

"一年前的那次见面，你和尹声发生了什么？"

"那次，我就告诉他我要离婚，他就走了，以后再也没见过，直到五天前。所以这次是他请您来帮我离婚的，是吗？"

"把一切都告诉我，这样我才能帮你。"

逃离窒息的婆家和丈夫的打骂，米芒敞开心扉，对林阚和盘托出她和尹声、包力的往事。

"我和尹声的老家，在宁夏一个贫困县，十几岁的时候我就知道我这辈子就是要跟着他。他参军入伍，到燕州服役，我俩都受不了两地分开那么远，我就跟他到了燕州。他在部队，我到处打工，什么都干过，哪儿都住过。我高中学历，挣不了太多，他当兵也没多少钱，全都给了我，吃穿都在部队。我也舍不得花他的钱，就把我俩每个月省下来的一两千攒起来，一年能攒一万。日子虽然苦，见面也不多，但每隔两周穿过那么大一个城见上面，还是觉得甜。我俩原来畅想着攒够五万块就结婚，不管他留不留在部队，他在哪儿我就在哪儿……没想到发生了变化。"

"什么变化？"

"我认识了包力。"

"那会儿包力做什么？"

"已经是建筑工地的包工头了，只是还没有做得像现在这么成规模，能直接接工程。那时候他手下至少有百十来号工人，跟他从一个工地到下一个工地，都靠他给饭碗。我刚好就在这时候失了业，建筑队缺个后勤兼厨师，有人就把我介绍给了包力，他看了我一眼，就让我去了。"

"包力给你的工资待遇怎么样？"

"那是我干得最少、活儿最清闲、钱却挣得最多的一份工作。他后来还是招了个专业的厨子，所以我连几十口的饭都不用做了，每天就坐在工地的办公室，有什么需要上传下达的，跑跑腿儿就行。"

"包力一个月给你多少钱？"

"比过去……翻倍还不止。"

"你觉得正常吗？"

米芒摇头苦笑。

"但你也没拒绝？"

米芒点头承认："他还给了我间单人宿舍，连家具都是专门给我新买的。"

"还送你各种礼物吧？"

"我从来买不起、也不敢想的衣服、包、鞋，还有口红、香水、化妆品，那些我在燕州随处都能见到，但一秒钟也不敢奢望的东西。"

"这些你跟尹声说过吗？"

"没有。"

"那时候你和包力算什么关系？"

"没关系……就是老板和员工。"

"他什么意思你不明白？"

"我跟他说了，我有男朋友。"

"说了他还那样儿，继续对你'好'？"

"两年前，包力路铺得差不多了，决定回老家开建筑公司，一帮同乡跟他回临海，他问我要不要跟他一起走。"

"那不是要离开燕州、离开尹声吗？"

"这是我当时最大的纠结，那时候我已经攒到五万块钱，想趁这份工作多攒点儿，等尹声退伍了，结婚也好，干点儿什么也好，我们手上能有点小钱儿。"

"最后你还是选择跟包力去了山东？你不知道一旦答应，他会更进一步？"

"我说服自己，接受的是那份工作，不是那个人。"

"尹声不反对吗？"

"反对。"

"他不想和你又分隔两地？"

"不光为这个，还因为……他已经感觉到包力对我不对劲了。"

"你不顾他的反对？"

"我对他说，我懂得控制分寸，能保护自己……"米芒的双眼上蒙了一层泪雾，"我跟他吵着来了望海，包力的第一个工程就在望海，他在这里也给我租了套房。到望海不到一个月，有天半夜，工程队开工宴后，包力送我回来，死活不走……事后我没脸告诉尹声，但他还是从我打电话的声儿里听出不对，当天就向部队请假，到了望海。"

这就是两年前尹声望海之行的前因。一出火车站，他就直奔工地，以不可阻挡之势杀到包力面前，左右开弓、拳如雨下，陷入以一对多、寡不敌众的重围，最后被扭送到县公安局刑事拘留。尹声在望海县公安局被关了三天三夜，对袭击包力、与包力结仇、结仇原因为包力侮辱自己女友等供认不讳，就是拒绝透露自己的真实姓名和身份。但他也知道这是徒劳，望海县公安局很快就查清他现役军人的身份，准备把故意伤害案移交至部队侦查宣判，这就意味着尹声的军旅生涯铁定夭折，将被军法处置。

为了减轻尹声的刑事处罚，米芒必须站出来作证，指控包力强奸了她。但即便她站出来，尹声也不会被免责，依旧无法逃脱刑事处罚，那是一个"解开铃"也救不了尹声的死局。

但米芒破釜沉舟要指控强奸的决心吓坏了包力，米芒救不了的尹声，包力有办法救，但前提是米芒不再指控他强奸。包力双膝匍匐在米芒面前，叩头如捣蒜，通宵哀求她："嫁给我！我娶你！你饶了我，换我不告他了，我放他走。"

那是米芒最不堪回首的一晚，她站在人生的十字路口，往哪个方向走都是绝望。米芒永远记得第二天凌晨尹声走出公安局，见她和包力站在一起，听她说自己要嫁给包力时的表情，是一种哀莫大于心死的绝望。

"我怎么没事儿了？"

"他不告你了。"

"那你呢？"

"我决定……和他结婚，对不起！"

米芒坐进包力的宝马车，关上车门，再也不敢看尹声一眼。直到今天，直到此刻，她唯一不后悔的选择，就是用自己换回尹声的免责和前途。

林阒尖锐如刀："为什么不指控包力强奸？"

"那样的话，尹声就会被移交军事法庭，被判故意伤害，被部队开除军籍，这辈子就完了。"

但是林阒不依不饶："不！如果你在事发后第一时间报警，就不会发生尹声殴打包力的事情，他也不会被追究刑事责任。你选择报警，就可以避免后面一系列事件的发生，你也不用以自己的牺牲换取尹声平安无事。"

米芒虚弱语塞，无力辩解："我……包力在望海势力很大，县局很多警察都是他哥们儿……"

"这也不是你不报警的理由。"

米芒被林阒逼到墙角："我……来望海，是自愿的。"

"这才是原因。"

米芒失声痛哭，林阚情绪复杂，理解同情与怒其不争交织。

"我怕告不赢……不管赢不赢,这事儿传出去,身上就会刻上'被糟蹋过'的字儿,哪个男人都不肯要我,我会比所有女人都矮一头,我这辈子就完了……选择嫁给包力,我一直催眠自己说这个选择从经济角度来讲至少还不坏,比起原生家庭和打工的生活,包力至少可以让我衣食无忧。婚前检查发现我已经怀孕了,包力就把我送到乡下和他父母一起住,日子还过得下去,直到大女儿出生。我一个人在产房,像死过一回,刚被推出来,公婆就变了脸。包力解决婆媳矛盾的方法就是等我一出月子就急不可耐地造二胎,家暴也是从那时候开始的。我心惊胆战地生下老二,还是女儿,我想过无数次,人生错成这个样子,就这么算了吧……可那两张小脸儿,好可爱啊!我把她们生下来,再难也要活下去,不但要活,还要支棱着活!我输掉自己的人生,不能让她俩一开始就在爸爸爷爷奶奶的嫌弃里活着!我一点儿都不感谢这王八蛋一样的命运,但我感谢它给我两个女儿。我再也不自我催眠,不自欺欺人了,我一分钟都没爱过包力,因为想不劳而获坐享其成,我走到望海,以为是捷径,但是现实抽醒我,让我看清这是邪路。因为恐惧失去贞操被人羞辱轻贱,我被强奸时选择忍气吞声。尹声为我抗争时,我选择屈服背叛。从放弃报警那一刻起,以后的每一步,我都走错了,彻彻底底地错了!结束错误的唯一办法,就是离婚!我自作自受的生活,还有我的两个女儿,只能靠我自己拯救!"

一个女性,要走过多少弯路,踩过多少弯路上的荆棘,才肯这样血淋淋地剖开自己、照见自己、坦承自己的一切软弱和贪婪。

第十四章

取保候审

米芒不知道如何结束这桩错误的婚姻，但她离婚的决心无比坚决，在包力和公婆发起第三波生子要求后，她开始偷偷避孕。林阙巧遇的这场家暴，就是整天疑心被戴绿帽的包力发现米芒背着他吃避孕药，陷入癫狂，打得米芒忍无可忍、夺门而逃。虽然忍受了长期的家暴，但是离婚谈何容易？米芒唯一的诉求就是获得两个女儿的抚养权，可她没工作、没收入，包力又死活都不肯离，一旦诉讼离婚，在两个女儿抚养权的争夺上，没有经济支撑的她毫无胜算。

选择学法源于林阙当年心里一个小小的火苗，米芒的境遇像一阵风，燃起了她心里的那团小火苗。身价不菲的林律毫不犹豫地就进入了"尹声请来的离婚律师"这个人设。

"夫妻共同财产以外，你名下有属于个人单独所有的存款吗？"

"没有，婚前我攒下几万块钱，爷爷奶奶嫌弃是女孩儿，不愿意给她俩花钱，这两年我自己悄悄贴补，一分都不剩了。"

"没工作、没收入、没存款，争夺孩子抚养权，你处于经济劣势。但离婚子女抚养权审理中，法院遵循一个原则：不满两周岁的子女一般会判随母方生活，除非孩子母亲患有传染病、重疾，或者不尽抚养义务。"

"老大一岁半了，我必须在她两岁以前把婚离了。"

"你挨过多次家暴，留下过证据吗？"

"没有。"

"任何证据都没留过吗？伤痕照片或者血染的衣服都没有？"

"他每次打我，就把我的手机没收。他不在家，公婆就帮着他藏手机，等到伤痕淤青消退了才给我。一年里面有半年我都没有手机。想出门也不能随时一迈腿就走，公婆问这问那，有时还非要和我一起去，我基本等于被监视软禁了。"

"你没报过警？没向村委会、妇联求助过？"

"没有。"

"原谅我这么说，长期遭遇家暴，是你最大的不幸，但也是诉讼离婚的最大砝码。从现在起，第一，你要悄悄取证，留下现场和伤情的照片、视频、录音，及各种物证。第二，必要时千方百计地报警求助，公安机关及时出警足以保护你的人身安全，只要家暴经过公安机关查证属实，包力轻则会受到行政处罚，重则构成犯罪，将承担刑事责任。即使达不到立案标准，你也能得到医院的伤情病历、法医鉴定书、陈述包力家暴你的证人证言。也建议你到当地妇联组织、村委会、居委会求助，留下求助记录。如果他们一家三口对孩子也有暴力虐待行为，照上面的方式留下证据。这些都是离婚判决时保护你合法权益、争取两个孩子抚养权的有力证据。极端情况发生时，你有没有想过逃？"

"带两个孩子怎么逃呢？而且我身上一分钱也没有。"

"带孩子走只会让你的处境更危险，所以要先保证自己的人身安全，能保护自己，才能保护孩子。一旦危及人身安全，要做好逃的准备，先想好去哪儿，有没有包力不知道的安全住所，有没有朋友可以投靠。还要报警、换手机、换号码。你想过离婚后独自一人带着两个女儿怎么生活吗？除了离婚判决要求父亲支付的抚养费，你还有其他经济收入吗？到法庭上，法官也会问你这个问题。"

米芒面有难色，没有钱的掣肘令她的离婚信念黯淡下来："我去打工，为她们我干什么都行，再苦再累也比现在强。"

"有人资助你吗？"

"没有。我娘家指望不上，婚后包力还常贴补他们，我也从来没告诉过他们我的处境，他们以为我高攀上土大款，吃香的喝辣的。"

"为什么不对娘家讲你的遭遇？"

"他们对我从来都是不管不问，找我要钱时才会联系。"

"尹声不会给你钱吗？"林阚抛出这个问题，试探米芒对尹声每月往她银行卡里转账这件事是否知情。

"我凭什么要他的钱！"

"如果他想帮你呢？"

"那我也不能要他的钱。"

米芒的排斥绝非演戏，林阚因此判断，她对自己名下那张银行卡的存在并不知情。"千万要杜绝和尹声有经济往来，一旦被包力抓住把柄，他会以此为证据指证你婚内出轨，为婚姻过错方。"她抽出钱包里全部现金，连同名片一起递到米芒面前，"这是我的名片，上面有我的手机号和我在燕州的地址，还有点钱，收好。"

米芒被林阚这个动作惊呆了，两年暴力不断、与世隔绝的日子，让她几乎丧失了感受他人善意的能力，本能地往后躲闪："我不能要你的钱……"

"你可以写借条给我，不设还款期，什么时候还都可以。赶紧拿着藏好，我知道你需要，我身上就这么多，明天去县城找个提款机，再提几千给你，拿着！"

米芒泪如雨下，她不知道该怎么表达自己的感激，死死攥住林阕，把脸贴在她手上："林律……我能叫你姐姐吗？您答应帮我离婚了吗？"

"你需要我的话。"

"我要！明天，我想去报警！"

"我陪你。"

伤痕累累的米芒终于睡了一个好觉，第二天一早，林阕轻手轻脚起身出门，和康辉到县城的街头小摊吃早点，昨晚在倾听米芒遭遇时，她突然就捕捉到了尹声在两起毫无联系的强奸案之间的心理关联性。

"米芒和包力，赵寻和成功，虽然阶层差别巨大，但是本质上都是权力高位对低位的PUA和身体剥夺。所以在尹声的心理层面，产生高度的相似感，他可能一早就将赵寻代入米芒，将成功代入包力，把个人情感的惨痛烙印投射到别人的关系上，主观预设赵寻是和米芒一样的受害者。他不仅旁观，还暗中干预，想方设法保护赵寻，变相干扰成功。结果被成功察觉，觉得冒犯了他的权威，威胁到他的隐私和安全，就将尹声开除。事发当晚，尹声不在现场，他从保安嘴里听到老板带助理返回大成的信息，预判没有他从中作梗，两人会第一次发生关系，带着女方绝对不会自愿的主观预设，他向警方匿名报警。"

康辉惊叹："逻辑链完整闭合。"

"如果这个心理分析成立的话，尹声一系列的行为逻辑问题就迎刃而解。这也凸显了一个事实，他的证人证词，全部基于主观预设和个人臆断，他预设赵寻像米芒一样被侮辱伤害、无力反抗，预设成功像包力一样倚权仗势、为所欲为，预设成功和赵寻只要发生关系就一定是强奸。他的判断都是'他认为''他觉得'，而不是'他看见''他证明'。更何况尹声不是现场目击证人，他的证人证词本来就是间接证据。"

"这份心理分析报告一出，彻底弱化尹声的证明力，晏明想找的最后一个证据支撑也被你撤掉。一晚上就让你找到突破口，在下'跪'了！"在彩虹屁这个技能点上，康辉向来点满。

带着给米芒打包的早点，两人一路走回酒店，康辉以为接下来就是顺理成章的收拾行李回燕州。"先不。"林阚简短的回答出乎他的意料，自己完全不知道他们继续留在望海要做什么。

"你还要干吗？"

"陪米芒去报警。"

"啊？家暴你也管？咱不是来暗访的？昨晚我没找着机会问，你是怎么让她误会你是尹声请来的律师，对你毫不设防的？"

"我只说我认识尹声。"

"去之前你就设计好话术，赌她一定会误会你吧？还是她没误会你，你真要路见不平一声吼，帮她离婚？"康辉从林阚的沉默不语中猜到了她的决定，"合着咱下来是接案子的，还是个不赚钱的案子。"

回到酒店房间，米芒不见了，床上被子半掀，像是从被窝匆匆离开，林阚的行李箱和包大敞着，被人翻动过，显然有外人闯进房间，带走了猝不及防的米芒！两人立即到前台，要求调取监控录像，查看是谁强行入室、带走米芒，结果被酒店经理拒绝，理由是保安一直在大堂值班，没有发现可疑人士出入酒店，也没有发生什么可疑的事儿。林阚说明查监控的目的是要确认朋友安全，经理告诉她："我亲眼看见您朋友好模好样儿、自个儿走出酒店去了。"康辉掏出手机要报警，经理抬杠道："不嫌麻烦你就报，警察来了也一样，人家老公来找媳妇，你能拦着？还是我能拦着？人俩是合法的两口子！"

林阚明白了：闯进她房间的是包力，他一早来酒店抢走了米芒。康辉劝道："老大，别忘了咱是干吗来的，清官难断家务事，一旦你插手管这事儿，岂是报个警就能完的？别被烂棉花套套住，因小失大。我奶奶活到一百二，她长寿的秘诀就是不管闲事儿！"林阚让康辉回屋收拾行李，一起回燕州。但等康辉拖着行李箱按响她的门铃时，林阚已经疾驶在去往大沙村的临海公路上了，她血脉偾张，心里的小火苗烧成熊熊大火。

　　林阚拾级而上，狼狗在门里狂吠。她无所畏惧，跨上台阶，不停地按着门铃。门里传来喝止狗叫的指令声，接着一道男声煞有介事地问道："谁呀？"

　　"你知道我是谁，昨晚我来找过米芒。"

　　院门开启一条缝隙，露出包力一脸假笑。

　　"林律师是吧？米芒不在家，去她闺蜜家串门儿了。"

　　"我知道她在，有话跟她说。"

　　林阚强行跨进门槛，门缝猛然收窄，包力以门阻挡，不让她进来。

　　"燕州的大律师比我懂法吧？不好私闯民宅吧？"

　　"我有你对米芒家暴的证据，让我进去见她一面，如果她没问题，我自己会离开，否则我现在就报警。"

　　门里门外，剑拔弩张，林阚毫不退却，包力只好往后一闪，院门洞开："请进吧。"林阚经过拴在地上冲她狂吠不止、跃跃欲扑的狼狗，步入包家宅院。内院和外面一样敞亮，这是一栋在农村罕见的豪宅，更为罕见的是这里到处都有监控探头，全覆盖、无死角、院里院外、屋内屋外，无处藏身。

　　"林律师，我想解释下误会，昨晚我和米芒有点小磕小碰……"

　　"你管那叫小磕小碰？"

"谁家夫妻不拌个嘴呀？我也是因为两胎都是闺女有压力。农村嘛，没个儿子哪能行？我爹娘也因为这个不痛快，人前人后抬不起头。我个人其实更喜欢闺女，实话！这样，以后我常回家，多关心米芒和孩子，也慢慢说和爹娘，没什么大不了的……我家的事儿就不劳烦您百忙之中来操心了，昨晚感谢您照顾我媳妇一宿，一会儿搁家吃了午饭再走？"

"我要见米芒！"

"行，我上楼给您叫去，您这儿稍等。"

包力迈上楼梯，消失在楼梯拐角。林阚目光一扫，天花板两角有两个探头，包力不在场，自己的一举一动也在他的监控之下。听见脚步声，林阚望向楼梯，米芒出现的那一刻令她悚然一惊：她脸上原来的伤痕处又添了新伤，双腿一瘸一拐，不得不把着扶手才能走下楼梯。一股热血直冲脑门。"看着我！"林阚掏出手机，对准米芒，按下视频录像键，拍下她伤痕累累的脸，走到监控探头下，高举手机，林阚知道包力正在屏幕前看着她。"包力！不要以为在自己家你就可以为所欲为，你对妻子实施的家暴行为，都会受到法律的制裁，《反家庭暴力法》等着你！米芒，要我带你离开这里吗？要我替你作证、向公安机关报警指控吗？要我为你代理向法院申请离婚诉讼吗？"

米芒不敢回答林阚的连环追问，她还在新一轮暴虐的战栗中，还在包力的监视下，没有胆量说"要"，更说不出"不要"。林阚见她摇了摇头，无奈又无力，她并非不能理解米芒的软弱，更无法苛责。

包力出现在楼梯拐角，得意扬扬地赶客。

"看到了吧，林律师？谁家勺子不碰锅？您慢走，不送。"

"记住我的电话和地址，有需要就找我。"林阚最后对米芒说了这句话，离开了包家。车窗外，追逐嬉闹的村童，拉扯家常的村妇，竟然让人有种不真实感。百米之外的坡上，米芒被囚禁在与世隔绝的深井之中。林阚被一种深深的无力感笼罩，什么都做不了，没有人需要她做什么，即使她明明知道别人要什么。

开上车少人稀的乡道，路面不再是平坦的柏油路，一车宽的碎石土路，路两边一人高的杂草丛生，杵到前风挡，划过门窗。经过桥下涵洞，林阚发现涵洞正中间有两块大石头，不偏不倚正好挡住汽车前行。她被迫停车环顾四周，不见一人，心想也许两块石头的掉落只是偶然。于是便下车走到涵洞下面，光线骤暗，她弯腰俯身，双手合力，连翻带滚地把第一块石头挪到涵洞一侧，又回到第二块石头前，继续挪动。

突然一根棍棒从身后袭来，林阚后脑被击中，来不及转身查看身后的偷袭者，便失去意识，一头扑倒在地。

一个人走到车旁，从车内的支架上取下手机，走到林阚身前，拽着她的手解锁屏幕，点开相簿，选择有关米芒的全部照片和视频，一键删除，再进入"最近删除"相册，将这些证据从林阚的手机里彻底清空。

作为证人，陈默第二次接受晏明问询，向警方陈述案发前三个月他眼中不一样的赵寻，以及她面对成功追求的真实状态。

"到董事长办公室后，赵寻的话越来越少，除了工作以外不和人交流，上下班独来独往。公司上下都说她因为得到了老板的新宠，所以恃宠而骄、目中无人，只有我知道，这三个月她像是被抑制住了，整个人自闭起来。只有我俩单独在一起的时候，她还愿意讲几句真话。"

"她对嫌疑人的追求是什么态度？对你说过吗？"

"说过，她不知所措，没法接受，也没法拒绝。"

"她为什么不辞职？"

"我问过她一样的问题。"

"她怎么回答？"

陈默清楚记得听到他这个问题时赵寻脸上那个虚弱无奈的苦笑。

"恋爱可以不谈，但饭我得吃呀。"

"辞职也不至于饿死啊？"

"我跟你不一样。我爸妈在公园干了半辈子，是老园林职工，两人每月的工资加起来也不到一万块，还要供我读最好的中学、最好的大学。高中时，很多同学出国留学，我也想，但是也就只能在心里想想，没跟爸妈提过一嘴。出国留学每年最少也要几十万，他俩上哪儿弄这个钱去？好不容易等我毕业，进了大公司，该回报他们了。我算过一笔，从小到大，四年本科加三年研究生，学费加生活费，他们养大我一共花了两百多万，要多少年我才能赚回爸妈的血汗钱？管培生月薪不到一万，要用两百多个月，十七年。顺利升职的话，月薪两万，时间对折，十年能还上。当上高级助理，我又算了一笔账，从现在算起，只要五年。"

"你还是舍不得辞这个职……"

赵寻突然情绪激愤："大成我是靠自己的努力进来的，管培生是我凭本事获得的，凭什么辞职？凭什么别人的错要让我承担后果？就像是我犯错一样！这次辞了，下次、下个工作，再遇上一样的事儿，我再牺牲前途躲避骚扰吗？每换一个地方，就把所有的努力一把抹掉，再换个地方，再一把抹掉，恶性循环吗？"

陈默被问得哑口无言。

"人家说每个人都该有笔钱，叫'撂挑子费'，有了这笔钱，你就可以对所有人说'不'，但我还没有挣到这笔钱。我永远记得我爸这辈子最开心的两个时刻，一是我拿到名牌大学的入学通知书，另一个就是拿到大成的入职通知书。我好怕他们那么快就要失望。"

陈默告诉晏明，他和赵寻形成了一个默契：如果下班晚，她就会给他发消息，他下班也不走，一直等到她从顶楼上下来，再一起离开。

"事发前，她有过被留到很晚，甚至走不了的时候吗？"

"有，就在出事儿两三天前的一个晚上，我一直在楼下等她，过了十二点她还没从楼上下来，发消息也不回，我着急，想冲上顶楼看看出了什么事儿，但我上不去。"

"那是哪天？"

"具体哪天我记不清了，你可以问赵寻。"

"楼上发生了什么？后来她下来了？"

"后半夜一点她才下楼，我问她怎么回事儿，她没说，就说那晚幸亏成董的保镖。"

幸亏尹声？

荒郊野外的涵洞下，响个不停的手机铃声把林阚从昏迷中唤醒，她艰难地抬起胳膊，翻身摸到手机，按下接听，康辉心急如焚地在话筒里呼喊："你在哪儿？怎么一直不接电话？是不是出了什么事儿？"林阚气若游丝，力气只够说出一个短句："给你位置，快来！"发去共享实时位置后她又迷糊过去。

赵寻被约到刑警队，这次，晏明要和她聊一聊尹声。

"你对成功的私人保镖尹声有什么印象？"

"尹声？我到顶楼后，虽然天天和他见面，但是我们不怎么说话。

他话少，人很稳重，可能是职业需要。成董非常信任他，只有在尹声和司机面前，他是不遮不掩的。"

"那么信任，为什么还在出事当天开除他？像临时起意，不像酝酿已久。"

"我不确定……"赵寻迟疑。

"你不确定什么？"

"我不确定他被开除是不是和我有关。"

"为什么你觉得他被开除和你有关？尹声对你有什么特别吗？你俩之间发生过什么事儿吗？"

"没有，我和他几乎是陌生人，我不知道他是什么性格脾气，他就是一个……天天在你眼前晃，但你不会注意的人。"

"那是什么原因让你觉得他可能因为你被开除？"

"因为就在事发的前两天，成董在顶楼招待一帮大佬喝酒闲聊，很晚才散，大佬们都走了，他还不肯放我走，如果不是尹声，那晚我可能就被……"

赵寻记得那晚是二〇二〇年七月二十二日，散局后，成功单独留下赵寻，教她跳舞。她被他箍在怀里，身体僵硬，动作机械。成功没有把她的窘迫读解成排斥，反而觉得这是没有经验的年轻女孩的意乱情迷，而这更让他兴奋。气氛越来越暧昧，动作越来越亲昵，意图越来越明确，他开始吻她……尹声在这时突然出现，让成功不得不中断动作。

"成董，司机在楼下等赵助理。"

"让他别等了，你也回去休息，走吧。"

成功发出明确无误的指令，赵寻眼睁睁望着尹声转身离去，偷偷燃起的侥幸随即破灭。但她没有想到，尹声居然没走。成功再次亲吻她时，尹声再度现身，这回他手里举着成功的手机。

"成董，路姐电话。"

"你跟她说我这会儿接不了，稍晚打给她。"

赵寻暗自祈祷尹声不要走，祈祷辛路的海外长途能拯救她。

尹声没有离开的意思，一直举着手机,坚持让成功接妻子的电话："还是您自己接吧。"

成功心里的不快显化成脸上的愠怒，放开赵寻，劈手夺过手机："喂，辛路？"

趁这个空当，赵寻拔腿就跑，得以脱身。

晏明问赵寻："你感觉那晚尹声是故意打岔吗？"

"我不知道他是不是故意，还是辛董刚巧就在那会儿打来电话，但是那天晚上客观来说是他保护了我，我很感谢他。我也肯定那晚过后，成董耿耿于怀，一反常态地对尹声一直都没有好脸色。事发当天，我就听说尹声被开除了，所有人都很意外，谁也没听说尹声有什么过错，所以我猜，他被开除是不是和那晚有关。"

"类似的情形之前有过很多次吗？"

"也有过，没人在旁边的时候，成董会突然说些暧昧的话，也会对我动手动脚。尹声经常出现，打断成董，也变相帮我解了围。"

"你有没有感觉尹声一直在暗中保护你？"

"我……不清楚，我在顶楼时他都在。我以为工作要求他如此，但很多时候成董明显不希望他在场，也不要他做什么，但是尹声总是坚持要在我离开之后才走。因为他在眼前，成董多少有些顾忌，每次我都暗自庆幸，幸亏他在。"

赵寻被侵害和尹声被开除是否存在某种因果还有待印证，但客观结果就是他不在的第一晚，她就出了事。

"晏队，你为什么问起尹声？"

"他和你的案子密切相关。"

"是他报的警？你让我辨认过那个戴帽子、挡脸的报警人是他？"赵寻被这个结果震惊，"怎么会是他？"

在县医院处置了外伤、做了CT检查确定颅脑没有损伤后，林阒和康辉到望海县公安局报警，接待他们的是县局刑警大队长潘队。康辉指出袭击就发生在林阒去包力家与他发生冲突后离开包家不到一小时的时间内，他们有理由怀疑包力就是偷袭者，并且在当天上午及昨晚，包力都对他的妻子实施了家暴，如果警方马上去包家调查，还可以亲眼看到米芒的伤情。

潘队推三阻四道："林律师，偷袭您的人连影儿都没有，也没有任何人在场目击您被袭击，指定嫌疑人全靠猜测，您是法律从业者，咱不能凭猜测断案啊。如果发生了家暴事件，那也跟您遇袭没有关系。而且当事人不报案，警方也没法获知和上门调查取证。"

朱磊风风火火走进接待室，一见他来，潘队起身迎接，热情似火："朱处您怎么来望海了？路过？"朱磊介绍康辉是他政法学院同班，是睡在他上铺的兄弟，林律是燕州大名鼎鼎的律师，都是他朋友，听说他们在望海出了事儿，自己赶紧赶来看看。潘队一改急政嘴脸，极度重视，当即行动，"二位律师受惊了，林律在这里遇袭是我们的责任，我马上去核实嫌疑人今天从早到晚的行踪，三位小坐，稍等。"

不到十分钟，潘队返回接待室，一脸为难。

"有点麻烦……林律，包力有七八个人的不在场证明，他爹娘、邻居，还有村支书，都能证明他一早从你们住的酒店里接回米芒后就没再出过门，证人都同意下午就来公安局作证。"

林阒问："米芒怎么说？"

"她也愿意出书面证明，就是今天有点不舒服，好了就来县局补个证言。"

林阒和康辉、朱磊对视一眼，三人心照不宣，潘队顺水推舟："林律，您看下一步我们该怎么办呢？"

离开望海的车上，朱磊意外接到县局警察的电话，是提供了米芒被包力强奸线索的老许。老许告诉朱磊，刚才处理林律报警的潘队，就是两年前拘留尹声又撤案，一手经办包力故意伤害案的办案警官，他和包力是铁哥们儿，县城家里的房子都是包力盖的。他只能说这么多了。

地方不大水不浅，两个"王八"手拉手过马路，就霸道了！这一天，林阒真实触摸到了包力在家乡的"人脉和能量"，对米芒的处境更加感同身受。望海于米芒，就像一口爬不出去的深井。

尹声拖着行李箱刚走出骑手宿舍，就见三个陌生男女直奔自己而来，形成一个扇形将他包围，对方亮明身份前，尹声已经知道他们是谁了。在望海隐身一周，返回燕州的第一天，尹声就做好了随时被警察找到的准备。

匿名报警人被找到，他的报警动机将被揭晓，一直缺失的关键证人证言终于在刑侦第五天补充完整。晏明迫不及待地对尹声展开问询，他是可能提供有利于强奸指控证据的最后一个证人。

"尹声，是你于二〇二〇年七月二十五日凌晨一点四十分匿名报警，举报嫌疑人成功强奸女下属赵寻吗？"

"是我报的警。"

"你的报警动机是什么？为什么举报自己的老板？"

"我为了报复他。"

"为了报复？报复他开除你，让你遭受了不公的待遇吗？"

"是。"

"你可以申请劳动仲裁来维护你的权益，为什么报警指控他强奸呢？"

"我就为了让他丢人现眼。"

"除了你和他之间的私人恩怨，你对案情本身怎么看？你不在事发现场，凭什么认定那是强奸？"

尹声沉默不答。

"在嫌疑人身边担任保镖的最后三个月，作为近距离、掌握内情的旁观者，你对嫌疑人和受害人的关系怎么看？"

尹声依旧沉默。

刑侦第六天，林阙敲门而入，一坐下就开口问道："警方能不能透露一下是否找到了匿名报警人？"

再不动声色，晏明眼神里也掩不住惊诧，惊诧后面是叹服。

"你为什么不早不晚，偏偏在这个时间问这个问题？"

"感觉。就想在这个时间问这个问题。成先生虽然作为嫌疑人被刑事调查，但他指控报警人诬告，所以他有权了解警方对报警人身份动机的调查结果。"

"没错，我们找到他了，但目前阶段警方依然决定对他的身份和动机进行保密。"

得到晏明的亲口确认，林阙抽出一份文件，推到她面前，晏明瞥了一眼，《第三方匿名报警人尹声涉案心理分析报告》。

"第三回合了，我招儿还没出，师姐的拆招儿已到。你怎么知道报警人是尹声？"

"调查。"

"又怎么知道我们找到他了？"

"推测。"

"你比警方更早确认他是报警人，足够你们做点什么，对他施加影响。"

"我从来没有接触过他。"

"没接触过他？"晏明脸上浮现冷笑。

林阔揣摩她这个表情意味着什么："我无从预判，也无从得知他会向警方提供什么证人证词，但我的工作是调查他的报警动机，分析他的人格心理，从他日常的工作生活和情感状态中寻找行为成因，形成分析报告，希望借助这份分析，帮助司法机关对他作为证人证词的真实性和证明力进行准确考量。"

"大致得出什么结论？"

"我认为尹声将他个人的情感阴影代入嫌疑人和受害人的关系上，主观臆断，认知有误，证人证言的证明力极低，真实性存疑。"

晏明脸上一直挂着冷笑听完林阔的结论，感叹道："真是尽职尽责啊。"她抽出一张文件页扔到办公桌上，滑行到林阔面前，"你可以去看守所领人了。"

这是《燕州市公安局文礼区分局取保候审决定书》。林阔抬起眼，表示意外："取保候审被批准了？"

"这不就是你要的吗？"

林阔看到晏明眼神里隐藏的对立。她推测尹声昨天被警方找到并提取了证词，可是发生了什么惊人的骤变，令事态出现了连林阔都预判不到的发展。

"感谢批准,明天拘留满七天,警方对嫌疑人的处置有结论了吗?"

"明天你等我通知。"

盘腿端坐,挺胸拔背,目视前方,笔直成线。成功的视线追随墙壁上的阳光一厘米一厘米地移动,他渐渐适应了这种慢得仿佛凝滞的时间,渐渐能够把一切念头驱逐,把脑子清空。这是他被刑事拘留、在看守所羁押的第六天。

监室铁门打开,管教叫道:"11220,出来!"

成功缓缓站起:"报告下板!"

管教命令他:"出来,走吧。"

成功迈下通铺,穿上拖鞋,走出监室,在门口停步回望了一眼,看到一监室人饱含同情的目光,人人都以为他是被叫去签逮捕。成功深吸一口气,默默告别这一切,他预感自己不会再回到这个监室了。

一进办公室,监区长就举起文件对他宣读:"犯罪嫌疑人成功,我局正在侦办二〇二〇年七月二十五日成功强奸案,因犯罪嫌疑人成功取保候审不至于发生社会危害,根据《中华人民共和国刑事诉讼法》第六十七条之规定,决定对其取保候审,期限从二〇二〇年八月五日算起。犯罪嫌疑人应当接受保证人的监督。燕州市公安局文礼区分局。"

还没到林阚预言的七天,第六天成功就走出看守所。林阚站在通往外监区的铁闸门前等他出来,她的脸宛如天使。管教告别时对他说:"别再回来了。"这句话犹如天籁。

汽车自由地行驶在阳光下,成功安静得异乎寻常,如饥似渴地望着车窗外,像是从来没有见过这些司空见惯的事物。六天,以往在不知不觉中倏忽而过,但这六天,如同一个纪元,时间从来没有如此漫长无涯，天空、街道、路人、树木、花鸟，也从来没有此刻这般美好。

汽车驶进自家院内，辛路等在别墅门前，面前是一个燃烧着的火盆，他心照不宣地一步跨过去，抱住她，突然心有所感，双臂加了力，延长成一个紧紧的搂抱。

接连三声手机提醒，赵家一家三口的手机上接到了同一条新闻推送：《大成集团董事长成功涉嫌强奸被刑事拘留六日获批取保候审》，三人如同三尊雕像，赵家陷入一片沉寂。

磨砂玻璃透出灯光，康辉轻推开林阙办公室的门。果然，她一个人静静坐在黑夜里，不见一丝如释重负的轻快。

"怎么了？这会儿不该高兴一下吗？"

林阙说出推断，她找到了导致事态突变让警方批准取保候审的原因。

"尹声被警方找到了，但是没有提供丝毫有利于赵寻的旁证。"

"你认为这不正常？"

"你认为正常吗？"

第十五章

刑事撤案

林阚的判断完全正确。前一天，尹声作为报警人和最关键证人，对于自己的报警动机及成功和赵寻的关系，向警方提供了如下证词：

"事发当晚你是怎么得到受害人随嫌疑人返回大成住所这个信息的？"

"那天中午，我突然被开除，走得匆忙，很多私人物品还留在大成。保安部孙经理说帮我拾掇出一包，让我回去拿一趟。我就想挑个成董不在的时间，避免碰面的时候尴尬，孙经理说当晚就成，因为成董有个饭局。那天我刚找到饿团骑手的工作，下班已经晚上了，又搬行李去骑手宿舍，准备去大成的时候已经快十一点了。夜班保安哥们儿告诉我别来了，成董带着赵助理等下就回来，我就这么知道了。"

"你不在案发现场，凭什么认定双方发生关系就是强奸？"

"我猜的。"

"猜的？你根据什么这么猜测？"

"没根据，就是感觉。"

"感觉？三个月来，公司上下疯传嫌疑人和受害人是恋爱关系，你见到什么、听到什么，让你的认识与众不同，甚至截然相反？让你感觉受害人不接受嫌疑人追求，最后发生了你认为的'强奸'？"

"我没见过什么特别的事儿，别人见到什么，我就见到什么。我就是个负责安全的工作人员，成董是个公众人物，很注意保护个人隐私，行为举止很谨慎。"

"担任保镖一年，嫌疑人对你的工作非常满意，为什么你和他的关系急转直下？发生了什么矛盾，导致他不由分说地开除你？"

"也没有什么具体的事儿，我们这个职业流动性大，分分合合都正常，要说矛盾……就是有点性格不合，脾气有点儿犯冲吧。"

"你和嫌疑人的矛盾，与受害人有关吗？"

"没有，和她没关系。"

"你和受害人共事三个月，关系如何？"

"不熟，除了交代工作，我和她不怎么说话。"

"作为贴身保镖，你距离他俩最近，能接触到别人接触不到的面儿，也最了解他们之间的内情，掌握嫌疑人的隐私。在你眼里，受害人对嫌疑人的追求是什么态度？接受还是不接受？"

"我看不出来。"

"你和一个人朝夕相处三个月，看不出来她是开心快乐，还是孤独自闭？"

尹声失笑："被霸总追求，月薪是我三四倍，我真看不出人家为什么不高兴，为什么孤独。"

"受害人向你求助过吗？你主动帮她解过围吗？"

"帮她拒绝霸总的追求？那不是每个女生都渴望发生在自己身上的偶像剧吗？"尹声笑着摇头否认，仿佛晏明的问题很可笑。

"事发前三天，二〇二〇年七月二十二日晚，嫌疑人在顶楼召集雪茄酒局，当晚只有你和受害人两个工作人员在场陪同。散场后，嫌疑人不肯放受害人离开，发生了肢体接触。他让你走，你没有服从指令离开，强行打断，也变相阻止了嫌疑人对受害人的进一步侵犯。你是故意的吗？是在保护受害人吗？"

尹声矢口否认："不是！赵助理经常留到很晚，送她回去是我的工作，成董平时也是这么交代的。"

"你甚至没有感觉到你坏了嫌疑人的好事儿，导致他恼羞成怒，对你心怀不满吗？"

尹声像是如梦方醒："啊！是吗？我怎么一点儿也没意识到？一直学不会看老板眼色，难道我是因为这个丢了工作？"

晏明的每个问题都像是重拳打在沙包上，于是便抛出最后一个问题："你对受害人指控强奸怎么看？"

"成董是名人，人帅，犯桃花，招女人，要说缺点，就是多情，对所有女人都好、都温柔，说他强奸……有点儿难以置信。"

"那你为什么报警的时候言之凿凿说是强奸？"

"我就为了报复他。"

"你甚至说不清因为什么和雇主产生矛盾，对他的不满也迟钝不觉，怎么就能怨恨到指控他强奸的地步？"

"唉，我也是一时冲动，无缘无故丢了这么好的工作，气顶到脑门儿了，就为恶心他一把，就想把他的名声搞臭。他这人，没什么经济问题，也就只能在男女关系上搞点事儿了。"

"你不怕无凭无据报警指控会被追究刑事责任，涉嫌诬告陷害吗？"

"所以我匿名嘛，就是不想被发现……但是赵寻一报警指控强奸，我就不是诬告陷害了吧？"尹声的反问透出一丝狡黠的得意。

晏明按捺住往上蹿的火气："你真该感谢她帮了你，不然就凭你说的这些，足以构成诬告陷害！"

"诬告陷害罪的构成要件是捏造事实，我没捏造呀，事儿真发生了，顶多算我猜错了，结果赵寻真报警了，我连虚假告发的嫌疑都排除了。"

尹声证人证言的证据作用为零，既没有提供能佐证强奸指控的证明，也没有提供能排除强奸嫌疑的信息，又因为赵寻提出刑事指控他巧妙摆脱了诬告嫌疑，不需要承担任何法律责任，全身而退。侦查至此，除了受害人的指控和三次自救未遂的自我陈述，没有任何能够证明强奸的铁证，真正陷入无路可走的死局。强奸案到了可以得出结论、做出处置的时候了，批准成功取保候审，还能给警方一点回旋空间，给侦查保留最后一丝活口。

延强把晏明从一个法学院毕业就进警队的"菜鸟"一步一步亲手带到了副队的位置上，她的性格和她此刻的心情，没有人比他更了解。

"最后一个证人，本该是最重要的一块拼图，也被你找到、拼上了，但还是没有一锤定音的证据。不过本来也没指望匿名报警人提供铁证，毕竟强奸案往往只有双方陈述，没有证人现场目击。"

"尹声是唯一看到真相的人，至少能印证任何一方说法的真实性，结果什么都没有。"

"我不怀疑赵寻说的是真话，但真话不等于证据。晏明，该想想撤案放人了。"

"赵寻三次自救逻辑自洽，证言应该采信。"

"但不是唯一结论，不排除其他可能！你心里非常清楚，就缺赵寻坚定地说一次'不'，一个不让成功误解，一个让他无法否认的'我不愿意'，一次就够。"

晏明不得不承认，延强一语中的。

"一个女性的反抗，竟然是不敢让位高权重的人察觉到她在说'不'，因此陷入无法自证的困境。"

"就是这样。"延强叹口气，"批准取保候审吧，先把人放了，你还能继续侦查。"

晏明没有反驳，沉默接纳这个命令。

成功被取保候审的当夜，赵寻走出家门，坐进晏明的车里。晏明知道赵寻此刻所想，赵寻知道晏明因何而来，这场谈话比赵寻承认撒谎、为伪证道歉更艰难。

晏明打破沉默："看到媒体报道了吧？"

"看到了，他已经离开看守所了？"

"下午就回家了。"

"好突然……你们找到尹声了吗？"

晏明没回答，她也不能透露尹声的证言内容，尹声究竟为什么报警，赵寻一直想不明白，满腹疑团。

"我知道你不能透露案情信息，但我实在想不明白他为什么报警，难道就因为怀恨在心蓄意报复？就把我光溜溜一把推到大庭广众面前？我不怨他，我报警，是自己的决定，他没有帮我作证的义务……"

如此境遇下，赵寻依然没有苛责他人的伤害，没有强求他人的帮助，令晏明心酸又怜惜。

"刑侦差不多快结束了吧？取保候审是不是意味着目前证据不充分，或者罪不重，不用羁押，就算将来起诉判刑，也只是轻罪，判个缓刑？"

"但也意味着，案件没有结束，公安机关会继续收集新证据，嫌疑人可能被重新收监，被起诉判刑。"

"也有可能最终无法证明犯罪，只能撤案对吧？"

晏明不得不点头承认，赵寻努力笑出来。

"没什么，我发过声了，也抗争过了……"

"法律有时候并不是无所不能……"

"法律帮的是清清白白的人，偏偏我……没做到。"

晏明心如刀扎，靠定力才控制住情绪不外露。她把脸扭向窗外，不忍心面对赵寻的自责。

经过回家后半天的沐浴休整，成功找回了元气。一起吃过晚饭后，辛路就不见踪影。他无所事事，闲逛到书房，见辛路坐在堆满文件的办公桌前，不停敲打键盘，于是讪笑着走过去。

"很久不见你忙工作的样子了。"

"明天股票复牌，要做好各种预案。"

成功自嘲："我能做的贡献，就是在复牌前获得取保候审。"

"会是利好。"

"这六天辛苦你了，'挽狂澜于既倒，扶大厦于将倾'。"

"分内。"

"好在至暗时刻过去了，林阖会乘胜追击，直到洗脱罪名还我一个清白。"

"但愿。"

辛路手中不停，回应能短则短，她日理万机的忙碌状态令成功十分不适应，那本该是他的分内事。

"对不起，辛路，这次给你、给轩轩、给公司造成了巨大的伤害，我不知道有没有资格请求你们的原谅。"

听到成功道歉，辛路不得不停下手里工作："还好，都扛住了，轩轩受影响最大，恐怕要你花很多时间和精力去修复。我没你想得严重，习惯了。"

成功无比羞惭，辛路这么说比破口大骂还打他的脸："为你这句'习惯了'，我再道歉。这些年，除了当董事长、当名人还算称职，作为男人，我是个渣男；作为丈夫和父亲，我更是个混蛋。"

辛路听出这回他的自责动了真格。

"关在里面这六天，我把自己前半生来来回回、反反复复过了无数遍，清清楚楚地感觉到身体和心理上有了个巨变。六天，就像条天堑，把过去和以后分成了两个我，我不再是六天以前的成功……所以我有个请求，请你慎重、再慎重、再三慎重地考虑一下，能不能……不离婚？"

"你反悔答应我离婚了？"

"我一刻都没想过和你离婚，之前不想，是因为利益捆绑无法切割；现在不想，是因为这六天，我意识到自己差点毁掉，也差点失去这辈子再也复制不了的美好：我的事业、婚姻和家庭。"

辛路揭穿他："也是出于人设重建的需要吧？相比于夫妻反目、婚姻分崩离析，回头是岸的形象更便于你重返公众视野，符合大众期待，对你最有利吧？"

"我不否认有一部分功利需求，但更出于……"成功把手按在胸口，"这儿的渴望。如果你坚持离婚，那我们只好法庭见了，我会让林阙拖你个一年半载，再使尽浑身解数，看你离得成还是离不成。"

"好。"辛路爽快答应，"那就先不离，我没有太多精力跟你纠缠这件事，公司要做的事儿太多。"

"我回来，就不需要你这么累了。"

成功的意思明确，辛路静等下文，因为她知道，一定有下文。

"还有一件事，我想尽快召集董事会。"

"议题是？"

"恢复我的董事长职务，回到过去的样子。"

辛路莞尔失笑："你刚刚还说身心巨变……唯有手握的权力不能变。那就要取消第 131 次董事会决议，罢免我的现任董事长了？"

"虽然在看守所接到的董事会决议不符合我对你的委托，但我理解面对案情不明的前景，你和全体董事决定与我切割，不失为明智之举，也给股市临时停牌找了个名正言顺的理由，争取出救命的四天，无论对股价止跌，还是平息社会舆论，都显出很好的危机公关效果。所以在里面的后三天，我说服自己理解接受了第 131 次董事会决议，但现在，我回来了。"

"你回来了，但犯罪嫌疑并没有解除。即便犯罪嫌疑解除了，你个人的负面形象、对企业的负面影响，也将长期存在，难以消除。"

"你认为就算我洗脱罪名，也不适合继续担任董事长？"

"至少一两年内，是这样。"

"适合接替我的人，自然是你了？"

"想听听我的建议吗？"

"说。"

"暂时隐退，离开公众视线，让时间淡化公众记忆。这段时间你可以去伦敦陪轩轩生活，修复一下父子关系。"

"咱俩掉一个个儿？你变成我，我变成你？"

"我认为这样对你、对我、对儿子、对公司，都好。"

"事发当天你开一天长途回燕州的路上就想好了吧？以解除一致行动人协议要挟我离婚、分一半股权给你，就是为抢我的董事长谋篇布局吧？我被刑拘这件事帮了你，连到手的制衡股权都用不上了，直接煽动全体董事罢免我！辛路，你最清楚我最在乎什么，下手抢的，偏偏是你。"

"我没有和你抢什么，我找回来的，只是丢了十年的自己。"

"对不起，你的建议我无法接受。如果你不放弃董事长一职，那么我们只能在董事会开战了。"

"成功，你折腾自己的荷尔蒙，让所有人的生活、事业、人生陷入这么大的危机中，现在危机还没过去，影响还没消除，你又要折腾集团管理层——"

"谁折腾了！我被人陷害，法律迟早会证明我的清白，我才是形象、名誉、地位受损的受害者，现在不过是要拿回属于自己的东西，怎么就成折腾了？"

"打住！我不想浪费时间和你吵架，至少今晚给我一个清净，线上还有很多人、很多事儿在等我决定。"

"力不能逮，你随时可以回卧室休息。"

"你是不信有人做得比你好吧？"

成功脸上浮现傲慢的嘲笑，毫不掩饰狂妄："六天还凑合，长了谁也不行。"

辛路回他一个轻笑："行不行让时间回答，谁当董事长让董事会投票决定，现在请你出去。"

"我万万没想到，回家的第一晚，居然是这样。"

从看守所回来的第一晚，"家"没法待，他还有自己的"王国"。成功返回大成大厦，夜班保安们的毕恭毕敬、亦步亦趋，让他找回了"这才是我的地盘"的舒展。但是进了电梯，他的卡竟然刷不亮顶楼键，杜卫东战战兢兢地解释顶楼通行卡换过了。"谁换的？"杜卫东的情商刚好够他对这个问题避而不答，借用杜卫东的卡，成功才得以上顶楼。

离开六天，顶楼已经不是成功熟悉的顶楼，改观最大的就是个人办公区，被辛路完全改成了另一种风格：没了华丽奢侈，多了简练务实，确切地说，更像是一个办公的地儿了。越往里走成功的脸色越阴沉，来到卧室门前，伸向指纹密码锁的手停在半空，问杜卫东："不会连我的指纹也给换了吧？"杜卫东赔着笑脸，觉得还是不说为妙。手还没碰到密码锁，门就开了，卧室门没锁。一走进去，成功就惊呆了，他的领地面目全非，床、沙发、家具全被撤走，取而代之的是多套桌椅和供人休息的简约沙发，每张台面上都有热水壶、消毒柜、消毒用品，还有他不认识的难以名状的东西，墙角还挂上了滑轨拉帘，改造出一个更衣间。毫无疑问，这里不再属于他。成功气得五官移位："这是什么鬼？我的房间呢？我的东西呢？"

杜卫东没法继续装哑巴："嗯……辛董让人把您的东西搬走了，现在这里是那个……哺乳期女员工集乳的地方。"

顶楼改造，尤其是把成功的卧室改造成母婴室，必然是辛路拍的板。大成有好多在哺乳期的女员工，行政一直找不到一块供她们上班期间集乳的专用场地，年轻妈妈们只好去保洁仓库，对着各种清扫用具、洗涤化学制剂集乳，条件差、不卫生。她们向行政投诉了两三年，辛路一就任就解决了这个"老大难"，把众人心中的禁地开放给员工。行政部给哺乳期女员工发放了临时通行卡，在规定时间段内能自由上下顶楼，这一举措备受女员工好评。

"上我这儿来集乳？那我呢？你让我去哪儿！"成功出离愤怒，走出"沦陷"的卧室和顶楼，普天之下，他可去、能去的地方，只剩下一处。李怡打开房门，望着余怒未消的成功，眼泛泪光，张开双臂抱住他。她的柔情令他动容。相比辛路的例行公事，李怡的怀抱更让他产生一种"回家"的感觉。听了成功"流离失所"的遭遇，李怡对于他们夫妻之间即将拉开权力之战的预感被印证了。

"我料到你出来会因为董事长席位和股权之争和她有场'宫斗'，但没想到第一晚你俩就对上线了。"

"我也想不到。"

"你打算怎么办？"

"明天我就联系董事会秘书，让她召集董事会。"

"你不事先私底下做点儿工作吗？你有把握五位董事都站在你这边？五天前他们可是全体投了你的罢免票。"

"时也，境也。那时候我刚被抓，与我切割是保护集团和他们个人利益的正常选择，我不怪他们。但现在我出来了，情况完全不同了。"

"那我也不认为你现在召集董事会、发起投票重选董事长是合适的时机。"

"你认为什么时候合适？"

"至少等警方结案，向社会公众宣布你无罪。目前你被取保候审，还没有解除嫌疑人的身份，尽管你有工作自由，可以重返岗位，但是背着嫌疑人的污名重任董事长，我怕你得不到期望中的支持，有些操之过急了。"

成功不得不承认李怡对他重掌实权的形势评估更明智，对发起董事会投票的时机掐算更精准。这是第二步，第一步还是要以最快的时间彻底洗脱刑事罪名。只有拿到撤案和释放证明，他才具备重掌董事长一职的条件。

三十二小时后，赵寻被接到刑警队接受又一次问询。不同于之前，这次问询她的是文礼区分局刑侦支队的秦副队长。分局支队是金融街辖区刑警大队的上级，换言之，就是支队越过主办警官晏明，直接空降下来过问案情。同一间问询室，赵寻还是坐在调查对象的位置，只不过这次面对的不是晏明和小米，而是一张不苟言笑的脸，一双射灯般穿透一切的眼。延强为双方做介绍，秦队毫无表示，在他刻意制造的冷场中，赵寻下意识地缩紧身体，心里发虚。

秦队开场，没有声调，没有情绪。

"我直接问了。"他从文件夹里抽出两页纸，手指一弹，纸页滑行到赵寻面前，正是李怡提供给警方的奢侈品清单，"这些东西都是给你的吧？现在它们在哪儿？"

"在我宿舍。"

"你全收了？一样都没有拒绝或归还？"

赵寻点头确认。

"这么多、这么贵的东西，远超你的收入水平，也不匹配你的消费能力，你收的时候没有一点忐忑不安吗？"

"我婉拒过很多次，每次都被成董批评驳回，说作为助理，我要跟他出席各种商务活动和宴请，这些衣物是为了那些场合的需要。"

"他这么说，你就这么信？这么奢侈，远超出一个助理的配置，我不信你心里不清楚这是嫌疑人借工作之名、济个人之私。你当时知道他送给你奢侈品，不光因为那些冠冕堂皇的理由，还有别的意思吧？"

"知道。"

"知道你还接受？那你知不知道接受一个男人送的昂贵礼物，不拒绝他，对他而言就意味着你接受的不仅仅只是他的礼物？"

"我不知道……还能怎么拒绝。"

"谁不会拒绝？拒绝还用学吗？"

"我指的是……不冒犯他的那种拒绝。"

"拒绝还要你这样思前想后，谨小慎微？那是真心拒绝吗？你还是喜欢这些东西吧？女孩子见了这些，谁不心动呢？嫌疑人是情场老手，就是这么润物细无声地向你表达爱慕吧？没有不顾及你的感受蛮干硬上吧？"

赵寻承认成功没有用粗暴的方式强迫过她。

"再温柔委婉，你也明白他是什么意思吧？你从来都没想过接受他的追求？"

"是。"

"不管用什么方式，你对他表达过'我不愿意'的意思吗？"

"有过。"

"你告诉过他'不''我不愿意''别这样''我告你性骚扰'之类的话吗？"

赵寻摇头否认。

"那你的委婉表示是什么样儿？"

"我尽量躲着他，避免单独相处。"

"躲得过初一，躲得过十五吗？你和他朝夕相对，三个月、九十几天，这么长时间，你有找过相关部门投诉他职场骚扰吗？"

"我不知道要找谁投诉。"

"想过报警告他吗？"

"他是名人，只是言语和小动作，也不过分，很难举证，我怕……"

"所以你就一直忍耐，不声不响忍了三个月，你预见到因为你没有表示过拒绝，他会变本加厉，从言语和小动作逐步升级直到有一天侵犯占有你的身体吗？既然预见到了，你都没有防患于未然吗？没有自我保护吗？"秦队恨铁不成钢，"这种情况下你都不辞职？"

"我……珍惜这份工作。"

"它比贞操还珍贵吗？"

赵寻像挨了一刀，胸口起伏，眼泛泪光。秦队对赵寻的反应视若无睹，继续从文件夹里拎出一份合同，翻到最后签名页。

"这是你爸妈的签名吧？多么细心周到、无微不至的安排！你父母在这份协议上签字是否也能代表你？表明你在事发后与他和解，接受了他的安排？"

"不是这样……"

"不是吗？我们也调查过你父母，他们证明在协议上签字既没有受到嫌疑人逼迫，也没有背着你、违反你的意志，卖女求荣。你怎么解释他们接受了协议条件却和你的意愿相悖？"

"从事发到报警，我一直没告诉我父母事情的真相，他们不确定我是不是受到伤害……"

"还以为你当了小三儿，所以顺其自然接受了嫌疑人的包养，是这样吧？连父母都说不清楚女儿和男人是什么关系，你还真是注重保护个人隐私呀。"

秦队打开投影仪，屏幕上出现成功和赵寻在私家会所秘密会见的监控视频，赵寻无法直视这个场面，低头回避。

"说说这个吧，事发三十六小时，你和嫌疑人单独见面，面对他的质问，为什么当面否认强奸？"

赵寻抬头回答这个最难堪的问题："那时，我还没想好要怎么办，我对他撒谎，说了假话……"

"都这会儿了，你还不对他说真话，他怎么会认为你被强奸？"

这不是询问，是审判。像赤裸着被人品头论足，指手画脚，巨大的羞辱感令赵寻想立刻逃离问询室。七天前，晏明问过她："一旦选择开始，你会面临预料不到的困境，承受无法想象的非议和压力，你做好准备了吗？"当时赵寻坚定地点了头，此刻她才知道，自己远远没有做好准备，就连像嫌疑人一样被审讯、被评判、被奚落、被羞辱她都承受不了。

"想到一个关键问题，你决定报警是自主决定吗？受没受到什么暗示怂恿？说直白点儿，就是你报警是被人煽动唆使的吗？比如——晏明警官。"

"没有！她是唯一第一时间就看透连我自己都看不透的真相的警官，也是仅有的三位帮我辨清自己的人之一。"

对晏明的捍卫瞬间激发出赵寻的气势，连坐姿都随之变化，她腰背挺直，抬头挺胸，直视秦队射灯般的审视，毫不退缩，甚至还露出几分骄傲。女孩肉眼可见的气场变化令秦队非常不爽，眼神更加阴鸷，问询室的气氛令人窒息。

延强敲开晏明办公室的门，只说了一句："你去看看赵寻。"晏明疾步走进问询室，走近赵寻，她端坐在调查对象的椅子上，突然抬头说道："晏队，我不想告了。"晏明想象得到她被刻意屏蔽在外的两个小时里赵寻独自面对了什么，她做了一个非常不职业的动作，把赵寻抱在怀里。

会议室里剑拔弩张，秦队怒气冲冲，晏明以下犯上，当面明杠直属上级领导的行为不但给案件终结按下了加速器，也给自己下了个绊子。

"就因为被害人模糊暧昧、自相矛盾的态度，造成双方认知的南辕北辙，造成嫌疑人的误解——"

"'她们描眉画眼涂口红，不就是为了让男人产生欲望和邪念吗？''谁让她们低胸短裙，穿着暴露？她们那么穿就是挑逗男性，就是招人犯罪！'"

"晏明你什么意思？"

"你的话和这些话有什么区别？"

"我说错了吗？她就不是一个完美受害人。就因为她的不完美，让你的侦查处处被动，无法举证！"

"你对'完美受害人'的定义是什么？一个贞洁烈女拼命反抗、遍体鳞伤、九死一生保住贞操，是不是只有这样才符合你对强奸受害人的道德标准？如果受害人做不到道德完美无缺、行为无可指摘，更没有殊死搏斗，甚至她还有正常的生理反应，那么她的指控就必须要被质疑、被否定？"

"晏明，这回你被女性的感性操控了，判断被预设牵引。你以为就算你我不问，未来的检察官、法官不会像我刚才那样质问她吗？连今天的我她都受不了，以后怎么承受检察官和法官，尤其是被告辩护律师的法庭质询？刑侦到这会儿，结果已经是'桌面上的虱子'，明摆着了，我不懂你还在坚持什么，执拗什么？刑侦支队的意见你置若罔闻，就凭你燕大法学院出来的脑袋，看不出我们脚后跟都能看出来的东西？这案子打根儿起就证据不足，受害人拿不出她被强奸的力证，报警是出于什么算计只有她自己心里清楚！听好了，这不是我，是支队的决定，命令你到此为止，终止侦查！"

五小时后，林阙穿过马路，走向金融街派出所，敲开晏明办公室的门，只见桌上放着大杂物箱，晏明正往杂物箱里装文件、茶杯和办公用品，屋里一片杂乱。林阙一愣，在心里暗暗揣测她为何搬家。

晏明一张嘴就口气不善："林律有何贵干？"

"我今天来，是代表嫌疑人向公安机关申请撤案和释放证明。"

"理由呢？"

"我认为本案证据不足，不具备移送审查起诉的条件，符合《公安机关办理刑事案件程序规定》第一百八十六条的撤案规定，应当终止侦查，不对嫌疑人追究刑事责任。"

"取保候审后，是否撤案，要看司法机关进一步侦查情况。"

"所以我想和晏队探讨一下，想听听你的分析，证人证词采集完毕，在它们基本固定的情况下，案情还有突变逆转的可能吗？不违反保密纪律的前提下，晏队如果能解释一二，我非常感谢。"

"你是来听分析的吗？是手拿把攥来炫耀的吧？是来享受胜利快感的吧？"

"我只是按照法律程序履行辩护律师的职责。"

"你的律师职责？就是利用比警方提前介入的时间优势，利用性别认知的优势，找出同性的软肋，对她一击致命是吗？假不假？师姐，你们背后搞了什么手脚你会不知道？"

"我不知道。"

"多么熟悉！一张得了便宜还卖乖的无辜脸，从法学院到今天，十几年的'白莲花'人设，师姐你演得不累吗？"

林阙感觉到自己被赤裸裸地冒犯，努力克制着："晏队，案情交流怎么变成对我的人身攻击了？"

"因为你每次都用不正当的手段！当初背靠大树不劳而获，享受一步登天的'资源'，现在用法律为权势服务，你拿得、干得那么心安理得吗？是不是因为你做过潜规则的既得利益者，享受和权势做买卖的互利互惠，所以你就肝脑涂地为他们开脱罪责？"

林阙听懂了晏明没头没脑的含沙射影，对她来说，一条弥合得几乎看不见的伤痕，正在重新开裂，渗出缕缕血丝。

晏明把满腔郁闷一股脑儿倾泻到林阙头上："每天、每时、每刻，我都在抢时间，我的一切努力都是为了护送那个姑娘走得更远，保护她从公安局走到检察院，再走上法庭，让她走到更大的空间，面对更多的人，说出真实感受，哪怕最后她得不到如愿的判决。

"强奸案的最大意义，不仅是告赢，不仅是胜诉，更是站出来发声！让受害人有机会讲出自己被侵害的经历，不被评判，有人相信，彼此支持，即使法律缺席，即使正义也没有站在她们一边。

"任何强权对弱者的剥夺侵害，不仅包括性侵，还有PUA、凌霸、侮辱贬低，如果法律不能阻止它们，公序良俗不能限制它们，道德谴责对它们形同虚设，它们就会在每处职场、每个人的生活里肆意横行，变成合理，成为日常。

"你我能做什么？我只能做到这儿了。而你，大名鼎鼎的林律，都做了什么？这些年，有一点我死活想不通，你那么优秀，在燕大，你是法学院师弟师妹眼中无所不能的女神师姐，你根本不需要借助潜规则，你应该是那种凭自己开挂、一路通关、连捷径铺到你脚下都不屑一顾的超人啊！为什么还要抱他的大腿、踩着他的肩膀、走他给你铺的捷径？要是每个像你这样的女性榜样都只能接受潜规则、选择走捷径的话，平凡如我们，要怎么做呢？"

连暴力都不畏惧的林阙，突然虚弱到哑口无言，竟然没有勇气为自己申辩，她放弃了自己无人匹敌的口辩能力，一言不发，开门离开。晏明在身后说道："我不管这起案子了，由延队接手。"这个结果让林阙始料不及。

"分局决定：对成功强奸案，终止侦查，撤销案件。"

延强抽出两页文件，推到林阙面前。文礼分局签发的对犯罪嫌疑人成功的《燕州市公安局撤销案件决定书》和《释放通知书》，林阙为之努力、成功为之期盼的两份司法文书终于来到眼前，她平静收起。

"延队，我代表委托人成功，请求公安机关通过官方微博向全社会公布刑事撤案结果，以正视听。"

延强点头承诺："我们会。"

"延队，我能打听一下晏队是什么情况吗？"

"她……暂时调离执法一线，去管内勤了。"

年届不惑，对这件事的殷殷期盼超过了成功前半生的所有期冀。林阙的车刚驶进院门还没停稳，他就已经迈步到驾驶座门外。林阙抽出两张司法文件递出车窗，他接过来，逐字逐句，如饥似渴。

林阙祝贺他："恭喜你洗脱罪名。"

成功纠正她："不，恭喜你还我清白！"

强奸案被撤销的晚上，康辉推开透光的办公室门，果然，林阙又独自静坐。

"哈哈，你赢了，你又赢了！"

"赢了吗？"

林阙反问道，她没有喜悦之色，穿过空旷的办公开间，走出律所。

第十六章

封口协议

成功办了一场盛大的庆功宴答谢林阗，辛路和大成的一众董事高管都到场出席。成功还安排了一个特殊环节，让两位秘书抬上一块蒙着红布的匾额当众揭幕，是一张五百万的巨额支票，视觉效果炸裂。在全场惊呼中，成功走上台问大家："都被这五百万惊到了吧？"林阗在台下接话："我也是。"

成功开始他的讲演。

"我给大家讲讲这十三天我经历了什么，以及林阗为什么值五百万。放眼全国，短短十三天的刑事代理就获利五百万，绝对创了纪录。你们惊讶于高昂的律师费，是因为你们不知道林阗在这十三天做了什么。没有她，我洗清污名的过程绝不可能只有十三天，也许半年，也许要一两年。一般概念中，律师只有上庭辩护才能彰显他们的价值。林阗让我见识了，最好的律师，不是坐等刑事开庭通知书、被动应诉，而是前置调查。从事发第一分钟起，注意，是事发，不是案发，林阗时刻在搜集证据。警方立案后，她提交的每份证据都成为反击污名指控的子弹，刑侦过程完全被她预判，是林阗的证据引导警方接近真相，她才是破案人和真相发现者，她的前置调查，让我免于被逮捕、被起诉、被庭审。虽然你们都是我的至亲，与我情同一心，共同熬过这场炼狱，但你们体会不到这十三天的每一小时、每一分、每一秒对我来说是何种煎熬，在看守所，我真想过死……林阃是至暗时刻的一道光，是坠入深渊时的一根救命绳，她让一个社会性死亡的人死而复生。林阃挽救的，不只是我的生命，还有我的名誉！如果给这两者作价，五百万，不够。"

林阃又接话："我不介意多拿点儿。"

成功恨不得向全世界广而告之自己的清白，当众展示了《燕州市公安局撤销案件决定书》和《释放通知书》。

"给各位看看这两页薄薄的 A4 纸，它们不是奖状，但对我来说，却远胜奖状。大家别笑，我半生赢过无数荣誉，在这两页纸前都轻如鸿毛。功名成就、志得意满却遭遇此劫，是当头棒喝，也是醍醐灌顶。劫后余生让我明白了一件事，名誉如命，身败名裂，即使肉身犹存，于我，也是死亡。今后，我爱惜名誉，当如珍惜生命。不到半月，我的名誉职务、个人生活全面坍塌，几乎失去一切。现在我回来了，回到被迫离开的位置。我向在座各位承诺，以最短的时间、最高的效率，让集团运营和个人生活回到正常轨道。"

财务总监听闻此言，对辛路耳语："他说'回来'，你明白了吗？"

辛路淡笑答道："你们都明白了，我能不明白？"

"你怎么想？"

"按部就班，一切如常。"

"他说的'常'可不是你的'常'，怕不是一场好折腾。"

"仪式"结束后，每个人都需要一场狂欢来确认劫后余生的真实，唯独主角不一会儿便神隐不见。成功到处找林阃，走上屋顶露台，终于看到她独自凭栏的身影，向她走去。

"想什么呢？这会儿不该狂欢吗？"

"刑事虽然关了门，但事儿还没有结束，关于后续处置，我有个想法。"

"你的想法，我一律采纳照办。"

"我建议你和赵寻签一份协议，双方保证不对外透露事件经过和刑侦细节，不对任何人提及此事，不曝光对方的个人信息及隐私。还可以约定遵守期限，比如永久直到离世。"

"封口协议？"

"可以这么理解。"

"'不曝光对方的个人信息及隐私。'我不是暴露在大庭广众前被油煎火烤过了吗？这条保护的是她吧？"

"保护她，对你没坏处，双方保持缄默，不让公众继续吃瓜，制止舆论继续发酵，让这事儿越早淡出公众视野和舆论场，越能尽快帮你消除负面影响。"

"污名别人零成本，她倒是被警方和媒体保护得很好，进退自由，毫发无伤。"

"假设，万一，她不受警方保密限制后，主动跳出来，在网上或向媒体爆料，炒作舆论，甚至歪曲篡改事实、误导公众，你认为不会对你个人和集团名誉构成持续的负面效应？"

"她做这些图什么？"

"不排除她有经济利益以外的诉求，比如法律不判，就让舆论审判你。再比如博眼球、出名、当'网红'。"

"法律站在我这边，操纵舆论不怕被反噬？要是想跟我一样被舆论杀死一回，那就来吧。"

成功漾出一丝坏笑，笑意高深莫测，几天以后，林阙才琢磨出他这个笑容背后的深意。

"凭女性直觉，我认为她不会那么做。我还是建议你，如果对方接受封口协议，提出经济诉求，可以约定支付一个数额，但是必须界定这笔费用的性质，仅表达你对她承担约束责任的感谢，不代表你以任何名义向她致歉、提供经济补偿——"

"我为什么要给她钱？之前我心甘情愿给，她不要，让我身败名裂，我还追着给？她赔不赔我？我名誉地位的损失她赔得起吗？"

"这笔钱，是为了让封口成为实质约束，相当于给棺材板敲上钉子。"

"我考虑一下，再答复你。"成功没有如他所说对林阖言听计从，他既没有接受，也没有拒绝她提议的封口协议。

只有七天就侦查终止、刑事撤案，无往不利的林律又在律所和律师界风光了一把，林阖却没有欢呼雀跃。刑事诉讼画上句号，但在她心里，这桩案子真的就此了结了吗？

一踏入大正律所，就听"砰"一声响，抬头见满天彩带，欢呼乍起，接着沦陷在从天而降的彩带和喷洒的香槟里，又是一场庆功派对等着林阖。财务总监当众宣布大成财务刚把五百万全款打进律所账户，林律继续扩大大正律所年度营收第一名的优势，勉励律所同仁不要自暴自弃，要迎头追赶。众律师一起举手投降嚷嚷着："追不上，我们躺平了。"

任正走出来助兴，神神秘秘地说还有个好消息凑了个双喜临门。他宣布市律协刚发来林阖当选燕州十大优秀律师的通知函，这不仅是林阖的个人荣誉，也是大正律所的集体荣誉！

林阖难以置信，仔细确认获奖通知函是真的，才漾出微笑，这个荣誉才是她苦苦追求的东西。任正亲手端了杯香槟给她："致个谢词吧，就当给颁奖典礼提前预演。"

林阖突然百感交集："就想说，我做到了，不靠别人，我做到了。"

任正最懂这句话包含着怎样的委屈隐忍和奋力自证，拍拍爱徒肩膀："林阚，干得漂亮！"

回家开门又见喜，林爸、林妈一起出现在女儿面前，二老一大早接到任正电话，林阚荣获十大优秀律师的好消息和在望海遇袭受伤的坏消息结伴而来，二老悲喜交加，立刻收拾行李，当天就赶到燕州。这晚，林阚家里终于不再只有键盘的敲击声，一家三口加上个外挂康辉，欢声笑语，其乐融融。

林爸、林妈算是林阚的前辈，两人是三十年前的老法学生，毕业后回到家乡结婚生女，做了大半辈子律师，最大的成就就是女儿。几年前，林阚达到了父母从未达到的行业高度；今天，她又拿到父母无法企及的荣誉。

林妈感慨："这个奖，我们一辈子都摸不着边儿。"

林爸反驳她："谁说的！我生了争气的闺女，不照样间接摸到了？小阚的遗传基因不是我的？"

林妈当仁不让："是我的遗传基因力挽狂澜，你遗传的都是劣根性。"

林阚平息父母争功："军功章你一半，他一半，和为贵。"

"小阚，只有我和你妈最清楚，这个奖是你一天也没松懈过，用了十年的奋斗拼回来的。"

"还是闺女拿命和血换来的呢。"

"这儿没外人，你们俩别架梯子了，我还想好好活呢。"

"看你一步一步走到今天，爸心里，又骄傲，又内疚。我俩没本事、没人脉、没资源，什么也给不了你，还……"吴铭仁的名字几乎从林爸嘴里呼之欲出，话音未落，他就瞥见林妈眼里朝他射来的飞刀，饭桌上的温度骤降。

"不，爸妈，你们是最好的父母。"

"不是，我们不是，没让你赢在起跑线上，还差点害了你……"往事浮现，林爸心里翻江倒海，嘴一咧，突然就哭了。

林妈呵斥丈夫："别说了你！高高兴兴的，非整这一出！"

林阖撂下筷子，一手握住林爸，一手握住林妈，她必须给被内疚后悔缠绕折磨了十年的父母予以安慰，必须表明十年前的阴影自己早已摆脱、了却无痕。

"爸妈，放下，都过去了，我现在很好，一直很好。"

深夜，林妈轻手轻脚走出客卧，落座在女儿工作的案前，正组织语言，林阖先发制人："我替你问吧，有看上的人吗？谈恋爱了吗？什么时候结婚？"

林妈讪笑着说："省我嘴皮子了。"

"答案是：没有。"

"啥也没有？"

"啥也没有。"

"那这个……"林妈手往空中一指，知道女儿能意会她说的是谁。

"我没把他当个男的。"

"人家怎么就不是个男的了？比你小也没什么，现在姐弟恋不稀奇呀。"

"妈，我的世界里，没有男人、没有女人，只有第三性——不男不女，职场里大家都不男不女，没有性别，只有专业，然后这个世界就清静了。"

"不结婚，一个人也不是个事儿呀。小阖，身边还是要有个人，或者有个孩子，到了妈这岁数，你就知道你对我们多么重要，那时候，你不再是挥斥方遒的大律师了，你的全世界只有孩子，她是你和这个世界联系的最后一根线。"

"妈，我什么都不排斥，一切皆有可能，随缘。"

"可妈看得真真的，你一心全扑在事业上，注意力根本不往那儿走，有合适的人也看不见，怎么能有结果？你不会是因为他做过的孽……"话到嘴边，触及林家十年来避之不及的那个人，林妈一声长叹，欲言又止，"小阙，别因噎废食。好男人有很多，比如你爸，我看这个小辉也不错，唯一的缺点就是不如你，本事你有就行，只要他会心疼人……"

"妈，你觉得我现在过得幸福充实吗？"

"你幸福，充实。"

"这就够了。我向你和我爸保证，我百分之二百的确认自己充实且幸福，这种感觉无比真实。对于婚姻情感我从不排斥，但也不会因为没有就定义自己的人生残缺，残缺的从来不是形式，而是内心。"

林妈被说服了，女儿内心的成就感和幸福感胜于一切外在形式的圆满，林阙凭借个人奋斗可以赢得远远超过通过人脉关系、走捷径获得的成就地位，这是二〇一〇年至今父母亲眼见证的事实。

二〇〇八年盛夏的那个选择，令吴铭仁没有因为林阙举报受到校纪和法律惩罚，避免了身败名裂。林阙父母也被隐瞒，一无所知。如果不是因为二〇一〇年林阙硕士毕业不可理喻地拒绝吴铭仁送上门的保博资格，导致两三年前的往事不得不暴露，林阙永远不会让父母知道这件事。

那年夏天，硕士毕业前夕，吴铭仁主动为林阙备齐博士申报材料，安排好笔试面试，只要她走个流程就能轻松升博。然而在笔试面试当天，林阙失踪了，连父母都联系不上她，眼睁睁错过博士生考试。一天后，失踪失联的女儿突然从燕州回家，不可避免地遭受父母的责难。

"为什么拒绝吴老师给你的保博资格呢？笔试面试你是故意躲起来的吧？让老吴和我们满世界找你！我和你爸死活弄不明白你为什么这样儿，还跟老吴把关系闹得这么僵！你是想把我们和他的老辈人情都搭进去吗？

"这三年，老吴恨不得把你捧在手心里呵护，给你脚下铺好一条金光大道让你走。对这个老同学，我和你妈是感恩戴德的，我们没本事把你送上金字塔尖，老吴帮我们送了。你怎么这么油盐不进、忘恩负义呢？你脑子里到底在想什么？"

眼见再也无法隐瞒下去，真相不可避免地暴露。

"爸、妈，读研第一天，他就开始骚扰我……我一分钟也不想再面对他。"

父母万万想不到女儿不可思议的逃避背后藏着这样的隐秘，他们无法承受自己亲手把女儿推进这个深渊，更无法承受的是，这三年里他们像瞎子、傻子一样全程袖手，任由女儿身陷绝境，无法言说，无人求助。

第二天，林爸只身前往燕州。他不知道自己去燕州干什么，没想好行动步骤，更没有顾忌后果。但是不做点什么，他感觉自己要爆炸。林阙追到候车室，在开往燕州的候车人流中看到林爸的身影，他就背了个双肩包，形单影只，就连背影都透着一股毅然决然，林阙穿过拥挤的人流，从身后一把拽住林爸的胳膊："爸，回家！跟我回家！"

林爸扭头见是女儿，脚下纹丝不动："别管我，你回去，给我回家去！"

"你去燕州干什么？"

"大人的事儿你别管！"

"那你也别管我的事儿！这三年我让你们管过我的事儿吗？"

林爸愣在原地，无处发泄的愤怒和对女儿的心疼愧疚让一个大老爷们儿在人来人往的候车大厅里红了眼眶。

"爸，我好不容易挺过去了，就让我忘了它，让它彻底过去，不好吗？"

林爸眼泪簌簌落下，放弃热血上头的冲动，迈步跟女儿回家。林阈手拉着林爸，逆着人流前进。那天夜里，面对父母没本事创造条件、反而差点害了女儿的自怨自责，林阈说："爸妈，我谁都不靠，凭自己就能很好，相信我！"

十年来，林阈全力践行的就是这句话。被性骚扰的经历没有在两性关系上给她留下过什么阴影，她也不会因为吴铭仁就对异性群体持否定评价，但是，"谁也不靠，凭自己就能很好"这件事高于一切，重于爱情，让她执迷。

第二天，接到成功主动邀约，林阈赶到成家别墅，她理所当然地认为他经过慎重思考后对她提议的封口协议做出了决定。

"约我来，是考虑好我的建议了？"

"你什么建议？"成功一脸茫然，全然忘了林阈的建议，"哦，想起来了，封口协议。"

"你要谈的不是这个？"

"那个先放放，不急着决定，我要委托你先办一件事，这件事比任何事都急，我要见赵寻！马上！"

"你要见她？现在？"

"对，我现在见她没有法律限制吧？"

"当然没有限制，刑侦终止，你不是嫌疑人，她也不是受害人，你们有接触对方的自由，除非双方拒绝见面，但是……"

"嫌疑人在解除犯罪嫌疑后迫不及待要见指控他的受害人，你想说感觉很怪异是吧？"

"是很怪，如果你们之间有沟通的必要，不该是通过律师或其他代理人，避免双方直接接触吗？"

"不，不要中间人，我就要亲自见她，面对面交流，看她的表情，听她亲口说……你帮我约她。"成功态度坚决，显然也是反复考量过的决定。

"她问我你见面要谈什么，我怎么回答？"

"你就说，虽然法律澄清了我和她的事儿，但是我和她两个人之间也要有一个澄清，这是我的诚恳请求。"

林阚心里掂量了一下赵寻答应见面的落实难度："我不敢承诺能说服她来见你。"

"千方百计，用你的智慧和话术，无论如何也要说服她来。如果她顾忌人身安全或其他什么，可以有人在场陪她，仅限于她父母或她找来的律师，也仅限一个人，其他人我拒绝。"

"好，我去找她。"

成功的迫切之情令林阚惊诧，在赵寻提出强奸指控后，在警方洗清成功的犯罪嫌疑后，他非要见她的目的是什么呢？林阚把车停在赵寻家楼下，距离上次赵寻报警那晚她来这儿，虽然只过去了十天，却像隔了很久。和过去一样，赵寻坐在床沿，林阚坐在电脑椅上，两人在逼仄的卧室里再次面对面，林阚转达了成功的见面请求。

"成功先生对会面目的的亲口解释我转达清楚了，他没有表达的意思，我不能越俎代庖、过度阐述，避免歪曲他的本意，或者被曲解。"

"他委托你来，是希望你千方百计说服我去见他，不希望我拒绝，对吧？"

"他当然是这么希望的。"

"可你并没有使劲说服我。"

"我希望你做出的决定不受任何胁迫，不违背自己的意愿。"

"你建议我见他吗？"

"我没有任何建议给你。"

"你认为我一定会拒绝吧？"

"如果这个会面让你抵触，让你感到压力或者威胁，拒绝也合情合理。"

一段时间的静场，林阚静静等待赵寻做出决定。赵寻抬头凝视林阚，干脆利落："告诉他，我答应见面。"

这个决定出乎林阚意料，她毫不掩饰意外的表情。

"不过我有个条件，有个人必须在场，我也会录音、录视频。"

"谁？"

"你。"

"我吗？你要求我在场？"林阚再次感到意外。

"对，就是你。"

按照约定时间，林阚把车停在赵寻家楼下，给她发去一条消息：我到你家楼下了。赵寻立刻回复：我马上下来。开往见面地点的一路，两人没有言语交流，赵寻不时深呼吸，林阚感受得到她的紧张。

她们穿过不见一人的长廊，赵寻望着林阚的背影，说不清原因，但林阖给了她步伐坚定地走向见面地点、面对成功的勇气和安全感。赵寻没有提前设计好自己要表达什么，但今天也许是她最后一次对成功说出真实想法的机会。

她们走进包间，成功从沙发上起身，目光从林阖那儿移到赵寻脸上。赵寻跟随林阖走近成功，站定后，才抬眼直视他的视线，他和她的对视意味深长。

成功的情绪突然失控，满腹委屈潮水一般漫卷而起，溢满眼眶，这些天时刻想说的、就在嘴边的话脱口而出："你可把我害惨了……为什么啊？"

林阖没料到会见以这样的场面、这样的对白开场。

赵寻也出乎意料，成功的憋闷委屈她能感同身受，一个强者突然袒露的脆弱唤起她不假思索的歉疚，本能地脱口而出："对不起……"

赵寻的"对不起"让林阖悚然一惊，惊诧地望向她，林阖的目光惊醒赵寻，让她下意识的内疚情绪戛然而止。自己凭什么道歉？她把他害得这么惨，他又给了她怎样的伤害？

但成功被赵寻的"对不起"治愈了，转入自嘲。

"抱歉，这完全不是我计划的开场白，还是这么恶心俗烂的台词，坐。"

座位经过了刻意安排，赵寻面对成功坐下，林阖居中坐在两人之间，不偏不倚，不左不右。赵寻刚拿出手机，成功就开玩笑活跃气氛："别费事儿了，林阖安排好了，谈完拷给你一份，无码无剪。"效果太冷，两个女人都不笑。

林阖开场："遵照双方要求，我对这次会见全程录音录像，也遵照双方愿，由我在场旁听。"

成功开口："从事发到现在，也就十七天，但物是人非……从刑拘到释放一共八天，那八天比我前半生都长。我被关在看守所时，天天都在想一个问题，想破脑袋也想不通，无数次想亲口问问你，但是我在里面失去了人身自由，百思不解、求问无门……现在，终于和你面对面，我也终于能问出那个问题——

"你，为什么告我强奸？

"从调你到我身边开始追求你，到事发当晚咱俩在车上、在床上，我一直明确无误地告诉你：'我喜欢你，想要你。'我也不止一次问过你：'愿意吗？'你从来没对我说过一个'不'字，从来没有流露过一丝一毫的不愿意，是不是？你承认不承认？回答我。"

"是。"赵寻无法否认。

赵寻的回答让成功满意点头，林阒敏感地察觉到成功一如既往地操纵了话语主导权，那赵寻会不会惯性掉进被动的对话场？果然，赵寻呈现出一面对成功就不由自主的抑制状态，身体紧缩，目光低垂，一如既往的缄默。

"我一直认为你只是年轻稚嫩，没有经验，处理不了不轨的关系。因为道德约束，你不能热烈回应我；因为身份地位悬殊，你不敢势均力敌地和我恋爱。我对你一直这么认为，但我好像误解了你？你似乎不是我认为的你？也许我眼中的你和真实的你不是一个人？这些问题，我急于当面问你，急于听到你的亲口回答，对于你和我的关系，对于那晚我们发生关系，你心里到底怎么想？有何感受？怎么定义？你是哪个你？这就是我今天必须见你的目的。"

赵寻心想：这也是我今天必须见你的目的。

林阒见赵寻深吸一口气，似乎在积蓄某种力量。

"我对你，从来都是百分之百坦诚，之前你怎么样不论了，但今天，我要求你对我百分之百坦诚。"

"我会。"

这一回合的对话让林阒觉得赵寻与过去面对成功的她之间发生了微妙的变化。

"我按时间节点，先问几个我死活也想不明白的问题，可以吗？"

赵寻点头许可。

"警察上门盘查时，你为什么既不肯定也不否认强奸？那时候你有没有计划好几天以后就报警？"

"没有。"

"事发后第一时间你怎么认为？那时候你认为我是强奸吗？"

第二个问题就让赵寻无法清晰作答，嘴张了又合，无法描述的艰难状态又回到身上，她思索着措辞，试图准确地描述自己，但成功的连珠炮接踵而至。

"如果你当时就认定强奸，为什么不当场报警呢？因此产生了一个悖论，既然几天后你决定报警指控，为什么眼睁睁错失别人送上门的报警机会？你的行为只有一个解释，就是事发后第一时间，你不认为自己被侵害，所以到了派出所你否认强奸，拒绝指控，让我一宿就被放了，这样就顺理成章。至少当时，无论对警察还是对我，你言行合一。第二天你父亲来大成，当众袭击我，我约你单独见面，就咱俩在场，你对我赌咒发誓，否认你对任何人说是强奸，我信了，还特别心疼，因为我连累着你被推到大庭广众面前，所以我才大包大揽保护你和家人，情感使然，也是责任使然。你告诉我，那次见面，你是真的，还是演戏？如果是演的，我要对你刮目相看。"

赵寻放弃回答，她下意识地扬头直背，像面对秦队的调查一样，忍耐，保持尊严。

"我当面征求过你的意见，你亲口答应的，你父母也在协议上签了字，为什么去机场的路上你又反悔不走了？拒绝我，为什么不在我问你的时候果断说'不要'，偏偏挑送你登机出国前反悔，造成一种被我绑架胁迫的效果呢？"

赵寻彻底失去了与他对话的欲望。

"你最终报警，彻底颠覆了我对你的认知，我对我们之间发生的一切哪些是真、哪些是假完全失去了判断力。没有自由的八天，我第一次对人生失去掌控，让我脱轨、让我无力自救的人居然是你。人活半世，那么多出乎意料，只有这一次万万没想到。"成功平复压抑的愤怒，让情绪回落正常，"我的问题，你一个都没有回答。"

林阑理解赵寻为何缄默不语，面对咄咄审判、单方结论、自行定义，如果一开口便掉进辩解的陷阱，那不如不开口。赵寻持续沉默，成功自觉在气势、情理两个层面都取得压倒性优势，自我逻辑大获全胜，这种感觉从他的表情和身体姿态上都得以体现，越发从容，居高临下。

"你的情绪反复无常，你的话左右互搏，你的言行自相矛盾。说你图钱吧，不拒绝，躺平接受，利益无疑最大化。图名吧更不可能，想当'网红'的话，你早上网自曝了，我是什么流量？不为名不为利，你为啥呢？到现在我都找不到解释你的逻辑，我想警察也和我一样。幸亏我有最专业敏锐的律师，她抓到了你的软肋，用了八天就让真相大白。你哑口无言，甚至不为自己辩解，更像另外一种解释了，是不是有人指使你抹黑我？你有什么把柄被他拿住不得不这么做？或者他给你的利益比我给的更多、更大？如果这才是真相……"成功故意延宕几秒，凸显即将开出罚单的仁慈，"你放心，我，不追究。"

成功停顿于此，期待赵寻脸上出现被他赦免的感恩戴德。然而没有，赵寻什么表情也没有，白白浪费了他的刻意停顿和涌起的神圣感。

"事已至此，我不逼你说出背后指使者是谁，追究这个对我没有任何意义。我还希望你确实得到足够多好处，不然，你对不起我受的伤害！"

赵寻突然在这时开口："没有人指使，没有阴谋陷害。"

"你当然不承认！没关系，我说了不追究、不为难你了。因为我的律师和警方给了公众真相，还了我清白。这件事于我，画上句号，我只想翻篇，让一切回到正轨，今后你我老死不相往来。今天见面，我对你只有一个小小的要求，请你摸着良心，凭你内心的真相，做件小事——写个书面证明。不回避、不粉饰，尽量还原客观事实就好，让看到这些文字的人知道我没有强迫你。"

"你是要我写一份反悔书是吗？"

"其实就是个澄清，我向你保证绝不拿给外人，绝不给媒体公众公开，见到这份东西的人，不超过五个，我坦白告诉你这五个人是谁，他们是大成董事会的五位董事，仅此而已，我保证。"

林阒和赵寻同时明白成功这次会见的终极目的了。

"你让我几乎身败名裂，失去了生命中最重要的东西，如果法律判我有罪，我不认罪都会服法，现在法律判我赢了，我却还像个戴罪之人，背着污名，受着惩罚。'解铃还须系铃人'，谁让我一夜间失去所有，现在谁就得帮我拿回来，这是输家的义务。如果你还有经济所求，我也不意外，说个数，不过分，我不还价。"

赵寻长时间沉默，成功打破静场："嗯？"一个字，充满高压。

赵寻深呼吸，像是把身体内积蓄良久的力量呼唤出来。林阒知道她即将给出终极回答。

"不！"第一个"不"一出口，赵寻就像卸下千斤重担，这个"不"字让她如释重负，身轻如燕。

"你凭什么不！"成功瞬间冰冻，肃杀渐起。

"法律有法律的真相，你有你的，无论法律判谁输谁赢，我心里只有一个真相，今天我来，就为了说出我心里的真相，让你知道！"

"哦？你心里的真相是什么？"

"你伤害了我，违背我意愿，侵犯我身体，你对我做的一切，你自以为是给我的所有好处，我都不愿意接受！此外，别无真相。"

赵寻把每个字都说得无比清晰，成功十分震惊，这是他坚信绝不存在的逻辑解释——赵寻不愿意！居然会有女人拒绝他！

"不愿意你倒是说呀！哪怕听到半个'不'字，我都不会强迫你，我用强迫谁吗？三个月，为什么一个'不'字我也没听到！"

赵寻没有被爆发狂怒的成功吓到，表情依旧平静，语调依然平稳。

"我不敢！我懦弱，懦弱到整整三个月都在回避、躲闪、逃跑，一个'不'字不敢对你说，我怕你，怕到……不敢拒绝你。"

"你怕我什么？"

"你不知道别人怕你什么吗？"

"可我对你从来都是温柔呵护，你摸良心说，我对你说过一句重话、黑过一次脸吗？"

"再温柔的强迫，也是强迫！"

赵寻缓缓起身，改变了她和成功的高度对比，也改变了两人的视角，从平视他变成俯视他。成功难以置信地望着赵寻，无论是她的话还是她的身体姿态，都让他意识到，这是一个他不认识的赵寻。

"你可太让我开眼了，我阅女无数，没见过你这款。名、利、人，总归图我一样儿吧，你这反套路独一款的打法儿，到底图啥？"

"我的情绪反复无常，我的话左右互搏，我的言行自相矛盾。每个让你匪夷所思的节点，都是真的我。经过这么多天我才能一点一点辨清自己，一步一步走近内心的真相，走到派出所，最后走到这儿，说出我心里的：'不！'我一直以为自己有所图，承认这个让我很羞耻。但更羞耻的是我花了那么长时间，才弄清自己想要什么，不想要什么，我不图你什么。"

"谁信啊？你的话，连一开始同情你的警察都不信了。"

"我的真相，以后也许只在我一个人心里……"赵寻莞尔一笑，有几分悲壮的释然，几分无奈的放下，"不重要了，重要的是，我终于做了不违心的选择，终于对你说出不违心的话。这个迟到的'不'，对你、对任何人都失去了意义，但对我，它有意义！从现在起，我和你没有一丝一毫的瓜葛了。"

赵寻走得干脆利落，成功在最后时刻丧失了这场对话的主导权，同时也丧失了两人关系的掌控权，无处下手的无力感让他抓狂，站也不是，坐也不是，发飙也不是，平静也不是。

赵寻走出会所大门，驻足停步，响晴薄日，阳光灿烂，沐浴其中，她无比轻松，迈步走到街上。

第十七章

荡妇羞辱

赵寻走在人行道上的背影柔弱但坚定，她没发现林阚凝望自己的目光，看不到那目光里有她一直无法确定的关切，也看不到林阚一向喜怒不形于色的脸上难得的情绪外露，那是林阚在刚刚那场谈判中对赵寻重建的一种钦佩。

林阚驱车滑行到赵寻身边："我有个想法，你想不想听听？"

赵寻开门上车："能去报警那晚咱俩去过的地方吗？"

她们回到那块巨石上，一海之隔的对岸是高楼大厦、城市森林，十天前的夜，她们在这里，知道彼此有过一样的"怕"。因为知道了自己"怕"什么，赵寻才鼓起勇气面对那个"怕"，随后才走进公安局。十天后，抗争以失败告终，但赵寻知道自己终于不再害怕那个"怕"了。

林阚将她的想法和建议娓娓道来："双方保证不对外透露事件经过和刑侦细节，不对任何人提及此事，不对外曝光对方的个人信息及隐私；双方可以约定一个遵守期限，这个期限可以是永久，直到离世；你有权向他提出一定数额的经济要求，他承诺一次性支付，但这笔费用仅表达他对你承担约束责任的感谢，不代表他以任何名义向你道歉，提供经济赔偿——"

"封口费是吗？"赵寻冷笑插嘴。

"你随便定义这笔钱。"

"传说中的封口协议，就是这样吧？"

"客观上，对双方确实起到这个作用。"

"法律上赢了还让他觉得不安全、不稳妥是吗？怕我跳到公众面前说出不利于他的事儿吧？"

话一出口，林阒就知道封口协议的建议激怒了赵寻。这个建议让赵寻意识到，无论她内心对林阒建立了怎样的信赖，但她们的立场始终对立，林阒从来都站在她对面，林阒的所作所为始终是为了在法律上击溃她。

"我的每处软肋都被你抓住，变成致命一刀，然后一刀一刀'杀'了我，让我的指控无证。这还不够，还想让我永远闭嘴沉默，放弃发声的权利，就算是一个人的真相也要烂在自己肚里，是这个意思吧？真是善始善终，怎么会有你这么厉害的律师？成功最大的运气就是你做他的律师。记得我去报警前，你对我说过，这条路非常艰难，最后结果未必如我所愿，你还预言我赢面不大。那时候，结果就在你意料之中了吧？后来发生的每一步都按照你的设计在发展，你很得意吧？虽然警方的调查对我保密，但我还是能猜到自己是被哪几刀杀死的。如果不是你最早找到我让保安半夜送酒上楼的人证、视频，警方不会那么早戳穿我不省人事的谎言；如果不是你防患于未然，先发制人，事发第二天就录下我亲口否认强奸的关键证据，用我自己的话推翻我的指控，不可能八天就让刑侦山穷水尽、无路可走。你像开了天眼，我的每处漏洞你都一目了然，抢在警察前把它们抓到，我输给你，你让我连检察院的门都进不去。"

"那是我的职责。"

"我总能感觉到你的好意，我犹犹豫豫、自相矛盾，像在大雾里寻找自己，你却比我更能看清我自己；我说不出口的话，你也能听见、听懂；你话不多，却像大雾里亮了一盏灯，让我不由自主地奔过去……一步一步掉进你的掌控，总是忘了你是他的辩护律师。封口协议是最后一步吧？我签了字，你就完美收工，确保他永绝后患，高枕无忧了吧？我怕曝光，我不想跳出来说自己就是指控成功强奸未遂的女主角，我能想象那样做了会面对什么、会遭受什么，我知道自己承受不了被千夫所指，被万众审判，我要藏起来，把家人也藏起来……但我不想说不意味着逆来顺受，让别人把我说话的权利都剥夺掉，那是我能为自己辩护的最后一个声音！"

赵寻扬长而去，林阒没有挽留，没有追赶，职业习惯让她拒绝向别人解释，拒绝说服他人，转身正要离开，赵寻折返回到她面前。

"'不透露事件经过和刑侦细节，不曝光对方的个人信息及隐私。'他也要遵守吗？"

"当然，合同约束的是双方，不是一方对另一方的单向约束。"

"他不能对外泄露我的身份，是吗？"

"当然。"

"如果协议期限规定永远，他也一辈子不能对任何人提？"

"是。"

"这份协议……也保护我？"

"保护的是双方。刑事撤案后，双方保持缄默、封存事件经过、不让公众吃瓜、制止舆论发酵，没有比这更好的句号了，它能让你们双方尽快摆脱阴影，尽快淡忘，回归正常的生活轨道。"

"正常的轨道……我能回去吗？"

"能不能，都只有一个结果。"

"什么？"

"继续生活下去。"

赵寻在义愤填膺走出去后才意识到最受封口保护的人是自己，

让她的真实身份可以被"女当事人"的代指永久隐去，让她可以在最小范围的关注下悄悄远走，悄悄遗忘。这位对方的辩护律师在刀刀致命的同时，始终有种静水深流的善意，让赵寻对她本就虚弱的敌意土崩瓦解。

"林律，我有个问题，特别想知道你的答案。"

林阙对她还没说出口的问题未卜先知："你知道我不会回答。"

"但我还是想问。除了晏警官，你最能洞察真相，法律没给我希望的结果，我已经不在乎什么别人的真相了，但你除外，我就想知道一个人的答案，你认为它是不是强奸？"

"法律从业人员眼里，只有法律事实。"

"你心里呢？你心里的真相是什么样？"

林阙的目光飞越海面，投向很远的地方，答非所问。

"美好的仗我打过了，当跑的路我跑尽了，所信的道我守住了。"

赵寻的反应从懵懂不解、似有所悟、恍然顿悟，然后到热泪盈眶，听到林阙回答的这刻，她觉得自己可以放下败诉的恶果，将这一页永远翻篇。

回家路上，她们谈到了以后，赵寻说想去一个没人认识她的地方，过一种与现在和这里完全切断的生活。林阙说想好去哪儿告诉她，也许她能帮上点忙。下车后，赵寻没有马上走，隔着半开的车窗对林阙说："你说的协议，我考虑一下再答复。"

林阙向成功讲述她与赵寻的沟通结果，刚落座，成功就急着问："怎么样？你说服她了吗？"

林阙预感到成功嘴里的"说服"和她的"说服"貌似不是一件事："你问哪件事儿？"

"当然是我让她写给五大董事的声明。"

果然不是一回事。

"没有，我没有说服她那个。"

"那你追出去跟她谈什么？不是为了帮我？"

"她今天的表态非常明确，我不认为还有回旋的余地。"

"她今天让我越来越坚信，不是'仙人跳'，就是背后有人指使！不要我给的好处，就为抹黑、污名我？什么利益也不图，我不信有这么反人性、反逻辑的动机！她不在我这儿图谋利益，一定是在其他地方得到了更大利益！"

"她表达得很清楚了，什么也不图。你们也通过自己的调查侧面印证了她的话，没有发现她收取其他利益。之所以双方南辕北辙，就是因为你和她巨大的认知差异。我之前说过了，你眼中的白，在她眼里看到的是黑。"

"她认为黑可以反抗！可以举报我啊！一副享受的样子，从不拒绝，谁他妈知道她看到的是白是黑！还是伸手拿的时候白，一到该献身就黑了？"

"所以她付出了代价，在刑事指控上缺乏证明力。"

"那是老天有眼，警察不瞎！那你去干什么了？"

"我有把握让她在约束协议上签字。"

听到"约束协议"，李怡飞快瞥了眼成功，这个细微动作没有被林阚忽视。

"你还在搞封口协议？还先斩后奏跑去跟她提这个？"

"这是警方撤案后平衡两方利益，彻底平息事件的最佳解决方案。"

"我不签，你不要推进了。"

"为什么？"

"不为什么，我就不想签。"

成功断然否决，李怡的眼神又在两人之间飞快地掠了一个来回，也被林阒尽收眼底，她不力争、不游说，起身离开，一句话不多说。

走出别墅时，一块乌云正好遮住太阳，阳光灿烂顷刻间变得黯淡无光。林阒仰望天空，遮蔽太阳的乌云只是先头部队，它身后层层叠叠的乌云阵正滚滚而来，攻城略地，吞噬蓝天。

成功和李怡开始谋划下一步，虽然拿不到赵寻的亲笔声明，少了一个能拿到董事会上彻底证明清白的砝码，但是也阻挡不了成功触发已在弦上的箭。拨通董事会秘书的电话，成功指示以他的名义召集第 132 次董事会，所有董事务必出席，议题是取消第 131 次董事会决议，重选董事长。

反攻夺权的号角明着吹响，紧锣密鼓的拉票也在暗地布局，成功带李怡一一会晤了五大董事，得到了每一位董事的亲口承诺，每位董事都向成功保证投票时站在他这边，而且口径出奇一致：本来就是无妄之灾，理应拨乱反正。

所以对于大成科技集团第 132 次董事会的投票，成功手拿把攥，志在必得。辛路主持会议，投票前，她提议本次表决不当场举手，采取记名投票的形式，确保大家真实地表达意见。最有威望的董事率先附议表示同意后，其他四位董事拍马跟上，均表同意。成功不在意投票形式是否公开，也表态同意。七位董事在各自选票上写下人名，投进票箱，谁也看不到谁的选票，由董事会秘书当场计票后宣读投票结果。

"关于重新选举成功先生为董事长的议案表决结果如下，一票赞成，六票反对，零票弃权。大成科技集团第 132 次董事会做出决议：

就关于重新选举成功先生为董事长的议案未能通过，辛路女士将继续担任集团董事长。”

成功只得到了自己的一票，一场以私下勾结、暗箱操作铺路的选举，最后结果竟然是集体倒戈。董事们照惯例鼓掌通过，唯独成功不鼓。在他的高压下，掌声草草收场，会场弥漫着尴尬的寂静。成功起身离席，摔门而去。

保全了董事会上的风度，被摔的只是会议室的门，但顶楼的母婴室无法幸免于难。毕竟“雀巢”被“鸠”占了，“雀”的愤怒情有可原。成功在“故居”摔摔砸砸，顶楼没有一名员工斗胆上前劝阻，直到辛董赶到现场，帮他正好歪斜的领带，抻平褶皱的西装，低声说道：“差不多得了，给自己留点儿体面。”他的狂怒才被“体面”二字按下刹车键，甩手离开，背影还是那么倜傥。

倒戈的董事拜托中间人说和，成功一身杀气去听解释，进了包间，大剌剌落座，二郎腿一跷，兴师问罪道：“解释吧。”栾董缓缓坐下，不敢坐实，像屁股底下有钉子。

“我以为成兄胜券在握，所有人都搞定了，跑我一票不当紧，辛路那边好歹有一票，反而更像真的，谁……谁知道……”

“谁知道我是个傻子，被你们这帮孙子给耍了！当面驳我，我还敬你们光明磊落。人人整这出阳奉阴违，以为不举手就暴露不了，就能首鼠两端、两头讨好？有一个算一个，个个都混蛋到家了！我不是来装宽宏大量听你解释的，我就想听句实话，你们真心觉得她当董事长比我好？”

“这……不显而易见吗？”

“你跟我说说，怎么个显而易见？”

“老成，说实话，辛路的管理能力不输你，回家做全职太太也不是因为人家不能干。这些天，大家都看在眼里，大厦将倾，靠她一个女人撑过来。现在公司内外稳定、众志成城，这个局面来之不易，所以最好维持现状不动。"

"我呢？无辜被诬告，就被你们弃了？"

"辛路说得有道理，你最好蛰伏一段时间再——"

"凭什么？我又没犯罪！"

"你无疑是清白的，但是不少人，包括公众、舆论，对你还是有看法。"

成功抄起毛巾托掷向栾董，栾董反应敏捷，头一偏，毛巾托从他耳侧飞过。栾董被这一掷激怒了，低声下气换来的是尊严扫地，于是腾身而起，反击怒呛："我说错了吗？法律判你无罪，不代表你无辜，很多人就是这么认为的！"成功扑向栾董，两人纠缠成一团摔倒在地，翻滚击拳，你来我往，中间人和司机上前拼命分开两人。栾董跌跌撞撞逃出门，回头又补了一刀，"睁眼面对现实吧老成，这是私人恩怨的事儿吗？"

栾董没说错，他说的是所有人心里的大实话，这就是五大董事对成功阳奉阴违的心理出处，这就是成功的现实处境。刑事案件撤销，并不能将强奸指控的阴影一把抹去，一切都回不到十几天前，"大成集团董事长"这个专属于他的标签，现在成了可望而不可即的"镜花水月"，无论他是正大光明还是阴谋诡计、强取豪夺又或是撒泼打滚，"董事长"这个标签都已经抛弃了他。

撞开别墅大门，华丽的客厅一片昏暗，成功自由落体一样把自己扔到沙发上，仰面而卧。

辛路来到面前，发现他脸上有血痕，衣服有血污，诧异地查看他的伤势。"你还打架了？"成功对她置之不理。辛路起身拎出一个家用医药包，抽出碘伏棉签，"忍着点儿"。一处一处给他清洁伤口。成功一动不动，眼眶突然蓄满了泪。辛路看到他紧绷的脸和眼眶里打转的泪，手轻轻落在他的脸颊上，多么久违的感觉。成功瞬间破防，猛然坐起，拦腰抱住辛路，把脸埋在她身上。辛路被丈夫紧紧抱着，手落在他头上，摩挲着他的头发，像安抚受伤的小动物。

"辛路，为什么是你？"

"你心里清楚，不是我，也会是别人。相比别人，我对你是最好的结果。"

"明明赢了清白，还是一夜间从万众敬仰到被人唾弃，我死活想不明白……"

"我知道，知道。"

"但你丝毫不会为今天的事儿内疚。"

"的确。"

"我怎么会看轻你？辛路，我就是有点怕，怕没有我的位置了……"

"学着做个凡人。"

"要怎么样我才能洗掉污名？"

夫妻俩说的、想的依然南辕北辙，但辛路的手犹如一剂安定，成功在她的安抚中平静下来。辛路接掌大成于成功而言当然是最好的结果，但男人一旦失去权力、地位，便如行尸走肉。

第二天，李怡走进别墅，成功恢复了不可一世的气焰，只有脸上的伤痕还残留着昨晚的狼狈。

"一大早叫我来？"

"开始吧。"

李怡心领神会地去执行，刘亮依约而来，收到一只移动硬盘和至少五十条热搜的大礼包，也得到了绝不涉及警方侦查信息泄密、绝不触及法律风险的担保，但同时要他务必确保网络爆料的信息源与成功本人和大成集团毫无干系。刘亮抱拳笑纳，双方各得利益，事件初发时背刺生出的芥蒂早已黑不提白不提，生意伙伴之间，只有永久的利益互惠，没有释不了的前嫌和化不了的干戈。

赵寻接到大成人事主管苏珊的电话，提出见面协商解除劳动合同的方案，顺道把要赵寻归还公司的物品交接一下，还要腾空公寓、交还钥匙。赵寻对这一天早有准备，约好第二天在公寓碰头办交接。刑事撤案后，走进那套公寓，面对前同事，赵寻也需要心理建设，陈默清楚这一点。

"想好明天怎么谈了吗？你和我不一样，我受过治安处罚，算违法行为，开除我没话说。但你没有违反《劳动合同》，即便旷工也不是无因无故，为什么不上班众所周知，本来就是受害者，失业就是双重受害，他们开除你违反《中华人民共和国劳动法》，你可以申请劳动仲裁。"

"我只想结束。"

"当然，我理解，但该争取的权利你不能放弃。"

"你呢？人事一直没找你？"

"他们不搭理我，我主动找他们就是自取其辱。"

"你找新工作了吗？"

"同业公司都知道我这事儿……"

"对不起……"

"不说好了吗？说一次'对不起'罚一百。"

赵寻掏出手机，准备转账，被陈默一把抢走手机。

“免了吧这次，你一个失业青年。”

“你比我好多少？”

“明天下午，我陪你去。”陈默突然说道。赵寻默然接受，明天的艰难，有他在身边陪着，能好过一些吧？

“去外地……我也跟你一起吧。先别着急拒绝，合租，ＡＡ，两人一起，节省一半生活成本呢。”

陈默想争取又不好意思积极争取的扭捏把赵寻逗笑了，她没有立即回答，他也没有继续追问。

林阚的荣耀日和赵寻的受难日，一起到来。

林阚拎着为颁奖典礼准备的套装一到律所前台，就撞上康辉带着行政人员正在拼装摆放易拉宝、布置庆祝彩带和气球，前台上方拉着一条横幅：热烈祝贺林阚律师荣获燕州市律师协会二〇二〇年度十大优秀律师。

一见林阚，康辉就跳起来挡她眼睛，林阚走到易拉宝前审视自己的形象，批示皮磨得太过分，说：“提前嘚瑟也不怕一公布没我？”众人一起对她“呸呸呸呸！”康辉也催她：“你赶紧‘呸’！”林阚一笑了之，把车钥匙扔给他，康辉一看表，到点儿该去接二老了，说一会儿会场见，临走还对林阚千叮万嘱：“别忘了嘚瑟啊！”

林阚进了办公室，对着书架端详很久，才选中一处，挪开那里的东西，腾空书架上最显眼的位置，准备迎接她最骄傲的奖项。任正的助理敲门伸头进来，转达任正的话，让林阚等他二十分钟，等打完一个重要电话后师徒俩坐一辆车去颁奖现场。林阚坐到办公桌前，虽然她没有喜形于色，但今天的感觉和每天都不一样，阳光明媚。

上行电梯里，陈默瞥一眼赵寻，她表情凝重，即将面对的场面令她紧张。赵寻掏出钥匙，深吸一口气打开房门，他们一起被客厅里的阵势惊到了。苏珊从沙发上起身，除了她手下的两名人事，竟然还有三名行政人员，六个人挤在不到三十平方米的客厅里，顿显逼仄，对方的人数和身高让赵寻呼吸受迫："苏珊姐，怎么来了这么多人？"

"拿东西怕人手不够，咱们先盘点交还公司的东西吧。"苏珊抽出两张 A4 纸面对赵寻展开，"公司给我一份你的《个人财务支出清单》，要我按清单索回公司物品。我念到的，请你拿出来集中到客厅。"

赵寻对这两张 A4 纸再熟悉不过，陈默瞥见她突然面如纸灰。

"爱马仕铂金手提包、爱马仕康康包、爱马仕女士手镯、爱马仕方丝巾、香奈儿白色陶瓷女士腕表、香奈儿女士短裙套装、路易威登及踝靴……"除了苏珊朗读清单的声音，客厅里什么声儿也没有，所有人都在竖耳倾听。

苏珊一项一项宣读，众目睽睽下赵寻打开储物柜，一样一样交还，每拿一样东西，在场的人就用目光和表情表演一遍"难以置信"，每件物品都让陈默的脸色凝重一分，他听说过也想象过成功的慷慨大方，但当每件实体摆到眼前时，现场的每个人心里都相当炸裂。

赵寻感受到所有人，包括陈默对她的无声质疑：你不懂这些昂贵礼物蕴涵的意义吗？你收下它们时真的心安理得，不会如芒在背吗？与当时百转千回，最终收下它们时一样，赵寻又一次在心里反问自己，是什么原因，是哪种力量，让你克服内心的不安，没有拒绝它们呢？

人事和行政人员把各种奢侈品装进纸袋，集中堆放在客厅中央，码了满满一地。苏珊最后核对一遍清单："好，东西齐了，咱们回公司。"

"还要去公司？"

"财务清点、解约盖章，这些流程在这儿怎么办啊？"

赵寻无力反驳，但去大成令她头皮发麻。纸袋数量很多，每个人两只手都占上了，连苏珊也分摊了两袋。赵寻身不由己，迈动脚步。

任正还在打"重要电话"："为什么！别绕弯子，跟我说实话！"

听到敲门声，林阑一身轻快地起身："走吗任大？"

任正推门而入，反手关门："等一等林阑。"

林阑立刻从他脸上读到一种信息。电话另一头解释道：

"老杨说，以往惯例，断然不会因为没经调查属实的举报取消协会的决定和奖项，但这次的举报人是吴师母，还是实名举报……要不是吴老师躺在医院半死不活，师母不会这么无所顾忌，连丈夫的脸面都不要了。她的地位加上大义灭亲，让她的举报特别有杀伤力，为了避免争议，协会不得不做出这个决定……林阑……"

"老大，让我一个人待着。"

任正了解爱徒性格，起身离开，小心翼翼地带上门。

西装革履的康辉引领盛装的林妈、林爸先行抵达颁奖典礼现场，一路接受熟人同行的祝贺，林爸谦虚回应："哪里，哪里。"遭到林妈训斥："什么'哪里哪里'？是实至名归，轮得着你瞎谦虚！"林爸不服抗争："什么时候谦虚都不算美德了？"

颁奖典礼开始，主持人盛装登场，林阑迟迟未到。

林阑的手机页面停留在通讯录里的"康辉"上，迟迟没有拨通电话。这个巨变要如何对父母解释？她失去了方寸。

此时等在大成大厦的李怡收到苏珊发来的消息：怡总，我们和赵寻五分钟后到达公司大堂。李怡离座起身，奔赴亲手布下的围剿战场。

一行八人，形成一个奇异的队形：苏珊打头儿，陈默甩尾，其他三名行政和两名人事双手拎着大小手提袋，分居赵寻两侧，赵寻活像一个被押解的犯人，浩浩荡荡走进大成大厦，顿时引起众人注意。往来奔忙的员工纷纷驻足，不加掩饰地旁观一行人前进，人越聚越多，赵寻秒变供人观赏的珍稀动物，十三只手提袋更成为焦点中的焦点，众人交头接耳、指指戳戳。赵寻不由自主地垂下头，逃避乱箭一般朝她射来的睽睽众目。

李怡带助理和一行人迎面而遇，双方在大堂中央相逢，连会合地点都经过精确计算，一切恰到好处。李怡故作惊奇："赵寻你怎么来了？"赵寻尚未张嘴，苏珊便抢答道："怡总好，我约赵寻今天来公司谈解约。"李怡对赵寻和颜悦色："心平气和好好谈，解约对双方都好。遇到问题可以找我，我来协调。"她扫了眼人事和行政手里的大包小包，轻描淡写地问了句，"这都什么东西？"

"是公司要求赵寻离职前返还的相关用品。"

"这么多！都是公司给她的？"

"是。"苏珊当众确认。

李怡步履从容、仪态万方，从一个人走到下一个人面前，一只接一只巡视着每只手提袋里的物品，所有人的视线都被她的表情牵动，李怡的脸色像只"乾坤手"，操控着众人的心理风向标。看热闹的大成员工里三层外三层，几十上百人集体围观，现场竟然不可思议地寂静。

颁奖嘉宾正在宣布"燕州市十大优秀律师"的获奖者名单,林妈、林爸、康辉激动至极,期待着"林阙"的名字响彻会场。

"荣获燕州市律师协会二○二○年度十大优秀律师称号的获奖者是:燕州公平律师事务所的萧清律师、燕州公平律师事务所的书澈律师、国峰律师事务所的王思怡律师、正义律师事务所的虞云峰律师、燕州维权律师事务所的吴维权律师、燕州杰科律师事务所的章达律师、顺天城事务所的刘同律师、燕州航平律师事务所的秦铮律师、燕州云文律师事务所的罗浩一律师,请以上九位获奖律师登台接受荣誉。"

十大律师,只有九位获奖者,临时被拿掉的林阙空缺出来一个名额,来不及经过合规程序进行补选,于是明晃晃地开了一个天窗。

会场掌声如潮,三人瞠目结舌、面面相觑,从彼此眼神中确认并不是自己的耳朵错过了"林阙"的名字,如坠雾里、不明所以。众人的目光纷纷投向他们,毫不掩饰对林阙从十大名单中突然消失的集体蒙圈。

"哗啦"一声,一袋物品散落在地,打破诡异的静寂,一只手提袋鬼使神差地断了提绳,袋里的手镯、腕表、项链盒子抖落满地,赤裸裸大白于天下,掀起一片惊呼。

赵寻抬眼望向李怡,见她正在微笑,笑容意味深长。赵寻突然洞若明火,这是一场事先预谋、不动声色的"荡妇羞辱",公寓只是战前热身,公司大堂众目睽睽之下,才是定点打击她的主战场。

在十几袋大牌面前,任何辩解都虚弱无力,也许这是赵寻应该承受的,所以她只能默然忍受。

最后一个流程由于赵寻放弃主张权利推进得异常顺利。苏珊替公司表态：赵寻没有违反《劳动合同》和《公司规章制度》，不算无故旷工，解约离职是双方都能接受、利于彼此的一个结果，所以有什么要求和条件，赵寻尽管提出，公司会充分体恤她的损失，在合理范围内，尽可能缓冲失业对她的冲击。赵寻只说了一句："我同意解约，没有其他要求。"

她把目光投向缩在墙角的陈默，他垂下视线。

康辉一遍遍拨打林阙的手机，她盯着屏幕，却不接听，依然不知道该如何作答。按断来电并起身走到书架前，把挪到别处的东西放回腾空的位置。

经过印着自己照片的易拉宝时丢给前台秘书一句"撤了吧"后，林阙走出律所。

迈上巨石，她突然失声痛哭。

赵寻站在林阙哭过的地方，泪流满面。

这一天，是她和她的蒙羞日。

第十八章

第一弹：视频曝光

林阚很晚才回家。她知道这一天很多人在联系她，替她鸣不平，但没想到在家门口先碰到方平。方平一直打不通电话，就守在林阚家门外等了很久。

"我知道说什么都对你没有意义。恶毒！卑劣！我和你一样愤怒。听说二老人都到了颁奖会场……不管怎么样，你得撑住，还要安慰他们，过两天我再来看二老。还有件事儿，有个人我给你送回来了。"

林阚顺着方平的视线望向他的车，见康辉坐在后座，低垂着头，不与她对视。林阚诧异问道："他怎么会和你在一起？"方平让她心平气和听他说:傍晚那会，他去肿瘤医院探视吴老，在停车场熄火时，正巧撞见康辉大步流星走向住院楼，方平一路追赶，康辉快得像一阵风，追到他时，康辉已经到了吴老病房外，方平远远看到师母用身体挡住病房门，与康辉发生争执。

"你要干什么？"

"我来探视，和吴老说几句话。"

"你谁呀？你想见就这么横冲直撞、粗暴无礼地闯进来？护士！谁让这人进来的？把他给我撵出去！"

方平上前一把拉住康辉，低声劝阻："这会儿不合适，你先离开这儿。"吴师母目光如炬，逼问方平："你认识他？他是谁？"方平避而不答，一边安抚师母，一边使劲儿拉扯不动窝的康辉，让他离开。康辉万般不情愿地被拉走。他们走出不远，吴师母猛然想起康辉是何许人也，也迅疾明白了这个年轻男人所谓何来。

由于方平的介入，康辉没能冲到他师父的师父病床前替他师父讨回公道。他的行径如同扔进炸药桶的爆竹，引爆林阒，她"噌噌噌"走到车前，一把拉开车门："下来！"康辉迈出车门，垂头站在林阒面前，不言不语，知道自己躲不过一场暴风骤雨。方平过来劝了一句："别怪他，我走了。"

康辉是仅次于林阒父母、方平和任正外了解这件事原委的人，六年前加入林阒团队后，他才渐渐发现她与江湖上若隐若现又无处不在的传闻相去甚远。在几个知情人里，他知情最晚，却比任何一个人都了解林阒怎样日复一日地努力自证她不是别人舌头根子下和唾沫星子里的林阒，这也是今天他忍无可忍必须为她出头的原因。

"你去医院干什么？"

"明人不做暗事，我就是去茬架的，我要当面对他说：'是个爷们儿，就别缩在背后袖手旁观，任由自己老婆往她身上泼脏水；还是个爷们儿，就站出来，当众说清楚十年前怎么回事儿，别让她到现在还背着当年的污名，让羡慕嫉妒恨她的人抓着这个把柄在背后对她指指戳戳，把她日复一日的努力都说成是男人的抬举！'"

委屈、愤怒、感动，几种情绪纠结成一块巨石，堵在林阒心口。

"你凭什么！"

"凭……"康辉苦笑了一下，咽下没出口的话，就像这些年无数次咽下想对林阒说、却从来不敢正经说出来的一样，"没啥可凭的，我就想替你说这些话，我怕再不说，老犊子就揣着他的意淫一蹬腿死了。不光这件事，我还想替你给律协写申诉信，找方平师叔、找任大给你证明清白，替你把被她打劫的奖夺回来！那是你该得的！"

林阗突然失语，连责怪康辉都乏力无言。

"十年前的污名能把现在的荣誉一把抹掉，你还顾忌什么？是给将死的老王八蛋留着最后的脸面吗？他老婆顾忌他了？为了泼脏你，她连丈夫的脸一块扔地上踩！你想等他死后再为自己伸张正义吗？还是他死了，你依然像过去十年一样忍气吞声？你到底在顾忌什么？还是始终没勇气，宁愿鸵鸟一样把脑袋往沙子里一埋？赵寻知道自己大窟窿小眼子，都选择为自己发声，你呢！"

康辉的咄咄逼问让林阗想钻进地缝儿躲起来，逃掉如影随形追杀她的羞耻感。迎面撞见父母站在那里，脸上挂着担忧，显然是看到了刚刚发生的一切。这更让林阗无处藏身，就像今天整个法律界都在议论"十大"为何变"九大"，那些平时在暗地里散播的秘闻猛然被拿上桌面肆无忌惮地公开讨论，逼迫林阗不得不面对自己十年前的疮疤，再也无法假装淡忘。

林爸说道："小辉把我想做的事儿给做了。"

林妈说："这辈子我最追悔莫及的事儿就是把小阗托付给他。"

"爸妈，你们什么也没做错，错的是我！过了这么多年，我不能原谅的，不是他和被他伤害的记忆，而是当时没有说'不'的自己！我没有拒绝他给我的机会，我太想进大正了，因为这个不是靠自己的能力就能得到的起点，我成了别人眼中借他上位的林阗，之后无论再怎么努力，我都没法证明走到今天我靠的是自己……"这是林阗长达十年的"痛"，她从来没忘记自己"怕"过，从来没无所顾忌过，时至今日她依然还"怕"，怕另一个冷眼旁观、鄙夷自己的自己。

赵寻也是很晚才回家，面对父母担忧的追问，轻描淡写地说办好了离职手续，一切正常。李平并没有因为女儿的轻松就解除疑虑和隐忧，联系不上赵寻时，他们给陈默打过电话，因为知道陈默陪赵寻一起去大成办理离职，陈默在电话里说他已经回家了，没有和赵寻在一起。那么长时间，赵寻一个人去了哪儿？她不说，父母也不好追问。

几小时前，完成离职解约后，赵寻和陈默一起离开大成，两人之间弥散着一种尴尬的沉默，被羞辱的经历和十几袋大牌微妙地改变了二人的心理距离。

"你今天没怎么说话。"

"没什么好说的。"

"你是不是怪我？"

"没有。"

"连问都不想问吗？"

陈默停下脚步，向赵寻发出第一个疑问。

"十三袋，如果不是亲眼所见，根本想象不到。你认为它们是什么？"

第一个问题就让赵寻无言以对。

"你不会真相信这是公司给助理的标配吧？这么多、这么贵的东西，明知它们来路不正，有别的意思，你难道不知道一旦接受了等于什么？"

"我——"

"很难拒绝，拒绝等于驳老板的脸，会得罪他，得罪他就会有意想不到的后果，这个我懂。但是……它的意思这么赤裸裸，你怎么还敢接受呢？"

赵寻放弃为自己辩解，她又陷入被审判的境地，只不过这一次审判她的，是她唯一的同盟。

"你不拒绝……只是因为拒绝不了吗？有没有一点想要它们的欲望？

"接受这么多，说不愿意，谁会信呢？今天退还的这些东西，如果你当初拒绝了，就不会发生那件事。"

陈默已经不止于审判，而是践踏了，赵寻抬头直视他的双眼。

"你认为我被侵犯是因为我没有断然拒绝他，被强奸自己也要负上责任，是吗？你是唯一相信、支持我的同事和朋友，现在连你也怀疑、动摇了，是吗？"

陈默避而不答，不承认也不否认，赵寻知道他的答案了。

"对不起，我让你失望了。"她撇下陈默独自走远，他站在原地，放弃追赶她。

赵寻走进狭小的卫生间，站到镜前望着镜中的自己。几个月来，她藏进卫生间凝视自己的时间远超以往，她对从镜子里看自己好奇又迷恋，镜子像是别人的眼睛，别人眼中是一个全然陌生、艳丽高贵的自己。十三只手提袋里的大牌，除了买来直接上身穿过一次后，大多数没有再穿戴上当众示人过，但她自己知道，穿过、戴过、拎过它们很多次，在卫生间里，在镜子前。

时至今日，赵寻可以直面陈默的质问："你不拒绝，有没有一点想要它们的欲望？"并毫不掩饰地回答："我有。"承认自己有过虚荣贪婪的羞耻感在今天拯救了她，让她能够站在被当众羞辱的刑场上放弃辩解、默然承受，这是她应该承受的，为过去三个月不曾说出口的"不"。

林阐接到任正的电话。

"爸妈还好？"

"他们没事儿。"

"你知道我一直在担心你。"

"我也没事儿。"

"你什么时候说过有事儿？林阙，奖这东西，得了很牛，不得就是狗屁！她能拿走你一时，拿不走你一世。想的话就休息一段，时间长短你自己定。"

这个建议恰到好处，入了林阙的心。

"我想想。不歇脚跑了十年，今天突然意识到，好像从来没停下过。"

"安排好手上的案子，让康辉写个请假申请给我，早点睡。"

林阙挂断手机，踱到落地窗前，望着窗外的夜色。当跑到一个本该成为"阶段性终点"的时刻，她突然有了一种"拔剑四顾心茫然"的虚无感，也许她应该停一停了。手机又响，本来打算不由分说地关机，见是赵寻打来，林阙接通电话。

"林律，我是赵寻，我今天从大成离职了，再也不用去公司了。"

"还顺利吗？"

"没什么……打电话是想告诉您，您的建议我考虑好了。"

"哦？"

"我同意签那份协议。"

林阙一时间不知道该如何回复她，直到赵寻轻咳一声，她才说道："我尽力推进，等我联络你。"挂断电话，林阙关掉了旅行程序的页面，她还不能停下来，为了这个案子。

新的一天，林阙精神抖擞地走出家门，给成功发去一条消息：我还想和你沟通一下，关于封口协议。一路上她不时瞄一眼手机屏幕，发出的消息下面，成功一直没有回复。

林阙把车停在成家别墅外，盯着迟迟不开的院门表情狐疑，以往只要是她的车，院门会不叫自开，今天她不得不下车走到门前，按下呼叫对讲系统。女管家一路小跑迎出来，隔着栅栏对林阙道歉："不好意思林律，成先生出门了，要不请您改天再来？"林阙没有拆穿管家的谎言，她瞥见院里停着李怡的车，成功怎么可能不在家？因为什么，两人对她避而不见？

律所前台秘书抬头见林律一阵风似的刮过，惊诧地睁大眼睛，脱口而出一声"林律！"减缓了林阙的步速，年轻姑娘满脸局促，还没有组织好语言："林律……您是最棒的！"林阙微笑回应，走进律所。刚在办公桌前落座，任正就从门缝探进头来，见她一切如常，说了声"我放心了"就关门而去。

片刻又响起敲门声，林阙回了两遍"进来"，门开到一人宽，康辉挤进来，还是一副做错事抬不起头的臊眉耷眼，闷头走到桌前，把一摞卷宗撂到桌上，嘴里叽里咕噜："你要的背调。"转头就走。林阙叫住他："等会儿，给你一小时。""干什么？""让我一个人去望海？"康辉秒变回嬉皮笑脸的皮猴："得嘞！说话就能走！"

林阙和康辉二赴望海，直奔大沙村，把车停在村外，不显山露水地进了村，到村里最热闹的旺发超市对面的饭馆里找了张临街的桌子，点上几个菜，隔着窗守株待兔，窗外主干道上来来往往的村民和车辆尽收眼底。康辉"呼噜呼噜"正吃着，林阙突然撂下筷子起身，动作之迅猛，吓了他一跳。

米芒手挽购物袋一路走来，从饭馆窗外经过。

康辉也撂下筷子要起身，被林阙一把按住："你在这儿，我一个人去。"

超市里没什么人，米芒正在婴儿食品区埋头挑选货架上的商品，隐隐察觉有个人影在货架另一端随她而动，抬头望去，货架的缝隙间出现一张熟悉的面孔。一货架之隔，林阙不招呼、不交谈，等米芒做出反应，避免给她造成伤害。米芒起身走到收银台前，说要随手记点东西，朝旺发婶子借了半张纸和笔，返回货架前，拿起一件商品，又把它放回原处，走出超市。林阙绕过货架，来到米芒刚才的位置，见一罐婴儿奶粉下面露出半截纸条，展开，上面字迹潦草：下午一点，县城上岛咖啡见。

下午一点，包间门一开，康辉闪身让进身后的人，米芒一见林阙先抑制不住激动，叫了声"姐姐"。

"你怎么来的？我没给你添麻烦吧？"

"我一个闺蜜陪我来县城，帮我打掩护，我有俩小时。"

林阙按照预先设计好的谈话逻辑和顺序，让出话语主动权。

"我想你肯定有问题想问我。"

"你为什么骗我说是尹声找来帮我打离婚官司的律师？"

"我没骗你，我只说认识尹声，你就自动代入我是他请来的律师。我之所以没否认，是因为咱们见面结识的第一晚，我就决定为你代理、帮你离婚。"

这句话如解锁的钥匙，米芒被林阙欺骗的恼怒云开雾散，心里唯一的芥蒂解除。

"你不是骗我？不是为了别的目的忽悠我？"

"我一直都是那句话：只要你需要，我愿意为你代理。"

"我最怕的就是你不帮我了。"

林阙笑着摇头，这个表情极大地安慰了米芒，让她含泪而笑。

"上次你来找我是为什么？"

"为尹声，当时因为一起案子他失踪、失联，谁也找不到他，我想通过你找到他，和他见面谈一谈。"

"是他之前那个老板的强奸案吗？"

"是，尹声是那起案子的关键证人，除了两个当事人，有些事儿只有他在场，只有他一个人知道……之前他有没有跟你聊起过这件事儿？"

"没有，那么大事儿，他要是说过，我一定记得。"

"他参与得很深，你了解他被卷入的程度吗？"

"因为他是贴身保镖，知道的比别人多？"

"他什么都没有告诉你？"

米芒茫然摇头，林阔察言观色，判断米芒没有对她撒谎。

"他……没干什么坏事儿吧？"

"我见他，就是想弄清一些事，一些只有他了解真相的事儿。"

"不是撤案了吗，那些事儿你弄清了吗？"

"没有，至今都没有。"

米芒对林阔的话心有戚戚，她心里也有件"没弄清的事儿"，甚至有种感觉，和林阔"没弄清的"，也许是一件事，她欲言又止："对尹声，我心里也有件没弄清的事儿……只能跟你说。"

"我为你保密。"林阔不催不问，等待她自己开口。

"三天前，尹声突然出现。距离上回他来，过了二十天。上次连话都没有机会说，这次我们终于碰了面儿。"

三天前那次私会，尹声把一张银行卡不由分说塞到米芒手里，说是用她名字开的户，卡里有六十万，足够她诉讼离婚争夺两个孩子的抚养权。米芒说不清是惊恐还是欢喜，追问这么多钱的来路，尹声坚持说是自己挣的。

六十万！林阔心知肚明，这里至少有五十万是尹声每月工资积攒之外的不明财产，还是最近一个月内进账的巨额收入。

林阚追问："你要了吗？"

米芒缓缓摇头："你说过不能拿尹声的钱，我牢牢记着。但是他怎么会一下有几十万？再省吃俭用、不吃不喝全给我，也不可能有这么多……这六十万，和那案子有关吗？"

林阚沉默，让米芒的疑团扩大再扩大。

"万一有关系，不是好事儿吧？"

林阚因势利导："所以我还是想见他一面。"

"林律……你不会害他吧？"

"我希望能帮到他，我可以肯定他隐瞒了一部分事实，但没有犯法。他有足够的法律常识，自己也很清楚这一点，你担心的最坏的事儿不会发生。"

"林律，我不知道尹声对我说了多少实话，隐瞒了多少事儿，但第一，我相信他真心为我好，就因为他为我好，我才怕自己害了他。第二，我相信你是好人。"

"如果你再见到尹声，让他来见我，告诉他这是我帮你打离婚官司的条件。"

"他说你答应帮我离婚是骗我，为了套他的下落，我们没钱，不可能请动你，你眼里怎么会瞧上我这点儿蚊子肉。"

"只要尹声来见我，我保证你出得起律师费，不用要他的六十万。"

"可我分文没有，甚至可能找不到工作，连自己都养活不了，法庭还能把两个女儿判给我吗？"

"你能！相信我。"

在有限的两小时里，林阚不但获得尹声突然拥有五十万不明财产的重要信息，还赢得了米芒无条件的信赖，为下一步与尹声当面对话铺设好桥梁。林阒为米芒引见了朱磊警官，让她牢牢记住朱磊的手机号码，一旦发生危急情况，第一时间向朱磊求助。她还带米芒去了望海县妇联做备案，让妇联的工作人员掌握了米芒经常被家暴的情况，妇联表示一旦米芒报警或起诉，县妇联将向她提供法律援助。心心念念又遥不可及的离婚突然伸手可触，这两个小时，让米芒燃起立即结束噩梦般婚姻的迫切感。

朱磊调看了米芒银行卡开户行的监控录像，确定是尹声本人到望海县银行柜台亲自办理的存款业务，监控视频中，他从双肩包里拿出十万元一捆的现金，共五捆。这五捆现金，没有经过尹声的银行账户，没有留下与他关联的痕迹，如果没有人发现尹声和米芒的社会关系，就不会把这五十万现金与他建立联系，完美躲避了警方追查。

这五十万，是打哪儿来的呢?

赵寻从一个绵长的午觉中醒来，全身沐浴着夕晒，卧室被镀上一层浅金色，久违的美丽，她躺在床上欣赏阳光在墙壁上移动，不知道这是风暴降临前的最后一刻安宁。她随手拿起手机瞄了一眼，手机推送一条头条新闻：大成董事长成功涉嫌强奸案疑似案发当晚视频流出！

赵寻猛然坐起，点击进入置顶新闻，颤抖的指尖点开视频，这是两段监控视频的剪辑合成，每段视频都准确标出了时间、地点。除了成功的脸没有被遮挡，其他出镜人士的脸部都被打码，女当事人的脸也全程打码，避免了赵寻的身份曝光在公众面前，但是熟人依然能够轻易辨认出那是赵寻。

第一段视频是案发当晚九点商务宴席上，赵寻一手抓着茅台瓶，一手攥着酒杯，给自己斟满，举到黄会长面前一饮而尽，黄会长随即举杯喝下。另一侧成功起身离席，拉开座椅，照顾她坐回黄会长身边。

第二段视频是案发当晚十一点五十五分大成集团大厦的监控录像，成功一手搂着赵寻肩膀，两人身体亲密、步履正常地穿过大堂，在电梯里相依，又一路贴着穿过董事长楼层的长走廊，行至卧室门外，成功横抱起赵寻进门。

视频剪接点经过精心选择，这样串联起来的，就是一个在酒席上主动喝酒、酒后行走自如、身体姿态开放、完全不符合被强迫状态的女当事人形象。

阳光急速撤退，卧室顿时昏暗，赵寻无法相信自己的眼睛，依靠在成功身上，与其相拥走进大堂、电梯、走廊，进入卧室的那个真是自己吗？这是她第一次看到断片状态下的自己，也是第一次目睹这两段视频，她浑身颤抖地看着那个陌生的自己，百口莫辩。

门被撞开，李平失魂落魄地撞进卧室，手里攥着手机，赵寻一见她的样子，就知道父母看到了同样的视频。"寻寻，这是不是假的？伪造的？这真是你？这是那晚吗？是不是！"赵寻完全理解父母的感受，她尚且面对不了那个自己，又让他们情何以堪？女儿的沉默令李平急切渴求的安慰落空，回头望向身后，门外站着赵民。

与此同时，陈默家也因为曝光视频引起轩然大波，和赵寻一样，陈默也正在接受父母劈头盖脸的质询。

"你敢说这视频是假的？"

"这女孩是她也错不了吧？"

陈默欲辩无言，他否认不了视频的真实性。

"你不是说那晚你在吗？亲眼见到她喝得断片儿不省人事，这叫不省人事？"

"我们就因为你那么说才坚定不移，一开始就站赵寻的！"

陈默感到巨大的理亏："这些……我都没有看到。"

赵民走到女儿面前："你这不是……自个儿灌自个儿吗？"

赵寻张口结舌，怎么解释呢？虽然果有前因，然而这个果一摆到公众眼前，谁还会听是什么因造成了这个果呢？

"一手酒，一手酒杯，自斟自饮，你亲眼看见的恶臭酒桌文化呢？男人的围剿呢？"

"这叫行为不能自主？这叫失去反抗能力？"

陈默哑口无言。

"你咋能……跟他搂搂抱抱……还让他抱进屋呢？"

"你明明走得好好的，你当时到底喝没喝醉？"

"爸，妈，我什么都不知道，我不记得这些，我也是第一次看见这视频，第一次知道自己这样子……"

"一个女孩子，怎么能让自己醉到这种程度呢？"

陈默乏力辩白："她可能没全醉，可能半醉半醒，还能自己走路，不能根据这个说她撒谎，就判定她人格——"

"都喝酒，都醉过，别拿酒醉遮掩，酒品见人品。"

"但凡洁身自好、品行端正的女孩子，就不该允许自己醉到失控！这么不检点、不爱惜自己，被非礼不是自找的吗？"

"撤案是因为证据不足？还是事实根本就不是赵寻描述的样子？"

"默默，你是不是被喜欢蒙蔽了眼睛，成了瞎子？这视频里的赵寻，无论如何都不像一个强奸受害者！"

陈默逃进卧室，砰然关门。

"公安局就是因为这个视频撤的案吧？"

赵寻默认，李平跟丈夫一起退出卧室，暮色降临。

突然手机震动，牵引赵寻的目光缓缓移动到来电显示上：陈默。她接通电话，手机另一端沉默片刻才开口问道："那些视频到底怎么回事啊？我明明看见你酒醉不醒的呀……你让我怎么对父母解释？"

"父母"两个字刺到赵寻，一个激灵从麻痹状态中苏醒："你爸妈也看到了？"

"除非你让全网瘫痪。"

"你能替我向他们解释解释吗？"

"你让我说什么？你先冲我解释吧，这视频都是真的吧？是不是！"

"是。"

"那还有什么可说的？"

赵寻听到另一端"嘟嘟嘟"的挂断声。卧室门突然开了，赵寻一阵风般刮出客厅，刮出家门，夫妻俩甚至来不及反应。她在小区里奔跑，冲向自己叫的车。

赵寻迫切地要向陈默父母解释，比向陈默更迫切，她太珍惜他们给过自己的赞美、接纳，仅仅想象着他们看过视频的质疑和否定，就让她感觉天塌地陷。赵寻鼓起勇气按响陈家门铃，陈默父亲闻声迎出来。

"怎么是你？这时候不在家待着怎么还在外面乱跑？万一发生

意外——"

"叔叔，我觉得我有义务向你和阿姨解释一下，你们那么信任我、支持我——"

"没必要，真没必要。我们不是你父母，没资格、也没立场责备你。陈默也只是你的朋友，你没有义务向我们解释，甚至你没有义务向你父母之外的任何人解释。除了警察，没有人有资格索要你的解释。"

陈默父亲斩断赵寻的解释，丝毫没有请她进门的意思，赵寻进退失据。

"你可能还没意识到严重性，赶紧回家吧孩子，这几天能不出门就别出门，在家好好陪陪你爸妈，好吗？"

"陈默……在家吗？"

"他在家，知道你来了。"陈默母亲出现在丈夫身后，"我们也不好强迫他出来见你，是吧？说到底，他还是个孩子。赵寻，可能你在某些事上隐瞒了他，造成了他的误会，但他早晚会明白那是社会现实对他的历练。早点回家，别让你爸妈担心。"

赵寻无地自容，后悔自己出现在这里，痴心妄想地想留住那些她为之战栗过的善意。她恍恍惚惚转身，听见身后的关门声。从"荡妇羞辱"到视频上线全网"社死"的一刻起，这个世界竖起壁垒，把她锁在一个人的次元里。

赵寻迈上楼梯，邻居方奶奶从门缝里探出头来，神神秘秘、鬼鬼祟祟地说道："寻寻，别在这儿住了，全小区都认出那是你了，快走！"

赵寻像被重物楔在地上，一动不动。

第十九章

第二弹：实名曝光

晚上十点，快讯网超大办公区里依然全员在岗，网站运营不分昼夜，大屏幕显示的流量图上，较之日常流量，晚六点成功案发当晚视频上线以后，图上的曲线如平地起高楼，一路飞升，稳定在高点。技术总监一路小跑向刘亮汇报服务器已经恢复正常，之前就是瞬间流量太大，带宽过载，"挂了"。

刘亮给李怡打电话："太热了，十一个热搜，连我们的服务器都'挂了'……"

李怡声音带着笑意："体会到'核爆'的感觉了，热度自然发酵，节奏不用带了。"

双方现在可以以逸待劳了，网站收割流量，幕后推手收获反转，各得其所。

从山东返回燕州的高速路上，康辉表情微妙地告诉林阚，此刻热搜第一名是"成功强奸门当晚视频"，林阚猛然减速变道，康辉惯性往前一扑。汽车打着双闪停在紧急停车道上，林阚接过手机点开视频，她不在燕州的这一晚，两条视频传遍全网，让画上句号的社会事件波澜再起，掀起海啸级的社会舆论，也将受害者形象一举颠覆，名誉一落千丈，从被同情变成被指责。

是谁将视频提供给媒体？是谁把受害人赤裸裸地推到公众视线

下接受舆论和道德审判的？林阙对视频源自何处洞若明火。

成功正在接听李怡电话，听她汇报视频上线五小时后舆情发生大反转，网民一边倒地同情成功，事后诸葛亮地夸奖刑事撤案是因为警察叔叔心明眼亮看穿了女方的"仙人跳"。成功长舒了口气，终于云开雾散。这时女管家通报说林律来了，深夜登门，林阙为何而来显而易见。

林阙一进门就问："这就是你拒绝在封口协议上签字的原因吧？"

成功继续他的表演："什么意思？"

"别兜圈子了，热搜上都是你，不知道我为什么来？视频是你给媒体的吧？"

"为什么不是其他人？最大的可能难道不该是警方内部泄密给媒体的吗？"

"我直觉是你。"

成功耍滑头："我不会回答你'是'或者'否'。"

林阙无视他的回避："你的目的显然不是息事宁人。"

"树欲静而风不止啊，一晚上十一个热搜，服务器都瘫了，我成了公众同情的对象。你也看到了，不息事宁人也没有什么不好，公众有权看到真相。"

"为什么刻意隐瞒我？"

"林阙，我不会承认视频爆料和舆情发酵和我有任何关系，你也应该这样认为，这样认为对你有利无害，避免职业伦理的纠结。"

林阙听懂了，成功这是变相告诉她：是我干的，但你别管，与你无关。

"这波舆情，我只有一个身份，我也是受害者。如果因为曝光我的个人隐私被侵犯，我会委托你帮我维护隐私权。但不能否认目前舆情对我有利，我是受益方，所以我不介意让渡一点隐私权，让公众了解真相，挽回我损失的名誉。虽然我有权利追究爆料人的法律责任，但鉴于他变相帮我洗白，我也放弃追究。"

"一旦另一方抓到你向媒体爆料的证据，不排除告你损害她名誉的可能，主动向新闻媒体提供材料，导致他人名誉受损，也会被认定为侵害名誉。"

"她怎么抓得到呢？同为受害人，何必针对彼此？我也要大声疾呼，严厉谴责爆料人无良、媒体无底线呢。"

成功明晃晃抵赖，让林阙无可奈何。

"你不为我高兴吗？你竭尽全力为我洗脱了刑事罪名，但在社会舆论场上我还背着强奸犯的骂名，今晚这些视频曝光让我一夜洗白，你不替我欣慰吗？既然是好事，假设当初问你是否支持我这么做，你还会建议我息事宁人吗？"

林阙沉默不答，她在心里自问：如果成功决定发动舆论绞杀和"荡妇羞辱"时寻求她的支持，她会怎么选？如果反对，她反对的理由是什么？那些连她自己都努力回避的内心倾向，是什么呢？

"我猜你让我息事宁人。"成功露出诡异的笑，一条看不见的裂纹显现于他与林阙之间，"你殚精竭虑，只在法律上为我正名，争到了正义，这是你的，更是我的遗憾。今天的结果给了我启示，也给了我信心，仅仅撤案还不够，我要乘胜追击，用法律为自己彻底翻案正名！所以林阙，这事还没完，我委托你提起民事诉讼，指控赵寻侵害我名誉，追究她的民事责任，让她一败涂地，必须在网络媒体上向我公开道歉，承认我没有强奸！"

林阙没有表态，新的法律委托并非无迹可寻，但成功的决定还是让她始料未及。

"怎么不表态？你可从来没推辞过我的委托……这起代理让你为难吗？没难度啊，就用公安的结论和我们手上的证据，足以告倒赵寻。"

"你的决定与我的设想不一致。"

"你设想，或者说你希望这件事怎么发展呢？"

林阚报以沉默。她设想，或者说她期望的方向是什么呢？息事宁人，让赵寻隐匿于人群，回到庸常生活，独自舔舐自己的伤口。是这样吗？

"尽管你能左右我的法律行动，能决定我的命运，但你受我委托，体现的终究是我的意志，事件如何发展只能由我说了算！赵寻告我不成不是这件事的句号，我要起诉她，让她也尝尝被告的滋味，她栽给我的污名我要还给她！"

成功不可动摇，林阚突然感到不安。

"你的答复是？"

"我考虑一下。"

"林阚，除非你拒绝，否则永远非你莫属。"

林阚走后，辛路走出书房，成功和林阚的对话她都听到了。

"死活不承认视频是你给媒体的，是觉得不可告人吗？"

"有什么不可告人？我完全可以不遮不掩，大鸣大放！没栽赃，没诬陷，还原真相，我怕什么？赵寻不怕身份曝光，来告我损害她名誉啊？她告我，我告她，看证据对谁有利？最后法庭判决谁赢谁输？"

"第一次听你说要告赵寻，你真要这么干？"

"董事长夫人有何指教？"

辛路明确反对："你不可能想不到，这么一告，又把你自己和集团置于风口浪尖，刚刚稳定的股价和运营又会动荡。"

"稳定的只是公司股价，还有你的董事长地位，不是我！截至今天视频上线前，我是一个被亲朋好友和员工路人抛弃，已经"社死"的人，这几个小时才活过来。起诉赵寻我手拿把攥、稳操胜券，官司打赢了，对公司和股价不更好吗？辛董你不更喜闻乐见吗？"

"法律已经给了你公平的结果。"

成功一跃而起，被释放后依然遭受各种侮辱谩骂的隐忍创痛突然爆发。

"我得到哪门子公平了？身份、地位、名誉哪一样我还有？董事长的位子不也是你坐着嘛！"

"说到底，你耿耿于怀的就是丢了董事长的位子。"

"要不说你是我知己呢，男人被剥夺了社会属性，就是一坨行尸走肉。丢了权力，等于失去一切！"

"除了董事长，你的人生就没有其他意义了？没有其他事可做了？"

"又说对了！咱家保姆都比我忙，比我有价值，我每天无所事事、游手好闲，不打官司我干什么呢？"

"去陪陪儿子，修复一下父子关系，也不值得？"

成功不隐藏他对儿子的理亏："轩轩长大会理解，董事长比他更重要！你不也为了这个扔下儿子不管吗？实现了财务自由，你不还是从客厅回到了办公室？每天累成狗，不还是机关算尽，抢破头回来背锅吗？一辈子就为出人头地、脱离群众，但是离开人群，一天也活不下去！咱俩谁也别说谁。"

辛路无话可说，转身上楼，成功冲着她背影嚷嚷："董事长忙去了？保重身体啊！"

清晨六点，用户名为"田野调查"的微博号发出一条微博：大成董事长成功涉嫌强奸案的女主角随着事发当晚视频曝光，其真实身份也浮出水面，女当事人姓名赵寻，年龄二十五岁，原为大成管培生，入职仅三个月成功亲自下令调岗，升职为董事长高级助理，月薪四万，配高级公寓，吃穿用度三个月报销近百万，大成公司上下都知道，别问我是谁，我姓雷。

刘亮接到肯特的询问电话：这条"人肉帖"刚上线，信息准确，不知道是谁发的，要不要查，要不要推？毕竟快讯一直保护女当事人身份，没有公开披露。

刘亮迅速拨通李怡手机，不绕弯子，开门见山。

"怡总，这么早打扰，不过我估计你也没睡，那个"人肉帖"是你安排的吗？"

"什么'人肉帖'？"

"曝光赵寻真实姓名身份的。"

李怡在电话那一端沉默，刘亮心下了然。

"征求一下你意见，我们要不要推？"

"这我可控制不了……顺其自然吧。"

"明白。"

李怡悠然地品了口咖啡，这天的早高峰，所有人都在通勤路上看到了"田野调查"披露赵寻实名身份的微博。

李平撞门而入："寻寻，有人把你名字和照片挂到网上了，这下都知道是你了。"赵寻没有听到噩耗后的惊恐，她起身蹦下床，一阵风般刮过李平，光脚冲出卧室。李平跟进客厅，见她冲到窗前，关窗上锁，合拢窗帘，一把拔掉路由器电源线，又一把拔掉电话座机线，跑进父母卧室重复在客厅的操作，关窗上锁，紧闭窗帘，满室阳光都被遮蔽，赵家没入昏暗。

赵寻又想起一件事，掉头冲向厨房，李平跟随女儿进了厨房，见她开柜门、拉抽屉，翻箱倒柜。

"你找啥？"

"看看家里还有多少米面粮油，不出门能撑多少天。"

赵寻一脸严肃地嘱咐父母："爸妈，从现在起，谁的电话也不接，谁叫门也不开，别上网，手机都关了。"

"那你姨你叔他们怎么找我们呢？"

"这时候找咱能有什么事儿？我不想任何人来'关心'我们。"

赵寻走到窗前，把窗帘掀开一条缝向外窥视，楼下聚集了比平常多的人，有邻居，也有从未见过的陌生面孔，不时仰头望向她所在的窗口。赵寻像被针刺到，条件反射地从窗口弹开，重新掩上窗帘，坐回昏暗之中。

赵家的时间停滞了，只有时而乍响的门铃让一家三口惊跳起身，很快他们又将自己陷入麻痹。门铃又响了，恶作剧一样不间断，赵寻戴上降噪耳机，放大音乐声，对抗一波接一波的声音进犯。突然，所有噪声都戛然而止，赵家门上的电源线被齐齐剪短，赵民走回客厅，把剪子扔到茶几上。

赵家沉入昏暗的早上，成府阳光明媚。因舆情反转，"死而复生"，通宵亢奋的成功神清气爽，一见辛路，就像考了一百分等待家长夸奖的孩子，得意溢于言表。辛路头也不抬，吃完最后一口早餐，擦嘴抹手，起身就走。

"连个'早'都没时间说吗？辛董能对下岗老公多一点关怀体贴吗？"

辛路口出恶言："你真够下作的！"

"一大早何出此言啊？"

"昨晚你让视频上线，我替你解释因为不甘心还背着污名，你想把真相大白给公众，这可以。你让林阚告赵寻名誉损害，我理解你想彻底证明清白，堵上诋毁你的悠悠众口，也没问题。但今早，你发动'人肉'、煽动网暴，已经不是为了洗白自己，唯一的目的就是把女孩推到人前，让口水淹死她，你不为利己，只为损人！"

"谁'人肉'网暴谁？"成功一头雾水。

辛路才不相信他无辜："跟我你就别演了！你不知道她正在经历什么？这一宿你难道不是通宵不睡，忙着享受舆论为你平反？忙着挑唆网友围剿赵寻？一大早精神矍铄、神采奕奕，不就是全网站你、网暴她、给你打了鸡血吗？"

成功大致明白发生什么了，坦荡承认："视频是我给媒体的，但'人肉'网暴不是我，我不干那种事儿。"

"不是你，还有谁这样肝脑涂地维护你？谁对赵寻有这样的恶意？她干和你干有什么区别？"

"有区别！我不会干！"

"成功，你知道咱俩的婚姻为什么能维持十年吗？因为我一直劝自己：男人的风流和他的成功就像双胞胎，你自己、社会，也包括我，都视为理所当然，也理所当然地认为每个女人都心甘情愿。你病了，这社会也病了，病得天经地义、不以为病。直到碰到赵寻，你翻了车，给我的震撼不亚于给你的。她让我反思，我们认为的理所当然，是不是那么理所当然？我眼中的你，你眼中的自己，和别人眼中的你，会不会不一样？对你而言，这女孩是不是就像《皇帝的新装》里当众喊出'他什么衣服也没穿'的那个小孩？"

"什么《皇帝的新装》？什么意思？"成功的脑子一时绕不过弯儿。

"不想她说的是不是真话，先让人把她的嘴堵上——这就是你在做，或者她在做的事儿，有什么区别？"

辛路扬长而去，不给成功一句反驳的机会。他直奔书房，开机上网，点击热搜词条，赵寻的入职证件照立刻跃上网页，实名身份无遮无挡、暴露在大庭广众下。成功连呼吸都沉重起来，在他亲自布局的舆论绞杀中，李怡擅自增加这记重击，让他也于心不忍。

李怡打开门，成功不苟言笑地迈进门，开口就问："你干的？"

"是呀。"

"把证据丢到大众面前让他们看就够了，有必要这么做吗？不下作吗？"

李怡被"下作"这个词狠狠刺伤，冷笑反驳："她让你在看守所受尽羞辱，洗脱罪名后还面临'社死'，差点输掉人生，这会儿挨个网暴，没伤筋、没动骨，你倒怪我下作？"

"你把她当情敌，所以要'杀'了她吧？"

"她不是我的敌人，是你的。从她报警指控你，她就是你的敌人！因为公众眼里只看见黑和白，不见其他。你和她是非分明，不是你死她活，就是她死你活，没有其他可能。为了让你白，必须不择手段。擦屁股的活儿你不干，不屑于干，不忍心干，我不替你干谁干？'伟光正'的成太太辛路干吗？你以为尹声没提供任何有利于赵寻的证据，就是因为举报你、对你心怀内疚吗？他不觉得报警告你有什么错，分分钟会克服对你的内疚，说出有利于赵寻的话。如果不是我去擦屁股干那个脏活儿，你以为他会到公安局什么也不说吗？"

成功恍然醒悟，早在找出尹声就是匿名报警人时，李怡就做了超出他与尹声"君子协定"以外的事。他再也说不出一句责备李怡的话，既没有责备她的立场，也硬不起责备她的心。

"嫌我下作，撤了我，声明我的所作所为与你无关，让我滚出大成、滚出你的生活，我毫无怨言。你不会因为不忍心就收回最后一击吧？成功，这可能是我对你说的最后一句话：大众只见黑和白，她不'社死'，就是你'社死'！"

林阖走出公寓，这个上午的她肉眼可见的憔悴，晏明开门下车，迎上林阖。对于晏明出现在这里，林阖没有流露太多意外。上次见面，还是刑事撤案时她指着她鼻子骂。晏明对自己的低声下气不太适应。

"师姐，能耽误你一点时间吗？"

"早饭吃了吗？"

晏明被问得晃神儿："啊……没吃。"

"一起去吃点儿。"

两人各自闷头吃早餐，这会儿早点店里都是老人，上班族都坐在写字间里了，林阖撂下筷子望向对面，晏明感受到对面的目光，抬头迎视林阖。

"什么事这么难开口？"

"我来求你帮忙。"

林阖心中已经了然。

"早上我给赵寻家管片儿派出所打过电话，确认小区里来了很多自媒体人，保安人少管不过来，这些人就在她家楼下聚集。没人报警，警方只能让小区物业加强治安管理。我给赵寻打手机，关机了，联系不上，她现在的情况可以想象。"

"要我做什么？"

"我保证绝对不是警方内部泄密！我认为是你委托人向媒体爆料。"

从林阙脸上读不出任何信息，律师立场不允许她承认，内心立场令她无法否认。

"昨晚几小时舆情就反转了，当时我以为只有那一波，今天早上赵寻被实名曝光、'人肉'网暴……师姐，你我都知道这不是结束，前两轮不足以'杀死'赵寻，后面还有，那个才真正致命，会让赵寻'社死'。"

林阙当然知道，那是她一手打造的，从司法到网络，所向披靡、无往不利的终极杀手锏。可以预见，音频一旦对外公布，赵寻的左右摇摆会被定义为两面三刀，她将彻底失去社会公众最后的同情，没有人再相信她被强奸，所有人都会认定，强奸就是她威胁、敲诈、勒索、获取巨额经济赔偿的借口。

"那才是赵寻的软肋，因为那个软肋，她输掉法律的支持，你们赢了，结果对她还不够残酷？成先生还没赢够？还要继续操纵舆论，发动'荡妇羞辱'，用民意'杀死'她？"

"你是司法人员，不能仅凭猜测就说爆料是他操纵媒体干的。"

"这会儿我不是办案警察，你也不是辩护律师，咱们就是两个深度参与、了解内情的人。把职业立场都先放下，摸着心，你觉得我冤枉他了吗？"

林阙知道，晏明、自己，包括辛路，谁也没冤枉成功，她只能委婉达意。

"一个人犯罪，司法人员依据法律定他的罪和刑期。但因为道德品行瑕疵，一个人该受到什么程度的惩罚、付出什么样的代价，社会并没有制定标准，任何人无权以一己为标准，对品行瑕疵的人进行道德审判和定罪。所以我替委托人辩护一句，他也是被污名、同样经历'社死'的受害者，他蒙受的名誉地位损失你我无权定价，更不能替他说如何赢了官司才算够，他有权决定自己如何用法律反击，洗脱污名。"

"法律以外呢？如果他操纵的是媒体舆论呢？我们都能清楚看到，几小时，几天后，赵寻就会被舆论'杀死'。她有软肋，也有道德品行瑕疵，我完全赞同师姐，没人有权道德审判他人、制定惩罚标准。但是谁宣判了赵寻的'社死'？成先生可以对人说：'你们没有权利，更决定不了我的反击方式和程度。'但他有什么权利、又凭什么判决赵寻的'社死'？被污名当然有权反击，但反击方式一旦离开法律，操纵的是公序良俗、舆论民意，我们用什么去制约道德审判的尺度呢？"

晏明这一波逻辑反杀，以其人之道还治其人之身，令林阚哑口无言。

"任何事一旦超出法律范畴，司法人员就失去了法理依据和立场，就不能介入。但我还是任性地来了，求师姐以你的力量，影响他不要做出下一步，我不知道除了你，还有谁能阻止他？"

"法律以外，我也没有立场介入委托人的选择，当事人如何处理他们之间的民事纠纷，是法律赋予公民的权利自由。"

"师姐，我不是来求一位大律师去说服她的委托人，我是来求一位女性帮助另一位女性。同为女性，她的软肋和瑕疵，难道我们无法理解，不能宽宥吗？每个女性不够强大时，谁没有软弱过、怯懦过？即使在侦查阶段，即使你对她刀刀见血时，我都感受过你对她超乎寻常的共情，对赵寻而言，你最致命，也最懂她，你觉得她该被'社死'吗？"

晏明的话入理入情，放下法律立场，只剩下女性之间的共情，面对她的殷殷目光，林阚回答道："我试试。"

"不管结果如何，谢谢你师姐。"

已经置身事外，也可以让自己从此一直置身事外的林阒，又回到双方交锋的风暴眼上。去见成功前，林阒先去了一趟赵寻家小区，亲眼见识到了晏明说的"聚集"。小区不设防，保安袖手旁观、任人自由进出。赵寻家楼下人头攒动，自媒体人三五成群，毫不遮掩"长枪短炮"、手机云台，新闻热点人物藏匿不露面，他们就守株待兔、伺机而动。街坊四邻扎堆闲聊，对媒体的入侵投以好奇和戒备地打量。赵寻家的几扇窗户都拉着窗帘，严丝合缝，密不透风。

仅仅隔了一夜，林阒又不请自来登门成府，车开进院门，她都没有想好如何与成功进行这场谈话。成功将昨晚和今早过山车一般的情绪激荡修复得不见痕迹，起身迎接林阒。

"这么快就来答复我了？"

一站到成功面前，林阒自然而然脱口而出："直说吧，我知道视频和赵寻身份曝光后，还有一样东西，要不了多久就会公之于世。"

"公布了会怎样？"

"把指控强奸的人亲口否认强奸的话公之于众会有什么结果你再清楚不过。"

"所以你想怎样？"

"我希望到此为止！"

"为什么？肉眼可见对我更好的一件事，你为什么希望它就此打住？归根结底，是否结束与律师无关啊。"

"我不是作为你的律师给你建议，我无权干预委托人的个人选择，也无权左右事件进程及结果，只能作为朋友，希望。"

"你是来求我的吗？你为谁求我？"

林阒也在问自己：你在为谁？为何而求？

"第一，你没有立场，也没有道理阻止我，我怎么洗脱污名跟你没有关系。第二，接下来的民诉代理还能带给你更大的利益。你替赵寻？她让你传话给我？"

"不是，她没有托我。"

"到此为止的诉求只对一个人有利，简直就是她此刻的哀求。我的辩护律师居然为了对立方，跑来求我住手，是这样吗？"

成功难以置信，林阗默认，没错，就是这样。

"不管你出于什么立场，我的律师也好，朋友也好，暗中受对方之托也好，总归需要理由才能说服我，理由呢？让我到此为止的理由是什么？"

林阗必须清晰亮明态度，她努力让语言更精准。

"你我都清楚我们是在哪个阶段，在什么情境下获得的那份证据，也清楚对方是在什么精神状态下否认的强奸。"

"难道那些不是她亲口说的话？谁胁迫她那么说了？"

"这起事件的特别也是普遍之处，就在于不存在显性的外力胁迫，自始至终让她左摇右摆的，一直是自己的内心。当时当地她确实否认过强奸，让我们抓到她的软肋，导致她在刑事指控上力证尽失。但那时的赵寻处于一种创伤后应激反应，心理怯懦，思想混乱，失去方向……人在高风险、多任务处理模式的压迫下，需要漫长的时间才能对自身经历形成稳定认知，所以精神濒临崩溃时的一句话，可以作为判断法律事实的依据，但它未必就是全部真相！"

"哈！那么'全部真相'是什么？"

"远比法律事实更复杂。"

"我就问你'全部真相'是什么？别弯弯绕绕拽法言法语，明确回答我！"

成功勃然大怒，这是他从未对林阚暴露的一面，威权、碾压、高高在上。对方的高压反而释放了林阚，激发出她的不卑不亢、不疾不徐，和成功的声色俱厉形成巨大反差。

"赵寻在你权力和地位的压迫下，犹豫不决、自相矛盾，不敢讲真话，她否认，她指控，她顺从，她反抗，合起来，就是'全部的真相'！我们利用她的矛盾纠结，用她的左手杀死了右手。还要利用她的一句话，歪曲抹掉她的全部。"

"你说我断章取义、误导大众、操纵民意？我的辩护律师居然能理解赵寻，认为她不是诬告陷害我，更不是'仙人跳'？"

"虽然是你的律师，但确定法律事实的同时，我也看到了更多客观事实。"

"客观事实是什么？她说的是真的？强奸是真的？那我无疑就是强奸犯了？林阚，咱们都磊落一点吧，到了必须坦诚相对的时候，你眼中的我究竟是不是强奸犯？别避而不答，也别拿这个事实、那个事实搪塞我，这里就是法庭，你就是法官，我到底有没有罪？你宣判吧。"

"我不认为你强奸了她，但她真真实实受到了你的伤害！"

"昨晚到现在像一面镜子，我扬眉吐气洗掉了大众嘴里强奸犯的污名，回头一看，原来最亲的人眼里，我还是个污名之人。我输掉的'体面'，比自己以为的更彻底……谁也阻止不了我！你也不能！杀死她的致命一击一定会来！她一定会收到我告她的传票！答复吧，我的代理，你接，还是不接？"

这个成功，就是赵寻眼中的成功，此刻林阚也看到了，她一字一顿、掷地有声地给出答复："你不到此为止的话，我只能让自己到此为止！"

林阙把车停在金融街派出所外面，晏明接到她的电话立刻赶出来，一见林阙的表情，就预知了结果，林阙轻叹一声："我尽力了……"

　　晏明重重叹出来，消化这个本来就不抱希望的噩耗，"那就不可避免了……赵寻不知道，我替她谢谢师姐吧。"

　　"曝光……也不是终点。"

　　作为谙熟诉讼流程的司法人员，晏明非常明白林阙透露的信息，倒吸冷气，对赵寻的未来充满担忧："我的天！这场死刑还要执行一两年那么久吗？"

　　晏明手机铃响，迅速接了个电话，告诉林阙，赵寻报警了。街道派出所驱散了楼下的自媒体人，要求物业封闭小区，除了本小区居民，外人禁止出入，赵寻一家比之前安全一些，外界干扰能少一些。晏明决定立刻过去看看情况，林阙询问："我能和你一起去吗？"

　　两人下车走向赵寻家的一路，吸引了街坊四邻的所有目光，自媒体人被驱散，但方奶奶们还在。单元门前站着两名派出所民警，正和物业经理、小区保安交流情况，一见晏明赶忙迎上来，物业经理刷开门禁，林阙随晏明走进单元门。

　　赵寻亲自来开门，先见到面前的晏明，随即看见晏明身后的林阙，勃然色变，愤怒无礼，直冲林阙："你来干什么？给我送封口协议吗？"

　　林阙理屈词穷，任何辩解在此刻都显得无力多余。

　　"我很抱歉——"

　　"抱歉你还来干吗？替你的雇主检验网暴成果吗？"

　　"与我无关，我不知情。"

　　"一手反转、大获全胜，你这样的大律师，还屈尊专门跑来卖我好、求我原谅，是还有后手要你继续演戏吗？还有必要演下去吗？

你骗我的意义何在？引诱我在封口协议上签字是缓兵之计吧？利用我不想曝光的心理，一面封我嘴、让我说不了话，一面暗中放料、操纵舆论。我以为两面三刀的人不可能是你这么出类拔萃的女性，也不可能说出那么……温暖的话……"

"不管你怎么认为我，有个建议能否考虑一下？"

"还真有后手？"赵寻脸上浮现"果然让我说着了"的嘲笑。

"这是我的建议，和他没有关系，你想不想暂时离开这儿？"

"去哪儿？"

"看你意愿，外地也行，不离开本市也行，没人打扰的更安全的地方。"

"又来了，和送我们全家出国一个套路，是让我躺平受死，死得更透？还是为了预防我微乎其微的反抗，再拿到一个致命证据？林律，我都蠢成这样了，对我你真不用再使用'双商'了，你的屁股决定立场，你怎么可能帮我呢？你要干什么啊？我搞不懂，现在也没劲儿搞懂，我就挖个地洞猫起来，你放过我！"

林阙出门的一刻，赵寻的眼泪夺眶而出，那是寄予信赖、遭受背叛、巨大失望后的委屈，晏明忽然明白了一切。

第二十章

我也一样

李平醒来，一手抓空，被子半掀。赵民不在卧室。她起身下床寻进客厅，客厅一片黑暗，不见赵民踪影，卫生间的门与地砖之间透出一线微光。李平走去推卫生间门，转动把手，发现门被反锁了，敲了几下，门里无声无息。

"他爸，你在里面干吗呢？咋不说话？锁门干啥？"

赵寻听到李平的叫门，起身走出卧室，李平顾不得惊扰女儿，"你爸在卫生间里，不开门也不出声。"赵寻一边转动门把手，一边呼唤："爸你没事吧？哪儿不舒服？别让我们着急，再不出声我撞门了！"门里还是一点回声也没有，赵寻后退两步，准备用身体撞门，门锁"咔嗒"一声响，门里的赵民攥着手机，屏幕还亮着，母女俩震惊地看到他涕泪交流，脸已经哭花，还在无声抽噎。

赵寻回身冲到路由器前，果然，路由器的灯亮着，她一把扯断电源线，冲父亲大发雷霆："不让你上网、打电话，深更半夜不好好睡觉，猫卫生间偷偷上网，你躲谁蒙谁呢？"

赵民心虚地辩解："我……睡不着。"

"睡不着干点什么不好？非上网？"

"我就想……看看网上怎么说你。"

"说什么想象不到吗？能有什么好话？网络就是粪坑，谁都能在上面喷粪，你不是自找屎吃吗？"

"那些粪就是每个人心里头的话，那些人就是周围的人，你同事、领导、街坊四邻，甚至你朋友，每个人心里都那么想、那么看你，无论你走到哪儿、在哪儿上班、跟谁恋爱结婚，他们看你的眼光，永远是那样……以后你怎么过日子呢？堵上耳朵、捂住眼睛、不看不听，它们就没发生过，就不存在吗？"

父亲的话如重锤，自欺欺人的壁垒轰然坍塌，赵寻心里涌起的是对父母的满心愧疚："爸妈，对不起！对不起！都是我的错，是我把事情搞得一团糟，把你们好好的日子给毁了……"赵民抽噎得更凶了："不怪你，爸妈不怪你，是担心你啊，我们这辈子就这样儿了，你才刚开始……"

一家三口没有话能够安慰彼此，被困在深夜的孤岛上。

林阙一早走进律所，经过任正办公室，隔着玻璃感觉办公桌前的背影眼熟，任正抬眼看见林阙便举手招呼，背朝外的女性也转头回望，是李怡。林阙点头致意走过，一路琢磨：她为什么会出现在任正办公室？

任正送走李怡，敲敲林阙办公室的门，走进来问："我能耽误林律一点宝贵时间吗？"林阙起身让座，虽然是亲师徒，但是任正从来不插手林阙的案子，可是今天要破例。

"看到李怡在我办公室，你知道她为什么来吧？"

"大概。"

"成董委托她来专门知会我一声，说他决定起诉赵寻侵害名誉，还说你拒绝为他代理，让他非常困惑和郁闷。怎么回事？谈谈？说说你为什么不接？"

"我……没理清。"

"哪儿没理清？"

林阒觉得一言难尽："至少有一点我很清楚，我不希望他提起诉讼，追究赵寻的民事责任。"

"这不是顺理成章的事吗？刑事洗脱罪名，提起民事诉讼，从犯罪嫌疑人变为民事诉讼原告，追究对方责任，再正常不过的司法程序，很多人都会这么选择，何况成功这种视声誉如命的名人，他的名誉不是他一个人的。搁在常人身上不难理解的事，为什么你反倒不希望他做？而且这是稳赢不输的官司，难度不大，你的工作在刑侦阶段已经做完了，对确定法律事实起了主导作用，接下来也会成为反诉胜诉的基石，自己栽过的树下乘个凉，何乐不为？"

"这个代理，对我并不愉快。"

"你纠结的，是自己的立场吧？不是成功的决定合不合你愿望，是你的职业伦理和性别立场这两者在打架。"

林阒被一语道破，嘴硬不承认："我不至于当了十年律师还在答'菜鸟'的题，还在纠结理智与情感。"

"那可不是'菜鸟'的题，是律师一辈子答不完的最难题。你以为纠结过一次就能避免下一次了？永远纠结，至死方休！我了解这案子的双方，施害没有明显作恶，受害并非完全无辜，作为是非曲直判断，非常不典型，但是作为权力不对等的职场现实案例，却非常典型。你对女性受害人心存理解、感同身受，这无可厚非，但是立场归立场、情感归情感、法律归法律。刑事阶段你非常职业，有前瞻有预判，步步走在警方前面，堪称完美。接下来进入民事诉讼程序，我就弱弱提醒一句，成功是你、也是大正的最大客户，刑事民事这点案子不是我们两家的主业，影响了大头投资并购就不划算了，一切以律所利益为重。说重了？放松，你需要放松，别把这个当回事儿，一桩民事案件而已，再想想，不急着决定。"

任正和颜悦色，但他的话绵里藏针，内外两股压力合为一势，沉重地压向林阒，推动她前往理所当然的方向，唯一阻力只来自林阒的内心。

任正离开没有两分钟，康辉敲门而入，张嘴就问："你计划什么时候向法院递交诉状？"

林阒当即黑脸："什么诉状？"

康辉被呛得一脸蒙："不是替成功告赵寻吗？"

林阒突然爆发道："谁告诉你我接受代理了？"

康辉晕头转向："啊？你没接？刚才从你屋出来，任大就让我准备起诉材料，还说这几天有空了他也要听听案件细节，我以为你理所当然接了呢。"

"哪儿来的理所当然？"林阒带气起身，抬脚就走。

康辉追到门口："那我是准备还是不准备啊？"

"谁让你准备你问谁去？"林阒扔下一句扬长而去，离开四面八方压迫她的律所。

监控视频曝光、赵寻被"人肉"两波舆情发酵后，作为最大获益方，成功收获舆情反转、污名洗白的同时，也被质疑是对受害人发动"荡妇羞辱"的幕后推手。

大成首席新闻发言人李怡适时接受媒体群访，面对记者的"长枪短炮"，坚决否认成功是爆料人在自导自演，声称大成集团和成先生本人密切关注事态舆情发展，保留对侵害他个人隐私和人格名誉的侵权人及侵权单位追究法律责任的权利；视频和身份曝光对于两位当事人都是一场灾难，警方撤案后，成先生和妻子辛女士的共同愿望就是尽快回归正常轨道，这两波爆料虽然客观上让公众了解了真相，但谁也不希望用酒宴、住处这些私密空间换取清白，爆料事件不止一个受害者，而是两个！不能因为成先生是受到舆论支持的一方就罔顾他被侵权的事实，就阴谋论式地把受害者说成是施害方，传播自导自演谣言的人也在大成集团和成先生追究法律责任的射程之内。对于另一方当事人遭受网暴的处境，李怡的答复也无可挑剔，她证实赵寻已经办理离职，不是大成员工了，但如果对方提出需求，无论是道义还是法律援助，成先生和大成都乐于向她施以援手。

见完记者，李怡款款步入成家客厅，尽管她的"维护"超出了成功的底线，但她仍然在尽职尽责地维护他，迟迟没有等到他对自己的裁决。

"一直在等你处理我……没等到，所以我还是按部就班落实安排好的工作，刚去过大正，任律答应一旦林阚拒绝代理，就由他出面。接下来，杀手锏是否还要曝光？"没等到他表态，李怡转身离开，刚走出几步就被成功从身后抱住，成功把头埋进她的秀发。李怡满腹委屈翻涌而起，转身抱住他："我到底是有多爱你？"

走出成家，李怡坐进车里打了个电话："那个视频，上线吧。"

成功踱到落地窗前，窗外云卷云舒，他脸上已经没有了污名洗白之初的扬眉吐气，而是一种百感交集的沉重。

爆料的第三弹，事发三十六小时赵寻对成功亲口否认强奸的视频，毫无意外地被传到了网上。前两弹曝光时还有替赵寻辩护的声音，在这段视频曝光后也消失殆尽，网民都看到、听到了"受害人"事后对"嫌疑人"辩解她没有指控过强奸，没有人再相信赵寻被强奸的事实了。三波爆料效果叠加，公众舆论盖棺定论：男女双方你情我愿，女方纯属诬告。舆论的巨轮碾压而过，网络上那张两寸证件照上一句话不曾说过的"赵寻"被压成齑粉，尸骨无存。

声浪鼎沸时，风暴眼却找回了事发前的岁月静好，一家三口齐心合力屏蔽掉门外、窗外的世界，赵民亲自掌勺做了一桌好菜，李平在厨房里跟着忙活，赵寻收拾打扫，一扫客厅和卧室的杂乱。一家三口围桌而坐，习以为常的场景竟然让他们有恍如隔世的感觉。

酒过三巡，赵民开始"忆往昔峥嵘岁月稠"。

"从小到大你没让我和你妈操心过学习成绩，你就是传说中'别人家的孩子'，每学期家长会都是别人爸妈的噩梦，到咱家就是人生高光时刻！每到家长会前，我和你妈都得抓阄儿，决定谁去家长会出风头，接受老师表扬。"

李平揭穿丈夫："我赢了也不算啊，哪回不被你抢去？"

"你妈低调，总让我，从你小学到高中毕业，一年嘚瑟两回，打进校门就横膀子走，万众瞩目啊，可惜大学不开家长会。上大学到上班，也有两次我横着走，一次是你高考成绩公布、拿到录取通知书，一次是你拿到入职通知书。"看到女儿脸上的笑容突然黯淡，赵民咽下后面的话，又无法化解已经酿成的尴尬，化作一声叹息。

"寻寻，妈一直想问你，我和你爸除了种花养草啥也不会，啥台阶也给不了，一开始就让你输在起跑线，偏偏你爸还是个奖迷瞪儿，自己没本事，就全靠你长脸，当我们女儿，累吧？"

"没有啊。"赵寻笑着回答，眼眶却红了。

"我和你爸不一样，你不想那么累，就找个低眉顺眼的老公，生个有鼻子有眼儿没毛病的孩子，不显山不露水地过一辈子，也挺好。别为谁的脸活得不是你自己，不是非要比别人优秀，也不是非得有个风光的人生，啊。"

赵寻一点头，泪珠落在桌面上，突然一声震耳欲聋的破碎声，一块砖头破窗而入，整块玻璃从窗框脱落，阳台一地碎渣。母女俩来不及反应，赵民一跃而起，捡起地上的砖头，几个箭步冲上阳台，透过洞开的窗框朝楼下怒喊："你大爷！哪个混蛋王八蛋干的？有人看到吗？"

　　赵寻和李平跟到阳台，见楼下聚集的街坊四邻齐齐朝他们抬头仰望，有人回应说光听见声儿了，啥也没见着。赵民出口不逊："放你娘的狗臭屁！一帮闲人吃饱了撑的，坐楼下不就为等热闹瞧吗？这会儿全瞎了啥也没瞧着？"楼下回骂："吃枪药啦你？茅坑炸嘴里了？怎么说话呢？全小区被你家搅和得不得安生，大家没抱怨，你还抱怨大家，多大脸！你给大家发钱了咋的？有义务给你家当保安？"李平拉扯赵民胳膊，试图平息他的怒火，劝阻冲突升级。赵民甩开妻子，指着楼下骂："你们肯定都见着了，你们都知道，故意包庇，就是你们干的！"楼下继续回骂："赵民你是不是疯了？逮谁咬谁！""你家出个破事影响大家生活，我们才是受害者，我们找谁投诉去？""你闺女丢人现眼你教育她，冲我们使什么劲儿？"

　　赵民气得五官扭曲，手里的砖头飞出窗口，楼下一片躲闪惊呼，所幸没有砸到人，这块砖头惹得群情激愤："这么能你下楼看谁不顺眼单挑，别跟老鼠似的缩屋里不敢出来！""接着扔！别光扔砖，都被包养了，你也扔点值钱玩意儿。"

　　李平死死扯住赵民，他在她两条胳膊的束缚下扭动挣扎，突然又一声"叮叮哐哐"声从赵寻卧室传来，李平一晃神，手一松，赵民像坦克一样冲向赵寻卧室。

　　裂痕张牙舞爪向四周放射，还好卧室窗户没有像阳台的一样整扇脱落，抵挡住了外来物的入侵。

赵民一言不发冲进厨房，迅疾冲出来，手上多了一把菜刀，三两下拧开门锁，夺门而出！"快拦住你爸！"李平一声尖叫追赶丈夫出门。

赵寻就像被封印住一样没有反应。她听见铁门被撞响，听见母亲在楼梯上追赶父亲"咚咚咚"的脚步声，听见李平声嘶力竭地呼喊："赵民你站住！给我回来！"她缓缓走回阳台，洞开的窗口处射进来的阳光五彩斑斓，看上去好美。

楼下大喊："我靠他有刀！""砍人了！杀人了！"混乱声陡然升级，一片嘶喊尖叫，四散奔逃声、撞击声、厮打声，甚至乱刀劈砍的空气声，接着又一声吆喝："哥几个！一起上吧！"

赵寻一步跨到窗洞前向楼下俯瞰，街坊四邻四散在周围，空出一块空场，几名虎背熊腰的男街坊团团包围赵民，一拥而上，七手八脚将他扑倒在地，手快的一把夺下菜刀。李平冲进男人们的激斗现场，蚍蜉撼树一样，试图解救被压在众人身下的丈夫，央求大家："他就是比划比划，没想伤人……"赵寻眼睁睁见父母陷入重围，竟然松口气，万幸赵民的菜刀没有伤人。她转回身、背靠墙，缓缓出溜到地上，举起双手捂住耳朵，不让那些声音刺入脑海，拼命蜷缩，恨不得把自己缩成一粒分子，从这个世界遁形。

楼下，维护了小区治安的街坊四邻集体发起对赵民的审判："居委会、物业够维护你们家了，小区也封了，居民也配合，快递外卖不让进，给大家伙造成多少麻烦不说，还替你们三口挡了多少骚扰偷拍，你们反倒把大伙儿当恶人！""乱砍乱杀，这可是刑事犯罪，万一伤了人命，你们一家子就是犯罪分子、小区公敌！"李平像个电动机器人，不停朝四面转体，鞠躬道歉："求大家宽宏大量，看在我们三口跟谁都和和气气的份上，别报警！千万别报警！人我拉回去关起来，保证没下回了！我挨家挨户给大伙儿道歉。"赵民被几个虎背熊腰的男人压着，伏地躺尸，满脸尘土，用只能自己听见的音量嘟囔："我不是公敌！谁欺负我闺女，谁是公敌！"

一块飞砖引发的疯狂平息下去，李平搀着一身土的赵民进门，见赵寻蹲在阳台地上，直勾勾盯住某一点，像具雕塑。李平拧了条湿毛巾给赵民擦脸，突然听见丈夫开口："这日子，装着过，也过不下去了。早知道这样，还不如让他包养了呢！"李平手里的毛巾转瞬化为武器抽到赵民身上："疯了吧你！你说的是人话？是人话？"

父亲的话如一枚子弹，击中女儿心脏，赵寻没有中弹的反应，爆炸在她身体里静静发生。

父母惊愕地望着女儿，看到赵寻身上瞬间出现了一种他们前所未见的刚硬。那种刚硬，出现在赵寻走进派出所向晏明报警时，在赵寻接受秦队调查问询时，在赵寻当面对成功说出"迟到的'不'对你、对任何人都没有意义，但对我有意义"时。赵寻猛然起身，大步流星穿过客厅，经过呆愣的父母，开门径直走了出去。冲出单元楼门的瞬间，所有目光都汇集到她身上，她脚下不停，风一样吹过街坊四邻，在各色目光中奔向外面的世界。

李平追出楼门，找不见女儿身影，方奶奶给她指方向："寻寻往那边跑了。"李平顾不上感谢，拔腿追赶，和女儿一样，穿过那些意味深长的眼光。

小区居民认出赵寻，或驻足或指点，她视若无睹，一直奔跑，跑到小区出入口，保安把门，居民扫码刷卡才能进入小区，门外聚集着不肯散去的自媒体人，人数之多让人望而生畏。赵寻放缓步速，然而只停顿了几秒，又跑起来，冲出小区，冲到街上。第一个反应过来的自媒体人扔下奶茶拔腿追赶，训练有素地开启设备开关，更多自媒体人反应过来，争先追赶。

赵寻沿街飞奔，身后拖着一个长长的彗尾，自媒体人你追我赶争抢新闻资源。捷足先登者一马当先追到赵寻身前，举起相机狂按快门，赵寻爆发出一股自己都意想不到的力量，一把推远他。冲到共享单车前扫码解锁时，更多人来到身前，无数镜头怼脸，粗鲁的追问伴随唾沫溅到赵寻脸上。

"你是赵寻吗？"

"网上那些视频是不是真的？"

"视频里是你吗？"

"你还说是强奸吗？"

赵寻跨上自行车，大喊一声："起开！"用车头撞出包围圈。

风在耳边，人和车如风吹过，赵寻突然感到久违的自由。一辆汽车追上来，与她同向平行，车窗降下，镜头伸出。赵寻哈腰猛踩单车，瞄准前方岔路突然转弯，汽车来不及转向，直直冲过岔路口，赵寻振臂高呼："耶！"

岔路上汽车骤减、行人寥寥，赵寻频频回头，没有车撵上来，她灿然而笑，两脚蹬得飞快，像小时候一样，松开车把，挺直腰背，张开双臂，在车上飞翔！

一出家门，林阖就见熟悉的保姆车停在楼下，车门滑开，成功迈下车迎上她。"耽误你时间吗？谈谈？"林阖迈进车厢，成功跟进来，察言观色，小心翼翼开口："我不来，你就不搭理我，打算把我拉黑了吗？早上来之前，先洗了个澡，衣服换了好几套，坐在这儿等你，心里七上八下，感觉特别像初中跑去看一眼暗恋的女孩儿……"他突然意识到这么说容易产生歧义，赶紧撇清，"我就打个比喻！绝对不关男女，绝没有骚扰的意思……哎，我也有创伤应激障碍了。"

"好事儿。"林阒抿嘴笑道。

成功附和："对对对，好事儿好事儿，帮我治病。"

林阒反客为主："说吧，要谈什么？软硬兼施说服我代理？"

成功摇头否认："我甚至不是为这个事儿来的，本来这两天是这见鬼的一个月来最舒心的日子，但是两个女人一人一脚，把我踹下了更深的深渊。任何人的谩骂诋毁都比不上我问你我是不是强奸犯时你的沉默更让我感觉羞耻，连辛路的践踏也比不上你的鄙夷更让我耿耿于怀。所以我今天来，不为说服你接受代理，是想对你说说我从来没对任何人说过，包括辛路，就是自己说给自己的话。我坦白承认，在道德伦理上，我是个没有底线的人渣！我对自己一直磊落，但是对外承认，你是第一个。我绝不是没能力约束自己对婚姻情感忠诚，我有自我约束的能力，但从来没有过自我约束的要求，我为什么要约束自己？我有名、有钱，还帅，尊重每位女性，对她们温柔以待，我有这个能力，也有这个权力。"

说到这里，成功停下来，因为他想起一句话："你病了，这社会也病了，病得天经地义、不以为病。"于是有了几分自我怀疑的味道，像是在反问自己，"不是吗？至少事发前，我是那样一个人，在两性关系上随心所欲，身处婚姻也不被婚姻束缚，绝不被一个女人捆绑。你也不能否认，名利、地位、权势、社会环境，允许我拥有那样的权力。虽然阅女无数，说出来你可能不信，赵寻是我最喜欢的一个。为什么是她？一个姿色平常、没什么过人之处的女孩。原因很简单，因为她是被我追得最勉强纠结的那个。你心里在骂吧？'真贱！'没错，是贱！之前的女人没有一个女性像赵寻那样，送她消费不起的大牌，像捧着一个烫手山芋，扔也不是，收也不是。接受与身份不符的职位待遇，也没有人像她那样，郁郁寡欢、心事重重。对我而言，她的反应太与众不同了！她不是可以随意摆布的女孩，这样的女孩有难度、有意思，不会在轻易得手后索然无味。我享受她纠结的样子，看她心里道德伦理、独立自我、贪婪拜金几种力量人神交战、打成一团，我甚至洋洋自得。"

"你享受自己是个帝王，让谁站谁就不敢坐下的快感吧？"

"你说对了，仅仅满足性欲，那是自我作践，把自己降格成动物。我要的，是权力欲，是我给你、你不能拒绝的操控感。男人的春药，不是性，是权力！"说完这句，成功听到林阒鼻腔里一声冷笑，"我被侮辱、被谩骂、被'社死'，都是活该，我理应受到惩罚、付出代价，但我绝不承认我是个强奸犯！我当然知道，女人眼里的我，除了人，还有别的，权力地位比身体、比花言巧语、柔情蜜意更有威慑力，更容易征服他人。我滥用权力，但从未有过一分钟，用它逼迫一个不情愿的女性屈服，她可以在任何时间、任何地点自由表达，告诉我她不愿意，我绝不会强迫，但是赵寻没有！你知道的，她一个'不'字都没说过。所以这个罪，我——不——认！坚决不认！身份、地位赋予过我权力，我不该让权力朝外，更该向内，要求自己。当你成为一个现实的强者，社会更关注的不是你能操控他人，而是能控制自己。在坏事里非要找出一点儿好的话，就是这一点收获。我希望得到一次重新为人、为夫、为父的机会，就算为我妈挣了一辈子的那点'体面'，也为了轩轩爸爸不被说成强奸犯，我一定要打这个民事诉讼！如果你改变不了对我的鄙视，我不勉强你继续为我代理，失去一位好律师，还可以找其他律师，我怕的是……失去你。"

林阒抬眼看见成功的目光从未如此卑微，从未如此真诚。

林阚意外接到赵寻主动打来的电话，她以为自己被她彻底拉黑了。

"林律……没人打扰的地方，还有吗？"

"有。"

"你能带我去吗？"

"好。"

康辉父母买过一套位于远郊山区的别墅，康辉还带林阚和团队去那里度过假，世外桃源、怡然自得，长期闲置没人住。林阚向康辉借了房子，拿了钥匙，到赵寻家跟李平打过招呼，接上赵寻。

开往郊区的一路，赵寻像从没顶的水下被一把拉出水面，猛然呼吸到空气，又看见湛蓝的天、斑斓的光、枝头的绿。林阚只是接到一个求救电话然后来了，赵寻就活了过来，任由自己被带去任何一个地方。

别墅美极了，环境幽静，但是太大，赵寻还在惶恐每个夜晚要怎么熬过的时候听见林阚正在打电话："妈我今晚不回去了，在郊区住，和一个当事人，这几天我都要在外面住，明天下午我抽空回家拿一趟换洗衣服，你和我爸没事儿吧？"

夜幕降临，赵寻心里和周遭一样万籁俱寂，给林阚打电话前，她以为全世界没有一处能让她安全藏身，但此刻她就身处这样一个角落。

"我想知道你为什么帮我？现在还帮我，总不能还说是为了帮他吧？"

林阚撂下手里的筷子，望向赵寻。

"是因为你和我有过一样的处境吗？"

"我？还没有你现在勇敢。"

"怎么可能？你看上去那么勇敢、坚强。"

"像你这么大时，我不是。"

"你也受过伤害？"

"看上去，我更聪明一点，保护了自己，也没有撕破脸。"

"怎么是看上去？你就是比我聪明。像我这样撞得头破血流，话都没人信了，还有比我更蠢的吗？就算同样选择反抗，你和我的结果也不一样，你既能保护自己，又能躲避伤害，所以今天这么强大，那个噩梦就不会在你身上留下任何阴影。"

"不是，我没有选，一直躲，以为躲过了那个人。"

"躲不掉吗？"

"如影随形。"

"至今还跟着你？"

"不选择，就是一种选择。貌似躲避了伤害，还得到了好处，但它是妥协，不是反抗。"

"反抗又怎么样？做不到完美无瑕，不是一枚无缝的蛋，不是完美受害人，就会被千夫所指。让你解释为什么偏偏是你被骚扰、为什么你品行不够正派、不义正词严、不断然拒绝，受害者必须解释自己为什么被伤害，而加害方，不用解释他为什么道德失格、婚内出轨、为所欲为，所以我注定被羞辱、被审判。"

"你后悔报警指控？"

"是，我后悔。我后悔的是自己不够好，没有做个完美受害人，我竟然懦弱、贪婪过，被有权有势的男人追求，收昂贵的礼物，虚荣过……可能以前不敢面对那样的自己吧？我应该恨你，但始终恨不起来，因为让我输掉的，不是你，是千疮百孔的自己。像你回不到十年前一样，我也回不到四个月前，我后悔没有在第一次感觉异样时就对他说：我不要你的好处，谁要你赏给谁吧，我就靠自己，就算不强大，就算是只小蚂蚁，我也是我自己！"

"最难受的，是过了那么久，你发现自己面对不了的不是被伤害的记忆，而是你心里隐藏过只有自己才知道的懦弱、虚荣，还有小贪婪。你厌恶的，不再是伤害你的人，而是过去的自己。你有多喜欢现在独立自主的自己，就有多厌恶从前没有拒绝、妥协的自己。伤害你的人只能在过去伤害你，一直伤害你的，是自我厌恶，你不知道什么时候用什么方式才能摆脱它？你看，我和你一样，软弱、贪婪过，没受伤害，只是我运气比你好。"

"你真的和我一样吗？"

"一样，现在我还像只鸵鸟，还没有勇气向对方说出真相，我不如你。"

赵寻伸手握住林阚，立场针锋相对的两位女性，跨越十年光阴，凝视彼此。

第二天清晨，林阚走进浴室洗澡，准备出门上班。窗外鸟语花香，阳光满屋。赵寻打开笔记本电脑，随手敲下几行心情，起身走进厨房准备两个人的早餐，她觉得从这个早晨开始，自己能够平静地看书、写东西、出门散步，像往常一样了。

撂在手边的林阚手机屏幕突然亮起，康辉发来一条消息：李怡一早来律所，要求我们拿出起诉赵寻侵害成功名誉权的工作时间表。

屏幕黑了，赵寻伸手触亮它，又看了一遍，确认自己没有读错一个字。

成功即将发起民事诉讼控告她侵害名誉，而成功的代理律师，还是林阚！

阳光泯灭，世界尽墨，刚死灰复燃的心，又一次被"杀死"。

吃早餐时，林阚突然想起，让赵寻要什么吃的、喝的、用的，列个单子发消息给她，她晚上带回来。赵寻乖乖说"好"。林阚瞥见桌上她的笔记本屏幕亮着，问电脑怎么开了？赵寻一笑说道："我打算写点儿东西。"看上去她情绪已经恢复正常，这让林阚感觉欣慰。

林阚顺手拿起手机，就看到康辉刚才发来的消息：李怡一早来律所，要我们拿出起诉赵寻侵害成功名誉权的工作时间表，任正也来过话，变相施压，索要案卷，我是不是按兵不动，等你来再说？林阚抬头看一眼赵寻，她若无其事地吃着早餐。林阚回复三个字：等我到。

赵寻反问林阚："有事儿？"

林阚摇头否认："没有。"

林阚的反应和康辉的消息一起，让赵寻一路下坠，坠进深不见底的水下……她俩都若无其事地吃完。

林阚走出别墅，赵寻跟随出来送她，一直送出院门。车开出很远，林阚回头瞥见赵寻还站在原地目送，对她露出灿烂的笑容，那笑容让林阚记忆深刻。

赵寻走回桌边坐下，把笔记本电脑端到面前。

这篇"东西"，在七个小时后，才能被林阚看到。

林阚刚进办公室，康辉就追进门汇报："李怡一大早又来了，在任大屋里坐半天，出来直奔我，让我尽快拿出一个民事诉讼流程时间表给成董。"

"我没说要接呀。"

"说的就是啊，她就跟你答应接了一样。等不到你来，她着急走了，然后任大又过来，让我把整理好的案卷都拿给他，他今天就要看，末了他还跟我说了句话，让我催你决定，今天就答复。"康辉往身后看了一眼，确定门关严了，"老大，我怎么有个感觉？你明修栈道，你师父暗度陈仓，你只要明确态度、坚决不接，任大就可能亲自接盘。箭在弦上，不以你的意志为转移。"

林阗知道，康辉的预感没错。

赵寻合上电脑，起身离开桌边，换上一套长衣长裤，对镜自视，看上去很美。她走出别墅，带上门，迈下台阶，对岗亭里的保安点头微笑，走出别墅区大门，顺着盘山公路向山上走去。身边偶尔经过一辆上山或者下山的汽车，她看上去像在郊游散步。

走到山顶，地势平坦，居高临下，人迹罕至，赵寻停下脚步，等呼吸平稳后掏出手机。

陈默接到了赵寻的电话，听筒里，她的声音轻快愉悦，像卸下了千钧重负。

"陈默，别为我和你父母吵了，也别再为我做任何事，忘了我，放下它，去找一份新工作，开始新生活。"

陈默反问她："我能放下吗？你能放下吗？"

"你能，我也能。谢谢你，再见。"

打完最后一个电话，关闭手机电源，赵寻站上悬崖边缘，清风拂面，又有了飞的感觉，她向前一步，迈了出去。

第二十一章

被伤害是因为我不够好

律所上午的例会散会，任正起身叫住往外走的林阙："我的话康辉转给你了？一会儿到我办公室聊聊？"林阙知道任正要她今天就做出决定，无论是推延还是拒绝，都会损害大正和大成稳固的法律委托合作，影响律所每年来自成功的巨额收入，所以一旦她拒绝，大正必然接下这桩代理，而且可以料定是任正亲自出马。

林阙掏出手机查看，赵寻的消息对话框没有红点提示，一上午她都没有如约发来生活用品的购物清单。一回办公室她就拨通赵寻手机，听到"您呼叫的用户已经关机"时，心跳突然加快，拨打康辉家别墅的座机，还是无人接听。

康辉听到召唤，推门走进林阙办公室，见她罕见地神色凝重，语气紧张地索要他家别墅的物业电话，立刻拨通："物业吗？我是1—311业主，就是昨晚两位女士刚搬进去住的那户……"

林阙伸手拿过康辉手机，紧张地说道："您好，想请你们过去敲开门看一眼，家里有人，但手机、座机一直没人接，怕万一有什么意外……什么？赵小姐出门了？一个人出的小区？什么时候？两小时前！保安确实是她吗？她说去哪儿了吗？朝哪个方向走的？我马上过去，如果赵小姐回来，请她第一时间联系我，对，我姓林，也拜托你们务必保证她的安全，谢谢，一会儿见。"

康辉见林阙的面色更加凝重："什么情况？赵寻不见了？"

林阚猛然想起了什么："早上你什么时候给我发的消息？"

"李怡一走，九点多。"

林阚点开康辉那条消息，发送时间为九点十三分。林阚努力回忆收到这条消息时自己身在何处，在干吗。此刻惊觉，就在她洗澡时候，手机离身的十几分钟里，当时手机就在赵寻旁边，康辉的消息极有可能被她看到。而赵寻两小时前独自离开别墅后失联，与得知被成功起诉名誉损害是否存在联系？

不好的预感越发强烈，顾不上与任正的谈话之约，林阚夺门而出，康辉紧跟其后。开往郊区的路上，她紧急联系了晏明，晏明是此刻她和赵寻最需要的那个人。晏明立刻让林阚发郊区别墅的定位给她，她马上也赶过去。因为晏明主动介入，林阚稍微定了定神儿。

一下车，物业保安立刻迎上他们，报告赵小姐一直没回来，康辉当即决定带物业保安再把小区周边仔细筛查一遍，让林阚回别墅各屋查看，看看赵寻有没有留下什么文字信息，随时保持联络。

林阚踏进别墅大门，走进客厅后一眼就看到赵寻的行李箱反常地立在餐桌边，像在传递一种"离开"的气息，林阚记得它本来不在这里，在二楼赵寻的卧室。接着又看到餐桌上摆放着赵寻的笔记本电脑，没有装进电脑包，开着盖，屏幕没有合上。

强烈的恐惧牵引着林阚战栗地走向桌边，抬手触动键盘，屏幕亮了，无需解锁密码，林阚得以直接进入桌面。桌面显然被处理过，所有图标和快捷方式都被删除，只有一个文件放在桌面上，文件名为：我最后的话。

心跳突然停止，林阚甚至感觉不到自己的呼吸，她用全身力气控制着手的颤抖，鼠标带着她的抖动跳到文件上，只看了两三行，就不得不停下，深呼吸让自己不至于窒息。

山崩地裂时，万籁俱寂，什么声音也没有。

也就几秒钟"宕机"，林阚一下惊醒，让大脑迅速运转起来。她进入赵寻的云账户，查看她的手机位置，夹起笔记本电脑冲出别墅，一出门迎面撞见赶来的晏明、康辉，还没说话，两人就已经从她难以描述的异样中有所察觉。林阚言简意赅："她在电脑里留了遗书，我进了她的云账户，查到了她的手机定位。"晏明来不及回神，转身冲回车上，"把定位发给我，马上去找！"

赵寻手机定位在一个方圆几公里没有任何村落的山区里，地势逐渐险峻，道路逐渐崎岖，在离定位直线距离一两公里的地方，汽车无路可走，三人弃车攀爬，手脚并用，互相拉扯，距离定位越来越近，但是定位始终没有发生过移动，这意味着什么，他们心知肚明。

爬上崖顶，一览众峰小，周围没有比这一处海拔更高的山头了。晏明确定所在定位，和赵寻的手机定位完全重合，立刻打给刚到半山腰的警队和救援队："我们到山顶了，最先到达现场，我看到你们的位置了，从你们现在的位置爬上来，大概二十分钟，急救设备和担架都带了吧？"

异样感如电波般源源不断地冲击着林阚，风摧灌木，鸟叫虫鸣。

林阚突然大步向前，她和赵寻的一种心灵感应牵引着她的双腿，引领她毫不迟疑地朝前走。

五小时前，赵寻走在林阚此刻行进的路上，那时接近正午的阳光把每个角落都烘得暖洋洋。夏风和煦，鸟语花香，她情不自禁地欢乐起来。

赵寻留在电脑里那些最后的话，林阚虽然只浏览了一遍，却深深烙在了脑海。

万万没有想到，从我终于鼓起勇气选择说出自己的遭遇、指控伤害我的人的那一刻起，每天、每小时、每分、每秒，我都在接受道德审判，此前我的每次犹豫、每次纠结、每次软弱，都成了被道德定罪的证据，我被伤害的事实因为被定罪的道德，无法获得法律保护和舆论同情，还可能构成我的另一个罪行：侵害了伤害我的那个人的名誉。

刑事案件的犯罪嫌疑人和民事诉讼的被告，他和我，到底谁是受害者？

我的每个行为被挂到网上无限放大，一帧一帧地被分析、被定义，每个人都在网络断案，个人法庭急不可耐地开庭宣判，压倒性地判我有罪，剥夺了我作为一名受害人的资格。

离开世界的这封信，不是我为自己唯一、也是最后的一次洗白，相反，是我来面对千疮百孔的自己。那些我自己都解释不了的、真实呈现的我，我不否认。每一个都是我，屈服过的、反抗的；贪婪的、清高的；软弱的、勇敢的；畏缩的、无畏的。她们都是我！

我承认自己从来不是一个完美受害人，我只是一个满身缺欠、很努力很艰辛地辨识内心、想要弄清自己要什么不要什么、穿越层层迷雾最后终于看清、却为时已晚的普通女孩。

每个人都渴望自己一清二白，一清二白说起来容易，做起来怎么那么难啊？

我承认自己犯了软弱罪、贪婪罪，我承认自己有功利心、有虚荣心，妥协过、逃避过、胆怯过，我为自己一切的人性弱点，向世界道歉，对不起，我被伤害，是因为我自己不够好。

给过我理解、体恤、温暖、支持的人，向你们道声感谢，因为你们的存在让我知道，这个世界并不糟，只是我不够好。

回不到四个月前，就让我"关机重启"吧，我知道这么选择会伤害你们，爸妈，原谅我最后一次任性。

林阒立于悬崖边缘，赵寻从这里向前跨出一步，她感受到了赵寻最后时刻的感受，听到了她最后的话。

如果有轮回，下一世，我会努力做个对违背自己意愿的一切人、一切事勇敢说"不"的人，不管对方有多强大，我有多弱小。这是一个好律师教我懂得的事。

林阒的眼泪夺眶而出。

晏明追过来观察脚下，发现足迹新鲜，她探出崖顶，俯瞰悬崖，清晰可见崖壁上斜生的树枝断裂，断枝处白生生的，干净新鲜，崖下灌木倒伏，被轧出一条痕迹，那是物体一路坠落的痕迹，人应该就在这里！她大声疾呼"赵寻"，只有回声，没有回应，接警驰援的警察和救援队员还在赶来的路上，她们心急如焚。

暮色四合，警察和救援队赶到崖顶，放绳梯下崖，晏明一马当先，穿好全身吊带，加固安全绳索，第一个下去。

这是林阒人生中最漫长、焦虑、紧张、窒息的一次等待，救援指挥手里的对讲机传出"嘶嘶啦啦"一阵杂音，接着是晏明喘着粗气的声音："是她！……有呼吸体温，还活着！"所有人发出同一个声音，林阒全身虚脱，瘫坐在地，康辉从未见过她的情感如此外露。对讲机继续传来崖底的命令："判断身体多处骨折，伤势严重，马上下降担架和捆绑带，再多下来几个人，带保温保暖装备。"

终于抢在山区入夜气温骤降前，将多处骨折、深度昏迷、身体失温的赵寻从崖底救起。

赵寻在生死门上渡劫，所有人都忘记了时间，感觉不到疲惫，守候在手术室外。林阙突然接到成功的电话，立刻按下静音，远离赵寻父母，走到无人的拐角处接起电话。成功紧张的声音从话筒里传来："你在医院？告诉我她现在的情况。"

"坠崖的垂直距离有四五十米，身体右侧着地，右腿反向受力变形，大腿骨、膝盖、脚踝、髋部多处错位骨折，幸亏下落时被树枝挡了几下，缓冲了身体受到的撞击力，才避免了致命撞击，也没有伤及脑部和脏器，没有造成大出血，否则就算摔下来没死，也可能失血失温……"

听筒里传来战栗的呼吸，再发问时，成功的声音都变了："伤得重吗？"

"光复位已经做了三个小时，不知道还要做多久，经历这种手术就是走一趟炼狱……术后的疼痛程度，医生说谁也受不了，也担心她清醒过来情绪不稳定，再发生意外加重伤势，所以和她爸妈商量，等麻药一消退就上镇痛镇定，让她一直睡着，往后几天，也不会清醒。"

"医生没说以后会怎样？"

"要长期康复，两条腿，大概率还是会一长一短，落下残疾。"

林阙听到成功沉默地饮泣，静静等他平复情绪，过了很久，他才重新开口。

"你帮我做件事，她所有的手术治疗费用，包括后续康复训练的费用，全部我来。"

"她不会接受。"

"那就以你的名义，或者随便谁的名义！"

"我只能试试。"

"上最好的条件，用最好的药，只要少遭点罪……她才多大啊……怎么就弄成这样儿了？"

抻拉、复位、固定、缝合手术整整进行了五小时，赵寻才从手术室被推出来，伤痛过度又精疲力尽的李平感觉心脏不适，晏明又跑上跑下求医生安排了一张病床让李平和赵民休息，安顿完，发现林阒还在赵寻的病房外面坐着，她走过去，挨林阒坐下："今晚就这样了，别熬了师姐，回家休息吧。"

林阒置若罔闻，突然说道："早上赵寻看到康辉发给我的消息，知道成功准备起诉她。"

晏明立刻明白赵寻自杀前的来龙去脉，知道林阒因此背负上巨大的负疚感。

"不怪你，有没有这根稻草，骆驼都会被压死，走到今天这步，是必然。"

"我不是没意识到，怎么还那么粗心？把手机留在她面前——"

"就算她没有看到你的消息，不久也会接到法院的应诉通知和传票，每次出庭都是一劫，是比现在更猛烈的油煎火烤、千夫所指，你觉得她还能撑多久？这个结果，只是来得早晚的差别。"

林阒没有因为晏明的劝慰有所解脱。

"我一直在极力避免……"

"我知道，我知道，没有人像你一样，一面维护委托人，一面还去保护她，是因为……你懂她的处境？这件事一发生就注定了它的势，你不过是顺势而为，我是明知逆势而行，赵寻最后发现，她抗争的，是自己一手造就的势，我们谁也没有力量改变它……你比谁都洞悉这个势，为什么连你也要逆势而为？是因为你和她一样，知道被人误解的滋味？"

林阚的思绪不可抑止地回到十年前自己的"入行污点"上，二〇一〇年毕业季，故意错失博士生考试的林阚终于现身，吴铭仁对她以失联拒绝读博之意心知肚明，这让他权威扫地、恼羞成怒。当年吴铭仁咄咄逼问自己的那个场面和窒息感，林阚至今仍刻骨铭心。

"你那么想逃开我？为了躲我连保博都宁愿放弃？这三年，我发乎情止乎礼，没动过你一指头吧？我从没有奢望过什么结果，不过就是想把你留在身边，经常看到你，用你的青春点亮我后面的日子，用我的力量护送你未来的人生，对我来说，也就够了，这样你也不接受吗？"

"不！"林阚终于可以无所顾忌对他说出这个"不"了，终于能够摆脱无时无刻不在他笼罩下的日子，终于不用再为每天避免和他单独相处殚精竭虑了。

"那好，我成全你。"吴铭仁看到林阚毫不掩饰地长舒了一口气，听见她内心的潜台词：结束了，终于结束了。他的恼怒突然退潮，紧绷的表情松弛下来，恢复了惯常的气闲神定、温文尔雅。

"我亲手送上门的你不要，想不靠我走自己的路，好，但是你记住了，你想要的东西，最后还是靠我的成全，是我给的你！"

当着林阚面，他拨通一个门生的电话号码，他知道林阚竭力摆脱自己、梦寐以求想去哪里。"任正，我有个研究生今年毕业，想去大正，之前给你们投过简历，你亲自面试，安排一下。人交给你了，是个好苗子，她叫林阚，我把她手机号码发给你。"挂断电话，他脸上浮现出居高临下的笑意，那是一种明晃晃的炫耀，炫耀自己操控他人于股掌之间的洋洋自得，"看我多宽宏大量，你让我这么失望，我还一如既往地维护你，送你去你想去的地方。"

羞辱感如汹涌的潮水，将林阚没顶，令她几乎爆炸，却再也说不出一个"不"，她没有勇气说"我不要"。因为在吴铭仁打给任正的这个电话前，她面试过很多律所，燕大法学院硕士相比欧美名校海归硕博毫无优势的简历让她四处碰壁，更不敢妄想大正这种全国前五的顶级大所。

任正不敢忤逆恩师，听命亲自面试林阚。那场面试，林阚思前想后，想过不去，但她不知道错过这一次自己还需要等待多久才能赢得进入大正的良机。她还是去了，过程一如所料，她没有被考察、被选择，因为结果已经被安排好。但她依然经历了比考察更折磨的过程，任正审视的目光、挑剔的表情、俯视的怠慢毫不掩饰对林阚的成见，从林阚踏进大正第一分钟起，任正就戴着有色眼镜看她。

"吴老耳提面命，把你塞给我，你和他关系很好吧？坦白说，你的履历不足以进大正，更不足以进我的团队，但为了避免你到其他律师团队让人家为难，第一年蓝本实习你就跟着我吧。"

以受辱的方式得到了最理想的结果，林阚努力保持自尊。

"谢谢您。"

"谢吴老吧，我让人事给你办入职。"

林阚起身鞠躬致谢，正要转身离开，被任正叫住："那个林什么……"林阚回身报上自己名字："林阚。"

"哦，林阚，还有句丑话说在头里，在我团队，你压力会很大，我不会对谁特别客气，扛得住你就扛，扛不住也别勉强。"

通过赵寻案，晏明验证了"真实的林阚"和"传说的林阚"存在着多么大的误差，了解了一位女性是怎样背负十年污名一路走到今天的位置，这让她深感愧疚，想起撤案时自己对林阙的无理斥责，她无地自容。

"对不起师姐，我误解你了。"

"你没有误解我，没有人误解我。不是他，我得不到任正亲自面试的机会。进不了大正，就没有一步登天的入行机遇。当时我就知道这点，所以我说不出那个'不'字。所以，过去，现在，我没有被误解。我被迫得到了求之不得的'机遇'，踩着他肩膀，被他捧进最好的律所，无论日后怎么努力证明自己配得上，我永远都证明不了：没有他极力阻止又强迫促成的'机遇'，凭自己我也能得到那么高的起点。十年了，我拼命工作，逃离那个'好处'，所有的努力不过是为了证明一件事：成就我的，是自己，不是他！可怎么自证都撇不干净的一个污点，又怎么向别人澄清？"

晏明伸手去握林阙的手："师姐，给你讲讲处理赵寻案子时为什么我显得'不职业，也不理性'吧。七年前，我分到刑警队接手第一起强奸案，受害人是比赵寻还小的女孩，被告也是个有地位的男性，那起案子也不具有暴力、胁迫的显性犯罪元素，我把这一类职场性侵定义为'软强奸'。那时，我刚走出象牙塔成为执法者，满脑子精英意识，一丝不苟地推敲每个证据是否扎实严谨和充分，力求'程序正义'和'结果正义'，我把自己轮流放到警察、检察官、法官的位置上，不停质疑、推翻受害人的指控证据，做不到铁证如山绝不过刑侦关，不让检察院和法院找出一丝漏洞。"

七年前，初出茅庐的年轻警官晏明跟随师父一起对那起强奸案的女性受害人做笔录，那时的她血气方刚、咄咄逼人，占据了问询主控权，连珠炮一般追问不止。

"你和他相处前期，你有足够的时间、空间和自由度，可以明确表达真实感受，避免对方误会你们的关系，进而发生性关系，为什么在那么长时间里你的态度暧昧不清？"

"既然遭遇职场性骚扰这么困扰你，为什么你不辞职？"

"为什么你不报警求助，不向他上级投诉呢？"

"案发时，你有机会，也有条件逃离现场，为什么你没有那么做？"

"你为什么放弃任何肢体和言语的反抗？"

"你明确表达过'我不愿意''别这样'之类的意思吗？"

"不愿意，却一个'不'字也没有说过，是什么堵住了你的嘴？"

坐在对面的女孩张口结舌、无言以对，她的状况一如另一个赵寻。最后证据不足，案件被撤销，嫌疑人被释放。晏明以为自己办了一个无懈可击的案子，捍卫了程序正义。结案第二天，女孩死了，也是自杀，她在遗书里说："不知道还能做什么证明自己，只剩下最后一样——死。"至今提起这段往事，晏明依旧眼泪盈眶。她毕生都忘不了冲进尸检间、面对停尸台上女孩遗体的一幕，那一刻的负疚感几乎摧毁了她作为警察的全部荣誉。

"她的死让我刻骨铭心。没有人归咎于我，但我知道我也是把她推上绝路的一只手。程序的严谨、结果的正义、我的职业荣誉，都被我摆在了她的个人感受之上。从她来报警的第一分钟起，如果我不是居高临下地审视她、质疑她、审判她，如果我给过她一点点体恤、安慰，她也许就不会……她让我知道，虽然我是执法者，但宣判的，只能是法律本身。她也让我明白，警察也是医生，'偶尔治愈，经常帮助，总在安慰'。那以后，再接手强奸案，我时刻告诫自己：你要对受害人做的，是倾听、共情、保护，不是审判她。从悬崖上下去那会儿，我怕极了，怕下到底看到赵寻……和那女孩儿一样的结局，我第一次后怕、后悔，也许我不该鼓励她说出真相、不该推进她的报警指控……执法者该怎么做？帮受侵害的女孩大声疾呼，却让她们承受众目睽睽的压力？还是对受不了压力的女性选择屏气吞声、把伤害锁在内心深处报以理解？"

"我们都在赵寻的案子里，看见过去的自己啊。"

放下漫长的成见隔膜，她们毫无保留地敞开自己。

赵寻自杀的消息迅速获得媒体报道，再次震动网络，每个盖棺定论她"仙人跳"企图诬告获利的人都面临一个反诘：她在以死证明什么？每个人都在怀疑自己下过的结论。这一夜，道德定罪的权力、舆论监督的边界、新闻媒体的责任被反复争议讨论，此前一面倒攻击赵寻的舆情风向再次扭转。

深夜，辛路发现成功没有睡，也没有上网，独自坐在沙发上，异常安静。她走过去，在对面坐下，他一反这些天的易常亢奋，呈现出一种超脱的淡然。

"别人眼里的黑或白，比活着还重要吗？比命都重吗？"成功自问道，他问的是自己，也是赵寻，他俩都在拼命向这个世界自证清白。

"并不是。"

"你说得对。"

夫妻对视，这一刻，他俩心意相通，辛路等着成功的下文。

"我决定不告了。"

辛路点头赞许，把手伸给他，他握住她的手，牵手走上楼梯。

第二天一早，刚回家睡下没多久的林阒被成功的来电震醒，问能否立刻见一面。成功说："我要告诉你一个决定，另外委托你向赵寻转达我的善意。"林阒心下了然，明白他发生了根本性的转变。

林阚起身洗漱，更衣出门，在她开车前往成家的路上，成功接到了儿子打来的电话，一接通视频，就看到七岁少年愤怒扭曲的脸，成功对轩轩第一次跟自己咆哮而震惊。

"网上说的那些是不是真的？你对那个姐姐做了什么！"

"轩轩，我什么也没做。"

"你没做，她会被你逼死？"

"我没有逼她。"

"难道是别人逼的？我不相信你，再也不信了！"

林阚迈入成家别墅，款款落座时，成功的谈话核心又发生了转折性的变化。

"林阚，有一点我很好奇，为什么她自杀是你最早发现，还和晏警官一起赶到现场救援？不方便说的话可以不说。"

"她父母家的地址也被曝光了，受到很多骚扰，还有不明袭击。"

"还有人袭击他们？"

"人身攻击和'社死'不只发生在网络上，家里住不下去，我就借了朋友的房子给她暂住。"

成功被林阚绵里藏的针刺到了："你和她的互动……比我以为的还深啊。"

林阚磊落迎视他意味深长的目光，主动发起核心议题，这是来之前她就想好的，悬而未决的事该有一个结果了。

"昨天任大要我为是否为你代理给出答复，结果赵寻出事，延误一天，我想今天直接来答复你本人比较好，正好你说有个决定，是什么？"

"决定……取消了。"

成功的回答令林阚错愕，难道是她刚才听错了，理解有误？或是说又发生了什么事令他再次转变态度？

"出了这事儿，你还打算继续告她吗？"

"为什么不？"

"早上你给我打那个电话，我还以为有什么变化。"

"决定不变，变的是目的，之前我是因为'社死'要彻底洗脱污名，现在，是为了让轩轩有个清白的父亲！"

林阚顾不上深究成功变来变去的原委，她要尽最后努力，制止他对赵寻的民事诉讼。

"赵寻选择自杀，是因为承受不了舆论压力。你告她，等于又把她推上风口浪尖，让她经受比现在更猛烈的审判攻击，旷日持久，长达一两年。你昨晚还为她痛心疾首，睡一夜，今天早上你又忍心了？"

"谁对我不忍过？你还想替她求情吗？结束这个话题，不必浪费时间讨论决定了的事。"

话已至此，再也没有转圜空间。

"你计划什么时候向法院递交起诉状？"

"尽快！越快越好！"

"应诉通知送达的时候，她可能还躺在 ICU。"

"她接不了，她父母可以替她接。"

"法院开庭时，她可能还站不到法庭上。"

"那就找人替她站到被告席上，瓜子钱都肯挣的小律师还不是一抓一大把？"

成功脱口而出的话，如引信，引爆林阚的愤怒，令她热血上涌。从这刻起，她不再是专业理性、情绪恒定的林律了。

"你以为没有人肯替她辩护发声是吗？"

成功惊愣地望着林阚，预感到了她即将说出口的话。

"我正式答复你：我决定为赵寻代理，替她应诉。"

"林阚你疯了！轮不着我告诉你什么是'利益冲突'吧？同一起案子，关联诉讼，吃完被告吃原告，还是个没钱的原告，你图什么？你替她代理，就不可能继续做我的律师，你拒绝我的委托，是这样吗？"

"是！"

"那么选，你就违反了律师的执业纪律和职业道德，一定会损害我的利益，我一定不答应，你休想拿到我的豁免函，我一定会向律协投诉你，让你受到处罚、付出代价！"

"没错，同一起诉讼案，在之前的刑事诉讼程序中代理一方，在其后的民事诉讼程序中接受另一方委托，属于利益冲突行为，违反《律师法》和《律师执业行为规范》。但如果我不再是律师，只是公民，就不违反'利冲'原则了。"

"不是律师？你怎么可能不是律师？"成功匪夷所思，惊觉反问，"你不会连如日中天、名利双收的大律师都撂挑子不干了吧？"

"为什么不呢？"

林阚的反问掷地有声，成功无论如何也想不到会有这个可能！

"林阚你彻底疯了！不瞒你说，我做了你拒绝代理的准备，接你盘的人不是别人，就是你师父。他比你更有能力，胜算更大。你安安静静退出，去度假、去游山玩水我都不计较，回来我和大成的所有法律事务还都交给你做，你继续年入百万、名利双收。但你选择站到她那边，不光与我为敌，还与你师父、与大正律所的利益为敌！你的职业生涯、身份地位财富、朋友师父团队，全都在我这儿，就为一个赵寻，你都不要了？"

林阚比谁都清楚，一旦选择为赵寻代理，她将失去什么。

"你我都失去理智了，这种情绪下的对话没有建设意义，我就当刚才没发生过，你回去——"

成功话没说完，就被林阚斩断了回旋余地。

"不！发生了，我决定了，这是最终决定，你就当我疯了吧。"

林阚大步流星地走出别墅，头也不回。成功还在她扬长而去的怒吼中愣神，辛路走下楼梯，也为他突然变卦又回到偏执轨道上迷惑不解。

"你怎么变卦了？林阚这样都阻止不了你吗？"

"我忘了，儿子看见的，也是别人眼里的黑或白。别再跟我说：'到此为止！'哪有止？舆情就像一列失控的战车，我什么都没做，一觉醒来就被反杀，现在我又成了逼死她的罪魁祸首！凭什么让我止？我止只有一种可能，那就是在舆论上她永世不得翻身！"

"你说对了，舆情不可控，你想挽回过去的名声，重建完美人设，已经不可能了。"

"凭什么不能挽回？舆情不可控，但有法可依，法能定舆情！"

"我怕你一意孤行，连法都会输掉，连现在的名声都保不住。"

"刑事赢，民事会输？任正说我稳操胜券！你凭什么说我输？理由呢？"

"就是种感觉。"

"你不就希望我老老实实滚回家，窝窝囊囊缩在你背后吗？这样你的地位权力才稳固！你的感觉？我不信！"

辛路无话可说，发出一声无能为力的叹息："每个人终究要为自己的行为负责，我不浪费时间谈论你决定的事，好运！"

最信赖的两个女人都只留下背影，这种感觉糟糕极了，成功颓然跌坐。

第二十二章

反杀

一进律所，林阚直奔任正办公室，准备向师父宣布她的决定。任正不等她开口，抢先说道："他刚打电话告诉我了，没有深思熟虑的决定不要轻易说出口。"

"我深思熟虑过了。"

"你没有！那不是理性思考的结果，只是一个情绪化的决定。"

林阚张嘴欲辩，任正不给她插嘴的缝隙。

"别试图说服我理解你，论个人利益，我不接受你放弃十年奋斗的职业成就。论集体利益，你每年的创收名列前茅，你非常清楚退伙、退出会对律所造成多么重大的损失。一个罔顾个人、更罔顾律所利益的选择不可能获得我的支持，我不会说服全体合伙人给你的《退伙协议》签字，不会批准各部门配合你结清债权债务，办结业务，走不出第一步，你就没法向司法局申请注销职业资格。"

"所以我想先和您谈谈——"

"不谈！因为我不想和你一样情绪化，否则这会儿我已经蹿了。"

林阚从未遭遇过师父不容置疑的否定和斩钉截铁的拒绝，她了解他的性格，暂时放弃说服他的努力。

"听我的建议：一、去休息度假，近期别来律所，不要再介入成功的案子；二、不要试图结束、移交你经手的代理；三、让康辉带着你的团队立刻向我报到，从现在起，我全面接手成功的代理。"

不出所料，退出的只是林阕一个人，成功不会刹住民事诉讼赵寻的车轮，大正也不会放弃大成这片森林，林阕不反驳，沉默离开。任正在身后说道："林阕，你第一次让我失望。"林阕满怀歉意："对不起，师父。"

刚回办公室，康辉就一头撞进门来："什么情况？你师父让我带着全部案卷二十分钟后向他汇报，还要我和小何、文光还有哲然改换门庭，今天起听他安排、对他负责？"

林阕点头确认："没错。"

"他还严令禁止我帮你办结手上的案子，你为什么要办结？"

"我决定申请退伙，注销律师证。"

"为什么！"

"我要为赵寻代理。"

康辉极度震惊："你这个决定……我应该是最不意外的人，但是也被吓到了，代理完赵寻，你以后呢？我以后呢？团队以后呢？"

林阕无言以对，她甚至还没来得及思考她自己的以后，团队的以后，以及康辉的以后，就做了决定。

"虽然你什么也不说，像什么也没发生过，但我知道过去的事，还有刚遭遇的不公平对待，一直堵在你心里，你需要一个出口，但为不相干的人触及'利冲'，连职业生涯、个人前途都不要了，值得吗？"

林阕没有回答这个问题，转而说道："这俩月辛苦你，一要你辅佐任大打成功的名誉权案子；二……陆续结算移交业务，我还要你帮忙。"

康辉怔怔盯着林阕，他太了解她，开弓没有回头箭，连商议的空间也没有。

"你当我是机器人吗？这两件事，哪一件我都干不了。"

347

"理解，但都要干。"

"我不干了！"康辉扬长而去，反手摔上门，发出一声巨响。出了林阙办公室，他径直冲回工位，把个人用品扫进双肩包，用杀人的眼神逐一扫过何律、哲然和文光，扔下一句恫吓："谁帮她办结移交，我跟谁没完！"说完撂挑子走人，宣示罢工。

林阙第一次见识康辉的脾气，原来他爆炸起来也很有威力。她并不生气，招呼其他三人进办公室，她要对自己的团队有个正式交代。

"小何，你暂时接替康辉，马上整理成功案相关文件，半小时内去向任大报到，听他安排。康辉回来前，小何先担任团队领导，哲然和文光你们听他布置工作。"

何律反问："老大你呢？"

哲然也问："你……不要我们了？"

林阙语塞，做出终止律师执业生涯的决定，必然要面对亲手解散团队的时刻，这一刻，甚至比做决定更艰难。她望着朝夕相处、比家人还亲密的这几人，努力保持平静："接下来，我的工作和律所不再相关，但结算移交还要你们配合。你们不再是我的团队，但我保证在离职前按照你们的个人诉求，为你们争取最合适的岗位和最大利益，不愿意拆伙的话，大家还可以是一个团队，我承诺找到一位好律师继续带领你们。"

眼睁睁看着三个大男生都红了眼圈。

何律带头问："决定不会改变了吗？"

林阙微笑点头，文光和哲然顷刻"破防"，她没法面对他们的眼泪，在自己"破防"前说了句："去干活儿吧。"办公室只剩下她一人时，伤感翻涌而起。

反对的声浪不可能只来自任正和律所，更大的阻力来自父母和家庭，林阈恍然回到十年前逃避博士生考试从燕州跑回家承受父母炮轰的场景，再一次面对林妈林爸的强烈质疑。

"我们不能理解你的选择，为个非亲非故的陌生人，好好的律师不做了？你的事业就是你的全部人生，我和你爸把你的事业看得比我们命都重要！"

"妈，我也把我的事业看得和命一样重要。"

"那为啥连命都不要了？什么人、什么代理值得你这么牺牲？"

"哪件代理，哪个人都不值得，但这个代理，我必须做！"

"小阈，是不是之前那件事刺激你了？让你心灰意冷不想干律师了？你宁可触及'利冲'也要帮那女孩证明清白，是不是她让你想到自己？你说什么都要打这个官司，其实因为你心里一直过不去那道坎儿？"

林阈无法否认被师母实名举报后十大律师称号被剥夺的不公遭遇与放弃律师职业为赵寻代理这两者之间或许存在因果联系。

"恨你、嫉妒你的人，一次两次中伤你的成绩是睡出来的、是男人捧出来的，但客户、领导、同事认可你的能力才华，他们毁不掉这些，毁不掉你的事业！你偏要干得更棒、活得更好，气死他们才对。"

"只要穿着礼服端着香槟，身上的脏水就该视而不见？"

"那还能怎么着？礼服烧了，香槟泼了，光溜溜落个干净？说你进大正是他保送的，你就连律师都不干了？"

"这桶脏水，一半是他，另一半是我泼到自己身上的，因为我接受了。"

"所以你受了刺激，要离开大正，要扔掉这份工作来证明你的清白？"

"你这不是拿自己前途跟人置气吗？这十年你还没有证明你配

进大正？"

"跟人置气就更不理性了，你这么做只会让亲者痛、仇者快。"

"那女孩，她是她，你是你，你牺牲事业也只证明了她的清白，不是你的。"

"你爸说得对，付出这么大代价，你是为她而战，不是为你自己！"

"爸妈，我不仅为她，也不仅为自己。"

"那你为谁？"

"我们。"

林妈林爸对视一眼，女儿嘴里的"我们"囊括的范围他们不甚了了。

"我们？胜诉，她得清白，你丢工作。败诉，她一辈子背着污名，你不光丢工作，还输名声，横竖你都吃亏，为什么还要自毁事业、自断前程？"

"爸妈，我想不出让你们理解、接受这个决定的理由，我说服不了任何人，甚至连自己也说服不了，但是决定了，就不会再改。"

从林阒入行成为执业律师，老法学生就再也辩不过自己生出来的小法学生，他们了解女儿一旦做出决定一百头牛也拉不回来，强取不成，只能暗地使绊儿。

第二天一早，一出卧室，林阒就发现父母不在，平时一早热火朝天的厨房空空荡荡，进了父母住的次卧，发现他们的衣物、行李都不见了。

林阒返回门厅，查看随身背的办公包，果然，她的律师证不见了，转身看见桌上留着一张父母的留言。

小阒，我们回家了，这次是为喜事而来，来了却接连

350

发生不愉快，又像是我们把厄运带给了你。一想到所有不幸都源于十三年前爸妈铸成的那个大错，我们就五内俱焚……明人不做暗事，你的律师证我们带走了，就是不想让你注销它。别急于决定，考虑考虑再考虑，到底值不值得？不要轻率放弃！

爸妈

林阒拨通林妈手机，听筒另一端的声音里没有任何环境噪声："爸妈，你们现在在哪儿？"

"我们在高铁上呢。"林妈撒谎连锛儿都不打。

"妈你干吗？你拿走律师证我一样可以办注销，手续麻烦一点而已。"

"你想气死妈呀小阒！"

"告诉我你们在哪儿，我去接你们回来。"

林妈嘴硬死扛："我们就在高铁上，还有俩小时到站。"

"不管你们在哪儿，安全吗？防护到位吗？"

"放心，这么多年你不在身边，我们也把自己照顾得挺好。"

"遇到任何情况，立刻打电话给我，我随时过去接你们回家。"

林阒听得完全正确，此刻林妈林爸根本不在回家的高铁上，他们在一个酒店房间里，林妈挂断手机就冲林爸发飙："我接个电话你眼睛一个劲儿斜愣啥？"林爸微弱反抗："还高铁？连点环境声都没有，你当咱闺女傻？"林妈脖一梗："在哪儿不重要，重要的是保护她的小棕本儿！"她从贴身衣袋里掏出一本棕色皮质的《中华人民共和国律师执业证》，那是林阒的职业，是林阒的成就，林妈无比珍视。

为了父母的安全，林阚给他们的手机设置过定位查询，这会儿用上了这个功能，"查找"地图清晰显示林妈和林阚的位置坐标近在咫尺，她忍不住直乐，你俩倒往远点儿走呀。林阚悄悄去了趟父母住的快捷酒店，在前台留下名片和手机号，叮嘱经理万一父母遇到什么情况，立刻打给她，也拜托酒店暂时照顾二老。

刚走出酒店，林阚就接到赵寻病房护士长的电话，向她报告："林律，你让我们留意的那个人出现了，他真来医院了，这会儿正在跟护士打听赵寻病情。"林阚叮嘱护士长想方设法拖住他一会儿，十分钟她就能赶到。

刚把车停稳，林阚就看见了目标，她下车飞奔过去，一把揪住他的衣袖，高大挺拔的男生莫名其妙地转回身，是尹声！

"知道你一直在躲我，咱俩能不能谈谈？"

"林律……我就跟站长请了一小会儿假，不能跟您聊太久。"

"你跟米芒有联系吗？"

"上次从望海回来，就没再联系过。"

"一周前，我去望海见过她，让她转我的话给你，说希望见一面和你谈谈，她把我话带到了吗？"

"带到了。"

"你还是不愿意见我，哪怕是为了米芒？"

尹声闪烁其词："她……告诉我您两次去望海救助她的经过，说您答应帮她打离婚官司，是真的吗？您真能帮她离成婚吗？"

"我亲眼见证她遭遇家暴，带她去县妇联备案求助过，也和临海警方打过招呼，只要掌握足够的包力家暴证据，也等米芒下定决心，就立刻向望海法院起诉离婚。"

"以前想也不敢想能请到您这个级别的大律，我和她怕付不起律师费。"

"钱不是问题，我帮她离婚，会让她付得起。"

"谢谢您，见了面我信米芒说的了，她说您是个好人。"

尹声的眼神里流露出感激，林阙选择在这时候单刀直入。

"她没要你给的六十万吧？"

"没、没有。"

尹声猝不及防，低头掩饰，林阙锐利的目光穿透了他。

"是我不让她要的，拿了你的钱，帮不到她，反而会害了她。"

"您说得对，我也是病急乱投医，想帮她尽快离婚，她日子过得太苦了。"

林阙转换话题："为什么来医院看赵寻？"

尹声又是一个猝不及防："我看到新闻了。"

"见到她现在的样子，你怎么想？"

尹声喉结动了一下，没有回答。

"后悔当初报警吗？"林阙穷追不舍，"是不是有点后悔？"

尹声点头。

"因为你的报警，她被推到大庭广众面前，没处躲、没处藏，被曝光身份、被网暴、被逼上绝路，多多少少，你归咎于自己吧？"

尹声泪光一闪，赶紧低头掩饰，还是被林阙看到了。

"你就是为了报复成董，还是想帮赵寻？"

尹声长久沉默不答。

"就为报复的话，赵寻不过就是你的棋子，用完了扔一边，为什么还关心她的死活？为什么还为她现在的境遇内疚自责？明明看到很多别人看不到的事实，掌握就你知道的真相，甚至能对案发当晚不在场的事态做出准确预判，出于同情心、保护欲和正义感，举报了自己老板，那为什么被警察找到时，你却一个有利于受害人的证据都不提供？"

尹声不抬头，林阕清楚地看到他的额角开始渗出冷汗。

"一直躲着不见我，你躲的就是这些问题吧？"

"您不是成董的律师吗？不是和他一伙儿吗？为什么想知道这些？"

"刑事侦查终止时，我们的代理关系就结束了，不存在其他意义上的'一伙儿'关系。我想知道这些，是想更全面了解事实，印证内心的判断。"

"所以您用帮米芒离婚做交换，套我嘴里的内幕吗？"

"见到米芒，我就决定帮她，和你无关。但我知道你报警却给警方零证据、躲躲闪闪这些行为的背后，和你想帮米芒离婚息息相关。"林阕目光如炬，将尹声穿透，咄咄逼人，"六十万是怎么来的？"

"是我……挣的。"

"你给成功做保镖每月八千，拿出一半，存入米芒的银行卡，两年也就攒了十万。但从报警到现在，仅仅一个月，你突然挣了五十万，还是在被大成辞退后做骑手的情况下，你是怎么生财有道、一夜暴富的呢？显然你不愿意让人知道，所以这些钱在你银行账户上没留下任何痕迹，你将现金存入米芒的银行卡，如果没有人追查你和米芒的关系，就不会发现这笔巨额进账和你有任何联系。你在掩盖什么？掩盖这笔钱是成功给你的封口费吗？"

尹声瞠目结舌，不能承认，也无法否认。

"你要这笔钱就为了帮米芒离婚吧？攒了两年，好不容易才攒十万，一下有了六十万，她就能得到两个孩子的抚养权了吧。所以他们用这笔钱换你保持缄默时，矛盾纠结过吧？你为什么要帮赵寻？是因为她的处境让你联想到米芒吗？"

"我帮不了赵寻，我看见、知道的东西什么也改变不了，无论我对警察说什么，因为我没有现场目击，不是直接证据，证明不了那晚发生过什么，所以结果不会和现在有任何差别，成董一样会洗脱罪名，我不说……对大家都好。"

"对受害人没有帮助，改变不了刑事诉讼结果，这就是你说服自己的理由？对大家都好？哪些大家？"

"成董、您，还包括大成上上下下的员工。"

"还有米芒是吧？那对赵寻呢？"

尹声被出其不意地击中软肋，哑口无言。

"既不涉嫌诬告，也不涉嫌伪证，不伤害成功，也不伤害自己，还能一举帮爱人解困，但你有没有伤害赵寻？你看到、知道的，对刑事定罪没有意义，但是对赵寻的清白有意义，你至少能证明她没撒谎，不是诬告，让她免于被污名、被网暴。"

尹声胸口起伏，不得不深呼吸，来缓解胸腔的压力，林阙知道自己接近了目标。

"再有一次机会需要你挺身而出替她作证的话，你愿意帮她吗？"

"刑事调查不是结束了吗？"

"民事诉讼就要开始了，这回，赵寻成了被告。"

"成董要告她？告她什么？"

"名誉侵害，他洗脱刑事罪名，还要彻底恢复名誉。"

"赵寻会输吗？"

"以目前警方和成董掌握的证据，赵寻赢面不大，非常大的可能会败诉，除非有人能证明她确实遭到了职场性骚扰。你就是这个人，是赵寻唯一的机会。"

尹声再也管理不了表情，内心的震撼、混乱、纠结、摇摆都暴露到脸上，阵脚大乱，那股被压制的心底的热血再次沸腾、涌动欲出。他对赵寻有种不为人知的隐秘责任感，这份责任感源于米芒，驱动他做了不是自己分内的事，他不需要对谁，甚至是对赵寻有所交代，但对自己的良知，他要做出一个交代。

"林律，您到底算哪边的？您不帮成董，改帮赵寻了吗？"

"就像目前的证据证明不了成功强迫赵寻发生关系一样，我了解的客观事实也告诉我，赵寻没有撒谎诬告，她的指控不构成名誉侵害。但是能证明这一点的人，至今沉默。"

"站长催我回去了，回见。"

尹声拔腿就走，林阒没有追赶，能说能做的她已经尽力而为，剩下的只能等待尹声做出抉择。

林阒由着康辉摆了两天挑子，主动上门找他，她必须对他做出安排并亲手撵他离开自己。频频按响门铃，门就是不开，林阒知道康辉就在门镜后面，她对着门镜说道："再不开我踹门了，还骂你是渣男，要脸就开门。"这招果然奏效，门开了，康辉蓬头垢面、胡子拉碴地出现，林阒长驱直入，开门见山。

"开个交换条件，我离职前向律所力荐你晋升为授薪合伙人，争取留住全部客户和案源，整体移交给你，你收入会大幅提高，二级合伙人、一级合伙人在向你招手，几年后，你就是我。"

"你利诱我变节吗？我是富贵能淫的吗？"

"不淫可以，任大那边小何会替代你，我这边结算、移交、注销自己都能干，不少你一个，你罢的只是自己的工，除了你自己，谁也没损失。"

康辉白了她一眼，沉吟片刻，吐口儿："成交。"

"刮刮胡子，敷个面膜儿，明早律所见。"

第二天，康辉西装革履、人五人六地重新出现在律所，向任正报到服从安排，任正立刻吩咐他今明两天拿出起诉状定稿发给成董过目，最晚周末之前提交法院，对赵寻发起民事诉讼的程序正式启动。

林阚坐在办公室，隔着玻璃墙望向外面大办公间里她的团队聚拢在康辉办公桌前一派忙碌，康辉俨然已有领导之风。此刻她置身事外，突然百感交集，红了眼眶。这一刻，她掂出了舍弃之重。康辉落实完手上的工作，喘口气的空当，心有所感，抬头望向林阚办公室这边，见她正在凝视自己。

赵寻腰部、两腿被支具钢板固定，一动不能动地在 ICU 里躺了几天，她刚从昏迷中醒来，镇痛剂帮她逃过了术后常人无法忍受的疼痛，头脑越清醒，疼痛的巨浪越猛烈，一会儿护士会来注射镇痛剂，她就可以继续躲进长觉里逃避那种剧痛了。晏明身穿防护衣出现在窗外，护士把赵寻的手机举到她耳边。

"晏队，对不起。"

"你没有对不起任何人。"

"还活着……不知道该谢……还是怨你和林律。"

"我们会等到你说谢的，总有一天你会说：活着真好。"

"我被起诉了吗？"

"没有。"

"林律……来过医院吗？"

"她天天来。"

"帮我转告她……"剧痛袭来，赵寻呼吸困难，熬过一阵窒息的疼痛后，"别来了……她的立场……那么难……"

晏明走出医院，和迎面而来的林阚走了个对头碰，告诉她赵寻刚醒，让自己替她带个话，知道林阚立场两难，让林阚别再来了。林阚却步，她还没有完全厘清，她希望第一次面对赵寻时所有事情都水落石出，自己能对她说出一个无比清晰的决定。

晏明也刚得知林阚放弃律师执业资格为赵寻代理应诉的决定，没有表现出其他人那样的震惊："所有人都反对吧？"

林阚告诉她："每个人都在问我为什么，我爸妈甚至在早上离家出走了，还带走了我的律师证，以为这样我就没法办注销了。"

晏明忍不住笑了："理解，要不要我帮你找找他们去哪儿了？"

"距离我家不到五百米的快捷酒店，不知道我给他们手机设了定位，还骗我说回郑州了。"

晏明收敛笑意，正色问道："为什么？"

"老实说，我甚至没有认真想过为什么……就让我做一件没经过严谨思考、缺乏缜密逻辑和坚实理由、随心所欲的事吧。"

晏明明白林阚为什么，虽然她也对她的决定感到意外："别人是否理解你为什么一点也不重要，重要的是，你自己知道为什么。"

手机响了，来电显示是米芒，林阚接通车载电话后，公放里没人说话，只有急促粗重的呼吸声，气氛诡异，她立刻感觉到了异样。

"米芒是你吗？怎么了？说话！你是不是遇到危险了？"片刻，米芒带着颤抖的声音才从公放传出来："林律，我……我好像……把他杀了……"

林阚一脚急刹，车猛然制动，引起几辆后车连锁鸣笛抗议。她定定神，一边打灯并线，把车并到路边停稳，从收纳箱里摸出录音笔，开启录音，继续追问："你现在在哪儿？人安全吗？有没有危险？"

"我从他家跑出来了……在一个没人的地儿。"

米芒断断续续讲述了事情经过：一小时前，包力不打招呼突然回家，进门二话不说就打她，下手比任何一次都重，因为他听说了她去妇联求助的消息。米芒生出前所未有的勇气，第一次当面提出离婚，包力发了疯，一边说敢离婚就杀了她，一边继续施暴。米芒拿手机试图报警，被包力一把夺过摔到地上。她又试图夺门逃生，被包力追到门口，从身后一把薅住头发掼倒在地。包力拽着米芒的头发在地上拖行，一路拖回卧室，她整张头皮像要被掀掉，撕裂般剧痛。包力把米芒拖到床前，先拳打脚踢，然后骑到她身上，两手卡住她的脖子，米芒被掐得窒息，在包力身下拼命挣扎扭动，手突然摸到床头柜底层的一把水果刀。包力突然感觉头顶一阵风，刀光一闪，米芒血手握刀，从空中劈下！

林阒听完大致经过，问米芒："你确认他死了吗？"

"不知道……林律，我该怎么办？我杀人了，我不想死，我还有两个女儿，她们怎么办……"

林阒不假思索道："米芒你听我说，别跑！逃跑只会加重处罚，按我说的办，你不会死！你正在遭受不法暴力侵害，法律会认定你是受害者、实施的是正当防卫，根据是否超出必要限度、有没有对他造成伤亡损害作为定罪量刑标准，判断你是正当防卫还是防卫过当。正当防卫你不用负刑事责任，如果你的防卫强度超过必要限度，被认定防卫过当，我为你辩护，争取最轻判！你立刻发给我你现在的定位，五分钟后你打给朱磊警官，记得他手机号吧？一分钟别耽误，马上打给他！电话里你一定要传递一条信息：让他带你到临海市刑侦支队自首！这点至关重要，自首情节是争取轻判的要件，必须强调你是自首！联系上朱磊，你在原地等他去接你，听明白了吗？你不会死！我先联系朱磊，五分钟后，你打给他。"

林阙立即呼叫朱磊，言简意赅交代案情，委托他接上米芒去自首。朱磊干脆利落，立即出发前往米芒藏身地点。林阙叮嘱他通话务必录音，确保米芒手机里的视频证据不被销毁，完好无损地交给市局刑侦队，再打给米芒，安抚她原地等待朱磊去接她，叮嘱她去临海市局务必强调自己是投案自首。

三通电话打完，林阙几乎虚脱，此前给自己按下"刹车键"的无所适从烟消云散，因为两场战役要同时开打。

朱磊被林阙发送的定位引导到捕鱼船码头，一条船一条船搜寻。四周寂静，不见人影，身后突然一声舱门响，朱磊猛然转身，目瞪口呆。米芒身上血迹斑斑，她的脸已经变形淤青，血污混合着泥污，一条干涸的血线自头顶而下，一直垂挂到颈肩，流进衣领，手里死死攥着逃出来时唯一带上的手机。

朱磊带遍体鳞伤的米芒到临海市局刑侦支队自首时，林阙独自驾车开往临海，路上接到一个不熟悉的号码打来的电话，公放传出男性的喘息，但是不说话。"你找哪位？"男声气若游丝，只叫了声："林阙……"她立刻知道了他是谁，当即挂断，把车停在紧急停车带，用了几分钟才平息这声风烛残年的呼唤带给她的冲击。吴铭仁为什么会在这时候打来电话？林阙隐约预感到什么，但她无暇处理自己的情绪。

到了临海直奔市局，朱磊已经等候多时，来不及寒暄，赶紧说明情况。目前支队初审完毕，现场勘察还在进行，望海县局接到市局通知到场辅助，但是主导勘察的还是市局支队。女警员带米芒去医院验伤治疗，包力也被家人送到望海医院抢救，包家也报了警，不过时间是在米芒自首以后。林阒让米芒投案的时机掐算得非常准确，自首情节已经被市局支队认定。这就是林阒希望的局面。

朱磊为林阒引见了市局支队的曹队，林阒向曹队介绍了她目前了解到的情况：一个月前米芒委托她代理离婚诉讼，自己亲眼见到米芒遭受了家暴，带她到县妇联备案求助过。根据她的观察，包力在家中各处安装了摄像头，监控米芒的一言一行，这些监控应该完整记录下了案发经过，但是证据可能会被人为销毁破坏，请警方立即封存取证。米芒手机里应该存有家暴证据，林阒手机里也有一部分，整理后会立刻提交警方。与此同时林阒还向曹队提供了一个重要信息，包力在望海人脉深厚，一个月前她在从包家返回县城的路上被偷袭，怀疑是包力所为，到望海县局报过警，和县局干警打过交道，但该案件之后便无人问津……而这也是案发后林阒安排米芒越级报警，直接向市局支队自首的原因。

林阒住进临海的酒店等待看守所批准律师会见，半夜接到曹队电话，说包力已经脱离了生命危险，但是伤势很重，要等状况稳定才能接受司法鉴定伤残等级，林阒长吁一口气，不为包力，只为了米芒。

米芒虽然外伤惨烈，但伤势并不严重，被送归看守所羁押。当林阒走进会见室时，米芒的激动溢于言表。她裸露在外的身体伤痕累累，青肿的脸，包扎过的头部和双手，都在无声诉说着她遭受过怎样的残暴。

林阒缓缓落座，隔着一道铁栏，米芒看到了希望。

第二十三章

开门放出你的勇敢

"他死了吗？"包力的生死是米芒最迫不及待想要知道的事情。

林阙告诉她："没有，他刚脱离危险。"

米芒失声哭出来："老天保佑他还活着，我没想要杀死他，也不想两个孩子没有爸爸，实在是我快被他打死了。"

"告诉我详细经过，不要遗漏任何细节。"林阙抓住要点，"他有没有威胁过你？说过'要弄死你'之类的话？"

"有！他进门就动手，张嘴就是：'敢到妇联告我，信不信我打死你！'"

"你打过报警电话吗？"

"我逃进卫生间，把门反锁上，打电话报警，还没按完号，他就一脚踹开门冲进来，抢过我的手机摔在地上，还飞起一脚把手机踢出卫生间。"

"报警不成，接着你想夺门逃生？"

"我跑出卫生间，想开门逃出去，他三步两步追上来，一把薅住我头发，把我拖回卧室，拖到床前，接着拳打脚踢。"

"你试过所有的自救办法，但最终和外界失联，门窗紧锁，呼救也无人应答，是这样吗？"

"是，当时我感觉……要死在那儿了。"

"你俩的卧室里怎么会有把刀？"

"是一把水果刀，平时用它削水果。"

"他掐住你的脖子导致你几乎窒息前，你知道床头柜底层还放了把刀吗？"

"是，我想着，他要是真杀我，至少我还可以拿它防身。"

"你扎了他几刀？"

"好几刀，但不记得具体是几刀……当时我的脑子全乱了，只记得第一刀劈下去他就皮开肉绽，整个人压到我身上。"

"为什么扎了第一刀后他已经受伤倒下了你还不停手，继续又扎了几刀？"

"因为他两只手还不停地抓挠，要抢我的刀，劲儿特别大！刀要是被他抢过去，我也活不成，所以我又扎了几下，直到他趴在我身上彻底不动了，我才把他掀下去，爬起来跑了，唯一带出来的就是手机。"

"第一刀扎在脸上，随后几刀扎在他的什么部位？你记得吗？"

"好像……都扎在肚子上。"

林阚知道此处会成为公诉方和辩护方的庭辩焦点，几刀反杀的尺度认定将决定米芒防卫是否过当的定性。

"同监告诉我：人死了，我就算故意杀人；人没死，我就算故意伤害。林律，如果判我故意伤害，我会被判几年？如果真要在牢里关上十年，两个孩子怎么办？林律你救救我！我不是故意的！我不杀他，他就要把我杀死了！"米芒失声痛哭。

"我认为你有故意，至少有伤害的故意。但案件的争议焦点在于你实施的是否是防卫行为，以及防卫行为是否明显超过必要限度。这要对你刺伤包力的方式和程度深入分析。但是，我会全力为你争取正当防卫的法律定性，我决定为你进行无罪辩护。"

林阚指出"你有伤害故意"将米芒打进了深渊。听到她要为自己"无罪辩护"，米芒惊呆了。怎么可能？无罪难道不是比故意伤害更轻、更不可思议的理想结果吗？她难以置信，以为自己听错了。"无罪？我可能被判无罪吗？"

"可能！"林阚语气坚定。

换作是林阚以外的任何一位律师，无罪辩护都是无稽之谈，但林阚的话令米芒深信不疑。

一进大汐村展开调查，林阚就陷入了村民的围攻，上至村委会主任，下至普通村民，齐齐整整地站在包家一边，视米芒为十恶不赦的杀人凶手。

村主任拒绝林阚探视两个孩子："林律师，这时候您想看两个孩子是不是有点强人所难？包家刚拆掉警方封条和警戒带，地上还血迹未干呢，这会儿你代表杀人犯来关心孩子眼下和以后的成长环境，难道亲爹亲爷奶对待孩子还不如个杀人犯？"

"米芒没有被正式起诉，涉嫌罪名也没有确定，您无权叫她'杀人犯'。"

"她没杀人吗？法律怎么判，那是法律的事儿。"

"堂堂村委会主任，在法庭宣判前，您已经私设公堂给她定罪了吗？"

"这是群众的呼声！包力是对大汐村，甚至整个望海县建设发展有过重大贡献的人，你进村这条公路开过来顺溜儿吧？那是他出钱带人铺的，'吃水不忘挖井人'，他在群众中的威望很高。"

"不否认他的社会贡献，但他在家里长期家暴、虐待、软禁妻子。"

"就是打打老婆呗，哪家哪户不打老婆？祖上打下来的，打到今天成罪过了？何况他也不是下手最重的那个。"

"打老婆在你们这儿是天经地义？"

"当然不是，别妖魔化俺们爷们儿，打不打，那要看老婆该不该打。米芒一个穷山沟出来的姑娘，凭着几分姿色攀高枝嫁到富裕地儿，吃香的、喝辣的，把婆家财产往娘家倒腾就不说了，游手好闲啥也不干也不说了，还在外私通野汉子，吃着锅里的还伸手拿锅外的，给老公戴绿帽，您说哪个男人忍得了？何况是包力！"

"两年前，包力强占米芒，把她从别人的手里抢过来。"

"她最后不是嫁给他了吗，说明啥？还不是她嫌贫爱富、贪慕虚荣！谁强迫谁、谁算计谁，还都不一定呢。"

"包力能活下来，算以前积德捡了一条命，这辈子都给她毁了。"

包家听说林阚进村走访的消息，一家男女老少二十几口子浩浩荡荡赶来围堵，村干事单枪匹马，势单力孤，没能拦住包家推土机一般碾压过来。包力的父母打头阵，冲到林阚面前，指着她的鼻子谩骂。

"你为杀人犯说话，还有脸来看孩子，俺们会虐待自己的亲孙儿吗？俩孩子姓包！让她别猫哭耗子假慈悲，要哭就哭自己后半辈子蹲大牢吧！"

"俺儿还躺在医院里，家里地上他的血还没擦净，你为这么凶残的女人开罪，不羞不臊吗？书读到地沟里去了？你还叫个人吗！"

包家亲戚呐喊助威，声势壮大。

"政府给我们主持公道！"

"法律严惩杀人犯！"

"不判她死刑我们绝不答应！"

身陷重围时林阚并不恐惧，她只是更加深刻地意识到米芒两年来活在怎样的世俗眼光中，怎样孤立无援、叫天天不应，又是怎样后悔自己当初错误的选择。但是即便被千夫所指，还是有人肯挺身而出，愿意为米芒长期遭受家暴作证，证明她挨过的那些打、受过的那些罪，虽然没有留下过视频和照片证据，但依然真实地存在过，被外人看见过。

"我替米芒谢谢你。"林阚向一位与米芒年纪相仿、脸上也写满隐忍伤痛的年轻村妇致谢。

"但是林律"年轻村妇迟迟疑疑、吞吞吐吐，"我能不能……不出庭？写下来也行，录视频也行，偷偷作证，只给法官看，别让我家里和村里人知道，我过得……也不比米芒好。"

"好，我来想办法，保护你不受任何伤害。"

村妇的双眼蒙上一层泪雾，林阚心里一酸。还有多少个这样的女性活在对家暴的系统性纵容中？她们在默默忍受伤痛，无法掌控自己的命运，苦苦等待外人和法律伸来的援手，或者让自己在漫长岁月中缓缓强大。

林阚在望海县和大汐村孤军为米芒奔走，深夜一身疲惫回到下榻酒店，刚经过一扇房门，门突然打开，尹声站在门里叫了声"林律"。林阚知道他为何出现在这里，此刻唯一能了解米芒情况的渠道就是她，她知道他一定会来找自己。

"您见到她了吗？情况不太好吧？她伤得重不重？"

"还好，她伤得不重。"

"求您救救她，我什么都做不了。"

"我会的。"

林阚的回答给了尹声极大的安慰，让他迅速掩饰情绪，平静下来。"您说得对，我给她钱，不但帮不了她，反而会害她，我今天在提款机上清空了那张卡上的钱，但我没有她身份证，我注销不了那张卡，不知道这样还会不会给她带来麻烦？"

"无论如何，警方找你了解情况的话，实话实说，把前因后果都告诉警察，不要隐瞒，这样就能帮到她。"

"我一定！"

朱磊告诉林阚：刑侦告一段落，证据基本固定，包括林阚、妇联，还有其他证明米芒被长期家暴的证人证言。临海市局做出决定：把案子移交回望海县局。这个消息让林阚心下一沉，忧心忡忡地问朱磊："这个案子将来会在哪儿起诉？在哪儿庭审？"

"那就要看检察院的意见了，但是市局研判下来，认为米芒涉嫌的罪名和法院的最终判罚不会很重，所以把案子降级处理了，将来可能就在望海县里起诉。"

"我怕回到县里……反而加重了。"

朱磊秒懂林阚的担忧，因为他们一起触碰过基层司法机关的人脉关系网。

米芒案告一段落，林阚离开望海，风尘仆仆赶回燕州，一进大正律所，就和脚步匆匆的任正走了个对头碰。

"听说你去了山东两天？案子大吗？"

"家暴反杀案。"

"我急着走，回头再聊。"任正走出几米突然站住，折回头冲林阚的背影叫了声"林阚"，又走回她面前，一副欲言又止的样子。

"怎么了任大？"

"我赶着要去的是……医院。"

林阚变色，立刻知道任正说的是谁，她想起去望海的路上接到的陌生电话，想起那声风烛残年的呼唤，也马上知道他到了濒危垂死的时刻。

"师母来电话说人快不行了，让门生们都去告个别，我就跟你说一声儿。"任正匆匆离开赶赴医院，林阚走回办公室，放下包，坐到办公桌前，再也无法集中注意力处理任何事情。吴铭仁濒死的巨大冲击让她坐立不安，她不知道他的弥留之际对自己意味着什么，让她无法坐视无多的时间慢慢流逝……林阚突然起身，疾步冲出办公室。

林阚把车停在肿瘤医院停车场，走向医院大门，她的腿似乎比大脑更清楚她想干什么，她来这里是为见吴铭仁最后一面的吗？见到他，她要干什么？是赶在他离开这个世界前对他说出那个十几年都没有说出口的"不"？是害怕再也没有机会对他讲出真相，让他怀着自己的自以为是走吗？

林阚突然停步，下意识藏到一辆车后，她看到方平打开后座车门，迈下车的两位正是自己的父母，方平带领林妈、林爸走进了医院大门。对于父母赶到医院她不明所以，又隐约有知，这个突然的变故让林阚的脚下，不，是心里又迟疑起来，坐回车里，她厘不清自己为何放弃见吴铭仁最后一面，就像她厘不清为何要见吴铭仁最后一面一样。

吴师母俯身凑近床头，两手攥住吴铭仁的手，在他耳边轻声呢喃："你的门生都来了，你想骂谁，他们都乖乖听着，谁也不敢还嘴。"ICU病房里或站或立很多人，都衣冠楚楚，个个是法律界的大牛，其中包括任正。听见病房门响，吴师母转头瞥了一眼，见方平轻手轻脚进门，又告诉吴铭仁："方平也来了……"话音刚落，她就看清方平身后尾随进来的两个人，勃然色变，迅疾稳定情绪，轻轻放下丈夫的手，起身用身躯阻挡方平身后的两人接近病床。她把声音压到最低，不怒自威："方平，你带他们来干什么？"

"林师伯、师母想来看看老同学，我尊重他们的意愿。"

"你尊重我的意愿了吗？"

林妈突然发话，语调温婉："我们看一眼老吴就走。"病房里静谧无声，在场的所有人都了解双方之间的陈年往事，都默默地旁观着这尴尬一幕的发生。吴师母保持仪态，对林妈说了第一句话："请不要打扰他。"

林妈点头，率先迈步，林爸紧随她，一起走向病床。吴师母不得不让开路，站到床头一侧，护卫毫无还手之力的垂死丈夫。林妈走到床边，俯身凝视昔日的同窗，吴铭仁双眼半睁半闭、似醒非醒，说不清他此刻是否清醒，又是否知道床前正在发生的事情。林妈望着苟延残喘的老同学，百感交集，却一句话也说不出来，离开床边。林爸惊诧于林妈一言不发就走，但还是下意识地尾随离开。好歹还算风平浪静，立在床头的吴师母暗中松了口气，方平对林妈、林爸说道："我送您二老出去。"

林妈脚下突然止步，林爸也跟随她停步，所有人都看到林妈欲走还留的纠结，她转身走回床边，吴师母向前一步，挡在丈夫床前。林妈没有悍然前进，却提高音量，让所有人都听到，如果吴铭仁神志清醒，他也能听到。

"老吴，我们来是要告诉你，这辈子我最后悔的一件事，就是把女儿托付给你！"林爸也提高音量，紧随妻子说道："小阚成为今天的她，全凭自己，不是你的成全，谁也抹不掉她的成绩！"

病房里所有的法律大牛，包括任正，都听到了夫妻俩替女儿说出了她始终没有说出口的话。吴师母强压火气："我居然相信你们的善意，方平你成心的吧？"

"我们这就走。"林妈向身旁一抓，就抓到了林爸的手，两人手挽手掉头而去，走出病房，病房里一片寂静。

老两口携手走出医院大门，一抬头，见女儿迎面走来。林阚走到父母面前，脸上还有明显哭过的痕迹，一家三口迎面而立，无须问对方所为何来，无须讲述发生了什么，彼此心照不宣。林阚的鼻音还很重，平静说道："爸妈，咱们回家吧。"她一左一右挽住父母的胳膊，一家三口走向停车场。

律所人去楼空，只有林阚的办公室灯火通明，她正趁着夜深人静清空办公室，把个人物品和文件装箱，听到敲门声回头望去，任正走进来，望着满地纸箱和接近腾空的办公室，仿佛是林阚无声的行动宣言，苦笑道："真是你啊，开弓没有回头箭。"

林阚拿起留在桌面上的最后一个文件夹，走到任正面前，翻开来，是一份《律师事务所合伙人退伙协议书》。

"我说服大部分合伙人在上面签了字，但有几位，您不签，他们也不签，所以还得来求您……放我走。"

任正见签名页上一排一排五六十位合伙人的签名，一声长叹，"费了不少口舌吧？"他把文件夹轻轻放回桌面，望着这个女弟子，就像九年前他被她的一鸣惊人征服，从厌恶转而喜爱她一样。

"记得不久前的哪天，也是很晚，就咱俩，你突然问我，十年前要你是因为你出色还是吴老师强塞？我说当然是强塞，你就走了，让我后半句没说出来。现在说吧，怕以后说的机会少了。第一年，你在我的团队里做助理律师。第二年，我就让你独立办案，把一桩七年级高级律师才能承办的案子塞给你这个二年级初级律师。"

"感激师父栽培，给我机会第一次证明自己。"

"别自作多情，根本没想栽培你。当时我有俩目的，第一年你的工作让我刮目相看，我感觉也许挖到块宝，就想验验是不是，要不是呢，让你出出丑也好，堵堵老吴的嘴，别说我没给你机会，以后少往我这儿塞小情人，把大正变成他的后宫。"林阚张嘴欲辩，任正赶紧解释，"当时不是信了圈里传的吗。结果没想到，你不但赢了，还一鸣惊人。接着，你用四年完成了六级跨越，第五年晋升授薪合伙人，到大正第七年，你完成了从'菜鸟'律师到权益合伙人的飞跃。从你赢的第一个案子起，我就知道，你不是有色眼镜和舌头根子下面的你，你甚至也不是吴老师以为的林阚。我看着你这些年，每天跟自己较劲儿，一件结案到下一件结案，不停地跑，没有终点。知道你一直想问、又怕问我：成就你的是谁？昨天，你爸妈到病房见他最后一面，你爸当着所有人说：'小阚成为今天的她，全凭自己，不是谁的成全！'这就是那晚我来不及说出口的后半句。"

林阚低头掩藏情绪，一颗眼泪落在衣襟，为父母回来不曾对她讲过的一幕，也为师父姗姗来迟的肯定。

"谁也帮不了你，只要还有一个人说你踩老男人的肩膀上位，你就非要证明给他看。"

"我非要证明给的，不是别人，是我自己。单方面的强迫给予也是精神性侵，然而我当时没有对他说过：'不！'后来无论我怎样努力自证还是被矮化成靠男人提携时，我没法否认，因为那就是事实的一部分。前天去山东的路上，我接到他的电话。"

"吴老打的？他还能说话？"

"他就叫了一声'林阚'，我就挂了。昨天我到医院外了，看见我爸妈跟着方师兄进去……"

"昨天你来了？"

"我不知道自己去干什么，对一个将死之人残忍地说一个迟迟说不出口的'不'？终究没进去，是对他最后一点点不忍？还是到现在……我都没有勇气面对他说'不'？他都要死了，我真的不能原谅吗？我不能原谅的……其实是我自己。"

任正打开文件夹，翻到签名页，拿起笔在首席位置上签下：任正，撂下笔起身走出办公室，回头说道："林阆，你的名字'门'里有个'敢'，开门放出你的勇敢。"更多眼泪落在林阆衣襟，这一个月，她流了比以往十年加起来都多的眼泪。

康辉一早推门而入，发现林阆的办公室空空荡荡，她腾空了所有物品文件。

"你这是……什么意思？"

林阆把最后几样装进纸箱："任大给我签过字了，我可以财务清算办退伙了。另外，为了不违反同一家事务所的不同律师不得代理同一民事案件原被告双方的行业规范，我把律师证挂到其他律所了，今天起在家办公，不来上班了。"

"手脚够麻利的，我就去法院大半天儿，也不等我回来搭把手？"

"起诉状交了？"

"立案材料上交完毕，立案庭的人对成功起诉赵寻一点儿不惊讶，但对代理人换成任大很惊讶。他们还不知道赵寻的代理人是谁，等知道了，会惊掉下巴。那个……你什么时候注销律师证？"

"还不到时候。"

康辉从口袋里掏出他的小棕本，放到林阆办公桌角上："你什么时候注销，把我的一块办了，任大那边我工作也完了，我这就去请示他让我回家办公。"说完往外走，就听身后一声厉喝："你给我站住！"康辉戛然止步，林阆的喝骂劈头盖脸而至。

"能不能有点出息？十几岁小孩都知道先把自己做大做强，才有资格谈情说爱，才有能力承担责任！你已经是高级律师了，早就可以单飞了，一个大男人成天围着别人屁股后面转，不燥得慌吗！"

康辉被骂得理屈词穷，定定神，才把舌头捋直："我……习惯这样儿了，我不觉得只有功成名就一种好。"

"我习惯一个人。"林阚这句话，重重说出，轻轻落下，办公室片刻静谧，康辉一句话也没有了。"没什么习惯不了的，金光大道铺到脚下了，好好追你的名、逐你的利去。"她拿起康辉的律师证扔了过去，"收起来。"康辉没有接，小棕本落在他脚下。

抱起最后一只纸箱，林阚对堵住门口的康辉吆喝一句"起开"。蛮不讲理地撞开不挪窝的他，大步流星走出办公室，经过追随她的所有目光，走出大正。康辉一直目送林阚的背影消失，突然热泪盈眶，走回她空荡的办公室，俯身捡起躺在地上的《律师执业证》。

林阚全身防护，穿过长长的走廊，来到 ICU 病房的玻璃窗外，赵寻睁着双眼，状况依然惨烈，但精神头儿好了一些，见到林阚来，她连呼吸都急促起来，那天别墅早餐后一别，再见已是这样。

"林律，好久不见……"

"九天了。"

"不是不让你来吗？"

"我必须来，要你出一份授权。"

"让我授权什么？"

"委托我为你代理应诉的授权。"

不解、醒悟、意外、感动，接连呈现于赵寻脸上。

"这不违反……原则吗？"

"我不做律师了，为你公民代理。"

"为了我连律师都不做,值得吗?因为我死过,你可怜我?"

"不光为你,也为我自己,为那个十年前不敢说'不'的自己说一个'不'字。"

赵寻眼泪迸出:"我们一样。"

林阙微笑回应:"我们都一样。"

这一刻,赵寻才死而复生,活了过来。

一个月后,二〇二〇年十月,林阙走进望海县人民检察院大门,米芒涉嫌故意伤害案进入起诉程序。林阙阅卷的重点集中在嫌疑人的作案刀具上,那是一把长二十三厘米、宽三点五厘米的长柄水果刀,米芒反杀包力,用的就是这把水果刀。翻找米芒的《讯问笔录》,关于这把水果刀的来历,米芒供述:"这把水果刀是我在案发前三周,于二〇二〇年八月十二日在村里的旺发超市购买的。"包力在《被害人询问笔录》中的说法是:"我确认从未在我家里的任何地方,尤其在夫妻两人的卧室里见过这把刀。"大汐村旺发超市老板张旺发在《证人询问笔录》中提供了米芒购买这把作案刀具的证人证言:"我证明嫌疑人米芒于二〇二〇年八月十二日下午三点到我经营的旺发超市买了这把刀,有购物小票为证。"

米芒反杀包力案发于二〇二〇年八月二十八日,她在八月十二日买了这把刀,把它藏在夫妻卧室床头柜底层,并且不为包力所知。林阙知道,凭借这三个证据,辩护方很难推翻公诉方认定嫌疑人具备犯罪故意的主张。

林阙到望海看守所再次会见米芒,追问她购买作案刀具的动机。

"包力作证说他从来没有在家里见过这把刀,私买、私藏这点你否认吗?告诉我实话,你买刀是为了什么?

"我们第一次见面，我在你住的酒店住了一宿，第二天一早被包力闯进门劫回家，一顿胖揍，说我敢找律师撑腰，他就连律师一起杀了……我怕极了，连你他都敢袭击，都能骗过警方。杀了我，他也能瞒天过海、逃脱法律。我就去买了那把刀。"

"你把它藏在卧室杂物箱底层，是为了防身？"

"他经常失去理性像个疯子，赤手空拳我保护不了自己。我买这把刀，对自己特别不利，是吗？"

"是，公诉方会因此断定你具有伤害被害人的主观故意，否决你随手抄起凶器的自卫性质，认定你的防卫明显超过必要限度，不属于正当防卫。"

"所以他们会告我故意伤害？是不是没人相信我是正当防卫了？对不起林律，我没对你说刀的来历……会不会被重判？是不是……没希望了？"米芒绝望得潸然泪下。

赵寻躺在普通病房的病床上，撤掉了固定肢体的恐怖器械，苍白木然从她脸上隐退，恢复了正常的颜色。此刻阳光在病房雪白的墙壁上移动，让赵寻想起网暴乍起前某个宁静的下午，自杀未遂以来，她突然又对灿烂有了感知。李平围绕着女儿拾掇擦洗，床头柜上的手机响了，这只手机有一阵子没响过了，母女俩一起望向手机，都有点诧异。李平拿起手机，看一眼来电显示，是个座机号，她把手机递到女儿手上。

"喂？"

"请问你是赵寻吗？"

"我是。"

"我是文礼区人民法院调解员李平分。"

"您好。"

"你被原告方成功起诉侵害名誉权，核对一下你的身份信息。"

终于得知自己被起诉，赵寻语调平静地确认自己的身份证号、手机号和现住址。

"请问你是否接受调解？"

"接受。"

"同意调解的话，你本人，或者你的诉讼代理人，请于二〇二〇年十月十五日上午十点，到文礼区法院第四调解室参加调解，确认参加吗？"

"确认。"

赵寻挂断手机，母亲的脸色和眼神骤变，满是忧虑。

"法院打来的？"

"通知我被告了。"

赵寻表情平静，迎接终于来临的被起诉的时刻。

文礼区人民法院第四调解室里，调解法官从一摞案卷中抬起头，左看看原告代理律师任正、康辉，右看看被告代理人林阒，表情迷之困惑，继而好奇探究，最后饶有兴趣地笑道："你们爷仨儿，分俩阵营，对簿公堂。"原被告双方三人不苟言笑，无人接法官话茬儿。

法官正式开始诉前调解。

"林律，你从原告方刑事辩护律师，变成被告方民事代理人，不违反利益冲突原则吗？"

"本案开庭审理时，我会办完注销律师资格的流程，身份就不是执业律师了，是以妇联推荐的代理人身份为被告代理应诉，不违反'利冲'原则。"

"哦，这样。"法官转向任正，"原告方和律所对林律立场变化有异议吗？"

任正答道："我征求过我委托人的意见，他对林律为被告代理没有异议。原告方尊重林律的个人选择，为谁代理是她的权利。"

"哦。"法官左看看，又看看，还是忍不住乐，"太逗了。"

原被告双方还是不笑。

法官清了下嗓子，恢复严肃："嗯！原告方提交的起诉状和立案材料法院审理完了，今天你们双方都到庭了，咱们开始诉前调解。原告方，你们有什么调解条件没有？"

任正说道："原告要求：被告在指定的平面媒体、门户网站显著位置刊登《道歉声明》，公开向原告赔礼道歉，承认自己对原告的刑事指控为恶意诬告，恢复原告名誉，对其发布的不实信息公开澄清、彻底否认，消除公众对原告的误解。如果被告方接受这个条件，我们可以撤诉。"

法官问林阚："被告方接受吗？"

林阚斩钉截铁："不接受。"

法官转问任正："原告还有别的条件吗？"

"没有。"

法官问回林阚："被告想不想继续接受调解？"

林阚再次斩钉截铁："不想。"

法官又转向任正："原告还想吗？"

任正理直气壮地反问："她们不想，我们凭什么想？"

法官苦口婆心地劝："进入诉讼程序的利弊，两位是业界大佬，我就不费吐沫星子了。就说一旦开庭审理，这案子的社会关注度，是不是你们双方想要的？能不能承受？调解书不披露案件详情，但是庭审过程和最后判决书可是啥细节都藏不了，你们双方怕不怕？在乎不在乎？"

任正表态："提起民事诉讼、通过法律维护自身权益，是原告的唯一选择。"

林阚跟进表态："也是被告的唯一选择。"

法官脸上一个大大的"呦呵"："呵，两边都不怕让人知道啊……丑话说在头里，双方的隐私会被抖落得体无完肤，一个瓜接着一个瓜让公众茶余饭后嚼舌头根子，要体面，最后谁也落不着体面，判决结果也未必如你愿，赢的一方也可能只是惨胜。想好！慎重！眼下能调解就调解，错过了别后悔。"

任正和林阚都不为所动，不回应法官的连蒙带唬。

法官只好放弃游说："最后再问一遍，双方接受调解吗？"

林阚抢先回答："不接受！"

任正横了女弟子一眼，眼神里饱含"轮得着你抢先"的嗔怪："当然不接受！"

法官合上案卷，偃旗息鼓，当场宣布："调解失败，本案将转为正式立案，各位回家等开庭。"

成功接到任正的电话汇报，告诉他诉前调解失败，法院已经正式立案，被告方拒绝了原告方的和解条件，并且态度坚决，一周后赵寻就会接到法院送达的《应诉通知书》。

"这么愿意当被告，就让她当，我要求被告必须出庭，就算是坐轮椅也要出现在被告席上。"

"被告方可能也会要求你出庭。"

"休想！"成功挂断电话，起身踱到落地窗前。他跟任正和赵寻、林阚公堂对簿已经成为现实，此刻，成功对胜诉志在必得。

第二十四章

我们怕什么?

二〇二〇年十一月,米芒坐在望海县人民法院刑事审判庭的被告席上,像一只被锁在笼子里的鸟,惊恐、畏缩、无助。林阒坐在辩护席,对面公诉席上坐着两名望海县人民检察院的公诉人。旁听席上,一侧是尹声,另一侧是包力的父母、亲戚,隔着过道,泾渭分明。

控辩双方举证,公诉人向法庭出示第一组证据,系对于被害人伤势的司法鉴定意见及作案刀具。法医学鉴定显示:被告人米芒造成被害人包力脸颊穿透伤,伤口达两厘米,经司法鉴定为轻伤二级;被害人左腹部脾脏破裂和小肠全层破裂,送往医院紧急开腹探查后,行脾切除术和小肠破裂修补术。因脾破裂和肠全层破裂,须手术治疗,经司法鉴定,分别构成重伤二级。

公诉方第二组证据,是大汐村旺发超市私营主张旺发的证人证言及他提供的作案刀具购买凭证,证明米芒在案发前三周,于二〇二〇年八月十二日下午三时到他经营的超市购买了该刀具。

公诉方第三组证据,是被害人的陈述,包力证明从未在家中任何地点,尤其是夫妻两人的卧室里见过作案刀具。

以上三件证物与证人证言、被害人陈述相互印证,由因及果,由果及因,形成了一条完整证据链,证明被告人米芒辩称生命受到威胁后随手抓起工具正当防卫的说法不实,她声称买的是一把日常使用的水果刀，却把它藏在床头柜底层，用其他物品遮挡。显然该刀具不是为日常使用购买，而是作为作案准备的工具，说明被告人米芒在购买行凶刀具时已经具备伤害被害人的主观故意。

公诉方认为：被告人米芒因为长期遭受家暴，对被害人包力产生故意伤害的主观意图。在这次施暴中，公诉方确认第一刀的正当防卫性质，但第二、第三、第四刀是在对方失去攻击能力、停止攻击行为的情况下，不具有正当防卫所要求的阻止不法伤害的意图，不具有防卫性质，构成故意伤害。

米芒当庭提出质证："我偷偷买那把刀，藏在卧室，不是想杀他、伤害他，我更想防身，保护我自己。"

审判长提问："你买刀是因为自己的人身安全受到威胁了吗？"

"是林律师的人身安全受到了威胁！案发前三周，林律师答应代理我的离婚诉讼，她亲眼见到我被包力家暴，到包家阻止，想带我去报警，但她离开包家不到一小时，就被人从身后偷袭，脑袋被打伤。当时警察来调查，包力的父母和邻居都帮他做了不在场证明，连我也被迫当了他的不在场证人。但是只有我知道，林律前脚刚从包家走，包力后脚就出门了，一个小时以后才回来。我被他打惯了，但他竟敢在光天化日下打一位有身份的大律师，胆大包天，还能逃脱法律的制裁，我真怕了……"

辩护人林阚就包家监控记录的案发全程进行分析举证："让我们还原案发现场，分析被告人是否具有正当防卫的性质，以及她的防卫是否超出了必要限度。我们向法庭举证案发当日的现场录像，这些探头原本是被害人每天远程监控被告人一举一动的。

"十五点三十二分，被害人回家，进入卧室就开始殴打被告人。

"十五点四十四分，被告人逃进卫生间，反锁门，打电话报警；

被害人踹开门，将手机踢出卫生间，继续殴打被告人；被告人逃出卫生间，跑向卧室门，想夺门逃生。

"请注意，一分钟内，被告人两次尝试自救：报警和逃生，都因为被害人的追赶和持续殴打，自救未果。被告人知道卧室藏了一把刀，但没有任何接近床头柜的取刀意图。假设如公诉方所说被告人具有主观伤害故意，为什么她被家暴超过十分钟还不动刀？为什么她首先选择报警逃生？

"十五点四十五分，被告人被打倒在地，被害人拽着她的头发在地上拖行，持续拳打脚踢长达两分钟。

"十五点四十七分，被告人被拖至床头柜前，请注意，是被拖至，而不是自主行动到凶器附近；再请注意，在被害人松开被告人头发继续施暴的三十四秒内，被告人没有伸入床头柜取刀的动作，直到被害人骑坐在她身上，用双手卡住被告人的脖子，导致她无法呼吸，濒临窒息！如果被告人此刻没有反抗自卫，刑事庭现在审理的就是被害人涉嫌故意杀人案了。

"综上所述，被告人在遭到被害人持续家暴、拖行、扼喉，生命受到威胁的危急情境下，两次自救未遂，不得不采取正当防卫，保护自己的生命权利不受侵害。辩护方认为：被告人具有明确防卫意识。案发当晚，她不想杀害被害人，只想保护自己，你死我活的绝境不是被告人制造的，一手制造它的，是被害人！"

进入法庭辩论，林阚发表了辩护意见："本案争议焦点是被告人是否是为了制止正在遭受的不法侵害实施防卫行为。公诉人认为：被告人的第一刀具有防卫性质，但第二、第三、第四刀，是在暴力停止后实施的，所以不是防卫，而是伤害。

"辩护人并不认可。其一，暴力停止了吗？对一位女性而言，难道只有被男性扼住喉咙才叫暴力？只有命悬一线的瞬息才叫暴力？被害人压在被告人身上，还在抢夺她唯一的防身工具，随时可能升级为更大的危险，这难道不是暴力？暴力会以不同的面貌呈现，但并不会改变它的本质——对他人的不法侵害。其二，被告人会认为暴力停止了吗？在被告人艰难拿到刀自卫之前，即便被告人忍耐、求饶、躲藏、逃跑，暴力还是愈演愈烈，持续了十五分钟。被告人何以判断，劈到被害人脸上的一刀到底是会让暴力终结，还是会引向更大的报复？请法庭不要忽视，对被告人而言，这些暴力不是偶发的不幸，是一场持续两年的家庭虐待的冰山一角！一个长期遭受暴力的人，不敢、不能，也不会相信暴力会轻易停止。

　　"控辩双方的诉争焦点，在于正当防卫的界定。正当防卫有两个构成条件，一是不法侵害正在进行，二是制止不法侵害没有超过必要限度。进行中的不法侵害，侵害强度在发生后才能显现，但侵害紧迫性已经形成，所以，衡量是否超过正当防卫的必要限度，应该以侵害紧迫性，而不是侵害强度为标准。考量防卫反杀案，我们要还原防卫人当时当地所处的情境，不该将瞬间的四刀强行割裂，忽略防卫一体化，也不能事后用理智思维、开上帝视角去倒推审视。

　　"请法庭还原当时被告人的处境：长时间施暴，房门反锁，无路逃生，手机被打掉，求助无门，被害人殴打升级，甚至反复扬言要杀死她。以上帝视角，以理性倒推，要求一位被骑在身子下面、脖子被卡住、大脑缺氧、濒临窒息、命悬一线的弱势女性准确把握几刀才能恰如其分地让暴力停止，试问谁能保持那样的冷静理智？法律不能强人所难！法律不能向不法低头！

　　"辩护方认为：被告人系正当防卫，恳请法院判决其无罪。"

望海县人民法院做出判决：本案的发生系被害人的暴力行为所致，但被告人在被害人停止侵害后，继续反复实施持刀挥砍、捅刺等行为，不符合正当防卫的时间条件，构成故意伤害罪。公诉机关指控被告人犯故意伤害罪事实清楚，证据确实充分，指控罪名成立。被告人米芒主动投案，如实供述犯罪事实，具有自首情节，可以减轻处罚，且被害人亦具有过错，可对被告人从轻处罚。依照《中华人民共和国刑法》第六十七条第一款、第二百三十四条第一款，判决被告人米芒犯故意伤害罪，判处有期徒刑两年六个月。

一审宣判后，林阙到看守所见米芒，她表情呆滞，绝望麻木。

"米芒，你要不要上诉？"

"上诉又怎样？再受一轮罪？你在法庭上说得多好啊，把我心里、嘴上倒不出来的话都说出来了，他们就像没听见一样。"

"上诉到中级人民法院，我们有机会再说一遍，再争取一次。"

"有用吗？我认了，孩子也不争了，在这儿吃了睡、睡了吃，什么也不想，挺好，这里至少不挨打。"

林阙沉默以对，她不能给米芒虚妄的希望，因为一旦希望再度被扑灭，这对米芒太过残忍。

"没人相信我无罪，连我都不信自己。"

"我信，米芒，我信。"

米芒麻木的茧壳被这两个字敲裂，双眼蒙上泪雾，垂头沉默良久，林阙不催问，等她决定，米芒抬头说道："为了你信我……"

"不是为我，是为孩子，为她们妈妈的清白。"

"我上诉！"

赵寻出院回家，她可以坐起来了，但伤腿还没有恢复站立功能，无法行走，每天要坐轮椅被父母推着去康复医院复健几小时。林阙带来了《燕州市文礼区人民法院传票》，成功诉赵寻名誉权纠纷案将于二〇二〇年十一月十五日上午九点开庭审理，原告成功要求赵寻出庭。

李平被成功的要求激怒："那怎么成？寻寻还坐着轮椅呢，他怎么这么残忍！还要寻寻上法庭当众受羞辱——"

赵寻开口表态，态度坚决："不，我要出庭。"

林阙对赵寻的态度并不意外，但父母觉得女儿的想法匪夷所思，坚决反对。

"你怎么想的？让人一遍遍看清你的脸、记住你的长相、走到哪儿都被认出来、对你指指点点吗？"

"我要到法庭上讲没有说出口的话。"

"让林律帮你说还不够？为什么非要露这脸？何况你根本坐不住，坐十几二十分钟就得躺平，你怎么出庭？躺着出吗？"李平哀怨道，"你到底怎么想的啊？一辈子不是就这一件事、一场官司，啥啥都拼上，打完不过了？"

"林律，我和她妈不同意她出庭。"

赵寻不为所动，气氛僵持，林阙说她有个建议，她的话让人信赖，一家三口放下争执倾听。

"被告不到庭就查不清案情，我以被告伤势未愈、无法久坐、不能到庭答辩为由，申请延期开庭。这样我们就能根据赵寻的治疗情况，争取更多的庭前准备时间。如果到那时赵寻还坚持出庭，身体条件也更允许，一家三口就可以再商量商量，现在不急于做决定。"

赵寻问："可以延期开庭吗？"

"当然可以，这是法律赋予你的权利。"

"我要延期，坐久一点，好出庭。"

文礼法院批准了被告方延期开庭的申请。任正获悉林阗申请延期开庭的理由是赵寻决定出庭应诉，但目前的身体状况不允许她久坐，所以无法到庭，法院认为被告方的理由正当充分，批准延期开庭。

"她真答应出庭？"成功对赵寻的决定感到惊诧，"你觉得是这原因吗？"

任正分析道："还有一个我能想到的因素，就是林阗还在为山东的一桩家暴反杀案做无罪辩护，一审被判故意伤害、两年半有期徒刑，她们上诉到中院，这边延期的话，正好让她以律师身份辩完最后一件刑事案，然后注销律师证，为赵寻做公民代理。"

两个月后，二〇二一年一月，上诉人米芒故意伤害案二审在临海市中级人民法院刑事审判庭开庭，林阗作了辩护陈词。

"上诉人米芒提请二审法庭改判具有足够的法律依据，那就是被激活的正当防卫制度。二〇二〇年八月二十三日，最高法、最高检、公安部联合出台《关于依法适用正当防卫制度的指导意见》，明确指出：正当防卫是法律赋予公民的权利，坚持法理情统一，维护公平正义；要切实防止'谁能闹谁有理''谁死伤谁有理'的错误做法，坚决捍卫'法不能向不法让步'的法治精神；要立足防卫人防卫时的具体情境，综合考虑案件发生的整体经过，结合一般人在类似情境下的可能反应，依法准确把握防卫的时间、限度等条件；要充分考虑防卫人面临不法侵害时的紧迫状态和紧张心理，防止在事后以正常情况下冷静理性、客观精确的标准去评判防卫人。辩护人恳请二审法院能够适用正当防卫制度，依法纠正一审判决，改判米芒无罪，给米芒一条自由之路，给正当防卫制度一条光明之路！"

临海中院终审判决：上诉人米芒面临正在进行的不法侵害，形成现实、紧迫危险，符合《中华人民共和国刑法》第二十条第三款关于无限防卫的规定。对公诉人提出的本案不属于正当防卫的意见，本院不予采纳；对辩护人提出的本案系正当防卫且未超过必要限度的意见，本院予以采纳。原判判决认定米芒犯故意伤害罪，事实不清、证据不足、适用法律错误，依法应予改判。依照《中华人民共和国刑法》第二十条第三款、《中华人民共和国刑事诉讼法》第二百三十六条之规定，判决如下。一、撤销山东省望海县人民法院（2020）望刑初字第 265 号刑事判决部分。二、改判上诉人米芒无罪。

尹声振臂庆祝，米芒难以置信地望向辩护席，想向林阈求证，就看见她对自己展开的笑脸，米芒这才相信自己的眼睛和耳朵，她被当庭释放，重归自由。

结束米芒故意伤害案的刑事辩护，林阈正式向司法局提出申请注销《律师执业证》，执业证、终止执业说明、行政审批证明、财务结算业务办结证明一起提交司法局，二十天后，林阈不再是一名执业律师。

李怡突然接到一通始料未及的电话，是尹声打来的，她大脑飞转，心跳加速，不祥感无法抑制。

"你找我有什么事儿？"

"约您见个面，谈点事儿。"

"大概谈什么？我找合适的人跟你对接。"

"不用中间人，就咱俩，一对一，如果你也希望我继续保密的话。"

李怡被对方逼到无处逃避，沉吟片刻："我指定地点。"

"没问题，担心安全的话，你可以带人来，但谈话就咱俩，除非你不在乎是否保密。"

尹声出现时，李怡瞄了一眼他鼓鼓囊囊的双肩包，提前猜到了他为何而来。尹声把双肩包放在她面前的茶几上，沉默地拉开拉锁，后退两步。

李怡垂眼往包里看了一眼，若无其事："我不懂你什么意思……"

尹声直截了当："你懂，完璧归赵，就当这事儿没发生过。"

"那就意味着你不想保持沉默了？"

"我能承诺的，就是我不会撒谎。"

"这事儿你会往外说吗？"

"不会，毕竟说出去对谁都不好。"

尹声离开李怡，步履越来越轻快，身轻如燕，感觉自己要飞起来。

林阙通过门镜看到尹声的脸，拉开门，他站在门外叫了声"林律"，林阙预感到要发生什么，静静等待他开口。

"我愿意出庭为赵寻作证。"

林阙情不自禁地露出微笑："我一直在等你。"

尹声面露愧疚："我知道。"

"赵寻等了很久……我替她谢谢你。"

尹声摇头，愧对如此感谢。

从决定民事起诉赵寻以来，成功的脸小半年没有如此凝重过了，李怡坐在他对面，这样的脏活、累活儿，她一直都是亲力亲为。

"林阙处心积虑、千里迢迢跑去山东，帮尹声前女友做无罪辩护，还帮她离婚，攻心术起了作用，交换到尹声帮赵寻作证。"她沉吟一声，谨慎询问，"你不考虑撤诉？"

"为什么撤诉？"

"到底……会有点负面作用吧。"

"哪儿负面？怎么负面了？他能证明什么？证明我大庭广众下豁豁亮亮追了赵寻三个月？这用他证明吗？我遮掩过吗？"

"你不担心开庭后局面和结果会有变化？"

"有，但不足为虑。"成功依然笃定。

康复中心训练室里，赵寻汗如雨下、咬牙憋气，接受康复医师的拉伸治疗，即使忍受着剧痛也一声不吭。每天的复健都是母亲的揪心时刻，一旁的李平无能为力。赵寻长吸气，把全身的力气集中到双腿上，奋力抬腿，压在双腿上的杠杆向上移动了两厘米！

听到门响，母女一起望去，林阙走进康复室，来到面前，喜悦之情溢于言表："尹声愿意为你出庭作证了！"

赵寻低头掩饰情绪波动，再抬头只说了一句："终于有人证明我说的话了。"

"情况有些变化，我们要谈一谈诉讼程序。我想征求你的意见，再次申请延期开庭。"

"为什么还要延期？"赵寻愕然，"我可以坐轮椅出庭了。"

"因为，你马上要提起另外一起民事诉讼，一旦法院立案受理，按照诉讼关联性和案件因果关系，成功的案子必须以你起诉案件的审理结果为依据，我们要争取法院先审理你的起诉，或者两案合并审理，如果最后你的起诉被支持，那么成功的名誉权诉讼很大概率会被法院驳回。"

"我告谁？告什么？刑事撤案后，我已经放弃了，还可以告他性骚扰吗？"赵寻一头雾水，不明所以。

"不构成强奸罪，不等于没有性骚扰。《民法典》今年正式实施，首次确立性骚扰认定标准和损害赔偿责任。国家的法治进程在不断加快，随着性骚扰民事案由的增设，未来会有越来越多的受害人，不论他是女是男，是成年人还是未成年人，都可以站出来，以法律之名，追究性骚扰侵权的责任。"

"但是我不是已经输了吗？"

"强奸罪的刑事认定与性骚扰的民事认定要件完全不同，虽然都举证艰难，但你现在有了一个关键证人，尹声无法证明你被强奸，但他可以证明你在三个月里遭遇了职场性骚扰，他是全程见证的目击证人。"

赵寻的脸上绽放光芒。

二〇二一年一月一日，《中华人民共和国民法典》正式实施，首次将人格权单独成编，首次明文规定性骚扰构成对人格权的侵犯，首次明确性骚扰的认定标准。第一〇一〇条第一款规定：违背他人意愿，以言语、文字、图像、肢体行为等方式对他人实施性骚扰的，受害人有权依法请求行为人承担民事责任。

一周后，成功接到文礼法院第二次延期开庭的通知，第一次延期，任正还能找到林阚要为米芒刑事辩护完再注销律师资格的理由，但第二次延期透着蹊跷，凭着对女弟子的深刻了解，任正敏锐意识到林阚要在诉讼程序上做文章。

"之前延期开庭的理由是赵寻无法到庭，这回是申请证人出庭作证、提交新证据，林阚在搞什么？"任正转而问康辉，"你认为她的新证人证据会是什么？"

康辉当然知道是什么，也当然不会和盘托出，但他决定对任正透露一点。"您对尹声有印象吧？您知道林阚去山东打无罪辩护的家暴反杀案被告人是尹声的前女友吗？"

任正一头雾水地问："那跟成功和赵寻有什么关联？"

"之前尹声在赵寻的刑事指控中保持缄默，可能是和成董达成了某种默契。"

电光石火间任正瞬间洞明，责备康辉："你为什么不早点告诉我？"

"因为只是怀疑，我们没有证据。"

任正一下子就知道林阙利用延期在等什么了，但他没有猜到她下一步要出的大招儿，而康辉虽然猜到了，但他决定一口咬死，谁也不告诉。

成功接到一个陌生座机号的来电，按断拒接，手机又响，还是那个座机号码，本想按断，手指触到手机，临时改了主意，接通电话。

"请问你是成功吗？"

"你哪位？"

"我是文礼区法院立案庭，请问你是成功先生本人吗？"

"民事诉讼我全权委托给任正律师了，你们有问题跟他说。"

"成先生，这个电话不是关于你名誉权纠纷案的，而是通知你作为被告，被原告赵寻起诉性骚扰损害责任纠纷。"

"什么？赵寻告我性骚扰？"成功始料不及，万分惊讶。

"二〇二一年二月五日上午九点，你本人，或者你的诉讼代理人，到我院，地儿你们也熟了，接受诉前调解。"

任正接到成功来电，说文礼法院刚来过电话，通知赵寻告他性骚扰。任正带着康辉紧急赶到成家，此时任正终于赶上康辉的内心节奏，彻底明白女弟子的盘中招了。诉讼前景急转直下，气氛压抑沉闷，梦回成功刚被赵寻刑事指控强奸之时。

"关于尹声，请成董给我交个实底儿，否则我没法对全盘和结果正确预判，选择有可能完全错误。"

成功的表情很不自然，但此时他必须对任正毫无保留。

"为了保护我的个人隐私，我和尹声曾经达成过默契，我不追究他报警诬告我的责任，他也保证不对外讲我的任何事。"

"这个默契，现在不存在了？"

成功疑惑道："让尹声背信违约，林阙是怎么做到的？"

任正终于了然，告诉成功："这几个月，林阙一直在等，几次合理利用延期开庭，等到今天，等到了两件事：新证人的出现和《民法典》实施。"

"我居然又从原告变成了被告。"成功极度愤懑，瞥见辛路在一旁摇头，几个月前阻止丈夫起诉赵寻无效，她就预料到诉讼前景不妙，"刑事告不赢，民事她就能告赢？任律，你预测两起诉讼的结果是什么？"

"那要取决于尹声都看到了什么、了解多少，这一点我无法预测，你心里比我有数儿。"

成功明白，任正的这句话等于告诉自己，他全无胜算。

辛路开口问任正："还来得及叫停吗？"

"只能一试，决定权不在我们这边，还要看成董意思。"

辛路和任正都把目光投向成功，无形的压力逼迫着成功不得不选择忍辱求和，吩咐任正："试一下吧。"

林阙走去开门，任正站在门外，林阙对师父的到来并不意外，任正迈进房门，经过"秩序狂"的长条案时瞥了一眼，案上整齐布满了成功和赵寻案的所有文件资料，笑道："还是坐里面回避一下吧。"师徒落座，林阙静等师父开口。

"你知道我来干什么？"

"知道。"

"那我直说吧，他愿意私下道歉、和解，支付一定的经济赔偿，包括承担所有的治疗康复费用。"

"条件是？"

"双方撤诉。这话我不是站在代理人立场，他肯这样，算是认输了，彼此留一线。"

"师父，我不能替赵寻做决定，有权说是或否的，只能是她本人。"

任正点头表示理解，在林阙的布局下，事态掌控权已经转到了赵寻手中。

林阙推着裹得严严实实的赵寻，来到见证她俩纠结与伤痛、温暖与依靠的临海巨石上，赵寻请求在这里坐一会儿，林阙推着她的轮椅面对大海，给她掖紧围巾抵御寒气。

"他开出和解条件了。"

"嗯？"赵寻一愣，望向林阙。

"他向你道歉，当然是私下里，承诺经济赔偿，包括所有的治疗康复费用。"

"让我撤诉？"

"对，双方撤诉，回到原点。"

"回不到原点。每次我都选择缩起来、沉默。这次，我选站起来，发声，告诉他我的回答：'不！'"

冬天的海风吹到脸上，赵寻觉得一点也不冷。

二〇二一年三月，赵寻诉成功性骚扰损害责任纠纷案在文礼区人民法院民事审判庭开庭审理。赵寻、林阙并肩坐于原告席，对面，任正、康辉并肩坐于被告席，成功的座位空着，他没有出庭。

尹声走上证人席，陈述证人证言："直到我匿名举报被告涉嫌强奸的案发当晚，原告担任高级助理在董事长楼层工作期间，我基本都在现场，即便有时候被告留下原告想两人单独相处，希望我离开，我也装糊涂不走，没有比我更近距离、更了解他们之间真实状况的人了。"

林阔问尹声："你是有意破坏他们两人单独相处的机会吗？"

"是。"

"为什么？"

"我想保护原告。"

"原告和你有过任何交流，向你透露过她被性骚扰的困扰吗？"

"没有，我和她没什么交流。"

任正质疑尹声："那你凭什么认定原告不愿接受被告一系列的追求行为呢？"

"凭……我看到她不面对他的时候。"

在尹声眼里，从赵寻作为高级助理进入顶楼工作那天起，成功就对她展开了不遮不掩的追求，同时他也发现赵寻与其他女性不同，她对成功各种躲闪逃避。正因为赵寻的躲避，才让尹声特别关注她的处境，暗中观察。成功对赵寻的每次送礼、约会、办公室里的身体接触、亲密私语，都落在尹声眼里、耳中，他亲眼见证赵寻从不积极回应成功，当然，他不否认赵寻接受了各种馈赠。对于两人的关系，尹声在法庭上这样描述："赵寻对成董的态度，绝非外界传说的恋爱，更像是不知所措的应付。"

旁观一段时间后，尹声身不由己地"介入"了成功和赵寻的关系，他频繁出现于二人单独相处的空间，总在成功对赵寻做出亲密举动时现身，干扰成功的兴致，使赵寻得以趁机离开，逃掉骚扰。尹声暗中保护赵寻，自动延长夜班时长，努力避免"可怕夜晚"的发生。

案发当天上午，人事突然通知尹声被开除，他心知肚明，确定自己的离职原因只有一个：就是他对赵寻的保护在案发两天前的那晚彻底激怒了成功。

那晚，成功邀请一众商界大佬在顶楼聚会，散局后，成功单独留下赵寻，过了午夜还不肯放她走，手把手教她跳舞，两人身体不可避免地紧密接触，这时尹声第一次出现，报告成功："车在楼下等赵助理。"成功没有松开赵寻，吩咐尹声和司机下班。

赵寻眼睁睁望着尹声离开，最后一个打岔的人都走了，顶楼只剩下她和成功两人，成功重新把她拉进怀里，耳鬓厮磨、肌肤相亲，就在他的亲吻上来时，尹声再次出现，举着成功的手机提醒："成董，路姐电话。"成功不耐烦地吩咐他："你让她晚点再打来。"尹声焊在原地死活不走："您还是自己接吧。"成功只好松开赵寻，劈手夺过手机，趁这个当口，赵寻拔腿离开。

成功不是傻子，在多次被搅了好事恼羞成怒后，他察觉到尹声的故意，不能容忍卧榻之侧有双仇视的双眼，果断开除了尹声。尹声被开除当晚，就发生了轰动社会的"强奸案"。

尹声在当晚十一点半得知成功即将带赵寻返回顶楼的消息，本来他和保安部经理约好，趁成功外出参加商务宴席时返回大成取个人物品，但十一点他还在路上送单，十一点半，保安经理打电话让他别回去了，成董马上带赵寻返回大成。尹声知道，这晚拦不住了。

尹声不知道该怎样帮助赵寻逃脱，也无从得知顶楼上发生的事情，全凭猜测。一点四十分，他遮挡面容，到熟悉的一个公用电话亭拨打了110报警。接着，一点四十五分，他打给媒体爆料。之后利用对路况的熟悉，他用最短的时间走出了市政监控探头的范围。

"我只能想出她被伤害后救她的办法……我拿不出帮她指控强奸的直接证据，所以我不敢站出来，不敢用实名报警。我想我报警、她指控，如果她不指控，就当一切是我误会。"尹声抬眼望向原告席上的赵寻，"对不起，我做了很久的缩头乌龟。"

赵寻微笑摇头，对尹声示意她不介意。

尹声站在证人席上最后说道："我决定站在这里，对法庭说出我知道的一切，我还是证明不了强奸，但至少我可以证明原告被性骚扰，她没有撒谎！"

他长长地舒了口气，脚步轻快地走下证人席，对于赵寻，他完成了自己该做的事。

二〇二一年夏，赵寻诉成功性骚扰案进入法庭辩论，任正和林阚师徒两人、原被告双方唇枪舌剑。

"让我们回顾一下原告提出强奸指控前后的表现：现场面对警方问询闪烁其词、避而不答，接受体检后又在笔录中明确否认强奸，事发三十六小时后对被告人言之凿凿、亲口否认强奸，其父母在双方协议上签字、接受被告出国安置和经济供养，时隔五天，一百二十小时的滞后报警，谎称酒醉全程失去意识、行动不能自主、提供虚假证词，一系列出尔反尔、自相矛盾的行为，导致之前的刑事指控证据不足被撤案。被告方认为：被告不存在性骚扰的侵权行为，同时原告指控不实，构成对被告名誉权的恶意侵害。

"双方的一切纠纷，起源于那起'非典型强奸指控'，为什么说它'非典型'？是因为那场性侵害并不具备外化的暴力、强迫、伤害等犯罪元素。但是在高速发展的经济催生出财富拥有者掌握巨大权力和社会资源的商业背景下，在阶级固化、上升通道日渐狭窄的社会背景下，'非典型强奸受害人'和潜在受害人的数量，却可能是'典型强奸受害人'数量的百倍、千倍。

"我的委托人赵寻她不是一个'完美受害人'，由于自身并非道德无瑕、品行无缺、无可指摘，导致她对于是否提出强奸指控产生游移，但这并不意味着：不存在本案所主张的性骚扰侵权。

"这个世界完美无缺吗？完美无缺的人类存在吗？既然我们承认不存在完美世界和完美人类，我们凭什么要求受害人在被侵犯时保持道德品行的完美无瑕呢？一旦受害人的道德品行存在瑕疵，我们就认定是这些瑕疵招致了侵害；反之，如果没有这些瑕疵，她就能避免被侵害吗？什么时候开始，我们要求受害人解释自己为什么受害，对加害者为何加害却少有人质问。应该被审视、被谴责的，永远是加害者，而不是受害人。

"如果我们视一个受害人因其道德不完美就无法获得合法补偿为合情合理的话，那么这个世界还剩下多少能获得百分之百同情的'完美受害人'？是不是每个受害人都要先经受一轮人格和道德法庭的审判，被宣判为完美人格后，才有资格走上法庭、陈述她受到的伤害、指控伤害她的犯罪嫌疑人呢？"

任正质疑："既然原告代理人论证了'不完美受害人'有没有资格指控施害者的这个问题，那么我们深入探讨一下为什么很多被侵害的女性没有勇敢反抗，无法在第一时间对违背自己意愿的人和行为说'不'，展现了那么多'不完美'？本案中，所有人都在疑惑几个问题，为什么原告面对被告追求时从来没有明确表示过'我不愿意'？她为什么从不拒绝被告给予的升职待遇和物质馈赠？如果在长达三个月的时间里她表示过拒绝，是不是可以避免后面发生的事情？为什么在事发后，原告还要花费漫长的一百二十小时矛盾纠结要不要指控强奸？"

林阚回答："因为她怕！"

"她怕什么？"

"受害人怕什么？我们怕什么？我们怕掌握权力的人，怕他手中掌握的权力。我们恐惧，因为拒绝就会失去得到的便利、利益和机遇，得到与之相反的恶意报复和更大的伤害。

"对于权势的崇拜，在我们的意识里是如此根深蒂固，以至于每个人都想攀附权力、得到利益，又怕得罪权力、招致伤害。因此，当掌权者粗暴地违背我们的意愿时，我们常常惯性地选择屈从，畏惧反抗。

"原告有过的那点儿软弱，难以理解吗？一点儿也不！因为，我们和她一样，不够强大，所以畏惧；因为畏惧，所以懦弱；因为懦弱，所以屈从。

"我们与之斗争的，不是权力，而是我们心底的软弱，是还未遭遇掌权者的碾压就选择屈膝下跪的懦弱。

"当一位女性了解被侵害时她在怕什么，当她树立起一种凭借自己的努力就能得到，不需要以被伤害换取成功的强大自信后，她就能够在任何时候对侵害勇敢地说'不！'"

原告赵寻最后陈述："我从那晚到今天坐在这里，好像走了一生，经历过绝望，甚至死亡。我是个不完美受害人，我起诉的精神赔偿只有一块钱，因为我被损害的权利无价。我不知道法院最终会如何判决，但我到这里，就是想对被告的行为说一句：'不！我不同意！'"

一个没有在法庭出现的人，通过代理律师康辉的庭审记录，一字不漏地看到了林阚的庭辩，被前所未有地震撼到。成功平生第一次反问自己：你自诩所向披靡、无往不利的征服，那些被你征服的女性，到底是因为你的个人魅力，还是因为你掌握的权力？答案呼之欲出，让他感觉一败涂地。成功也是第一次开始相信，赵寻千真万确被他伤害了，而不是另有企图或阴谋算计。

虽然民事诉讼还未宣判，但成家已经恢复了平静，辛路每天忙到很晚回家，成功会亲自下厨做几个菜，等她回来一起吃。这晚，他突然说自己有个想法："英国这个月十九号取消管控，完全解封，入境也放宽了，轩轩要回去接着上学，我想和他一起过去，在那边待一段时间，你支持吗？"

"支持。"辛路回得干脆利落。

成功对于妻子的支持来得如此之快有点愕然："我……该陪陪轩轩了，他也到了该学高尔夫、学骑马的年纪了，我教的肯定比专业教练好。"

"我信。"辛路凝视他，眼神变得柔和。

"就是又要和你分开很久了。"说完，成功也对自己这话感到不好意思。

"过去不一直都是两地分居吗？"

"这一年咱们天天在一起，你不觉得挺好的吗？"

"挺好。"辛路莞尔，这个陌生的成功，像是十几年前初识的那个人。

"这些年，我就专注一件事，好像它是人生唯一有意义的东西，成了一个偏执狂，错过了很多很多有价值的东西，譬如生活，譬如陪伴，还有柴米油盐、鸡毛蒜皮，我想把它们一样一样找回来。"成功抬眼，见辛路正在凝视他，她的眼神也像是十几年前初识的那个人。

一些生活回来了，但另一些人就要有个交代，或者说，有个了断。

成功走进李怡家门，一眼发现公寓内的变化，家居用品都被收纳起来，沙发被白布遮盖，两只大行李箱立在客厅地上，一副主人即将出门远行的样子。

"你要出门？"

"是呀，我交了辞职报告等辛路批，不过不管她批不批，我都要走了。"李怡微笑着通知他。

"你去哪儿？"

"不一定，看哪儿好就在哪儿待一段。"

即使作为长期情感亏欠方，成功此刻也有一种锥心的被弃感。

"走这么急，你在大成的一切……都不要了？因为我什么都没有了？从我这儿你没法再得到什么了？"

李怡苦笑出来，懒得为自己辩解。

成功心里涌起一个问题，一定要在此刻问她："李怡，你爱过我吗？"

李怡一抹轻笑，带着惨淡的味道反问他："你说呢？"

"你爱我，是因为我这个人，还是因为我的权力地位？"

李怡的笑意不见了："这也是我问自己的问题。也许离开这儿过段时间，才有答案。"她戳穿他，"你今天不也是来告别的吗？"

成功无法否认，他开不了口，说不出自己去英国的决定。

"知道你张不开嘴，'再见'就让我说吧。"

最后一刻的李怡都是善解人意的，她对成功淡笑，转身离开，没有回头。她走了，走得干脆，头也不回。

一个年轻女孩独自走在街上，一走一跛，每走一步，身体就向右倾斜一下，那是她遭重创而萎缩、尚未康复、落下残疾的右腿，她一跛一跛的身影走进忽明忽暗的路灯光圈中，突然止步，路边阴影里站着的人从一片昏暗中走出来，走到她面前，站下。赵寻不知道成功的来意，不问，等他开口。

"能自己走路了？"

赵寻不语。

"受伤的地儿还疼吗？"

"能忍。"

冷场，无话可说，除了成功此次而来想说的话。

"我来是想对你说句话：如果……我确实伤害了你，我向你道歉，对不起，我愿意赔得更多。"

终于听到成功的道歉，赵寻抬头挺胸，摇头说道："让法律判决吧。"她绕过他，一跛一跛，继续前行。

二〇二一年十月，文礼区人民法院民事审判庭做出裁决。

"本案中，原告未能提供充足证据证明与被告发生性行为违背其自身意愿，但能够提供充分证据证明被告违背原告意愿，以言语、文字、肢体行为等方式对原告实施性骚扰，构成对原告人格权的侵犯，并对原告造成精神伤害，应当承担相应的民事责任。

"本案系《中华人民共和国民法典》施行前的法律事实引起的民事纠纷案件，适用当时法律和司法解释。依照《中华人民共和国民法总则》第一百零九条和第一百一十条，《中华人民共和国侵权责任法》第二条、第三条、第十五条和第二十二条，《最高人民法院关于确定民事侵权精神损害赔偿责任若干问题的解释》第一条和第五条，《中华人民共和国民事诉讼法》第一百四十九条，判决如下：判令被告在判决结果生效之日起十五日内，向原告当面以口头或书面方式赔礼道歉；判令被告赔偿原告精神损害赔偿金一元；本案的案件受理费人民币五百元，由被告承担。”

赵寻紧紧抱住林阙！

伦敦的冬天很冷，成功在家里听到头条新闻的播报："二〇二一年十月十九日，燕州市文礼区人民法院对原告赵某诉大成科技集团董事长成某人格权纠纷案进行宣判，一审判决被告成某承担性骚扰损害责任，赔偿原告精神损害抚慰金一元、案件受理费五百元，并公开赔礼道歉。作为《民法典》实施后燕州首例性骚扰纠纷案，一块钱的精神赔偿金额引发社会热议，原告方主张人格尊严不容侵犯，人格尊严无价。双方代理均为顶级律师，因此该案被戏称为：最贵的律师，打了一桩最便宜的案子。"

对这个结果成功毫不意外，抬手关掉平板电脑，在空旷奢华的别墅里静坐片刻，周围一点声音也没有。他拿起座机，按下一个键，问同在一栋别墅却不见面的儿子："晚上想吃点什么？"轩轩只回了两个字"随便"，就撂了电话。

成功起身走向宽大的岛式厨房，穿上围裙，开始拾掇食材，他立于厨房操作台前的背影，依然潇洒倜傥。

赵寻一瘸一拐地走出一家公司的面试会场，林阙开门下车，立于车旁，赵寻一跛一跛走向她。

林阙问："还好吗？"

赵寻摇头耸肩，露出"不值一提"的表情。她现在这个身体状况，又是个名人，面试的机会一大把，但是入职的录用通知一个也收不到，仿佛每场面试就是为了被好奇的众人亲眼观赏。

林阙打开车门护送赵寻上车，两人坐进车里，林阙绑好安全带，突然扭头对赵寻说道：“最差的结果，你可以给一个待岗的法律从业人员当助理。”

赵寻开怀大笑，一脸阳光。

（全书完）

不完美受害人

作者 _ 高璇 任宝茹

产品经理 _ 高玄月   装帧设计 _ 文薇   产品总监 _ 夏言

技术编辑 _ 顾逸飞   责任印制 _ 梁拥军   出品人 _ 吴涛

果麦
www.guomai.cn

以 微 小 的 力 量 推 动 文 明

图书在版编目（CIP）数据

不完美受害人 / 高璇，任宝茹著. -- 天津 ： 天津
人民出版社，2023.9
　　ISBN 978-7-201-19751-7

　　Ⅰ．①不… Ⅱ．①高… ②任… Ⅲ．①长篇小说－中
国－当代 Ⅳ．①I247.5

中国国家版本馆CIP数据核字（2023）第160682号

不完美受害人
BU WANMEI SHOUHAIREN

出　　版	天津人民出版社
出 版 人	刘　庆
地　　址	天津市和平区西康路35号康岳大厦
邮政编码	300051
邮购电话	022-23332469
电子信箱	reader@tjrmcbs.com
责任编辑	康悦怡
产品经理	高玄月
装帧设计	文　薇
制版印刷	北京世纪恒宇印刷有限公司
经　　销	新华书店
发　　行	果麦文化传媒股份有限公司
开　　本	880毫米×1230毫米　1/32
印　　张	12.75
字　　数	296千字
印　　数	1-8，000
版次印次	2023年9月第1版　2023年9月第1次印刷
定　　价	58.00元